btb

LOUISE CANDLISH

LIEBE DEINE NACHBARN WIE DICH SELBST

Thriller

Aus dem Englischen
von Beate Brammertz

btb

Die englische Originalausgabe erschien 2019 unter dem Titel
»Those People« bei Simon & Schuster, London.

MIX
Papier aus verantwortungsvollen Quellen
FSC® C014496

Penguin Random House Verlagsgruppe FSC® N001967

2. Auflage
Deutsche Erstveröffentlichung Oktober 2021

Covergestaltung: semper smile, München
Covermotiv: © Arcangel Images/Roy Bishop; © Shutterstock/Ensuper
Autorenfoto: © Jonathan Ring
Satz: Uhl + Massopust, Aalen
Druck und Einband: GGP Media GmbH, Pößneck
mb · Herstellung: sc
Printed in Germany
ISBN 978-3-442-71994-5

www.btb-verlag.de
www.facebook.com/btbverlag

Für meine Lektorinnen Jo und Danielle,
in Dankbarkeit.

1

RALPH

Ja, wir sind uns bewusst, dass jemand ums Leben gekommen ist, natürlich. Was für ein grässlicher Tod, absolut entsetzlich. Meine Frau war eine der Ersten vor Ort. Sie ist jetzt drüben in Nummer zwei, bei Sissy Watkins – Naomi Morgan, wahrscheinlich haben Sie schon mit ihr gesprochen?

Ich persönlich war nicht da, nein, ich habe drüben im Club, auf der anderen Seite der Hauptstraße, Tennis gespielt. Wahrscheinlich habe ich das Haus so gegen acht verlassen.

Ja, alles an der Ecke hat normal ausgesehen, als ich los bin. Die übliche Müllhalde. Überall Berge von Schrott, Autos, die wie ein verrücktes 3-D-Puzzle ineinander verkeilt sind. Ein Katastrophengebiet. Hören Sie, ich will Ihnen ja nicht vorschreiben, wie Sie Ihren Job zu erledigen haben, aber Sie würden sich jede Menge Lauferei ersparen, wenn Sie den Rest von uns vergessen und losziehen und ihn fragen, wie das passiert ist.

Darren Booth natürlich, wer sonst? Der Mann, der für diese Tragödie verantwortlich ist! Und wenn Sie schon dabei sind, sollten Sie vielleicht bei der Stadtverwaltung rausfinden, wo die gesteckt haben, als all das passiert ist, ja? Wenn Sie mich fragen, haben die ihre Arbeit in den letzten paar Monaten sträflich vernachlässigt. Diese Haushaltskürzungen sind viel zu weit gegangen, und jetzt braucht es nichts weiter als einen Typen wie ihn, und wir leben plötzlich mitten im Wilden Westen.

Mein Verhältnis zu ihm? Gegenseitige Feindschaft, würde ich sagen. Ich habe den Kerl sofort durchschaut. Interessiert ihn nicht die Bohne, was andere denken. Ungehobelt, definitiv. Ich erinnere mich an unser erstes Gespräch – wenn man es überhaupt als solches bezeichnen kann – an dem Wochenende, als er eingezogen ist. Er ist fast mit einem Hammer auf mich losgegangen …

Mr Ralph Morgan, Lowland Way 7,
Anwohnerbefragung durch die
Metropolitan Police, 11. August 2018

Acht Wochen zuvor

Der erste Hinweis, dass an jenem Freitagabend etwas nicht ganz stimmte, war der Umstand, dass die Parklücke vor seinem Haus von einem schmutzigen weißen Toyota belegt war, eine derart klapprige Karre, dass sie sich eigentlich nur noch als Schrotthaufen bezeichnen ließ. Gewiss nicht das Auto der Wahl von irgendjemandem, den *er* im Lowland Way kannte.

Wenn man vom Parkende aus in die Straße einbog, wie Ralph es für gewöhnlich auf der Heimfahrt von seiner Lagerhalle in Bermondsey tat, nahm die Größe – und Preisklasse – der Häuser, an denen man vorbeifuhr, stetig zu, von hübschen Arbeiterhäuschen über schmale, dreistöckige Reihenhäuser zu den großen, frei stehenden, viktorianischen Villen am Ende der Portsmouth Avenue. Letztere waren unbestreitbar die Schmuckstücke der Straße, mit ihren alten Backsteinfassaden, die sich glutrot gegen das Grün der Ulmenallee abzeichneten.

Ralph und seine Familie bewohnten seit über fünfzehn Jahren die Hausnummer sieben, während vor zwölf Jahren sein Bruder Finn mit seiner Familie genau nebenan in die Nummer fünf eingezogen war. Besser ging's nicht, waren sich die Brüder einig, und zum halben Preis, den man ansonsten in einigen Teilen Londons bezahlte.

Der einzige Nachteil war die Parksituation. Die Vorgärten waren zu schmal für eigene Stellplätze, und die Parkbuchten auf der Straße waren von der Stadtverwaltung nicht als Anwohnerparkplätze ausgeschildert, was im Grunde bedeutete: Wer zuerst kommt, mahlt zuerst. Daher der gelegentliche Eindringling.

Während er langsam an dem Toyota vorbeikroch, bemerkte er, wie seine Windschutzscheibe trüb wurde. Es dauerte ein oder zwei Sekunden, bis er erkannte, dass die Mauer von Haus Nummer eins von einem Barbaren niedergerissen wurde, und eine Staubwolke in die Straße waberte. Ganz in der Nähe nahm ein weißer Lieferwagen zwei Parkbuchten in Beschlag, was das heutige Parkplatzproblem erklärte.

»Was zum Teufel …?« Ralph hielt an, ließ sein Fenster herunter und rief dem Bauarbeiter zu: »Entschuldigung, was ist hier los?«

Der Kerl hörte ihn nicht. Unter dem grauen Overall war seine Statur überraschend schmächtig angesichts des Drecktornados, den er einhändig erzeugte.

Ralph erhob die Stimme: »Hey! Könnten Sie bitte aufhören?«

Diesmal hielt der Bauarbeiter inne, verharrte einen Augenblick mit dem Rücken zur Straße und zu Ralphs Wagen, so reglos, dass es auf Ralph ein bisschen unheimlich wirkte. Dann drehte er sich um und kam näher, den Fäustel in der Hand. Sein Gesicht war schmutzverkrustet, in seiner Miene spiegelte sich gleichgültiger Trotz.

»Darf ich fragen, wer Ihnen den Auftrag erteilt hat, diese Mauer einzureißen?«, fragte Ralph.

»Sie dürfen *fragen*, was Sie wollen.« Er hatte einen normalen Südlondoner Akzent, nicht osteuropäisch, wie Ralph natürlich erwartet hatte, und der sanfte Tonfall ließ Ralphs eigenen herrisch und aufdringlich klingen.

»War das die Stadtverwaltung? Denn die haben nicht das Recht, sie einzureißen. Diese Mauer gehört zu einhundert Prozent zum Grundstück von Haus Nummer eins, ich habe die Unterlagen mit eigenen Augen gesehen.«

Auf einem geräumigen Grundstück neben Finns Haus waren die Doppelhaushälften von Nummer eins und drei die einzigen Nachkriegsbauten der Straße und, weit genug zurückgesetzt, um Platz für eine kurze, gemeinsame Auffahrt zu bieten, die einzigen mit privaten Stellplätzen. Die hohe Mauer an der Ecke, der einzige Überrest des ursprünglichen viktorianischen, im Blitzkrieg dem Erdboden gleichgemachten Herrenhauses, war in den letzten Jahren von der Stadt, die die Linksabbiegespur der Portsmouth Avenue erweitern und den Lowland Way im Grunde zu einem Schleichweg ausbauen wollte, durch Abriss bedroht worden. Unterstützt von der Besitzerin von Nummer eins, der alten Jean, hatten die Morgans die Kampagne gegen das Vorhaben angeführt – und gewonnen.

Seit Jeans Tod im vergangenen Dezember hatte das Haus leer

gestanden, und die Mauer war in Vergessenheit geraten. Ralph hatte sich schließlich in Sicherheit gewähnt.

Da durchzuckte ihn ein neuer Gedanke. »Außer ... Augenblick mal, gibt es einen neuen Besitzer? Hat der Ihnen den Auftrag erteilt?«

»Es *gibt* einen neuen Besitzer, ja.« Die Art, wie der Kerl seinen Hammer umklammerte, strahlte boshafte Arroganz aus. Ralphs geöffnetes Fenster war nur einen Schwung entfernt. Es wäre ein Kinderspiel für ihn, Ralphs Schädel zu zermalmen!

Ralphs Finger schwebten über der Fensterverriegelung. Er verspürte eine primitive Abneigung gegen diesen Menschen, als würde er einem Mitglied eines rivalisierenden Stammes begegnen, das sich ohne Erlaubnis in seine Siedlung vorgewagt hatte. Er riss den Blick zurück zum Gesicht des Mannes und versuchte, ihn einzuschätzen. Wie alt er wohl war? Mitte fünfzig? Er hatte einen großen kahlen Fleck, rot von der Sonne oder Anstrengung, und tiefe Falten, von Dreck verklebt: auf jeden Fall älter als Ralph.

Ralph hustete, Staub hatte sich in seiner Kehle festgekrallt. »Kann ich seine Telefonnummer bekommen? Ich erkläre ihm die Situation.«

»Ein andermal«, sagte der Bauarbeiter. »Ich bin hier gerade etwas beschäftigt.« Und damit drehte er sich mit erhobenem Hammer zur Mauer zurück und schlug mit solch ungezügelter Gewalt zu, dass Ralph in seinem Sitz zusammenzuckte.

Sich die Sätze seines Antiaggressionstrainings ins Gedächtnis rufend – *Mehr aus- als einatmen ... Sag dir immer wieder vor: Du nimmst eine Bedrohung wahr, die möglicherweise überhaupt nicht existiert* – schloss er das Fenster, wendete und fuhr den Lowland Way bis zum ersten freien Parkplatz zurück, den ganzen Weg bis Haus Nummer neunzehn. Normalerweise war er ein geschickter

Einparker, doch an diesem Abend brauchte er mehrere Anläufe, bevor er schließlich den Motor ausschaltete.

Als er einen Blick auf sein Handy warf, bemerkte er zu spät einen verpassten Anruf von Naomi, gefolgt von der SMS:

Neuer Nachbar in Nr. 1, wirkt komisch!
Komm direkt nach Hause, wir müssen reden.

Oh, Mist!

Während Ralph die Haustür aufsperrte, mühte er sich ab, das Entsetzen über den Abriss der Mauer mit dem nervösen Frohlocken über den wiederaufgenommenen Kampf unter einen Hut zu bekommen.

»Hast du gesehen, was da draußen los ist, Nay?«

»Natürlich.« Naomi war in der Küche, auf der Rückseite des Hauses. Als Mitbegründerin einer Website für Mütter mit Vorschulkindern – »Betreiberin, nicht Redakteurin«, korrigierte sie Ralph gern – hatte sie ihren Geschäftssitz in einem strammen Zwanzig-Minuten-Powerwalk entfernt liegenden Arbeits- und Wohnraum ihrer Kollegin und hatte normalerweise bereits unterwegs zu Abend gegessen, wenn er nach Hause kam (Ralph rühmte sich damit, an den Wochenenden das Kochen zu übernehmen). Schlank in ihrer grauen Freizeitkleidung und selbst in schwarzen Ballerinas groß, sah sie wie eine Ehefrau und Mutter aus der Werbung aus, während sie vor der Marmorplatte der Kücheninsel stand und glitzernde grüne Blätter in eine Schüssel warf; wie immer häufte sie die Cherrytomaten ganz oben auf den Berg, in der Hoffnung, die Salathasser der Familie zu überlisten.

Bei seinem Näherkommen drehte sie sich um, das Salatbesteck

in die Luft gereckt. Eine dunkle Haarsträhne – lang und glatt, regelmäßig peinlichst genau nach Grau abgesucht – fiel ihr ins Auge, und mit elegant abgewinkeltem Handgelenk schob Naomi sie sich aus dem Gesicht. »Ich bin genauso entsetzt wie du, Liebling, glaub mir. Aber es ist zu spät, um die Mauer zu retten, also hat es keinen Zweck, sich heute Abend mit dem neuen Besitzer anzulegen. Ich hatte mir gedacht, wir gehen rüber und stellen uns morgen früh vor, wenn sich der Staub gelegt hat – wortwörtlich gemeint. Kitzeln seine Pläne aus ihm heraus und halten ihn davon ab, noch etwas Verrücktes zu tun.«

Als wäre es die Stimme seines Herrchens, beruhigte sich Ralph sogleich. In Naomis wohlgeformten Vokalen lag ein sich über die Jahre angeeignetes Selbstvertrauen, die Zuversicht, dass sie deine Erwartungen nicht nur erfüllen, sondern dich völlig umhauen würden. »Warum glaubst du, dass der Kerl der neue Besitzer ist? Ich dachte, er wäre nur ein Bauarbeiter.«

»Ich habe auf der Website des Grundbuchamts nachgesehen, und dort ist jemand namens Darren Booth eingetragen. Dann habe ich ihn gegoogelt und ein Foto gefunden. Es ist definitiv der Kerl, der die Mauer einreißt.« Als Naomi den Salat fertig angerichtet hatte, öffnete sie den Kühlschrank und reichte Ralph ein Bier. Freitag war einer der vier Abende, an denen sie Alkohol trinken durften, mit dem langfristigen Ziel, es auf zwei zu beschränken. Obwohl die Küchentür zum Garten weit aufgerissen war, summten genügend Haushaltsgeräte, um jegliche Baustellengeräusche drei Türen weiter auszublenden.

Ralph trank seinen ersten Schluck. Okay, er hatte also einen Fehler begangen, das war nicht die Art, wie er die Situation mit einem neuen Nachbarn angehen sollte. Kein Grund, Naomi mit den Einzelheiten zu langweilen. »Sie steht nicht unter Denkmalschutz, es gibt also nichts, was ihn daran hindert, sie durch eine andere zu ersetzen, wenn ihm der Stil nicht gefällt«, räumte er ein.

Das wussten sie nur zu gut. Als Gemeinschaft bildeten sich die Anwohner viel auf ihre Straße ein und hatten es sogar zu einer gewissen Berühmtheit mit dem *Play Out Sunday* gebracht, ihrer Initiative, die Straße sonntags autofrei zu halten, damit die Kinder wie in früheren Zeiten draußen spielen konnten (Naomis Idee, für die sie vom Bürgermeister mit einer Auszeichnung geehrt worden war). Was die Ästhetik betraf, hatte jedoch jeder Haushalt freie Hand, eigene Entscheidungen zu treffen – dank der lästigen Toleranz der Stadtverwaltung, was Baugenehmigungen betraf.

»Wissen wir irgendetwas über ihn?«, fragte er. »Woher er kommt?«

Naomi begann, Teller zu verteilen und das Besteck korrekt anzuordnen. »Er ist weder bei Facebook noch Twitter, also weiß ich nichts Persönliches, aber in Forest Hill wurde er für Autoreparaturen empfohlen – daher habe ich auch sein Bild. Sissy versucht, noch mehr rauszufinden. Sie hat nie von ihm gehört, aber er muss ein Verwandter von Jean sein, immerhin hat er das Haus geerbt.«

»Ich denke, du hast recht«, sagte Ralph. Das Haus hatte auf dem Markt nicht zum Verkauf gestanden, und als die Nachbarn in Nummer drei, Ant und Em Kendall, den Anwalt angerufen und nachgefragt hatten, war ihnen erklärt worden, die gerichtliche Testamentseröffnung nähme ihren gewohnten Gang. Mit anderen Worten: Es gehe sie nichts an. »Selbst in dem Zustand, in dem es sich befindet, muss es siebenhunderttausend wert sein. Ich kann mir nicht vorstellen, dass jemand wie er das Geld hat, es zu kaufen.«

Jemand wie er: Und das aus dem Mund eines Selfmademan wie Ralph, der in einer Sozialwohnung in Kent aufgewachsen war, aber vielleicht war gerade das der Grund, der ihm das Recht zu einer solchen Verallgemeinerung gab. Er kannte aus erster Hand die begrenzten Möglichkeiten, im Leben erfolgreich zu sein.

In seinem Fall war es pures Talent gewesen, das ihn zu seiner Position als alleiniger Eigentümer eines Großhandels für kleine Lederprodukte gebracht hatte. Manager von zwanzig Mitarbeitern. Besitzer eines Warenlagers am Flussufer, heutzutage zehnmal mehr wert als das, was er dafür bezahlt hatte, und das allein dank der Gentrifizierung von Bermondsey in den Nullerjahren, die den Aufstieg von Lowland Gardens geradezu erbärmlich aussehen ließ.

Er machte kurzen Prozess mit dem Bier. »Für die Kendalls sind das schlechte Neuigkeiten. Der Staub ist schrecklich.«

»Sie sind im Urlaub und werden hoffentlich das Schlimmste gar nicht mitbekommen.« Naomi zog Topfhandschuhe an, trug einen großen Le-Creuset-Bräter vom Ofen zum Tisch und rief nach den Kindern, die oben in ihren Zimmern waren und sich zweifellos nachschulische Dosen ihres digitalen Lieblingsgifts setzten. Ralph stellte sie sich mit ihren vorgebeugten Köpfen vor, die Augen halb geschlossen, wie die Junkies in *Trainspotting*. (Ganz offensichtlich gab es keinen *Play Out Friday*.)

»Wo stecken die Hunde?«, fragte er.

»Tess geht für mich mit ihnen Gassi. Ich darf nicht vergessen, mich irgendwann zu revanchieren.« Naomi verzog das Gesicht. »Wann auch immer.«

Die Kinder erschienen, anfangs noch lethargisch, versuchten aber schon bald, sich mit ihren Neuigkeiten zu überbrüllen; Libby war zwölf, Charlie sieben, doch der Altersunterschied half nicht, ihre Rivalität abzufedern. Das Thema Darren Booth wurde fallen gelassen. Naomi war strikt dagegen, vor den Kindern über andere

Leute herzuziehen; das wäre das falsche Signal. Unterschätze nie den Anschein, den du von dir gibst, hatte ihre Mutter ihr eingetrichtert.

Scheiß drauf, was andere von dir halten, hatte Ralphs Vater *ihm* beigebracht.

Jawohl, und außerdem: *Verteidige dein Revier.*

Wie gewöhnlich war der Instinkt seiner Frau unfehlbar, erkannte Ralph mit Genugtuung. Da sie es für taktisch klüger hielt, den Neuankömmling in der Gruppe zu begrüßen, hatte sie Sissy und Finn und Tess für ein kleines Willkommenskomitee zusammengetrommelt.

Finn erschien, während Naomi außer Haus war, um die Kinder zu ihren samstagvormittäglichen Aktivitäten zu fahren, und betrat die Küche durch die maßgefertigte Glastür im Industrial Look, die ein halbes Vermögen gekostet hatte (»Anlagenrendite, Babe«, hatte Naomi vorgebracht und Hauspreise angeführt; sie wusste genau, wie sie ihn um den kleinen Finger wickeln konnte). Die Häuser der Brüder hatten auf der Rückseite dank der abgebauten Zäune, als die Kinder klein gewesen waren, freien Zugang zum Grundstück des anderen – was, nur für den Fall, dass jemand Parallelen zog, etwas *völlig* anderes als die Zerstörungswut des neuen Nachbarn war. Sie hatten im gemeinsamen Garten Rasen verlegt, um Raum zu schaffen, der groß genug für eine Partie Fußball oder Badminton war, und jetzt wuchsen ihre Kinder mit dem Äquivalent eines kleinen Parks als Garten auf, acht Meilen vom Zentrum Londons entfernt. Wer würde sich nichts darauf einbilden?

»Ich bin da, um euch Rückendeckung zu geben«, sagte Finn und nahm sich ungefragt eine Tasse Kaffee mit seinen starken, riesigen Händen, die Ralph an den Aushilfsjob seines Bruders im

Sommer mit Anfang zwanzig auf einer Baustelle denken ließen. Zwei Jahre jünger als Ralph und höchstwahrscheinlich attraktiver (dickere Haare, blauere Augen, was auch immer), war Finn gleichzeitig weder so reich, was alle für das Wichtigste hielten, noch so groß wie er, was *tatsächlich* das Wichtigste war.

»Sehr schön«, sagte Ralph. »Ich habe ein ungutes Gefühl, was diesen Booth angeht.«

»Heißt der Kerl etwa so?«

»Laut Nay. Sie wird gleich hier sein. Wo ist Tess?«

»Bringt die Kinder zum Schwimmen. Sie meinte, wir sollen ohne sie gehen.«

Egal. Tess war zwar nicht zu verachten, aber sie besaß nicht das Talent ihrer Schwägerin für erste Eindrücke, ein Umstand, der veranschaulicht wurde, als Naomi kurze Zeit später hereinsegelte, dynamisch in ihrem gerippten blutroten Oberteil und dem Vintage-Jeansrock, ihre Beine immer noch gebräunt von ihrem Osterurlaub in Dubai. Die Haare trug sie offen, genau wie Ralph es mochte.

»Hi, Finn, bereit für die Charmeoffensive? Sissy sagt, sie stößt drüben zu uns.« Sie schnappte sich die Dose Biscotti, die sie dem Neuankömmling schenken wollte. »Ich schätze, er wird uns auf einen Kaffee hereinbitten?«

Darauf würde ich nicht wetten, dachte Ralph. Dieser Kerl würde das Gebäck nicht einmal erkennen, wenn es Biscotti regnen würde.

Da das kinderfreie Zeitfenster begrenzt war, brachen die drei sofort auf. Seitdem die Kendalls Haus Nummer drei mit einem frischen Anstrich und Jalousien mit Palmenaufdruck verschönert hatten, war Nummer eins ein trostloses Gegenstück zu seinem Zwilling geworden, und der Kontrast zeigte sich an diesem Morgen deutlicher als je zuvor. Die Mauer war dem Erdboden gleichgemacht oder besser gesagt in einen Berg aus Ziegeln und Schutt auf dem Rasen verwandelt worden, was das Haus noch verlassener aussehen ließ als in der Zeit, als es unbewohnt gewesen war. Der weiße Lieferwagen war in die Einfahrt umgeparkt worden, parallel zu einem zehn Jahre alten Ford Focus, der halb im Gras stand, Stoßstange an Stoßstange mit einem Honda, dessen Hinterteil aus dem Grundstück ragte und den Bürgersteig blockierte. Der Honda war mit einem professionell aussehenden, hydraulischen Wagenheber aufgebockt, und unter dem Fahrgestell lag Booth, sein Gesicht gerade noch sichtbar.

»Hallo noch mal«, sagte Ralph. »Ich glaube, wir haben uns gestern auf dem falschen Fuß erwischt.« Vielleicht lag es an seiner Wortwahl, vielleicht waren es die zertrümmerten Überreste der Mauer am Rand seines Blickfelds, aber auf einmal überkam ihn der hooliganmäßige Drang, einen Schritt vorzugehen und dem Mann mit voller Wucht auf den Kopf zu treten.

Sei kein Vollidiot. Mehr aus- als einatmen.

»Wäre es möglich, dass Sie für eine Minute von dort unten rauskommen?«, rief Naomi in ihrer unbeschwerten Heiterkeit, und Booth schob sich prompt unter dem Wagen hervor und sprang mit verstörender Behändigkeit auf die Beine.

Diesmal, ohne Staub und Dreck, waren seine Gesichtszüge deutlicher zu erkennen – eine wulstige Stirn und eine flache Boxernase; ein entspannter, fast sanfter Mund, der überhaupt nicht zur anmaßenden Unverschämtheit seines blassen Blicks passte.

War es Unverschämtheit oder war das Ralphs eigene Projektion? Er war nicht so egozentrisch, es nicht für möglich zu halten, dass die Instinkte des anderen sich von seinen unterscheiden könnten. Der *andere* könnte ihn vielleicht mögen.

»Wir wollten Sie in der Straße willkommen heißen«, sagte Naomi mit warmer Stimme. »Ich bin Naomi Morgan, und das ist mein Mann Ralph und sein Bruder Finn.«

Booth spähte von Ralph zu Finn, dann blieb sein Blick an Ralph hängen. »Was ist das, die Rückkehr der Kray-Zwillinge?«

Naomi lächelte tapfer. »Sie sind keine Zwillinge, nein, aber direkte Nachbarn. Wir wohnen in Nummer fünf und sieben.«

Booth verdrehte die Augen, als wäre das schwer nachvollziehbar. »Sie sind *Brüder* und wohnen *direkt* nebeneinander?«

»Ja«, sagte Naomi. »Wir haben Glück, es ist ein wunderbares Arrangement. Sie haben sich wahrscheinlich schon gefragt, wer neben Ihnen wohnt?« Sie zeigte auf Nummer drei, und Booth warf einen Blick über die Schulter, als bemerkte er erst jetzt, dass an sein neues Haus ein weiteres anschloss. »Ant und Em Kendall, ein zauberhaftes Paar mit einem hinreißenden kleinen Jungen. Sie sind im Moment im Urlaub, kommen aber, glaube ich, nächstes Wochenende zurück.«

Die Armen, dachte Ralph. »Ich habe Ihren Namen gestern gar nicht mitbekommen«, sagte er. Natürlich kannte er ihn, aber er wollte dem Kerl nicht unter die Nase reiben, dass sie ihn wie der Geheimdienst ausspioniert hatten.

»Darren.«

»Nun, unter uns, Darren«, sagte Naomi mit verschwörerischer Stimme. »Wir fanden es sehr schade, dass die Mauer niedergerissen wurde, denn wir haben vor drei Jahren eine Kampagne für ihre Rettung geführt, als die Stadt die Straße verbreitern wollte. Damals war es ganz offensichtlich Landnahme, völlig ungesetzlich.«

»Sie müssen darauf achten, sie genau an derselben Stelle wieder aufzubauen, andernfalls geht das Ganze von vorne los«, riet ihm Finn.

»Er hat recht«, pflichtete Ralph ihm bei. »Das ist auch der Grund, weshalb ich gestern so schockiert war. Es tut mir leid, wenn ich ein wenig schroff gewirkt habe.« Ihm war bewusst, dass die Entschuldigung nicht echt klang – sie war es nicht –, aber der Anblick von Sissy, die über die Straße auf sie zukam, bewirkte bei ihm einen Anflug von guter Laune: »Ah, Sissy, das ist unser neuer Nachbar, Darren!«

»Guten Morgen, alle miteinander«, sagte Sissy in ihrer freundlichen, unaufdringlichen Art. Sie hielt einen Strauß Krokusse, den sie mit einer grünen Schleife zusammengebunden hatte. »Es freut mich sehr, Sie kennenzulernen, Darren. Wie ich sehe, waren Sie schon schwer beschäftigt …«

Einen historischen Teil unserer Straße zu zerstören, beendete Ralph im Stillen ihren Satz. Für ihn, für sie alle, war Sissy der Maßstab für Anstand der alten Schule. Kräftig gebaut und mit direktem Blick hielt sie sich die von silbernen Strähnen durchzogenen Haare stets gekonnt aus dem Gesicht, als wolle sie die volle Wucht ihrer Integrität zur Schau stellen. Heute trug sie einen perfekt gebügelten Rock mit Bluse, was wahrscheinlich bedeutete, dass sie Gäste in ihrem B&B hatte, wie es häufig am Wochenende vorkam. Das Frühstück musste schon serviert worden sein. Lowland Way war breit, breit wie eine Allee, aber Ralph beneidete sie nicht um ihre direkte Sicht auf die Müllhalde, die Booth in weniger als vierundzwanzig Stunden erschaffen hatte.

»Sind Sie mit Jean verwandt?«, fragte sie Darren.

»Sie war die Halbschwester meiner Mum. Wir standen uns nicht nah.« Obwohl es Sissy war, die die Frage gestellt hatte, bemerkte Ralph, dass Darren *ihn* bei seiner Antwort beäugte.

»Sie war eine zauberhafte alte Dame«, sagte Sissy. »Mein Beileid. Sind Sie neu in der Gegend? Wo haben Sie davor gewohnt?«

Wiederum richtete er seine Antwort an Ralph. »Loughborough-Siedlung.«

Also ein echter Aufstieg: die Loughborough-Siedlung lag ein paar Meilen nördlich und war bekannt für die dortige Kriminalität und Armut.

»Sind nur Sie hier oder haben Sie Familie?«, fragte Naomi.

»Nur ich und meine bessere Hälfte.«

»Ist sie da? Wahrscheinlich schwer mit Auspacken beschäftigt. Ich würde ihr gern die hier geben.« Sissy hob die Blumen. »Sie sind aus meinem Garten.«

»Ich glaub', sie ist noch im Bett«, sagte Darren.

Ralph musste nicht hinsehen, um zu wissen, dass beide, Sissy und Naomi, bei diesen Worten ein Stirnrunzeln unterdrückten. Es war halb elf; die Familien in dieser Straße waren seit sieben Uhr wach.

»In diesem Haus steckt so viel Potenzial, nicht wahr?«, sagte Naomi. »Die Häuser aus den Siebzigerjahren sind im Moment schrecklich angesagt. Haben Sie sich schon einen Architekten geholt?«

»Einen Architekten?«, schnaubte Darren verächtlich, als hätte sie ihm geraten, sich wegen eines Burggrabens mit der Staatlichen Schlösserverwaltung in Verbindung zu setzen. »Ich mache alles selbst.«

Alles?

»Das klingt ambitioniert.« Naomi legte den Kopf schief. »Haben Sie sich schon eine Genehmigung für den Ausbau geholt? Ich kann mich nicht erinnern, einen behördlichen Anschlag gesehen zu haben.«

Ralph feixte. Niemand konnte Naomi das Wasser reichen, was diese beiläufigen Hinweise betraf, dass es Regeln gab (selbst bei dieser Stadtverwaltung) und sie alle gut miteinander auskommen würden, wenn Darren nicht vergaß, sich daran zu halten.

Darren zuckte mit den Achseln. »Muss mir das Haus erst mal in Ruhe ansehen. Fürs Erste ein neues Bad, und das Dach muss repariert werden.«

Für nichts davon musste man eine Genehmigung einholen, das wusste Ralph.

»Womit verdienen Sie Ihre Brötchen?«, fragte Finn.

Darren zeigte auf das Werkzeug zu seinen Füßen. »Mechaniker, wie man sieht.« Als wäre es die dümmste Frage, die man sich nur vorstellen konnte.

Ralph erinnerte sich an das, was Naomi über die Werkstattempfehlung gesagt hatte, und sein Blick glitt an den drei Wagen in der Einfahrt vorbei zu einem Peugeot, der mit offener Kühlerhaube auf der Straße geparkt war: Wenn der ebenfalls Booth gehörte, waren es fünf, einschließlich des Lieferwagens. Und vielleicht auch der schmutzige Toyota. Der Lieferwagen war höchstwahrscheinlich ein Werkzeuglager, und es juckte Ralph in den Fingern, die Hecktüren zu öffnen und sich das Innere anzusehen. »Wo befindet sich Ihre Werkstatt?«, fragte er und dann, als keine Antwort folgte: »Sie haben doch nicht vor, von *hier* aus zu arbeiten, oder?«

Darren sah mit demselben spöttischen Gesichtsausdruck wie zuvor von einem Bruder zum anderen. »Was ist das, die Spanische Inquisition?« Aber Ralph roch ein Ablenkungsmanöver zehn Meilen gegen den Wind. Man brauchte eine Genehmigung, um ein Wohnhaus gewerblich zu nutzen, und ihn beschlich der leise Verdacht, dass der Kerl keine besaß.

Er begegnete Darrens Blick. »Also sind diese Wagen alle für Ihren persönlichen Gebrauch, ja? Alle angemeldet und versichert?«

»Ralph«, sagte Naomi beschwichtigend, »wir wollen doch keine voreiligen …«

»Halten Sie sich gefälligst aus meinen Scheißangelegenheiten raus!«, fauchte Darren Ralph unwirsch an und unterbrach Naomi mitten im Satz, was ein kollektives Einatmen zur Folge hatte.

»Ich bin mir nicht ganz sicher, ob das der Ton ist, in dem Sie mit Ihren neuen Nachbarn reden wollen«, setzte Ralph an und spürte die Finger seiner Frau auf seinem Arm, die ihn nach hinten schoben. Fast wie zum Ausgleich trat Finn einen Schritt vor, um zu seinem Bruder aufzuschließen.

»Nun, ich bin mir sicher, Sie werden es hier lieben«, sagte Naomi zu Darren, als hätte das Gespräch keine unangenehme Wendung genommen. »Es wäre uns ein Vergnügen, wenn Sie und Ihre Frau einmal auf einen Drink vorbeikämen, nicht wahr, Jungs?«

»Ja«, sagte Ralph, auch wenn seines Wissens noch kein Mann mit Booths unangenehmem Wesen die Türschwelle von Haus Nummer sieben überschritten hatte, allerhöchstens vielleicht, um den Zähler abzulesen.

Nachdem Naomi und Sissy nun die Biscotti und Blumen überreicht hatten, drehten sie sich zum Gehen um. Finn, der Darren mit einem unbeeindruckten letzten Blick bedachte, folgte ihnen. Nur Ralph blieb zurück, und zwischen ihm und Darren fand ein stiller Dialog statt.

Hiermit bist du gewarnt, sagten Ralphs Augen.

Und Darren antwortete: *Ich weiß, für wen du dich hältst, aber ich weiß, dass du keinen Deut besser bist als ich.*

Einen Schauder unterdrückend, wich Ralph zurück. Ein Teil der zertrümmerten Mauer war über die gemeinsame Einfahrt zu Ants und Ems Seite hinübergerollt, und er ließ sich Zeit, die

Steine mit der Schuhspitze zurückzuschieben, bevor er sich zu Finn und Naomi auf den Gehsteig gesellte. Sissy war bereits durch ihr eigenes Gartentor von Haus Nummer zwei geschlüpft, vorbei an Reihen großer Blumentöpfe mit Lorbeersträuchern, wie aufgereihtes Personal, das sie begrüßte.

»Mir gehen zwei Worte durch den Kopf«, sagte Naomi zu den Brüdern, während sie zurückspazierten.

»Was?«, fragte Ralph. »Blödes Arschloch?«

Laut genug, dass Booth es hören könnte.

»Nein«, sagte Naomi. »Unvoreingenommen sein. Und *denkt* nicht mal dran, in die Nähe der Autos zu gehen. Ich weiß, was ihr zwei damals angestellt habt.«

Die Brüder hatten als Kinder reichlich Autos mit Schlüsseln zerkratzt und Luft aus Reifen gelassen, zensierte Highlights seiner Vergangenheit, die Ralph seiner Frau anvertraut hatte. Nur allzu gern witzelte sie über ihre kriminelle Laufbahn als Jugendliche, aber er machte sich keine Illusionen darüber, dass sie angewidert gewesen wäre, hätte sie ihn damals gekannt. Wenn sie ihn überhaupt eines Blickes gewürdigt hätte, wäre dieser voll Mitgefühl gewesen, vielleicht bei ihrer Freiwilligenarbeit, für die sie den Duke-of-Edinburgh-Award oder was auch immer verliehen bekommen hatte. Glücklicherweise waren sie sich in ihren Zwanzigern über den Weg gelaufen, zu einem Zeitpunkt, als Ralph ein geläuterter Mann gewesen, bereits zweimal bei einem Großhandelsimporteur in Battersea befördert worden war und sich bezüglich der Kosten für ein eigenes Start-up-Unternehmen erkundigt hatte. Er hatte sich eine Wohnung mit einem jüngeren Arbeitskollegen und Kneipenhocker in Clapham geteilt, und Naomi war unter den zahlreichen Hochschulabsolventinnen gewesen, die Ende der Neunziger von den Bars in der Gegend wie Fliegen vom Licht angezogen wurden.

Damals hätten sie sich um jemanden wie Darren Booth nicht geschert. Sie hätten sich nicht für alte Mauern oder Autos interessiert, die in den Vorgärten ihrer Nachbarn repariert wurden.

Nun ja, heute schon.

2

ANT

Nein, soweit ich weiß, hat niemand gesehen, wie es passiert ist, aber wir haben es gehört. Nun, ich war oben unter der Dusche, also habe ich es mehr gefühlt als gehört. Meine Frau Em war unten, und sie ist sofort rausgestürzt. Sie hat Ihnen erzählt, dass sie diejenige war, die den Notarzt gerufen hat? Sie musste wieder reinlaufen, um ihr Handy zu holen und zu mir hochzurufen, dass ich Sam übernehmen muss – das ist unser Baby. An ihrer Stimme konnte ich erkennen, dass etwas Schlimmes passiert ist, aber ich hatte nicht den blassesten Schimmer, dass es so schlimm ist! Als ich nach draußen kam, war der Rettungsdienst bereits da, und die gesamte Straße war ein einziges Durcheinander. Eine Polizeiabsperrung wurde errichtet, und sämtliche Autos, die vom Parkende einbogen, mussten umdrehen und zurückfahren. Es gab jede Menge Gaffer.

Ich würde schon sagen, dass wir uns nahestehen, ja. Freunde, nicht nur Nachbarn.

Darren Booth? Nein, dem würde ich nicht über den Weg trauen. Er hat uns das Leben vom ersten Tag an schwer gemacht, ist buchstäblich der Nachbar aus der Hölle – und ich sage das als jemand, der ein großer Befürworter ist, im Zweifel für den Angeklagten zu stimmen. Ich meine, wer will mit dem Kerl nebenan im Clinch liegen? Das macht dein Leben kaputt.

Herrje, Sie sehen doch mit eigenen Augen, in welchem Zustand sich das Haus befindet. Die Beamten vorhin, die Zeug mitgenommen haben, sind das Kriminaltechniker oder so was in der Art?

Arbeits- und Gesundheitsschutz, okay. Nun, die werden Ihnen dasselbe sagen: Das Haus war eine echte Todesfalle. Ich bin überrascht, dass so etwas nicht schon früher passiert ist.

Mr Anthony Kendall, Lowland Way 3,
Anwohnerbefragung durch die
Metropolitan Police, 11. August 2018

Sieben Wochen zuvor

Der Flug nach Gatwick war verspätet gelandet, der Verkehr auf der A23 der übliche Albtraum, und so spielte wohl Müdigkeit am Steuer eine gewisse Rolle, als Ant seine eigene Straße nicht wiedererkannte. Er verpasste die Abzweigung von der Portsmouth Avenue und musste die nächste rechts abbiegen, um den Lowland Way vom Parkende aus anzusteuern.

Bereits jetzt war fast die Hälfte der Anwohnerfahrzeuge für den *Play Out Sunday* entfernt worden.

»Sieht so aus, als hätte jemand das Haus nebenan gekauft«, sagte Em, als sie entsetzt zu der Mülldeponie spähte, die früher der Nachbarsgarten gewesen war. Ihr Blick fiel genau auf das Badezimmerwaschbecken, das fast keck ganz oben auf dem Schuttberg lag, wie die Verzierung eines Kuchens. »Was für ein Saustall! Ich kann nicht glauben, dass niemand uns vorgewarnt hat.«

»Wahrscheinlich wollten sie uns den Urlaub nicht vermiesen. Offensichtlich bauen sie ein neues Badezimmer ein. Wie viele Autos haben sie?« Ant hatte sich daran gewöhnt, die gemeinsame Einfahrt für sich allein zur Verfügung zu haben, doch jetzt musste er den Wagen mit aller Vorsicht auf ihre Seite bugsieren.

»Unsere Fenster werden mit einer Staubschicht verdreckt sein«, murrte Em. »Ich hoffe, wir haben keins offen gelassen.« In ihrer Bemerkung schwang ein gewisser Unterton mit. Ant wusste, dass sie das Schließen von Fenstern und Türen für Männerarbeit hielt – vielleicht ein Atavismus, als Steinzeitfrauen nicht die nötige Muskelkraft besaßen, den Felsbrocken vor den Höhleneingang zu rollen. Verrückt.

»Wir sollten uns vorstellen und sie begrüßen«, sagte er, doch sobald sie ihre Türschwelle überschritten und sich ans Auspacken und die Schmutzwäsche gemacht und Sam gefüttert und gebadet und sein Gute-Nacht-Ritual vollbracht hatten, das jeden Abend zweiteilte, waren die neuen Nachbarn und die apokalyptische Landschaft nebenan längst vergessen. Dann, um acht, als Em immer noch bei Sam war, um ihn in den Schlaf zu wiegen und seine Winnie-Puuh-Spieluhr ihr Schlaflied klimperte, jaulte unvermittelt das ohrenbetäubende Dröhnen einer Bohrmaschine auf.

Als Ant erschrocken nach oben stürzte, tauchte gerade Em aus Sams Zimmer auf und schloss die Tür hinter sich. »Was zum Teufel war das?«

»Es kam von nebenan.« Em ging ins Gästezimmer, nur eine Rigipswand von Sams Bettchen entfernt. »Sie müssen wohl Regale auf der anderen Seite andübeln. Um diese Uhrzeit!«

»Andererseits können sie nicht wissen, dass wir hier ein Baby haben«, entgegnete Ant. »Wahrscheinlich haben sie noch nicht mal bemerkt, dass wir zurück sind.«

»Dann müssen wir es ihnen sagen.« Em seufzte. Da Sam im Urlaub besser als je zuvor in seinem jungen Leben geschlafen hatte, sah sie wieder mehr wie die alte Em aus, nämlich jung und attraktiv und mit einem Lächeln auf den Lippen. Obwohl sie von Natur aus ein heller Typ war, hatte sie eine leichte Bräune angenommen. »Wir wussten, dass früher oder später jemand einziehen würde.«

Das entsprach der Wahrheit, aber sie hatten wohl als gegeben vorausgesetzt, dass die neuen Nachbarn, wenn nicht älter und friedliebend wie Jean, dann gewiss reflektiert und rücksichtsvoll wie Finn und Tess Morgan auf der anderen Seite sein würden.

Selbst vor Sams Geburt hatten sich die Morgans besorgt wegen der Lautstärke ihrer Kinder gezeigt, die tatsächlich ein beträchtliches Ausmaß annehmen konnte dank des gemeinsamen Gartenarrangements mit Finns Bruder Ralph, der selbst zwei Kinder hatte – Ant war immer noch nicht sicher, wer zu wem gehörte. Häufig waren Freunde zu Besuch, was für ein heilloses Durcheinander aus Geschrei und einem rechthaberischen Stimmengewirr sorgte, ganz zu schweigen von der Hundemeute mittendrin, von denen einer ein echter Kläffer war. Doch sobald sich der Lärmpegel ins Unerträgliche steigerte, erschien ein entschuldigendes Gesicht über der Mauer, gewöhnlich das von Tess: »O Gott, was für ein Albtraum! Es tut mir *so* leid. Isla hat Geburtstag, und wir haben die gesamte Klasse plus alle Eltern hier. Ihr werdet sehen, wenn es bei euch so weit ist, kann man einfach niemanden ausschließen! Warum kommt ihr nicht rüber und trinkt ein Glas Prosecco?«

Auf diese Weise waren Ant und Em zu einem halben Dutzend

Feiern eingeladen worden, einmal sogar mit dem Angebot einer leichten Alu-Trittleiter, um über die Mauer zu klettern, auch wenn Em sich, damals schwanger, für die traditionelle Variante der Haustür entschieden hatte. Sie und Tess waren im Lauf der Zeit Freundinnen geworden – beide Hausfrauen (wenn man diesen Begriff überhaupt noch verwenden durfte), in Ems Fall vorübergehend, da sie Ende des Jahres an ihren Arbeitsplatz zurückkehren würde.

Insgeheim mochte er Naomi Morgan lieber, die unglaublich charismatisch und noch dazu sexy für eine Frau Mitte vierzig war. »Hier in dieser Straße ist es nicht erlaubt, sich zu zerstreiten«, hatte sie bei ihrer ersten Begegnung zu Ant gesagt, fast schon kokett mit ihren großen tintenschwarzen Augen und dem Lächeln, das sich verschmitzt nach oben wölbte. In einer Kultur von Strähnchenblondinen war ihre rabenschwarze Haarpracht regelrecht exotisch. »Wir sind quasi eine Hippie-Kommune«, erklärte sie.

Wohl kaum. Die Gärten der zwei Familien wurden gemeinsam genutzt, aber Ralphs und Naomis Haus gehörte ganz eindeutig ihnen allein, mit Blumenarrangements, die Elton John in nichts nachstanden, und einem Meer aus Kunstwerken, von dem Em behauptete, Finn und Tess könnten ihnen niemals das Wasser reichen. (Insbesondere gab es eine Skulptur, eine Art kupferner Kaktusmann mit Dornen, die Ant im Kopf als Gefahr für Sam abgespeichert hatte, sobald er mit dem Krabbeln anfangen würde.)

»Sie haben definitiv keine kleinen Kinder, andernfalls wären sie auf keinen Fall so laut«, sagte Em jetzt, und wie auf ein Stichwort erhoben sich hinter der Wand laute Stimmen, die eines Mannes und einer Frau, ihre Worte nur undeutlich zu verstehen. Dann, eine halbe Minute später, folgte Rockmusik. Hardrock.

»Das haben sie wohl angeschaltet, um das Bohren zu übertönen«, sagte Ant. »Klingt wie Thrash Metal oder etwas in der Art.

Wie hießen die Bands damals? Megadeth? Wow, das ist echte Körperverletzung. Was spricht gegen ein bisschen Ed Sheeran?«

Em spähte in Sams Zimmer und setzte ein Gesicht auf, das bedeutete: *Fürs Erste ist alles in Ordnung.*

»Ansonsten sind sie bestimmt ganz nett«, fügte Ant hoffnungsvoll hinzu.

Ems Augenbrauen zogen sich zusammen. »Das hört sich wie die Textzeile aus einem Film an, bevor der Würger von Boston sich auf der Türschwelle nebenan die Sturmhaube überzieht. Oh, das ist jetzt nicht ihr Ernst!«, seufzte sie, nachdem das Dröhnen der Bohrmaschine wieder eingesetzt hatte und die Musik noch weiter aufgedreht worden war. »Er wird nicht viel länger schlafen, wenn das so weitergeht.«

Als der Bohrer ein drittes Mal aufheulte, starrten sie die Wand an, als erwarteten sie, dass sich gleich vor ihren Augen ein Loch auftat. Die Luft schmeckte anders, dachte Ant, ihre atmosphärische Dichte hatte sich verändert. Der Gedanke, dass jemand knapp einen Meter entfernt auf der anderen Seite der Wand stand, fast so nah, wie sie einander waren, wirkte surreal. War sich diese Person bewusst, dass sie hier waren? Konnte er ihre Stimmen hören? Und welcher Mensch konzipierte Doppelhaushälften auch so, mit den Haustüren und Treppen jeweils an den Außenseiten? Wäre es nicht viel besser, sie direkt nebeneinander in der Mitte zu bauen, spiegelbildliche Flure und Treppenhäuser, die eine Dämmung zwischen den Wohnzimmern bildeten? Die zwei Haushalte könnten genauso gut eine einzige Scheune mit einem Wandschirm in der Mitte bewohnen.

»Du musst rübergehen und mit ihnen reden«, sagte Em. Aus dem *Wir* war mit raschem Nachdruck ein *Du* geworden. Offensichtlich noch ein Bereich, der in die Kategorie Männerarbeit fiel.

»Das geht doch erst seit fünf Minuten so«, argumentierte er. »Sam ist todmüde von der Reise, wahrscheinlich schläft er sowieso durch. Lass uns runtergehen und uns noch mal an das Große Ziel heranwagen.«

Das Große Ziel war, eine Episode von irgendetwas auf Netflix zu beenden, ohne von Sams Weinen gestört zu werden. Früher hatten sie wie der Rest der Gesellschaft Serienmarathons hingelegt, eine Staffel von *House of Cards* in einer Arbeitswoche, fast wie ein Nebenjob. Jetzt lebten sie buchstäblich in einem Kartenhaus. Eine falsche Bewegung, etwa wenn sie die Haustür nicht erreichten, bevor der Paketbote an der Tür läutete, oder genau in dem Moment ein Fenster kippten, wenn einer der Hunde der Morgans einen Fuchs ankläffte, und das gesamte Konstrukt fiel in sich zusammen.

Sams Schreien erklang vierunddreißig Minuten und ein großes Glas Rotwein später. Erst nachdem sie die Folge angehalten hatten, fiel ihnen auf, wie laut die Musik war. Der Text konnte problemlos verstanden werden – etwas von Metallica, das Ant vage bekannt vorkam. Ein geringfügig langsameres Tempo als der vorherige Thrash, aber ebenso dumpf. Dann kam der Refrain: »Sad but true«.

Das konnte man laut sagen.

Em eilte nach oben und tauchte mit Sam in den Armen wieder auf. Er barg den Kopf an ihrem Hals, presste sich an sie, um wieder in den Schlaf zu finden, der ihm so rabiat geraubt worden war. »Ant, kannst du *bitte* rübergehen und ihnen sagen, dass sie mit diesem Monsters-of-Rock-Revival aufhören sollen!«

Ihre kompromisslose Art, die Ant das Gefühl gab, *er* wäre das Kind, kam wieder zum Vorschein. Als Junge war ihm häufig vorgehalten worden, zu impulsiv zu handeln – »Warte kurz ab und denk einen Moment nach«, hatten Lehrer ihm geraten. »Handle in

Eile, bereue mit Weile, Anthony« (der Spruch stammte von seinem Großvater) –, und in seiner erwachsenen Anstrengung, diesen Fehler zu vermeiden, war er vielleicht etwas zu passiv geworden.

»Du hast recht«, sagte er und sprang auf.

Draußen hing ein unangenehmer Abriss-Geruch in der Luft, als wären uralte Abwasserrohre verstopft. Auf der gegenüberliegenden Straßenseite kamen ihm Sissys makelloser Garten und das goldene Glühen aus ihrem Wohnzimmerfenster wie eine andere Welt vor. Er marschierte am Wohnzimmerfenster der neuen Nachbarn vorbei, um zu ihrer Haustür zu gelangen, konnte aber durch den Spalt zwischen den Vorhängen, die nach dem Ableben von Old Jean hängen geblieben waren, nur wenig ausmachen: überquellende Umzugskartons, Müllbeutel, prallvoll mit Gegenständen. An der Tür betätigte er den Klopfer, aber niemand öffnete, was ihn nicht verwunderte, da die Musik fast laut genug war, um die Wände zum Wackeln zu bringen. Dann, ganz abrupt, endete das Lied, und er nutzte die Sekunden vor dem Einsetzen des nächsten Stücks aus, um nochmals zu klopfen.

Diesmal ging die Tür auf. Zum Vorschein kam eine kleine, knochige Blondine von ungefähr fünfundvierzig, gekleidet in etwas, das irgendwo zwischen Sportkleidung und Pyjama anzusiedeln war, und ihr Auftreten war das eines Menschen, der leicht in Wut geriet – oder vielleicht einfach das einer Betrunkenen. Sie deutete eine Begrüßung eher mit einer Geste als einem Wort an, eine Dose Heineken in der Hand, das Gesicht vor Verärgerung gefurcht. »Ja?«

»Sind Sie die neue Eigentümerin?« Ant erhob die Stimme über die Musik, die an ihm vorbei in die Nacht hämmerte. Wenn die anderen Nachbarn sie bis eben nicht gehört hatten, dann jetzt.

»Was?«

»Ich fragte, ob Sie die neue Eigentümerin sind?«

Ohne ersichtlichen Grund setzte ihr Lachen ein, ein sprödes, humorloses Geräusch. »Sie meinen Darren.«

»Okay, also, es geht um die Musik …«

Doch sie drehte sich bereits weg und schrie mit lauter Stimme: »Darren! *Darren!*«

Der Mann, der nun erschien, war, seinem dreckigen Overall nach zu urteilen, der enthusiastische Heimwerker. Er war Mitte fünfzig, und sein Gesicht war dermaßen gegerbt, dass es entweder auf einen hohen Alkoholkonsum oder eine Leidenschaft für sonnige Küstenwanderungen schließen ließ. Auch er umklammerte eine Dose samt einer Zigarette, die glühende Spitze bis knapp vor seinen Fingerknöcheln abgebrannt.

»Ja?«, fragte er die Frau, als stünde keine Haustür vor ihm offen und ein Fremder zwei Meter entfernt auf der Türschwelle.

»Er will mit ›dem neuen Eigentümer‹ sprechen«, sagte die Frau. »Scheiße, Mann!«

»Zieh Leine«, fauchte Darren sie an.

Mit stockendem Puls rang Ant sich ein überzeugendes Lächeln ab. »Ich bin Ant Kendall. Ich wohne nebenan mit meiner Frau Em. Das Haus genau hier.« Er deutete mit dem Zeigefinger, um die intime Nähe zwischen den zwei Haushalten zu unterstreichen. »Sie sind also Darren und …«

»Jodie.« Ihr Gesicht kräuselte sich in neuem Misstrauen. »Augenblick mal, das hat jetzt nicht wieder was mit der Mauer zu tun, oder? Die ganze Woche sind uns deshalb schon ein Haufen Wichtigtuer auf die Nerven gegangen. Woher sollten wir wissen, dass es Krach mit der Stadtverwaltung gegeben hat?«

Überrumpelt von ihrer Feindseligkeit fühlte Ant sich dennoch ermutigt von dem »Haufen Wichtigtuern«: Vor ihm war schon jemand hier gewesen, um sich zu beschweren, Sissy oder höchstwahrscheinlich einer der Morgans. »Nein, darum geht's nicht, es ist nur so, wir haben nebenan ein Baby, und sein Zimmer liegt genau hier, auf dieser Seite des Hauses ...«

Als Ant zu Sams Fenster deutete, schnippte Darren seinen brennenden Zigarettenstummel vor Ants Füße, und in Anbetracht der Autos, die in der Nähe parkten, trat Ant ihn aus. Em hatte Witze über Serienmörder gerissen, doch ihm kamen nur die Filme in den Sinn, in denen eine Studentenverbindung neben rechtschaffene Vorstädter zog und rauschende Partys feierte. Comedy vom Feinsten – für alle anderen.

»Ich weiß nicht, ob Sie es hören können, aber er ist ganz schön aufgebracht«, fügte Ant hinzu. In ihm machte sich allmählich ein ungutes Gefühl breit, die Erkenntnis, dass er diese Situation nicht sonderlich gut meisterte.

Doch schließlich schien die Frau zu kapieren. »Kein Problem«, sagte sie achselzuckend.

»Danke. Ich weiß Ihr Verständnis zu schätzen.«

Doch während er zusah, wie sich die Tür vor ihm schloss und er über die Schwelle seines eigenen Hauses trat, merkte er, erst durch die Füße – in Form mächtiger, anschwellender Vibrationen – und dann durch seine Ohren, dass die Musik sogar *noch* lauter aufgedreht worden war. Hastig eilte er zur Haustür seiner neuen Nachbarn zurück, doch sein Hämmern war entweder nicht zu hören oder wurde schlichtweg ignoriert.

Zu Hause hatte Em ihren Sohn immer noch bei sich im Erdgeschoss. Sam schrie jetzt, als leide er körperliche Schmerzen. Babys verfügten doch über ein hochempfindliches Gehör, oder? War dieser Dezibelwert für ihn sogar noch unerträglicher als für sie selbst?

»Was ist passiert?«, fragte – brüllte – Em. Es war, als spielte auf der anderen Wandseite eine Live-Band.

»Keine Ahnung.« Er hockte sich auf die Sofalehne. »Sie meinten, sie würden die Anlage runterdrehen, aber wenn überhaupt, haben sie sie aufgedreht.«

Sie sahen sich verwundert an.

»Als ich sagte, wir hätten ein Baby, können sie doch nicht … Sie können doch nicht angenommen haben, ich meine *unseren* Lärm? Dass ich mich für das Weinen entschuldigt habe?«

»Nur wenn sie total bescheuert sind.« Argwohn stieg in Em auf. »Warum? Hast du geklungen, als würdest du dich entschuldigen? Wie viel von der Flasche Wein hast du schon getrunken, Ant?« Sie schüttelte den Kopf. »Das können wir uns nicht gefallen lassen. Ich bringe Sam raus ins Auto und fahre ihn eine Weile rum, bis er wieder eingeschlafen ist.«

»Was, so spät?«

»Es ist erst halb zehn. Entweder das oder wir rufen die Polizei.«

»Das können wir nicht tun. Wir sind erst seit ein paar Stunden Nachbarn.«

Er folgte ihr nach draußen und half, Sam in seinen Autositz zu packen, kreischende Gitarren im einen Ohr, Babygebrüll im anderen, bevor er beobachtete, wie das Auto in die Straße bog. Zurück im Haus goss er sich ein neues Glas Wein ein und brachte es hinaus in den dunklen Garten. Nebenan setzte ein neues Lied ein, das Intro nahm an Fahrt auf und peitschte wie eine Abfolge kontrollierter Explosionen durch das offene Küchenfenster der Nachbarn.

Ohne darüber nachzudenken, hob Ant den nächstbesten Gegenstand auf, die Scherbe eines zerbrochenen Terrakottablumentopfs, und schleuderte sie über die Mauer.

Seine eigene Wut ließ ihn erschrocken zusammenzucken.

Am nächsten Morgen schliefen Em und Sam lang aus, doch Ant, dem es nicht gelungen war, tiefer als in einen aufgeregten Dämmerzustand zu tauchen, zog sich an und ging hinaus zur Bäckerei an der Hauptstraße, um Kaffee und Schokocroissants zu kaufen. Nebenan war es zum Glück ruhig, aber im Lowland Way nahm das laute Stimmengewirr des *Play Out Sunday* bereits an Fahrt auf. Wie üblich war Ant glücklich, dank seines privaten Stellplatzes seinen Wagen im Gegensatz zu den anderen Anwohnern nicht umparken zu müssen, um eine asphaltierte Spielfläche entstehen zu lassen, auf der Kinder sich kreischend austoben konnten. Das Projekt war bei ihrer Haussuche ein Pluspunkt gewesen, und die Makler hatten ihnen einen Link zum Artikel in der *South London Press* geschickt, den er später auch gerahmt in Ralph und Naomis Küche gesehen hatte. In der Schlange vor der Bäckerei las er ihn noch einmal auf seinem Handy durch und rief sich die fest verankerte, unerschütterliche Achtbarkeit seiner Nachbarschaft in Erinnerung:

Straße in South London erhält Urban Spaces Award

Die Bewohner einer Straße in Lowland Gardens, South London, haben eine Auszeichnung für ihre Gemeinschaftsinitiative verliehen bekommen, die Kindern eine Kostprobe auf die Art des sicheren Spielens im Freien geben soll, die ältere Anwohner vor Jahren noch als selbstverständlich erachteten.

Jeden Sonntag sind im Lowland Way Autos verboten, die Straße wird für den Verkehr gesperrt und den Kindern für ihren »Play Out Sunday« übergeben. Von Skateboardfahren, Stelzenlaufen, Himmel-und-Hölle-Spielen bis zum Hula-Hoop-Reifen ist alles erlaubt – nur eines nicht: Bildschirme.

»Lange war es mir ein Dorn im Auge, wie viel Zeit meine Kinder im Haus vor ihren Bildschirmen verbringen«, erklärt die Websitebetreiberin und zweifache Mutter Naomi Morgan, 43, die sich diese Idee hat einfallen lassen. »Jetzt müssen wir sie nicht mehr überreden, ihre Geräte auszuschalten – sie tun es freiwillig!«

Auf einem Empfang im Rathaus, den sie mit ihrer Schwägerin und Nachbarin Tess Morgan, 38, besuchte, nahm Naomi Morgan den Urban Space Award vom Londoner Bürgermeister entgegen, der verkündete: »Der *Play Out Sunday* ist ein wunderbares Beispiel für eine Gemeinschaft, die zusammenhält, um ihre eigene Lebensqualität zu verbessern.«

Lowland Gardens, eine grüne Oase westlich von Crystal Palace, bildete sich lange etwas auf ihre zurückhaltende Bodenständigkeit ein, aber mit ihren steigenden Immobilienpreisen, die in den vergangenen sechs Monaten fast fünf Prozent über dem Durchschnitt der Hauptstadt lagen, scheint es, als würde ihr unaufdringlicher Charme von einer Welle neuer Haussuchender entdeckt werden.

Es folgte ein Foto von Naomi und Tess mit dem Bürgermeister. Naomi in ihren Highheels überragte alle, wobei ihr offenes Lächeln ihr Gesicht in die Länge zog, was sie wie ein glänzendes Rennpferd aussehen ließ. (Tess hatte leider die Augen halb geschlossen.)

Nein, er würde sich wegen gestern Nacht keinen Kopf machen, einer unerfreulichen Episode, die sich zufällig mit ihrer Rückkehr aus dem Urlaub überschnitten hatte. Schwer beschäftigt mit den Renovierungsarbeiten während der vergangenen Woche mussten sich die Neuankömmlinge ein paar Gläser genehmigt haben, um etwas Dampf abzulassen, und nur ein Spielverderber würde ihnen das missgönnen. Heute würde der Lowland Way sich wieder von seiner gemeinschaftlich-beseelten, Immobilienpreise-in-die-Höhe-treibenden Seite zeigen.

In einer Stimmung, die sich nun erheblich durch den frisch gerösteten schwarzen Americano in seiner Hand gebessert hatte, ging er denselben Weg zurück, den er gekommen war, wobei er anfangs nur das übliche lebhafte Kreischen der spielenden Kinder vernahm. Dann, als er die Portsmouth Avenue entlangschritt, die an Nummer eins grenzte, schnappte er Teile der Liedtexte auf, die nichts für Kinderohren waren:

Gonna get you …

Fucking whack you …

Was um alles in der Welt …? Beim Einbiegen in den Lowland Way erwartete er ein Grüppchen Eltern zu sehen, vereint in ihrem Entsetzen, aber alles war genau so, wie er es zurückgelassen hatte, das Gewimmel etwas dichter, die Stimmen ein wenig schriller: Einige der Kinder saßen auf ihren Fahrrädern und rasten einen Slalomkurs zwischen Pollern entlang. Am Ende seiner Einfahrt war die Musik wohl nicht so laut, um irgendjemanden, abgesehen von den Anwohnern an der Ecke, zu stören, und mit einem Mal überkam ihn jähe Besorgnis. Sie waren hier ein bisschen abgeschottet auf ihrer gemeinsamen Insel mit Nummer eins. Wenn das zu *irgendetwas* ausarten sollte, könnten sie sich dann auf die Unterstützung der anderen Nachbarn verlassen?

Der Gedanke traf ihn, Sekunden bevor er Darren sah, der an der offenen Tür seines Lieferwagens stand, noch dazu mit nacktem Oberkörper, wie Ant schockiert feststellte. Seine Brustbehaarung war ein widerlicher Flaum aus hellem Grau.

Ant steuerte auf ihn zu, bevor er doch noch kalte Füße bekam. »Hallo noch mal, Darren.«

»Hä?« Darren wirkte, als hätte er Ant nie zuvor in seinem Leben gesehen.

»Wir haben uns gestern Abend kennengelernt.« Obwohl Ant strenggenommen auf seiner eigenen Seite der Einfahrt stand, fühlte es sich wie ein Eingriff in Darrens Privatsphäre an, ihn anzusprechen, wenn er nicht vollständig bekleidet war. Obwohl fünfzehn oder zwanzig Jahre älter als Ant, war sein neuer Nachbar besser in Form und nicht einmal ansatzweise verlegen. Eine dunkle, leicht rötliche Bräune deutete darauf hin, dass sein halbnackter Zustand keine Ausnahme war. »Ich wohne nebenan?«

»Oh, ja. Alles gut?« Weder höflich noch unverschämt, sondern einfach mit etwas anderem beschäftigt.

»Alles klar. Ich meine, nun ja, abgesehen … Wäre es möglich, die Musik ein wenig leiser zu drehen? Sie könnten Beschwerden bekommen, weil die Texte nicht gerade familienfreundlich sind.« *Beschwerden bekommen?* Was für ein Feigling er nur war. Gott sei Dank war Em nicht hier und hörte das mit an.

»Familienfreundlich?« Darrens Gesichtsausdruck veränderte sich – zu tiefem Argwohn. »Moment mal, waren das Sie, die uns aufgeweckt haben?«

»Wie bitte?«

»Vor ’ner halben Stunde? Jemand hat wie ein Scheißgerichtsvollzieher an die Tür gehämmert.«

»Nein.« Die Beiläufigkeit der ordinären Bemerkung ließ Ant zusammenzucken. »Vielleicht war es jemand, der fragen wollte, ob der Peugeot dort Ihnen gehört? Oder der weiße Toyota draußen vor Hausnummer sieben? Die Straße wird jeden Sonntag für den Autoverkehr gesperrt. *Play Out Sunday?* Der ist in unserer Gegend ziemlich bekannt, ich bin überrascht, dass man Ihnen nicht davon erzählt hat, als Sie das Haus gekauft haben.«

»Jeden Sonntag?« Booth stieß ein kurzes Lachen aus. »Nicht Ihr Ernst? Wenn die Kinder jedes Wochenende so rumschreien, kann ich mir gleich die Kugel geben!« Er schlug die Tür des Lieferwagens mit einem lauten Krachen zu, eine unmissverständliche Verabschiedung von Ant, der unschlüssig dastand, die Tüte mit Croissants schlaff in der Hand.

Das Adrenalin ließ ihn leicht zittern; er schämte sich, bei Auseinandersetzungen eine solche Null zu sein.

No sleep left for you

Bitch, got plans for you …

Bevor er den Schlüssel ins Schloss schieben konnte, wurde die Tür aufgerissen, und Em sprang heraus. Offensichtlich hatte sie sich Hals über Kopf angezogen, ihr Oberteil war falsch geknöpft, die Füße steckten in Flipflops, in der Hand hielt sie einen von Sams Softbauklötzen. Sie schoss an Ant vorbei und warf ihm einen ungläubigen Seitenblick zu – nicht, weil das hier gerade passierte, das wusste er, sondern weil es ihm nicht gelungen war, es zu unterbinden.

»Entschuldigung?«, rief sie mit scharfer Stimme Darren zu. »Ich sagte, *Entschuldigung?* Könnten Sie bitte diese Musik leiser drehen? Sie ist viel zu laut!«

Ant verstand ihren Frust, natürlich tat er das, aber es war die falsche Herangehensweise, sich aufzuregen und gleich aus der Haut zu fahren, bevor sie sich auch nur vorgestellt hatte, und zwangsläufig reagierte der Kerl mit einem abwehrenden Stirnrunzeln.

»Sagt wer?«

»Sage *ich*. Die Mutter eines sechs Monate alten Babys!«

Jetzt tauchte Jodie auf, um das zahlenmäßige Gleichgewicht wiederherzustellen, doch sie befand sich näher bei Ant und Darren, was den Eindruck erweckte, es stünde drei zu eins gegen Em. Frisch aus der Dusche waren Jodies Haare feucht und strähnig, ihr Gesicht blitzblank. Ihre Nase verengte sich zur Spitze hin, wie Ant auffiel, und während sie ihre Aufmerksamkeit von einer Person zur nächsten gleiten ließ, kam es ihm vor, als würde sie von ihrem Geruchssinn geleitet werden. »Wo liegt das Problem?«

»Ihre Musik ist das Problem«, fauchte Em. »Könnten Sie sie *bitte* leiser drehen?«

»Es gibt keinen Grund, gleich so aggressiv zu sein«, erwiderte Jodie herausfordernd.

Em errötete. »*Ich* soll aggressiv sein? Was ist mit dem Umstand, dass Sie die ganze Nacht Heavy Metal gehört haben und jetzt *das hier* an einem Sonntagvormittag? Ist das denn nicht aggressiv?«

»Em, lass es gut sein«, sagte Ant in der Hoffnung, nicht so illoyal zu klingen, wie er sich fühlte. Er spürte die Blicke von der Straße; wenn es so weiterging, würden sie eine Menschenmenge anziehen.

»Verstehst du das?«, sagte Darren zu Jodie, als Sams Schreie durch die offene Tür zu ihnen drangen. »Ihre Kinder ticken völlig aus, aber sie ertragen nicht das kleinste bisschen Musik.«

»Da gibt es einen Unterschied!«, rief Em, und Ant war erleichtert, als sie den Wortwechsel auf sich beruhen ließ, um ins Haus zu stürmen und sich um Sam zu kümmern.

»Vielleicht könnten wir uns einmal in Ruhe unterhalten, wenn Sie nicht so beschäftigt sind?«, schlug er vor. »Geben Sie mir einfach Bescheid, wenn Sie Zeit haben.«

Em hatte die Haustür hinter sich geschlossen, und er kam sich töricht vor, sie jetzt wieder aufzusperren. »Echte Spaßbremsen, was?«, hörte er Jodie zu Darren sagen, als er endlich im Haus war.

Er wartete im Türrahmen zur Küche, während Em Sams Gebrüll beruhigte. Ihre Schultern bebten sichtlich vor Wut.

»Wer zum Teufel sind *diese* Leute?«, fragte sie.

»Das sind die Leute, neben denen wir wohnen müssen, weshalb ich mir nicht ganz sicher bin, ob es klug ist, sich am ersten Tag mit ihnen zu zerstreiten.« Beim Anblick ihres zornentbrannten Stirnrunzelns bekam Ant Zweifel, ob es klug war, diese Bemerkung gemacht zu haben.

»Hätte ich mir ja denken können, dass du nicht hinter mir stehst«, schnaubte sie.

»Wovon redest du?«, protestierte er. »Natürlich stehe ich hinter dir.«

»So hat es für mich nicht geklungen. ›Lass es gut sein‹. Typisch Ant, der nie einen Streit vom Zaun brechen will.«

Typisch Ant? Das verschlug ihm die Sprache.

»Nur dass wir keinen Zaun haben, jedenfalls nicht vorne raus. Und selbst wenn wir einen hätten, würden die ihn auch plattmachen.« Sie funkelte Ant böse an, als wäre er höchstpersönlich für diese katastrophale Situation verantwortlich. »Die Dinge sollten lieber nicht so weitergehen, denn uns trennt nichts von ihnen, nicht wahr? *Buchstäblich* nichts.«

3

TESS

Ich war heute Morgen hier, ja. Ich war hinten im Garten und habe mit den Kindern gespielt, als wir den Knall hörten, wie ein Auto, das explodiert – pst, Dex, der nette Beamte redet über etwas sehr Ernstes. Geh wieder zu deiner Schwester und schaut euch Spider-Man *zu Ende an.*

Ja, ich bin mir sicher, dass ich auch einen Schrei gehört habe, aber vielleicht bilde ich mir das auch bloß ein. Mein Mann kam raus, und wir haben uns nur angesehen und gesagt: »Was um alles in der Welt …?« Dann hat unsere Schwägerin Naomi ihre Tochter gebeten, sich ein paar Minuten um die Kleineren zu kümmern, und wir sind vorn aus dem Haus und haben eine riesige Staubwolke vor Nummer eins gesehen. Em Kendall war schon da, und sie meinte, Booth läge irgendwo unter den Trümmern. Wir haben ihn stöhnen und husten gehört. Wir haben zuerst nur ihn gesehen, wir wussten ja nicht, dass noch jemand da unten war. Dann haben wir den Fuß bemerkt. Es war so grässlich, den Anblick werde ich nie vergessen.

Obwohl das alles wirklich ganz grauenvoll ist, muss ich schon sagen, dass es sich in gewisser Weise vollkommen un-

ausweichlich anfühlt. Keiner von uns war vor ihnen sicher. Früher oder später musste jemand zu Schaden kommen.

Wen ich mit »ihnen« meine? Darren Booth und seine fürchterliche Frau natürlich. Jodie heißt sie. Sie müssen wissen, an jenem Morgen ist sie nicht mal rausgekommen, zumindest nicht sofort. Hat Ihnen das schon jemand gesagt? Die gesamte Straße war da und hat verzweifelt versucht, zu helfen, und sie war drinnen und hat geschlafen! Jemand musste durch die Hintertür rein und sie holen. Anscheinend stand sie unter Medikamenteneinfluss, aber wenn Sie mich fragen, war sie noch vom Vorabend sturzbesoffen. Echte Komasäufer, die ständig Party machen.

Nun, ich würde sie als gereizt beschreiben. Keinerlei Interesse, mit den Menschen in ihrer Umgebung zu kooperieren. Sie leben nach ihren eigenen Gesetzen. Es ist eine Form von Soziopathie, schätze ich, oder Narzissmus.

Nein, ich bin keine Psychiaterin, ich bin Hausfrau und Mutter. Aber zwischen den beiden Dingen gibt es mehr Parallelen, als Sie glauben, lassen Sie sich das gesagt sein.

Mrs Tessa Morgan, Lowland Way 5,
Anwohnerbefragung durch die
Metropolitan Police, 11. August 2018

Sechs Wochen zuvor

Oh, waren die Schwanenküken wunderschön! Immer noch so winzig und flauschig und vertrauensselig! Welche Freude, dass ihre eleganten Eltern den Teich in Lowland Gardens ausgewählt hatten, um ihre Jungen hier großzuziehen, das erste Mal seit

Menschengedenken. Schon früher hatten Vögel ihre Nester auf der winzigen Insel gebaut, es hatte Gänse- und Entenküken gegeben, kleine Wasserhuhnbabys (gab es für sie eine eigene Bezeichnung? Sie würde es später nachschlagen), aber nie zuvor Schwanenjunge.

Wie jeden Morgen brachte Tess ihre Tochter Isla zur Schule, ein kurzer Spaziergang den Lowland Way hinab und nach Süden durch den Park. Zu nah an der Rushmoor-Siedlung im Norden gelegen, um früher als unbedenklich eingestuft zu werden, besaß die grüne Lunge, die diesem Vorort ihren Namen verlieh, nun die beste Landschaftsarchitektur, die dank Gentrifizierung erreicht werden konnte, plus eine altmodische Strandhütte als Kiosk, in der zwei todschicke Mädchen handgebrühte Flat Whites für £3 pro Becher verkauften. Herrje, in der Siedlung gab es wahrscheinlich Kinder, die nicht einmal wussten, was Höckerschwäne waren (ganz zu schweigen von einem handgebrühten Flat White), oder, falls doch, es für eine gute Idee hielten, sie mit Chips zu füttern. Erst vor einer Minute hatte Tess eine Mutter und ihre Vorschulkinder höflich auf genau dieses Vergehen hingewiesen.

Sechs Schwanenjungen waren in der dritten Maiwoche geschlüpft und hatten ihren ersten Ausflug ins Wasser gewagt – ihrer Mum mit der synchronen Präzision eines Busby Berkeley folgend –, während eine Phalanx aus iPhones hinter dem Geländer filmte. Seitdem hatten Tess, Naomi und einige andere Nachbarn eine Schwanenwache ins Leben gerufen und teilten auf der Facebook-Gruppe der Nachbarschaft Fotos miteinander.

Tess zählte rasch nach: vier, fünf, sechs. Gut. Alle vollzählig. Dad patrouillierte in der Nähe und scheuchte die Krähen fort. Sie schoss ihr Foto des Tages und sammelte dann ihre eigenen Familienmitglieder ein, die neunjährige Isla, den vierjährigen Dex und ihren Golden Retriever Tuppy plus Naomis beide Hunde, Kit und Cleo, für die sich Tess irgendwie bereiterklärt hatte, jeden Morgen mit ihnen Gassi zu gehen. Die Hunde, absurderweise besorgt, ausgesetzt worden zu sein, waren in sicherer Entfernung angebunden, damit sie nicht von den Schwänen angefaucht wurden.

Einmal hatte sie Finn anvertraut, sie würde Tuppy genauso lieben wie ihre zwei Menschenkinder, und er hatte reagiert, als habe sie einen urkomischen Witz erzählt. Dann, als er ihren ernsten Gesichtsausdruck bemerkte, hatte er geantwortet: »Ich weiß, was du meinst. *Fast* so sehr. Aber ein Hund, der stirbt, ist nicht so schlimm wie ein Kind, das stirbt, nicht wahr? Wenn es hart auf hart kommt?«

Hängt davon ab, wie hart es kommt, hatte Tess sich im Stillen gedacht. Ein grausamer Tod war schlimmer als ein sanfter, egal bei welcher Spezies.

»Mami, kriegen wir ein Eis?«, fragte Dex.

»Nein. Es ist halb neun, und du hast gerade erst gefrühstückt. Außerdem hat der Kiosk noch gar nicht offen.«

»Ich hätte Salzkaramell genommen«, erwiderte er betrübt.

»Libby sagt, von Salzkaramell bekommt sie Kopfweh«, entgegnete Isla. Libby, Naomis Älteste, war im Grunde eine Miniversion von Naomi mit Hypochondrie, aber Naomi hatte pflichtgetreu sämtliches Salzkaramell aus ihrer Küche verbannt mit der Erklärung, es hätte sowieso eine kritische Menge überschritten und würde bald einen Backlash geben. Bei diesen Worten hatte Tess sich einen zähfließenden, aber tödlichen goldbraunen Tsunami vorgestellt, der über London schwappte … und dann wohin weiterrollte? Nach Wales?

Nach Islas Geburt hatte Naomi sie gedrängt, weiterzuarbeiten, wenn auch nur in Teilzeit, um die zukünftige Chance auf ihre Vermittelbarkeit im Arbeitsleben zu erhöhen, obwohl Tess damals nicht einmal gewusst hatte, ob sie später eine Arbeit wollte oder bräuchte. Sie hatte nicht auf Naomi gehört. Hatte sie sich das zu dem Zeitpunkt wirklich reiflich überlegt oder sich nur unbewusst Naomi widersetzt? Sobald Dex im September in die Schule kam, würde sie sich eine Arbeit suchen. Okay, durch die Medien war ihr der Eindruck vermittelt worden, dass heutzutage sämtliche Jobs von Robotern oder unbezahlten Millennials erledigt wurden, aber das war gewiss eine schamlose Übertreibung, und Naomi meinte, sie könne *womöglich* noch Glück haben, solange sie die vierzig nicht überschritten hatte (Tess war neununddreißig).

Wie kam es, dass Naomis Worte eine solche Wirkung auf ihre Gedanken ausübten? Als hätte sie keine eigenen.

»Komm schon, bringen wir Isla zur Schule.« Doch Dex klammerte sich schniefend am Geländer neben der Schwanenfamilie fest. »Oh, Süßer, du hast doch gehört, was ich gesagt habe, du bekommst jetzt kein Eis.«

»Er macht sich Sorgen, die Schwanenjungen allein zu lassen«, erklärte Isla. »Er hat Angst, der neue Mann könnte sie holen kommen. Er mag Tiere weniger wie wir.«

»*Als* wir. Welcher neue Mann? Du meinst den neuen Nachbarn an der Ecke?«

Da sie das Kennenlernen nach dem Einzug der Booths verpasst hatte (Naomi hatte natürlich einen Termin ausgewählt, der ihrer Familie passte, nicht Tess'), hatte sie eigentlich geplant, kurz allein vorbeizuschauen, aber Finn hatte ihr davon abgeraten, weil der Kerl ein Arschloch war. Ems Beschwerden über das Höllenpärchen, das keinerlei Bewusstsein für die Gefühle – oder den Gehörsinn – anderer hatte, schien seine Bedenken zu untermauern.

»Werden sie zum Problem werden?«, hatte sie Finn gefragt.

Er hatte mit den Schultern gezuckt. »Wenn ja, werden Ralph und Naomi sich darum kümmern.«

Tatsächlich ließ Naomi nicht lang auf sich warten, bis sie auf der Facebook-Gruppe der Nachbarschaft postete:

Naomi Morgan: Stört sich sonst noch jemand an dem, was in Nummer 1 los ist?

Sissy Watkins: Was ist da los? Sind das nicht nur Renovierungsarbeiten?

Em Kendall: Mich stört das SEHR. Laute Musik. Wir haben uns schon MEHRMALS beschwert, aber sie kümmert das nicht.

Ihr gesamtes erstes Wiedersehenstreffen nach dem Urlaub hatte Em damit verbracht, über die Neuankömmlinge herzuziehen. »Hörst *du* ihre Musik denn nicht?«, hatte sie wiederholt gefragt. »Habe ich dir schon erzählt, dass ich die Polizei angerufen habe und sie meinten, sie seien nicht zuständig, da müsste ich mich an die Stadt wenden? Es sei denn, wir fühlten uns bedroht. *Und* man könne belangt werden, wenn man den Notruf missbrauche. Unglaublich!«

Tess hatte die Entscheidung getroffen, sich nicht in die Sache hineinziehen zu lassen, solange sie die Kinder – oder Hunde – in Ruhe ließen. »Nun, es ist doch schön, dass ihr euch nicht bedroht fühlt«, wiegelte sie ab.

»Noch nicht«, erwiderte Em in dem Tonfall, den Menschen benutzen, die fest entschlossen waren, Recht zu behalten, selbst auf ihre eigenen Kosten.

»Es gibt wirklich keinen Grund, sich vor ihm zu fürchten«,

sagte Tess nun zu Dex. Es war ein trockener, stickiger Sommer, und die vertraute Hitze wurde allmählich unerträglich. »Manchmal wirken Leute ein bisschen grummelig, aber eigentlich sind sie nett.«

»Er ist *nicht* nett«, beharrte Isla. »Er war sehr unhöflich zu uns.«

»Ihr habt mit ihm gesprochen?«, fragte Tess überrascht. »Wann?«

»Als ich bei Libby war.« In ihrer Stimme schwang Stolz mit, denn Libby war drei Jahre älter und ihr Idol. »Wir sind mit den Hunden Gassi gegangen und haben den ganzen Müll in seinem Garten gesehen, und Libby meinte, Abfall gehört in den Abfalleimer, nicht auf den Boden, sonst bekommt er noch Ratten. Er ist böse geworden, und dann hat er versucht, Tuppy zu treten!«

Tess zog an Tuppys Leine und beugte sich nach unten, um ihm die Brust zu kraulen. »Was? Er hat ihn aber nicht wirklich getroffen?«

»Nein, er hat nur so *getan*«, erklärte Isla. »Er hat gerufen: *Schafft den Hund von meinem Grundstück!* Und er hat ein *Schimpfwort* benutzt. Er hat das ›F‹-Wort gesagt.«

Dieses letzte Detail lenkte Dex zumindest von seinen Tränen ab und erlaubte Tess, ihr Grüppchen zum Weitergehen zu bewegen. Die Pracht des Parks schien mit einem Mal an Glanz zu verlieren. »Ich schätze, fürs Erste wäre es das Beste, nicht mehr an seinem Garten vorbeizugehen, wenn ihr nicht mit einem Erwachsenen unterwegs seid. Benutzt lieber die andere Straßenseite, ja?«

»Okay.« Als sie sich der Schule näherten, waren Islas Gedanken längst weitergaloppiert, doch noch während Tess sich von ihr verabschiedete und mit Dex und den Hunden schon zurück im Lowland Way war, kreisten ihre weiterhin um die Bemerkungen ihrer Kinder über die neuen Nachbarn – und ihren eigenen Unwillen, sich mit Em zu verbünden. Wie lautete das berühmte Zitat: »Wenn du dich neutral verhältst, stellst du dich auf die Seite des Unterdrückers.« (Wer hatte das gesagt? Nelson Mandela? Gandhi? Gewiss nicht Naomi?) Auf einmal wirkte es wie eine durchaus vernünftige Entscheidung, nach ihrer Rückkehr die Hunde im Vorgarten zu parken und direkt zu Haus Nummer eins zu gehen.

Die Einfahrt und ein Großteil des Gartens waren mit einer sichtlich wachsenden Ansammlung an alten Autos und weggeworfenen Küchen- und Badezimmerschränken bedeckt. Obwohl niemand zu sehen oder zu hören war, stand die Haustür einen Spalt offen, und Tess stieß sie weiter auf und steckte den Kopf in den Flur.

»Hallo? Ihre Haustür steht offen!«

Keine Reaktion. Sie trat ein, Dex' Hand in ihrer, und spähte ins Wohnzimmer. Von früheren Besuchen bei Jean kannte sie die Raumaufteilung. Im Erdgeschoss gab es einen schmalen Korridor, der zu einer Toilette führte, und gleich rechts durch eine Tür befand sich das Wohnzimmer. Die Küche war vom Wohnzimmer durch eine gläserne Flügeltür abgetrennt, die nun entfernt worden war, ein Umbau, von dem Tess wusste, dass er von der Stadtverwaltung erlaubt war, solange der Rahmen und die tragende Wand stehen blieben.

»Es riecht eklig«, sagte Dex, der seine Mutter zurückziehen wollte, während sie sich Zentimeter für Zentimeter weiter ins Wohnzimmer schob. Das Sofa, ein entflammbar aussehender Klotz aus braunem Nylon, war mit leeren Bierdosen übersät, der Boden drum herum eine Flut aus Tellern und Schüsseln voller Zigarettenstummel – Tess dachte an den kleinen Sam auf der anderen Wandseite: War er dem Risiko von Passivrauch ausgesetzt? Es gab einen riesigen Fernseher an der Wand zum Nachbarhaus, eine altmodische Stereoanlage mit Lautsprechern – höchstwahrscheinlich das Gerät, dessen Musik Em quälte – und ein Gewirr aus Kabeln und Spielkonsolen. Die Fensterbretter waren mit Baustaub verdreckt. Auch wenn es kein echter Messie-Haushalt war, stand der Verschmutzungsgrad dennoch in deutlichem Gegensatz zu anderen Immobilien, die sie im Lowland Way betreten hatte, selbst solchen, die nicht in Naomis Liga aus geöltem Eichenholzparkett und Christian-Lacroix-Kissen spielten.

In der Küche zu ihrer Linken war ein Teil der Wand freigelegt und verschrammt, wo Küchenelemente herausgerissen worden waren, und erschrocken bemerkte Tess, dass eine Flamme auf einer der Gasplatten loderte. Die konnte gewiss nicht die ganze Nacht über gebrannt haben, oder? Mit der Haustür, die einen Spalt offen stand, hätte sie leicht ausgeblasen werden können. Sie schaltete den Herd aus.

»Wir kommen lieber später wieder«, sagte sie zu Dex und kehrte in die Diele zurück. Doch am unteren Treppenabsatz blieb sie zögerlich stehen, magisch angezogen von Jeans altem blauem Treppenläufer, jetzt grau vor festgetretenem Schmutz. »Du setzt dich hier auf die Stufe, Süßer, ich bin gleich zurück. Nichts anfassen, okay?«

Während sie auf Zehenspitzen nach oben stieg, vorbei an den dunklen Rechtecken an der Wand, wo Jeans Fotos abgehängt worden waren, und dem Badezimmer, in dem die Renovierungsarbeiten anscheinend immer noch in der Abrissphase steckten, überkam sie eine entsetzliche Vorahnung. Irgendetwas stimmte hier nicht. War häusliche Gewalt im Spiel? Drogenmissbrauch? Und diese offene Tür: Hatte sich womöglich ein Eindringling Zugang verschafft und diese Leute in ihrem Bett ermordet?

Mach dich nicht lächerlich!

Sie schlich am Treppenabsatz entlang in Richtung der offen stehenden Tür des Schlafzimmers, das zur Straße hinausging, und roch Schweiß und eine ausgeatmete Alkoholfahne, bevor sie Booth tatsächlich sah. Er lag auf dem Rücken in einem Doppelbett, allein und vollständig bekleidet. Schlafend, nicht ermordet. Neben der Tür standen seine Stiefel, dieselben, mit denen er wahrscheinlich nach einem wehrlosen Tier getreten hatte. Während Tess voller Entrüstung hergekommen war, überkam sie unvermittelt ein irrationaler Hass. *Ich könnte ihn umbringen*, dachte sie zu ihrer eigenen Überraschung. *Niemand hat gesehen, wie ich das Haus betreten habe.*

»Mami! *Mami!*«

Erschrocken stürzte sie zur Treppe zurück. Unter ihr hatte sich eine Frau mittleren Alters in ausgeblichener schwarzer Jeans und eng anliegendem weißem Spaghetti-Top von der Sorte, die Tess das letzte Mal mit Mitte zwanzig getragen hatte, über Dex aufgebaut, ihr Gesichtsausdruck verständlicherweise verstimmt, als sie aufblickte, um ihrem Eindringling die Stirn zu bieten.

»Wer verdammt noch mal sind Sie?«

Zweifellos, das musste Jodie sein. Sie hatte eine blaue Plastiktüte in der Hand, ein Hinweis, dass sie im Laden Ecke Portsmouth Avenue und Crofton Road gewesen war, mindestens zehn Minuten vom Lowland Way entfernt. Welche Sorte Mensch ließ die Haustür offen, während sie einkaufen ging? Und einen Gasherd an?

»Was tun Sie da oben?«, fragte sie. »Warum sind Sie in meinem Haus?«

Wie der Blitz schoss Tess die Treppe zu Dex hinab, zog ihn an sich und hielt ihm instinktiv die Ohren zu. Obwohl er eher verwirrt als verängstigt war, packte sie jähes Entsetzen: Was hatte sie sich nur dabei gedacht, ihn an einer offenen Tür zurückzulassen? »Es tut mir so leid, ich habe nach Ihnen gesucht … falls Sie Jodie sind? Ich bin Tess, von ein paar Häusern die Straße runter. Ich dachte, etwas sei nicht in Ordnung, weil die Tür offen stand.«

»Bedeutet aber nicht, dass Sie hier einfach reinkommen und rumschnüffeln können«, fauchte die Frau, und damit hatte sie nicht ganz unrecht. Unter den verschmierten Make-up-Resten ihres Katers war sie nicht unattraktiv, bemerkte Tess, und ihre Augen zeugten von schneller Auffassungsgabe. Also auch nicht auf den Kopf gefallen.

»Sie haben recht. Ich dachte, ich rieche Gas«, log sie. »Ich habe den Herd ausgeschaltet, ich hoffe, das ist in Ordnung. Sie haben ihn angelassen. Sie *sind* Jodie, nicht wahr?«, versuchte sie es erneut.

»Ja, leider.« Jodie entblößte leicht die Zähne. Die obere Reihe war perfekt gerade, die untere jedoch schrecklich schief, als gehörten sie zu zwei unterschiedlichen Mündern.

Da erinnerte sich Tess an ihre ursprüngliche Mission. »Nun, sehen Sie, der Grund meines Kommens ist der, dass ich kurz mit Ihrem Mann über meinen Hund sprechen wollte. Mir ist zu Ohren gekommen, dass er versucht haben soll, ihn zu treten? Ich habe es nicht mit eigenen Augen gesehen, aber meine Kinder waren deshalb sehr aufgewühlt, wenn Sie ihm also meine Nachricht ausrichten könnten …«

»Welche Nachricht?« Jodie riss ihre Zigaretten auf und zupfte mit ihren scharfen, petrolblau lackierten Fingernägeln eine heraus. Tess hoffte, Dex würde das Foto von dem erkrankten Lungengewebe auf der Packung nicht sehen.

»Dass Tuppy völlig harmlos ist und es nicht angeht, dass Tiere getreten werden.«

»Tuppy? Ist das ein Name?«

»Nach der P.G. Wodehouse-Figur«, sagte Tess. »Wenn ich schon hier bin, kann ich auch gleich fragen, wie lang die Bauarbeiten noch dauern werden? Ich weiß, solche Dinge sind schwer abzuschätzen, aber …«

Zumindest könnte sie dann mit nützlichen Informationen zu Em gehen.

Jodie zuckte mit den Schultern. »Ein paar Monate, schätze ich.«

»Ich habe gehört, Sie führen die Arbeiten selbst durch?« Tess' Erfahrung nach bedeutete das Jahre, nicht Monate.

»Darren, ja.« Jodie wandte sich von Tess ab in Richtung Wohnzimmer, offensichtlich war sie fertig mit ihrer Besucherin. Da klingelte ihr Handy, und ihr Auftreten, als sie den Anruf entgegennahm, veränderte sich schlagartig, war nun freundlich und entgegenkommend: »Das ist richtig, möchten Sie eine Testfahrt vereinbaren? Jederzeit heute Nachmittag. Darren ist heute Morgen leider unpässlich. Lassen Sie mich rasch den Terminkalender holen.«

»Okay«, murmelte Tess, »nun, dann gehe ich jetzt besser.« Doch als sie an der Haustür war, stellte sie fest, dass sie den Schließmechanismus nicht aufbekam, ein Türzylinder, der, den Kerben nach zu urteilen, erst kürzlich eingebaut worden war.

Dex spürte ihre Panik. »Mami? Sind wir Gefangene?«

»Natürlich sind wir keine Gefangenen, Süßer. Entschuldigung?«, rief Tess über die Schulter zu Jodie und konnte selbst die Überreaktion in ihrer Stimme hören. »Die Tür klemmt. Könnten Sie uns bitte rauslassen?«

Ihre Gefängniswärterin schlenderte gemächlich auf sie zu, der Telefonanruf – oder die Zigarette – hatten ihre Stimmung gehoben. »Kein Grund zur Panik, ist nur ein neues Schloss. Ich hab nicht geplant, Sie zu kidnappen. Der SM-Kerker ist noch nicht ganz eingerichtet, Sie verstehen, was ich meine?«

Tess runzelte die Stirn. »Ich glaube nicht, dass so etwas für die Ohren von Kindern bestimmt ist.«

»Sie sind diejenige, die in den Schlafzimmern anderer Leute rumschleicht«, lachte Jodie. Sie entriegelte die Tür und scheuchte sie hinaus. »Warum *waren* Sie überhaupt oben? Ich kann mich nicht erinnern, dass Sie dafür eine Erklärung geliefert hätten, oder? Tschüss dann.«

Vor verschlossener Tür hörte Tess, wie Jodies Handy erneut klingelte, und blieb lauschend stehen. »Ganz genau, Lowland Way, gerade eingezogen. Danke, ja, kam ein bisschen aus dem Blauen, und Darren wollte es sofort verkaufen, aber dann haben wir gesehen, was für ein hübsches Fleckchen Erde es ist, und wir hatten beide die Nase gestrichen voll von unseren alten Jobs, also dachten wir uns, okay, probieren wir einfach, ein eigenes zu eröffnen.«

Was eröffnen?, dachte Tess. Augenblick mal, was hatte Jodie gerade über eine Testfahrt gesagt? Auf der anderen Seite des Gartens standen zwei Autos abseits vom Rest des Fuhrparks, und halb mit Planen verdeckt, funkelte der freiliegende Teil der Karosserien so gut wie neu. Da der riesige Berg an Ziegelsteinen und herausgerissenen Badarmaturen den Zugang zur Einfahrt versperrte, musste Darren wohl über den Bürgersteig gefahren sein, um sie dort zu parken. Kinder und Hunde kamen ständig um diese Ecke geschossen.

Zu Hause klinkte sie sich in die Facebook-Diskussion über Haus Nummer eins ein, die sie bisher gemieden hatte:

Führen die einen Gebrauchtwagenhandel?

Es dauerte eine Weile, bevor die Antwort von Naomi kam, die während ihrer Arbeitszeit das Geschäftliche und Private in den sozialen Medien strikt voneinander trennte.

Höchstwahrscheinlich, ja. Ralph recherchiert.

»Ich hoffe bloß, dass diese Spannungen mit den neuen Nachbarn rechtzeitig beigelegt sind«, sagte Tess am Abend zu Finn, während sie die Reportage auf der *Guardian*-Website schloss, die schlimme Nachbarn als zweitgrößtes Hindernis für einen Hausverkauf auflistete (nach Hochwassergefahr). Natürlich hatte sie ihm von dem beunruhigenden Vorfall mit Jodie und der unbeaufsichtigten Gasflamme erzählt, wobei sie das kleine Detail ihrer unerklärlichen Entscheidung, sich heimlich nach oben zu schleichen und Jodies schlafenden Ehemann zu betrachten, geflissentlich für sich behalten hatte. *Ich könnte ihn umbringen.*

»Rechtzeitig wofür?«, fragte Finn.

»Dafür, das Haus auf den Markt zu bringen.«

Finn reagierte mit einem unbewegten Gesichtsausdruck, der unglaublich viel Mühe kosten musste. Manchmal, wenn Tess ihren Ehemann betrachtete, war die Ähnlichkeit mit Ralph nicht zu übersehen – beide Brüder hatten kurze dunkle Haare, ein kantiges Kinn und eine Adlernase –, aber nur, wenn er vor Selbstvertrauen strotzte. Nicht wie jetzt, wenn er voller Selbstzweifel war. »Wir haben doch noch nicht zu hundert Prozent entschieden, dass wir umziehen, oder?«

Stirnrunzelnd legte sie den Kopf zur Seite. »Nun, *ich* habe es zu hundert Prozent entschieden.«

»Okay.«

Aber das war bloß sie allein – die Nicht-Ernährerin der Familie.

Er hätte ihr das natürlich niemals direkt ins Gesicht gesagt, sondern zeigte nur zu dem Bild im gemeinsamen Garten: Kinder und Hunde, Bellen und Kreischen, Bälle, die in alle Richtungen flogen. »Ich bin mir nicht so sicher. Sieh nur, wie glücklich sie mit ihrem Cousin und ihrer Cousine sind.«

Dex lag zwar im Bett, und nur Isla war draußen, aber Tess war nicht spitzfindig. »Wir würden sie ständig besuchen, uns immer noch nahestehen.«

»Nicht so.«

Nein, dachte sie, *nicht so. Genau darum geht es.*

Es war nicht, dass Tess Ralph und Naomi nicht mochte, denn sie mochte sie sehr – zumindest meistens. Es lag daran, dass sie fürchtete, von ihnen vollkommen eingenommen zu werden. Sie fürchtete, Ralph würde niemals aufhören, Finn überreden zu wollen, seinen Job als Logistikmanager für eine Corporate Events Firma aufzugeben und für ihn bei *Morgan Leather Goods* zu arbeiten. Sie fürchtete, Finn würde eines Tages einknicken und zustimmen, dass seine Fähigkeiten *durchaus* übertragbar seien und es *tatsächlich* angenehm wäre, mehr Geld zu verdienen, ja. Wir können nicht nebeneinander wohnen *und* zusammen arbeiten, so lautete die Devise, aber wie lang würde er noch durchhalten?

Es wäre nicht so tragisch, wäre es Finns Geschäft und Ralph derjenige, der angeworben würde, aber Fakt war, dass Ralph und Naomi immer diejenigen waren, die etwas Besseres anzubieten hatten, immer diejenigen, die alles zuerst taten. Sie taten etwas zuerst und gaben dann Finn und Tess Anweisungen, wie sie es ihnen am besten nachmachten, und das ausgiebig und in aller Ausführlichkeit, einschließlich, welche Fallstricke es zu umschiffen galt. Tess wollte das köstliche Glücksgefühl, Wegbereiterin gewesen zu sein, selbst einmal erleben. Sie wollte ihre eigenen Fehler machen.

Obwohl dieses klaustrophobische Gefühl schon seit Jahren unterbewusst geschwelt haben musste, hatte es sich abrupt über die Frage der weiterführenden Schule entladen. Ohne eine adäquate staatliche Option in der näheren Umgebung hatte Naomi sich entschieden, Libby auf eine Privatschule zu schicken, aber Finn und Tess konnten es sich unmöglich leisten, Isla denselben Luxus zu bieten: Sie hatten weder das gleiche Einkommen wie Ralph und Naomi noch Naomis wohlhabende Eltern, die ihnen bereitwillig unter die Arme griffen. Sie würden aus der Gegend wegziehen müssen.

Doch so war es nicht gekommen. Naomi hatte die Zugverbindung zwischen Lowland Gardens und der nächsten Kent Grammar School recherchiert, Libby hatte den gebührenden Nachhilfeunterricht erhalten, um den Eleven-plus-Test mit Bravour zu bestehen, und schon bald gab Naomi die Telefonnummer des Nachhilfelehrers mit der Verstohlenheit eines Drogendealers an Tess weiter. »Ihr müsst jetzt anfangen, um auf Nummer sicher zu gehen«, riet sie.

Finn für seinen Teil hatte angenommen, die Sache sei damit gegessen. Dank Naomis Nachhilfelehrer würde Isla folgen, wohin Libby sie führte, gefolgt von Charlie, gefolgt von Dex. Sache erledigt. »Ich weiß nicht, wie Leute Schulanmeldungen ohne dieses Insiderwissen auf die Reihe bekommen«, hatte er stolz erklärt.

»Vielleicht finden sie es schön, solche Dinge selbst herauszubekommen«, hatte Tess erwidert.

Er wirkte erstaunt. »Du willst, dass Isla abgewiesen wird?«

»Natürlich nicht! Ich will nur selbst entscheiden, auf welche Schule sie geht. Merkst du denn nicht, dass es nicht *wir* sind, die wollen, dass sie mit der Bahn quer durch die Stadt zu einer weit entfernten Schule fahren soll, das sind *sie*. Sie ist nicht *ihre* Tochter, Finn.«

»Nein, aber wir wären verrückt, nicht von ihrem Erfahrungsschatz zu profitieren. Ralph sagt, man muss zwei Jahre im Voraus mit der Nachhilfe anfangen.«

»Du hörst mir gar nicht zu«, sagte Tess, und eine Weile hatte eine Pattsituation geherrscht. Wie würde Naomi ein solches Patt mit Ralph angehen, hatte sie sich gefragt? Intuitiv ahnte Tess, dass es womöglich cleverer Verhandlungssex war. Nun, in *ihrer* Ehe vertraute Tess auf Geduld.

Nach der Medienberichterstattung über den *Play Out Sunday* hatte sie den Wert ihres Hauses von einem Immobilienmakler schätzen lassen, peinlichst darauf bedacht, einen Tag und eine Uhrzeit auszuwählen, wenn Naomi in der Arbeit war. Sie hatte erklärt, wie leicht der Zaun zwischen ihrem Haus und Nummer sieben wieder errichtet werden könnte. Finn war überrascht gewesen, als sie ihm den Preis genannt hatte; angesichts des vielen Geldes war er vor Freude ganz rot geworden.

»Das ist viermal so viel, wie wir dafür gezahlt haben!«

»Ich weiß. Wenn wir weiter rausziehen, vielleicht näher zu meinem Bruder, könnten wir das neue Haus auf einen Schlag abbezahlen. Stell dir vor, hypothekenfrei zu sein!« Ralph-und-Naomi-frei war, was Tess eigentlich meinte, und Finn war nicht begriffsstutzig; er las zwischen den Zeilen.

Zwangsläufig war seine Interpretation völlig verkürzt. »Sie benutzt dich, ich weiß.«

»Sie *benutzt* mich nicht.« Tess gab sich Mühe, nicht emotional zu werden. »Ich helfe ihr gern aus. Aber ich würde auch gern meiner Seite der Familie aushelfen.« Und ab und an mal selbst Hilfe angeboten bekommen, dachte sie.

»Ich habe das Gefühl, als würden wir eine Verschwörung anzetteln«, sagte Finn mit verdrossenem Gesichtsausdruck.

»Und genau das ist das Problem«, erwiderte Tess. »Wir zetteln *keine* Verschwörung an, wir treffen nur die Entscheidung, was das Beste für unsere Familie ist, wie das Familien überall im Land tun. Ich will mich nicht wie Lady Macbeth fühlen müssen, nur weil ich einen völlig vernünftigen Vorschlag unterbreite.«

»Du hast recht«, sagte er. »Ich muss das nur erst selbst verdauen.«

»Denk dran, kein Wort«, warnte sie ihn.

Zu Ralph, meinte sie. Wenn Ralph Wind davon bekäme, würde er der Sache einen Riegel vorschieben. Naomi war eine Macherin, aber sie war auch pragmatisch. Es wäre für sie ein Kinderspiel, eine neue Hilfskraft zu finden; sie könnte einen Profi für die Dienste bezahlen, die Tess als Familienangehörige und Nachbarin unentgeltlich verrichtete. Bei Ralph sah die Sache anders aus. Da sie ihre Mutter in der Pubertät verloren hatten und der Kontakt mit der restlichen Familie bestenfalls sporadischer Natur war, sie von Stockbetten in einer Vierzig-Quadratmeter-Sozialwohnung zu geräumigen Schlafzimmern in zwei knapp Dreihundert-Quadratmeter-Palästen in Lowland Gardens aufgestiegen waren und sich praktisch selbst neu erfunden hatten, hatten die beiden Brüder nur sich selbst zum Beweis für ihre ursprüngliche Identität. Fast jeden Freitag gingen sie ein Bierchen trinken, reine Männersache, und nannten es eine Hommage an ihren Vater, der gestorben war, bevor Tess Finn kennengelernt hatte, und laut den Brüdern ein unverbesserlicher Chauvinist und Tyrann gewesen war. Dieses Arrangement war Tess ein größerer Dorn im Auge als Naomi, der einzigen Frau in Tess' Bekanntenkreis, die auch nach fünfzehn Jahren Ehe weiterhin die Tradition von samstäglichen Dates mit ihrem Ehemann pflegte. Tische in hübschen Restaurants buchte und Daisy, ihre gemeinsame Babysitterin, in Beschlag nahm. Sich verführerisch anzog.

Dieses Gespräch mit Finn hatte vor zwei Monaten stattgefunden. Doch Tess hatte nicht mit neuen Nachbarn zwei Häuser weiter gerechnet, die das Potenzial hatten, ihr Haus unverkäuflich zu machen – oder zumindest zu einem Preis, der hoch genug war, damit Finn den Umzug leichter verdaute.

»Nun, welche Entscheidung auch immer wir treffen werden, diesen Sommer können wir definitiv nichts machen«, sagte sie jetzt, und ihre Worte beruhigten Finn. Ihm kam es gelegen, Ralph an einem anderen Tag zu verärgern. »Das ist aber ganz schön laut«, fügte sie hinzu, als Musik durch die geöffnete Tür wehte. Keine Körperverletzung, aber eine Störung, ganz gewiss.

»Black Sabbath, ›War Pigs‹. Toller Song«, sagte Finn. »Nicht laut genug, um Dex zu wecken, oder?«

»Sein Fenster ist geschlossen. Aber stell dir vor, wie laut es für Em und Ant sein muss.« Stirnrunzelnd dachte Tess erneut an Autos, die über Bordsteine gefahren, und Hunde, die beschimpft und bedroht wurden. Wie lang würde es dauern, bis einer von ihnen unter die Räder kam? »Ich frage mich, ob wir Ralph und Naomi vorschlagen sollten, ein Treffen wegen dieser Leute einzuberufen? Bevor die Sache außer Kontrolle gerät.«

Diese Leute. Der Ausdruck war versnobt, ihr Ton verächtlich, aber Finn wies seine Frau nicht zurecht. Stattdessen stimmte er zu, es sei höchste Zeit, dass das Pärchen, das Tess wegen ihrer Wichtigtuerei nicht sonderlich mochte – und zwar so wenig, dass sie verkaufen und vor ihnen fliehen wollte –, vortreten und den Eindringlingen die Stirn bieten sollte.

4

SISSY

Nein, ich bin wirklich nicht sicher, ob ich dazu in der Lage bin … Aber wenn es nur ein oder zwei Fragen sind …

Ja, ich war heute Morgen zu Hause. Ich war oben in einem der hinteren Schlafzimmer, als ich den Lärm draußen hörte. Ich dachte, es sei vielleicht ein Lastwagen, der Kies auf der Straße ablädt. Also bin ich zum vorderen Schlafzimmer, um nachzusehen …

Tut mir leid. Bitte, ich bräuchte einen Moment.

Nein, ist schon in Ordnung, ich kann weitermachen. Das Gerüst drüben? Nun, es war eine Baustelle, amateurhaft, völlig unsicher, überall Autos, Türen und Motorhauben, die offen standen – er hat den Motor laufen lassen, während er ins Haus ging. Der Unfall musste zwangsläufig passieren, das war nur eine Frage der Zeit.

Nein, vor der Sache hatten wir kein gutes Verhältnis. Ich weiß, dass einige der anderen Nachbarn ihn schlicht für egoistisch, rücksichtslos hielten, und vielleicht habe ich das anfangs auch geglaubt. Aber ich habe schon bald die Wahrheit erkannt.

Dass er einfach gemein ist. Ein durch und durch böser Mensch.

Ms Sissy Watkins, Lowland Way 2,
Anwohnerbefragung durch die
Metropolitan Police, 11. August 2018

Fünf Wochen zuvor

Sie haben eine neue Kundenrezension auf *CitytoSuburb*!

Das Signal kam mit einer solchen Dringlichkeit, die früher Chirurgen in Bereitschaft vorbehalten war, doch heutzutage bedeutete es, dass jemand Unwichtiges einen beiläufigen Kommentar über jemand anderen Unwichtigen abgegeben hatte, ohne auch nur einen Gedanken an die Konsequenzen zu verschwenden. Sissy hatte im *Telegraph* gelesen, wie das Silicon Valley alles mit Punkteständen und Benachrichtigungen entwarf, um die Leute nach Dopamin süchtig zu machen; es waren moderne Pablo Escobars. Sie hatte einen Fernsehfilm über eine Gemeinde gesehen, in der die Dienstleistungen, die den Bewohnern zur Verfügung standen, von ihrer Popularität abhingen: Deine eigene Meinung von dir selbst war irrelevant, es zählte nur, was andere von dir hielten. Schrecklich! (Es sollte in der »nahen Zukunft« spielen, wann auch immer *das* sein mochte.)

Gehorsam loggte sie sich in den Mitgliederbereich von *CitytoSuburb* ein. Die Bewertungsskala ging von eins bis fünf, wie bei Amazon, nur dass sie kleine Ankreuzfelder benutzten, keine Sterne. Dies hier war das allererste Mal, dass sie nur zwei bekam:

Wunderschönes, altes Haus in Lowland Gardens. Reizende Gastgeberin, riesiges Zimmer, köstliches Frühstück. Warum dann die Zwei-Sterne-Bewertung? Das Problem war, dass der Nachbar von gegenüber in aller Herrgottsfrühe auf war und in seiner Einfahrt unzählige Motoren aufheulen ließ. Es klang wie ein Hells-Angels-Treffen. Das zum Thema unschönes Erwachen – an einem Sonntag! Und bei unserer Abreise ist er so gefährlich aus seiner Einfahrt gebogen, dass wir uns glücklich schätzen können, mit dem Leben davongekommen zu sein! Wenige Meter entfernt haben Kinder gespielt! Bei aller Liebe, wir können anderen einen Aufenthalt dort leider nicht empfehlen. Tut uns leid.

Harry und Elaine Cogan,
aus der Nähe von Plymouth, Devon

Sissy konnte nur seufzen. Jedes Wort entsprach der Wahrheit.

Der Vorfall hatte sich vergangenes Wochenende zugetragen. Aufgrund der ständigen und nicht nachvollziehbaren Neuanordnung von Autos zwischen Einfahrt, Gartengestrüpp und Straße war der *Play Out Sunday* zwangsläufig ein Streitpunkt mit Darren Booth geworden. Ihre Gäste reisten nach einem späten Frühstück ab, und da der Lowland Way für den Verkehr gesperrt war, begleitete Sissy sie zur Ecke Portsmouth Avenue, um dort mit ihnen auf ihr Taxi zu warten. Es parkten vier Autos auf der Straße, zwei vor Haus Nummer eins, eines vor Ralphs und Naomis Grundstück und eines vor Sissys, die mit an Sicherheit grenzender Wahrscheinlichkeit alle Booth gehörten. Als sie mit ihren Gästen die Straße überquerte, stand er mit einem Autoschlüssel in der Hand am Ende seiner Einfahrt – im Begriff, die Wagen wegzufahren, glaubte sie (wie naiv von ihr!).

»Oh, sehen Sie sich die Kleinen an«, riefen die Cogans, als Sissy

Naomi und die anderen Eltern, die mit ihren Kindern draußen waren, freundlich grüßte. Obwohl Sinn und Zweck des Ganzen war, die Straße gefahrenfrei zu machen, drängten sich die Eltern an ihren Gartenzäunen, da, nun ja, man wusste doch nie, wann ein Pädophiler vorbeikam und sich die beste Rosine aus dem Kuchen pickte, oder? *Ich könnte es mir nie verzeihen, wenn etwas passieren würde*, sagten die Mums immer, ihre Übervorsichtigkeit legitimiert durch eine als real betrachtete Gefahr. Bei ihnen hatte Kindererziehung etwas Abergläubisches, dachte Sissy. Fast wie im Mittelalter.

Pädophile waren kein großes Thema gewesen, als ihr Sohn Pete ein Kind gewesen war, zumindest konnte sie sich nicht daran erinnern.

Nach dem Grundsatz »Im Zweifel für den Angeklagten« (wiederum, wie naiv!) könnte Booth natürlich die Zettel nicht gelesen haben, die Naomi und Tess jeden Samstagnachmittag verteilten, und die Sissy auswendig kannte:

> Liebe Erwachsene!
> Vielen Dank, dass Sie Ihr Auto rechtzeitig für den *Play Out Sunday* von der Straße wegfahren. Dieser kleine Gefallen macht einen riesigen Unterschied für uns alle!
> Ein großes Dankeschön von den Kindern im Lowland Way

Eine niedliche, handschriftlich anmutende Schriftart war benutzt worden, und ganz oben auf dem Flyer prangte ein Lob von niemand Geringerem als dem Londoner Bürgermeister höchstpersönlich.

»Seit Jahren habe ich keine Kinder mehr Himmel und Hölle spielen gesehen«, sagte Mrs Cogan.

»Ja, sie dürfen mit Kreide auf die Straße malen«, erklärte Sissy. Sie hatte sich daran gewöhnt, Dinge als außergewöhnlich anzupreisen, die in ihrer eigenen Kindheit nicht weiter bemerkenswert gewesen waren, denn ihre Gäste waren ausnahmslos entzückt von den spielenden Kindern und ließen es gern in ihre Bewertungen einfließen.

Bestürzt bemerkte sie, dass Booth jetzt hinter dem Steuer von einem der Autos in seiner Einfahrt saß: Gewiss wollte er kein weiteres *auf* die Straße umparken? Das wäre wirklich die Höhe! Das plötzliche Aufheulen des Motors erschreckte die Kinder, die in der Nähe spielten, und sie stoben auseinander. Unter den Scheibenwischern flatterte ungelesen der Flyer der Morgans.

»Einen Augenblick bitte«, sagte sie zu den Cogans, ermutigt durch ihre Anwesenheit, ihre unschuldigen Erwartungen. Sie betrat Booths Einfahrt und spähte durch das halb geöffnete Autofenster zu ihm hinab. Obwohl er es nicht bis ganz nach unten kurbelte oder den Motor ausschaltete, schenkte er ihr ein Kopfnicken, was mehr war als bei früheren Begegnungen. Andererseits war es in ihrem Alter nichts Neues, herablassend behandelt zu werden. Der Umstand, dass Booth wahrscheinlich nur ein paar Jahre jünger war als sie, spielte keine Rolle: Alle Anzeichen deuteten darauf hin, dass er die Sorte Chauvinist war, die eine Frau mit grauen Haaren und bequemem BH als unter ihrer Würde erachtete.

»Haben Sie den Zettel wegen des *Play Out Sunday* nicht an Ihren Autos gesehen?« Sie nahm sich die Freiheit heraus, den Flyer von hinter dem Scheibenwischer zu fischen und ihn durch das Fenster zu schieben.

»Hä?«

Als er den Zettel nicht nahm, ließ sie ihn in seinen Schoß fallen. »Haben Sie die an den anderen Wochenenden denn nicht bemerkt? Wie es scheint, haben Sie nicht genügend Platz, um Ihre Wagen alle in Ihre Einfahrt zu quetschen, aber es gibt genügend Parkbuchten in der Portsmouth Avenue.«

Während sein Kopf immer noch in ihre Richtung geneigt war, verhärtete sich Booths Blick. »Ich hab schon gesagt, die bleiben, wo sie sind.«

Schon gesagt: Er musste bereits von anderen Nachbarn angesprochen worden sein und sich entschieden haben, sich nicht zu fügen. Hatte es Naomi bereits versucht? Wenn sie ihn nicht überreden konnte, würde es niemandem gelingen.

»Ich verstehe. Nun, vielen Dank.« *Für nichts. Welch ein unangenehmer Zeitgenosse*, dachte sie. Jean würde sich im Grab umdrehen, wenn sie diesen unerhörten Mangel an Gemeinschaftssinn sähe. Sissy hatte Jean so gut wie jeder andere in der Straße gekannt, und obwohl sie sich vage an die Erwähnung eines Neffen in South London erinnerte, war kein einziges Mal von einem familiären Beisammensein gesprochen worden. Vielleicht hatte Jean geglaubt, er würde das Haus verkaufen, ohne auch nur einen Fuß hineinzusetzen, und in ihrer Vorstellung war ein weiteres Pärchen wie die Kendalls eingezogen – die armen Kendalls, wie Sissy sie neuerdings nannte. Stattdessen hatten diese Leute das Grundstück als ideal für ihren Gebrauchtwagenhandel erachtet und waren selbst eingezogen.

Zumindest hatten sie den alten Ahornbaum nicht angerührt, der einen architektonisch wunderschönen Abschluss zum seitlichen Gartentor und dem linken Teil des Hauses bildete. (Sie erinnerte sich an Libby Morgan, die, als sie noch kleiner war, ein zauberhaftes Bild davon gemalt und es Jean zu Weihnachten geschenkt hatte.)

Sie drehte sich von Booth weg und führte die Cogans hinter die Poller zur Ecke der Portsmouth Avenue, wo der Verkehr vorbeirollte und Blinker ausgeschaltet wurden, als die Fahrer das rote *Straße-gesperrt-*Zeichen bemerkten. Mrs Cogan mit halbem Ohr zuhörend, die sich über die Schwierigkeiten ihrer weiteren Reise ausließ, vernahm Sissy das Geräusch eines sich nähernden Fahrzeugs und verspürte einen Anflug von Panik, als sie erkannte, dass es sich ihnen von hinten näherte, vom Lowland Way – und sogar noch Gas gab, nicht abbremste. Sie wirbelte herum und sah Booth, der unvermittelt ausscherte, um das Schild zu umfahren, und einen der Poller umriss, bevor er kurz mit einem Reifen über den Bordstein schrammte. In letzter Sekunde sprangen sie und die Cogans zur Seite, und ohne auch nur die Hand zu einer Entschuldigung zu heben, bog Booth um die Straßenecke und schoss die Portsmouth Avenue hinab. An der nächsten Ampel bremste er und wäre fast einem Range Rover hinten aufgefahren.

»Hey!«, rief Mr Cogan und lief dem davonfahrenden Wagen ein paar Schritte hinterher, bevor er aufgab und umkehrte, um nach seiner Frau zu sehen, die atemlos und verwirrt wirkte.

»Du meine Güte«, sagte Sissy mit keuchender Stimme. »Geht es Ihnen beiden gut?« Ein Fahrzeug, das sich von rechts näherte – das Taxi –, hielt abrupt, das Gesicht des Fahrers so erschrocken wie das von Sissy.

»Alles in Ordnung«, stieß Mrs Cogan mühsam hervor. »Und bei Ihnen? Haben Sie gesehen, das war Ihr rüpelhafter Nachbar. Was sollte das, so zu fahren?«

Der Poller war in den Rinnstein der Portsmouth Avenue gerollt, und Sissy versuchte, nicht darüber nachzudenken, wie anders die Szene aussehen würde, wäre es menschliches Fleisch und nicht Plastik gewesen, das der Wagen überfahren hatte.

»Kennen Sie sein Kennzeichen?«, fragte Mr Cogan. »Wir sollten ihn anzeigen.«

»Ich kümmere mich darum«, erwiderte Sissy. »Machen Sie sich keine Gedanken.«

Als das Taxi wegfuhr, eilte Naomi auf Sissy zu. »Ich habe das aus der Ferne gesehen. Ist bei dir alles in Ordnung?«

»Ich denke schon.« Sissy beobachtete, wie ihre Nachbarin den Poller einsammelte und an sich presste, als wollte sie ihn vor weiteren Übergriffen beschützen. Selbst in der Freizeitkleidung, die Naomi am Wochenende trug, sah sie immer tipptopp gepflegt und sexy aus, wie die Hollywood-Vorstellung einer Ehefrau und Mutter.

»Ganz ehrlich, es gibt überhaupt keinen Grund, ein solcher Spielverderber zu sein«, murrte Naomi.

»Können wir die Stadtverwaltung um Hilfe bitten?«, fragte Sissy.

»Nein, die Sache erfolgt auf rein freiwilliger Basis. Niemand ist gesetzlich verpflichtet, sein Auto umzuparken. Normalerweise, wenn jemand Widerstand leistet, probiere ich, seine bessere Hälfte auf unsere Seite zu ziehen, aber in diesem Fall ist selbst sie eine cholerische Furie.«

Sissy versuchte, sich nicht über die beiläufige Annahme zu ärgern, dass jeder eine »bessere Hälfte« hatte. Diese Überempfindlichkeit war, wie ihr auffiel, das am längsten nachklingende Symptom der Trauer über ihre Scheidung, die nun knapp drei Jahre zurücklag. Wie wäre Colin mit Booth umgegangen? Er konnte sehr penibel sein, was die Nachbarschaft betraf. Doch es hatte sich bereits gezeigt, dass Booth mit jeglicher Einmischung kurzen Prozess machte. Wie dem auch sei, Colin war nicht hier; er lebte jetzt mit seiner neuen Partnerin in Blackheath und genoss, wie er es in seiner erstaunlichen Taktlosigkeit ausgedrückt hatte, »meine letzte Chance«.

»Da werde ich mir wohl etwas überlegen müssen«, sagte Naomi. »In der Zwischenzeit kann ich das Risiko nicht eingehen, dass er noch einmal mit solchem Karacho über die Straße brettert.« Sie machte sich daran, die Poller und das *Straße-gesperrt*-Schild auf Höhe des Hauses der Kendalls zu verschieben, womit Sissys Haus im Grunde abgeschnitten und das Eckstück wieder zum Parken geöffnet war. »Kinder?«, rief sie wie ein vornehmes, selbstbewusstes Nebelhorn. »Bleibt auf dieser Seite des Schilds, ja? Auf der anderen Seite ist es gefährlich.«

Die gesamte Angelegenheit erzürnte Sissy. Darren Booth hatte nicht nur die Sicherheit ihrer Gäste gefährdet, sondern war auch der Grund, dass sie von dieser zauberhaft festlichen Atmosphäre ausgeschlossen wurde. Das konnte sie ihm nicht durchgehen lassen. Als er eine Stunde später zurückkehrte, nahm sie einen tiefen Atemzug, überquerte die Straße und wartete, bis er aus seinem Auto ausstieg.

»Mr Booth?« Sie war nicht länger gewillt, ihn mit seinem Vornamen anzusprechen. »Könnte ich kurz mit Ihnen reden?« Dank ihrer Beharrlichkeit gelang es ihr, Blickkontakt mit ihm herzustellen. Sein Gesicht war rötlich und gereizt, auf der Stirn hatte er einen Ölfleck. »Wie Sie vorhin gefahren sind, war wirklich gefährlich. Sie haben uns fast gestreift, haben Sie das nicht bemerkt?«

Booth knallte die Autotür zu und murmelte seine Antwort leise vor sich hin.

»Was haben Sie gesagt?«, wollte Sissy wissen. »Haben Sie mich gerade eine blöde Wichtigtuerin genannt?«

»Schätze, Sie hab'n sich das bloß eingebildet«, sagte Booth feixend. »Hab niemals niemanden nix genannt.«

Ohne auf seine bodenlose Grammatik zu achten, starrte Sissy ihn stirnrunzelnd an. »Gut. Das wäre auch das Letzte, das Sie zu jemandem sagen sollten, den Sie fast überfahren haben. Denn dieser Jemand könnte sich entschließen, Sie bei der Polizei anzuzeigen. Genau das wollten meine B&B-Gäste nämlich tun!«

Noch während sie redete, bereute sie, das B&B erwähnt zu haben, denn sie erkannte instinktiv, je weniger er über ihr Arrangement wusste, desto besser. Doch er hatte sich bereits von ihr weggedreht, um ins Haus zu gehen.

Fast augenblicklich öffnete sich die Tür von Nummer drei, und Em Kendall kam rückwärts mit dem Baby im Buggy heraus. Sissy vermutete, dass sie vor dem Verlassen des Hauses abgewartet hatte, bis Booth außer Sicht war, was, wenn das tatsächlich stimmte, bedeutete, dass das Verhältnis zwischen den beiden Haushalten bereits völlig zerrüttet war. Em war eine dürre Frau mit blasser Haut, deren Stimmung am Schwung ihres Mundes abzulesen war: heute ein gequältes Lächeln, gefolgt von einem Flunsch. Sie ging nicht auf Sissys erregten Gemütszustand ein, als die beiden Frauen sich am Ende der Einfahrt begegneten, sondern war gedankenverloren mit ihrem Baby beschäftigt.

»Wie geht es dir, Em?«, fragte Sissy und versuchte, ihre eigene Laune mit einem Lächeln zu heben. »Und wie geht es dem kleinen Sam?«

Em warf einen argwöhnischen Blick über die Schulter. »Uns beiden ginge es viel besser, wenn wir ab und an mal eine ordentliche Mütze Schlaf abbekämen. Es ist ein echter Albtraum. Die Wände zwischen uns sind so dünn. Sam bekommt keinen Schlaf, was bedeutet, dass wir alle keinen Schlaf bekommen.«

Sissy stieß mitleidvolle Geräusche aus. »Muss hart für Ant sein, jeden Morgen unausgeschlafen zur Arbeit gehen zu müssen.«

»Hart für mich«, erwiderte Em, eigentlich nicht schnippisch. »Wenn überhaupt, ist die Arbeit eine wohltuende Auszeit.«

Sissy hütete sich, das zu bestreiten; sie war selbst einmal frischgebackene Mutter gewesen, und es kam ihr nicht sehr lang her vor, auch wenn es in den Augen von Ems Generation vor Jahrhunderten gewesen sein mochte. *Heutzutage ist es so viel härter*, war die Einstellung, was vollkommen unlogisch war dank der unzähligen Fortschritte, die seitdem erzielt worden waren, aber Sissy war sich bewusst, dass alle jungen Eltern von ihrem eigenen, einzigartigen Martyrium überzeugt waren.

»Wir hatten einfach einen schlechten Start. Ich bin sicher, die Schwierigkeiten mit unseren neuen Nachbarn werden sich legen.«

»Da würde ich mir keine allzu großen Hoffnungen machen. Wir haben uns vorgenommen, ihnen noch bis Ende des Monats zu geben, und dann …« Em verstummte, warf einen Blick auf ihr Handy. Sie hatte es in der Hand, so wie jeder heutzutage, als wären Handys Dialysegeräte, die nicht ohne lebensbedrohliche Folgen außer Reichweite gelegt werden durften.

»Und dann was?«, hakte Sissy nach.

Em sah auf. »Dann bringen wir sie um.« Sissy ließ sich von dem todernsten Ton täuschen, wenn auch nur für den Bruchteil einer Sekunde, und ihr erschrockener Gesichtsausdruck brachte die jüngere Frau zum Lachen. »Nein, dann beschweren wir uns bei den Behörden. Natürlich nicht bei ihm. Dem ist das doch piepegal.«

Später, im Rückblick, kam Sissy in den Sinn, wie zuversichtlich sie alle in Bezug auf »die Behörden« gewesen waren.

Ja, selbst Em.

Sissy, ich glaube, wir haben ein gemeinsames Problem. Keine Ahnung, ob du es auf Facebook gesehen hast, aber wir treffen uns am Donnerstag um 20 Uhr bei uns, um die Situation zu besprechen. Ralph

Sissy antwortete nicht auf Ralphs SMS, zumindest nicht sofort, sondern verbannte Booth mit seinem gefährlichen Fahrstil und ungehobelten Benehmen aus ihren Gedanken. Immerhin lagen zwei Bürgersteige und eine breite Straße zwischen den Grundstücken; wenn sie in der Küche auf der Rückseite des Hauses saß, Radio 4 eingeschaltet und das Summen der Spül- oder Waschmaschine in den Ohren hatte, war das Leben genau wie früher, ungestört von jeglichen Geräuschen von außen. Was den Schandfleck anging, in den die neuen Nachbarn ihren Garten verwandelt hatten, hatte sie entschieden, ihre Hecke vorn wachsen zu lassen und etwas Licht für einen Sichtschutz zu opfern: aus den Augen, aus dem Sinn. Ein Lieblingsteil nach dem anderen – ein von ihrer Mutter gehäkeltes Kissen, ein Foto von Pete an seinem ersten Schultag – wanderte vom Wohnzimmer, das zur Straße hinausging, in die Küche, wo sie sich nun hauptsächlich aufhielt.

Natürlich entging niemandem, der sie besuchte, das *Gegenüber*, und so avancierte es zwangsläufig zum Gesprächsthema Nummer eins.

»Was ist mit dem Haus auf der anderen Straßenseite?«, fragte Pete bei seinem ersten Besuch seit der Ankunft der Booths. »Das reinste Chaos.«

»Ich dachte, hier wärst du vor schrecklichen Nachbarn gefeit«, sagte seine Freundin Amy, als Sissy es ihnen erklärte. Sie und Pete wohnten in einer Mietwohnung in einem Apartmentblock in North London und hatten einen Nachbarn über sich, der Partys auf dem Dach veranstaltete, für die er in den sozialen Medien die Werbetrommel rührte. Bei diesen Feiern lebten die beiden in Angst, mit ansehen zu müssen, wie jemand vor ihrem Fenster hinabstürzte (bisher hatten nur Flaschen diese Reise angetreten, was an sich schon besorgniserregend genug war). Es war allerdings etwas anderes, solange man mietete: Das Ärgernis konnte wegziehen – oder, wenn alle Stricke rissen, *man selbst.* Sissy fragte sich, ob der herrliche Frieden, den sie im Lowland Way fast drei Jahrzehnte genossen hatte, reiner Zufall oder aktiver Pflege geschuldet war. Beide, Naomi Morgan und sie, gaben sich gleichermaßen gern der Illusion hin, auf ihre jeweils eigene Art den Ton anzugeben und ihren Nachbarn mit gutem Beispiel voranzugehen, aber vielleicht lautete die Wahrheit, dass sie schlicht offene Türen eingetreten hatten.

»Wann hat er den alten Baum abgeholzt?«, fragte Pete entsetzt.

»Gestern«, erwiderte Sissy bekümmert. »Nach dem Aufstehen hat er ihn einfach mit einer Motorsäge gefällt.«

»Warum?«

»Wahrscheinlich, um mehr Platz für die Autos zu schaffen.« Sissy hatte online nachgesehen, ob der Ahorn unter die Baumschutzsatzung fiel, doch dem war leider nicht so, was eine Schande war, nicht zuletzt für den armen Baum. Laut Richtlinien der Stadtverwaltung mussten Vorkehrungen getroffen werden, um Bäume sicher zu fällen, und es gab keinen Beweis, dass Booth nicht seiner Sorgfaltspflicht nachgekommen war, keine Meldung über Verletzungen oder Schäden.

»Stellt man normalerweise keine Bretterzäune auf, um Bauarbeiten ein bisschen abzusichern?«, fragte Amy.

»Ich glaube nicht, dass er Dinge ›normal‹ tut«, sagte Sissy, aber als sie sah, wie Petes Besorgnis wuchs, tat sie jede weitere Frage mit einem Achselzucken ab. Ihn hatte die Scheidung stark mitgenommen, und er hatte alles darangesetzt, den Verkauf seines

Elternhauses zu verhindern, als Sissy und sein Vater es schätzen ließen. Colin hatte nur mithilfe einer unangenehm hohen, neuen Hypothek ausbezahlt werden können – die erste, die allein auf ihren Namen aufgenommen worden war, und das in ihrem Alter! – und einem Plan für ein B&B.

»Nun, du kannst Amy jederzeit anrufen, wenn du Hilfe brauchst«, sagte Pete. Die beiden arbeiteten für dieselbe Unternehmensberatung, aber während sein aktueller Kunde in Aberdeen ansässig war, was bedeutete, dass er von Montag bis Freitag dort wohnte, war Amy die ganze Woche in London. Manchmal besuchte sie Sissy auch allein, was zauberhaft war. *Sie* war zauberhaft. Sissy hoffte, die zwei würden heiraten und eine Familie gründen, aber sie würde sich hüten, eine derart abgedroschene, altbackene Ansicht zu äußern.

Es war noch hell, als sie sich verabschiedeten, und Sissy brachte die beiden zum Tor. Dort blieben sie einen Moment stehen, die Augen unweigerlich von Haus Nummer eins angezogen.

»Wisst ihr was, ich glaube, früher ist mir das Haus überhaupt nie aufgefallen«, sagte Amy.

»Da gab es auch nicht wirklich etwas, was einem hätte auffallen können«, pflichtete Sissy ihr bei. Jetzt überzog die übliche, durch die täglichen Bauarbeiten verursachte Staubwolke alles: Es war, als wäre das Haus mit seinem hervorquellenden Gerümpel durch einen bösen Zauber erschaffen worden.

»Wer ist die Frau, die da aus der Tür kommt?«, fragte Pete.

»Oh, das ist Jodie.«

Nachdem Jodie etwas aus dem Auto am Ende der Einfahrt geholt hatte, schien sie offenkundig in gereizter Stimmung zu sein und knallte die Tür unnötig laut zu. Seit ihrer Ankunft hatte Sissy wenig Kontakt mit ihr gehabt und fühlte sich nicht bemüßigt, dies zu ändern. Die Frau bemühte sich nicht einmal um ein Lächeln und hatte einen derart gehässigen Blick in den Augen, einen Blick, der nicht so sehr von einem harten Leben zeugte, sondern von einer hartherzigen Einstellung just diesem Leben gegenüber. Die perfekte Partnerin für Darren, fand Sissy.

Als Jodie bemerkte, dass sie beobachtet wurde, marschierte sie zum Rand des Bürgersteigs und schrie zu ihnen herüber: »Macht ein Foto, ja? Davon habt ihr länger was.«

»Vielleicht machen wir das auch«, rief Amy lautstark zurück.

»Nicht«, sagte Sissy, entsetzt und gleichzeitig begeistert von ihrer Kühnheit.

Jodie zeigte ihnen im Umdrehen den Mittelfinger und ging zurück ins Haus.

»Wow«, sagte Pete. »Du hast echt nicht übertrieben.« Zum Abschied gab er seiner Mutter einen Kuss auf die Wange. »Denk dran, was ich gesagt habe, solltest du jemals Hilfe brauchen.«

Nachdem sie fort waren, fand Sissy eine neue Benachrichtigung auf ihrem Handy – eine weitere schlechte Bewertung:

> Alles war toll, abgesehen von der Lage des Hauses in der Straße – ich würde vorschlagen, *CitytoSuburb* fügt Google Street View hinzu, damit man sich selbst überzeugen kann. Sogar in solchen hübschen Straßen gibt es Schandflecken. (Zwei Sterne.)

Sie öffnete ihre SMS-Nachrichten und wählte Ralphs aus. *Ein Treffen ist eine ausgezeichnete Idee*, schrieb sie. *Ich bin dabei.*

5

RALPH

Ein »besonderer Beschwerdegrund«? Wie viel Zeit haben Sie?

Nun, meiner Meinung nach waren es nicht so sehr die Bauarbeiten als die Autos selbst. Er verkauft sie ohne Genehmigung auf seinem Grundstück und hat ständig mindestens sechs auf der Straße geparkt. Das hat die Parksituation völlig durcheinandergebracht. Sehen Sie die klapprige Monstrosität gleich hier? Die gehört ihm. Ich schwöre, er lässt sie da stehen, nur um mich zu ärgern. Nur um mir eins reinzuwürgen, verstehen Sie?

Okay, ich kann sehen, was Sie gerade denken, und ich verrate Ihnen mal was: Lowland Way ist keine von diesen Mittelschichtsblasen, in der die Menschen glauben, sie hätten ein gottgegebenes Anrecht auf alles. Nein, wir sind hier dankbar für das, was wir haben. Die Rushmoor-Siedlung liegt gleich auf der anderen Seite des Parks, wie ich Ihnen wohl nicht groß erklären muss. Manchmal nehme ich die Abkürzung dort hindurch, und dann rufe ich mir ins Gedächtnis, wie anders das Leben sein könnte. Damit will ich sagen, dass es schon ironisch ist. Wir wohnen direkt neben einem echten Brennpunkt, aber der Verbrecher wohnt hier im Lowland Way. Genau dort, wo wir uns in Sicherheit glaubten.

Mr Ralph Morgan, Lowland Way 7,
Anwohnerbefragung durch die
Metropolitan Police, 11. August 2018

Dreieinhalb Wochen zuvor

Am Abend des Nachbarschaftstreffens fuhr Ralph gerade durch die Rushmoor-Siedlung, in der unter anderem zwei Teenager lebten, die kürzlich wegen der tödlichen Messerattacke auf einen dritten in Untersuchungshaft genommen worden waren, als Finn ihm telefonisch das frühabendliche Update der Parksituation durchgab. Es war ihre neueste Angewohnheit.

»Tut mir leid, aber er steht immer noch da.«

»So eine Überraschung aber auch«, seufzte Ralph. Die gesamte letzte Woche war ein Schrotthaufen von einem Ford Focus, der Booth gehörte, vor Ralphs Haus geparkt gewesen, und er selbst hatte seinen Beamer am anderen Ende der Straße unter einer Platane abstellen müssen, was bedeutete, dass das Dach mit Vogelscheiße übersät war.

»Warum zum Teufel bringt er das Haus nicht auf den Markt und krallt sich das Geld?« Es war eine Ansicht, die Ralph wiederholt zum Besten gegeben hatte, nachdem Tess die grässliche Wahrheit aus erster Hand (nämlich von Jodie selbst) gehört hatte: Das ungewöhnlich große Eckgrundstück war ideal für *Booth's Motors* – oder wie auch immer er sein armseliges, kleines Geschäft nannte. »Er gehört ganz offensichtlich nicht hierher«, fügte er hinzu.

Ralph machte für gewöhnlich keinen Hehl daraus, dass er niemand war, der hinter sich die Schotten dichtmachte; er war nicht wie diese Zuzügler der ersten Generation, die sich gegen die zweite verbündeten. Darren Booth wäre im Lowland Way ebenso willkommen, wie er es selbst gewesen war – würde er sich an die herrschenden Gepflogenheiten halten. Sich anpassen. Aber eine Autowerkstatt und/oder einen Gebrauchtwagenhandel von dem Brachland seines Vorgartens aus zu führen, verstieß definitiv gegen die herrschenden Gepflogenheiten. Und hatte nichts damit zu tun, sich anzupassen.

»Da kann ich dir nicht widersprechen«, sagte Finn. »Wo steckst du überhaupt? Du hast das Treffen doch nicht vergessen?«

»Natürlich nicht. Bin in zehn Minuten da.« Ralph beendete das Gespräch, ohne seinen genauen Standort preiszugeben oder zu erklären, warum er auf seinem Heimweg von Bermondsey häufig einen Abstecher durch die trostloseren Ecken von South London machte. Mit der richtigen Musik – Neunzigerjahre-Gitarrenrock, laut, dröhnend, Siegesfanfaren schmetternd – überkam ihn ein Schwall sensorischer Erinnerungen von fast erotischer Natur, während er an den gesichtslosen Wohnblöcken, erst der Loughborough- und dann der Rushmoor-Siedlung, vorbeifuhr. Sobald er Rushmoor erreichte, mit seinem Hindernisparcours aus Bodenschwellen, der Kamikazefahrer abbremsen sollte, drosselte er das Tempo, um die Stimmung der Fußgänger, an denen er vorbeifuhr, in sich aufzunehmen, die trostlos dreinblickenden Teenagermütter, die er nie, kein einziges Mal dabei ertappte, dass sie sich mit ihren Babys beschäftigten; die alten Schachteln mit ihren buckligen Rücken und geplatzten Träumen (wenn sie denn jemals Träume gehabt hatten). Menschen, Lichtjahre entfernt von ihm und dennoch so nah, dass er sie hätte berühren können.

Er hatte ein Wort gehört, das diese Art der Freizeitbeschäftigung beschrieb: Armutsporno. Bei dem Ausdruck wurde ihm unbehaglich zumute, aber zumindest zeigte es, dass er nicht der einzige kranke Perversling der Stadt war.

»Hey!« Er bremste scharf, und der Sicherheitsgurt über seiner Brust spannte sich. Eine Jugendliche mit einem ramponierten Buggy lief auf der Straße vor seinem Auto und spazierte einfach mitten auf der Fahrbahn, als gäbe es zu eben diesem Zweck keinen Scheißbürgersteig! Und Überraschung, sie starrte wie hypnotisiert auf ihr Handy, für das sie wahrscheinlich mehr Geld hingeblättert hatte als für den gesamten Unterhalt ihres Kindes.

Da das Geräusch von zwei Tonnen tödlichem Stahl, der jäh bremste, nicht bemerkt wurde, schwenkte er das Auto neben das Mädchen und öffnete das Fenster: »Hey, willst du nicht lieber den Gehweg benutzen? Dafür ist er nämlich da!«

Sie hatte EarPods im Ohr, weshalb er nach dem Kabel griff und daran zog. Augenblicklich begann sie ihn anzuschreien und ließ den Buggy stehen, um seinem Wagen nachzulaufen und mit der flachen Hand aufs Dach zu hämmern, wobei sie einen Schwall Wörter ausspuckte, die er nicht verstand, sich aber ziemlich sicher war, dass sie nicht zur höflichen Standardsprache gehörten. Irgendein derber Slang.

»Hände weg von meinem Auto, blöde Kuh!«, brüllte Ralph und drückte auf den Knopf, um das Fenster zu schließen. »Bring dein Baby von der Straße, bevor es noch überfahren wird! Leuten wie dir sollte man verbieten, Kinder zu kriegen!«

Durch die Scheibe konnte er ihre Antwort nicht hören, doch er sah das feuchte schwarze Loch ihres kreischenden Mundes und den Hass, der ihr Gesicht verzerrte.

Himmel noch mal!

Er drückte den Fuß aufs Gas, und der Teenager verschwand aus seinem Blickfeld. Die Gegend veränderte sich schlagartig, so wie es in South London häufig vorkam, der Quadratmeterpreis zu überteuert, um Raum für sanfte Übergänge zu lassen, und der Beton der Rushmoor-Siedlung wurde schon bald durch alten Backstein und neue Frühlingsblätter ersetzt. Familienkutschen und unterhöhlte Kellergeschosse. Teenager mit GCSE-Übungsbüchern statt Babys.

Im Lowland Way, nach dem Einparken – der nächste freie Stellplatz war an der Ecke hinter Sissys Haus –, suchte er Booths Grundstück mit den Augen nach neuen Monstrositäten ab. Trotz seiner aufgewühlten Erregung war es erstaunlich, wie rasch sich all das in eine Art Zeitvertreib verwandelt hatte, und an den seltenen Tagen, an denen nichts Neues passierte, spürte er keine Erleichterung in sich aufsteigen, sondern eher Ernüchterung, eine enttäuschte Erwartungshaltung.

Doch an diesem Abend *gab* es etwas: einen uralten Wohnwagen, der in Booths Einfahrt geparkt war, schmutzig und hässlich und klobig, mit einer grässlichen kupferorangen Lackierung.

Nachdem er sein Handy aus der Tasche geangelt hatte, googelte Ralph die Richtlinien der Stadt bezüglich des Parkens von Caravans in Wohngebieten. Als er aufblickte, stellte er überrascht fest, dass Booth am Ende der Einfahrt stand, rauchend, und ihn mit provokativ gleichgültiger Miene beobachtete. Wie gewöhnlich trug er seinen Overall, Gesicht und Hände waren schmutzig grau.

»Wie ich sehe, haben Sie ein weiteres Schmuckstück für Ihre Sammlung«, sagte Ralph gespielt freundlich.

»Das geht Sie einen feuchten Scheiß an«, erwiderte Booth kaum hörbar. Trotz des ohrenbetäubenden Hämmerns und Klopfens hatte man noch nie gehört, dass er die Stimme erhoben hätte.

Ralph trat vor, bereit für seine zweite Konfrontation innerhalb von zehn Minuten. »Das geht mich sehr wohl was an, wenn Sie hier ein Gewerbe betreiben. Das hier sind Wohnhäuser.« Er versuchte – vergebens –, die Wut in seiner Stimme zu verbergen. »Mir reicht's, okay? Das ist ein Wohngebiet, und Sie können Ihren Vorgarten nicht einfach als Showroom benutzen. Ich schlage vor, Sie suchen sich ein anderes Grundstück für all diese Fahrzeuge, und das pronto, bevor wir den ganzen Schrotthaufen abschleppen lassen.«

Booth grinste. »Schätze, Sie werden feststellen, dass das hier ein freies Land ist.«

Viel zu frei für Ralphs Geschmack. Als er sich zum Gehen umdrehte, entschlüpfte ihm unwillkürlich ein Laut, eine Art unterdrückter Kriegsruf. Es war, als wäre er sein ganzes Leben vor Darren Booth davongelaufen, dem Inbegriff an Provokation und Unverschämtheit, ihr Wortgefecht ein biologischer Imperativ, fast, als wäre Ralph allein zu diesem Zweck geboren.

Das Treffen mit seinen Nachbarn konnte nicht schnell genug anfangen.

Angesichts der unangenehmen Nähe der Kendalls zur Quelle des Ärgers war es für Ralph keine Überraschung, dass bei ihrem Erscheinen die Zeichen ihres ehelichen Mikroklimas auf Sturm standen.

»Ich *finde* schon was für Sam, okay?«, fauchte Em ihren Mann mit einer Schärfe in der Stimme an, die Ralph von Naomi nicht kannte, nicht einmal auf dem Höhepunkt der ersten Zeit als frischgebackene Eltern.

»Komm mit mir hoch, wir finden ein ruhiges Plätzchen«, sagte Naomi zu ihr, während Ant, der gestresst aussah, sich im Wohnzimmer zu Ralph, Finn und Sissy gesellte.

»Wein?«, schlug Ralph vor. Naomi und er waren übereingekommen, sich mit der Bewirtung zurückzuhalten, damit sich jeder auf die Diskussion konzentrierte. Andernfalls könne es allzu leicht in eine Schimpftirade lauter Betrunkener ausufern, sagte Naomi mit dem Hauch einer Anspielung, dass *er* unter den Anwesenden einer der Hauptverdächtigen sei.

Als sie und Em wieder auftauchten, unterhielten sie sich gerade über Ems Rückkehr an ihren Arbeitsplatz.

»Falls die Dinge weiter so laufen, wäre es für Sams Wohlergehen besser, wenn er den Tag in einer Kita verbringt, dann würde ich lieber früher als später wieder einsteigen«, sagte Em, und Ralph bemerkte Ants verblüffte Miene angesichts ihrer Worte.

»Genau aus diesem Grund sind wir hier, Em«, erwiderte Naomi mit Inbrunst. »Wir werden nicht zulassen, dass die Dinge *so* weiterlaufen. Ah, da ist ja endlich Tess!«

Tess erschien zerstreut in der Tür, während sie sich neben Em auf das kleinere Sofa unter dem Fenster setzte. »Tuppy ist ganz schön unruhig«, erklärte sie. »Es ist der Lärm von der Ecke, er hasst das Geräusch von Bohrmaschinen. Er ist die ganze Zeit in Alarmbereitschaft.«

»Sind wir das nicht alle«, sagte Ralph. Wenn man ihn fragte, waren Tess ihre Haustiere wichtiger als Menschen. »Kommt sonst noch jemand, Nay?«

»Nein, aber ich halte Sara Boulter von Nummer sechs und ein paar andere auf dem Laufenden. Sie wollen, dass die Dinge geklärt werden, sind aber selbst nicht ganz so stark betroffen wie wir. Also …« Naomi wurde förmlicher, darauf bedacht, die Veranstaltung zu eröffnen. »Vielen Dank euch allen für euer Kommen. Wir sind hier, um Informationen darüber zusammenzutragen, was in Nummer eins vor sich geht, und uns zu überlegen, wie wir die Straße wieder zu dem sicheren, friedvollen Ort machen können, den wir kennen und lieben. Als Erstes können wir uns wohl alle darauf einigen, dass Darren und Jodie nicht im Entferntesten von informellen Beschwerden beeindruckt sind. Ich bin gemeinsam mit anderen und auch allein auf sie zugegangen, und obwohl man nicht sagen kann, dass sie offen feindselig wären …« Hier warf sie Ralph vorbeugend einen Blick zu. »… waren sie gewiss nicht sonderlich interessiert, uns in ihre Pläne einzuweihen oder auf vernünftige Einwände zu hören.«

»Tut mir leid, dir widersprechen zu müssen, Naomi«, sagte Em ungerührt in dem Moment, in dem Naomi Atem holte, »aber ich würde *schon* sagen, dass sie feindselig sind.«

Sissy nickte zustimmend. »Mir scheint es fast so, als würden Beschwerden sie im Grunde sogar noch anstacheln. Besonders er kommt sich wie eine Art Rebell vor.«

»Weshalb wir unbedingt offizielle Schritte einleiten müssen«, erklärte Naomi. »Wir brauchen keine Rebellen im Lowland Way. Nun, bei den *Rat-Run-* und *Play-Out-Sunday-*Kampagnen hat sich herausgestellt, dass es am effektivsten ist, unsere Kräfte zentral zu bündeln, sonst passiert es leicht, dass Dinge doppelt gemacht werden und sich überschneiden und man sich am Ende verzettelt. Wir müssen systematisch vorgehen. Fangen wir mit den Autos an.«

Ralph war bereits auf hundertachtzig. »Habt ihr schon das Wohnmobil gesehen?« Er beschrieb es allen, die noch nicht in den Genuss seiner Hässlichkeit gekommen waren, mit einer solchen Ausführlichkeit, dass sein Herz schneller pumpte.

»Gibt es denn kein Gesetz dagegen, etwas von dieser Größe im Garten zu parken?«, fragte Tess.

Mit verbissener Miene schüttelte Ralph den Kopf. »Das habe

ich gerade überprüft, und ihr werdet hocherfreut sein zu hören, dass unser Stadtteil einer der wenigen in London ist, bei dem es überhaupt keine Einschränkungen gibt. Er kann hier einen ganzen Haufen davon parken.«

»Wissen wir denn genau, wie viele Fahrzeuge er insgesamt hat?«, fragte Naomi.

»Es ist schwer, den Überblick zu behalten«, sagte Ant, »aber vielleicht zwölf? Er parkt sie ständig um, sodass es an den meisten Abenden wie die Autoreise nach Jerusalem ist, und jetzt, wo dieser Wohnwagen den Raum für zwei beansprucht, wird er auf der Straße noch mehr Parkplätze in Beschlag nehmen.«

»Ist es überhaupt bewiesen, dass er Autos verkauft?«, fragte Sissy.

»Definitiv«, erwiderte Ralph. »Ich habe ein paar der Kennzeichen bei AutoTrader eingegeben, und sie waren zum Verkauf aufgelistet.«

Während die anderen erschrocken über seine Worte durcheinandermurmelten, dachte Ralph über den Umstand nach, dass er die Telefonnummer aus den Anzeigen in sein Telefonbuch eingespeichert hatte.

»Um euch alle auf den neuesten Stand zu bringen«, fuhr Naomi fort, »Ralph und ich haben ihn bei der Gewerbeaufsicht angezeigt, und sie haben uns bestätigt, dass er keine Genehmigung besitzt, um Autos von seinem Grundstück oder der Straße zu verkaufen. Natürlich, wie kann es anders sein, leiden sie unter Personalkürzungen, und bevor sie einen Mitarbeiter auf den Fall ansetzen, sollen wir ihnen den Beweis liefern, dass Geld den Besitzer wechselt. Ein Foto oder Video wäre ideal. Könntet ihr die Augen aufhalten, Ant und Em? Von euch aus geht das wahrscheinlich am leichtesten.«

»Natürlich«, sagte Ant.

»Kann ich kurz fragen«, schaltete Tess sich ein, »was ist das Best-Case-Szenario für all das? Selbst wenn ihr den Beweis erbringt? Läuft es darauf hinaus, dass er nur einen Klaps auf die Finger bekommt und eine Strafe zahlen muss, bevor er die richtigen Formulare ausfüllt? Würde er dann nicht einfach legal tun, was er im Moment illegal tut?«

Wieder einmal typisch für Tess, der alten Schwarzseherin, dachte Ralph. »Meiner Erfahrung nach wird die Stadt sein Grundstück als vollkommen ungeeignet für ein Gewerbe dieser Art erachten«, erklärte er ihr. »Das wird die ganze Sache im Keim ersticken.«

»Glaubst du wirklich, das wird passieren, Ralph?«, fragte Sissy. »Vielleicht sollten wir uns lieber mit dem Gedanken abfinden, dass er seinen Gebrauchtwagenhandel auf die eine oder andere Art weiterführt. Vielleicht wäre es gar nicht so schlimm, wenn er sein Grundstück anständig pflegen würde? Er könnte auch eine Einfahrt zur Portsmouth Avenue anlegen. Es ist immerhin eine Hauptstraße, in der es eine Menge Läden und Geschäfte gibt.«

»Kommt gar nicht in Frage!« Ralph war überrascht, dass ausgerechnet Sissy einen wie auch immer gearteten Kompromiss in Erwägung zog. Wollte sie gegenüber von einem Autohaus wohnen? »Wir wollen auf gar keinen Fall, dass er irgendetwas in Gang setzt, was das Grundstück als gewerblich ausweist. Das ist eine Anliegerstraße, ist sie schon immer gewesen, und es ist unsere Pflicht, dafür zu sorgen, dass es auch so bleibt.«

»Damit meint er nicht dein B&B, Sissy«, fügte Naomi hastig hinzu.

»Natürlich nicht«, pflichtete Ralph ihr bei, »das versteht sich von selbst. Er verändert den gesamten Charakter der Straße.

Und außerdem, wenn man dem Kerl den kleinen Finger reicht, schnappt er sich die ganze Hand. Gebt ihm die Genehmigung, Autos zu verkaufen, und was kommt als Nächstes? Ein Schrottplatz? Eine Gokart-Arena? Wenn die Stadt mit ihm einen Deal aushandelt, um die Straße zu erweitern, vermietet er womöglich Parkbuchten für LKWs? Vielleicht ein Zigeunercamp?«

»Ralph.« Naomi zog eine Augenbraue hoch. *Schluss jetzt.* »Sollen wir nun zum Punkt Lärmbelästigung übergehen? Ant und Em, das ist schätzungsweise euer Ressort.«

»Ja, es ist wirklich schlimm für uns. Nicht wie *hier*, so viel steht fest.« Ant machte eine Handbewegung in Richtung des geöffneten Fensters, durch das Vogelgezwitscher und das Geräusch von Bäumen, die sich in der Abendbrise wiegten, zu ihnen wehte. Der Beat der Musik war zwar zu hören, aber nicht so laut, dass es störend wäre. »Wir haben uns mehrfach beschwert. Wir haben bei der Polizei angerufen, die behauptet, es läge nicht in ihrem Aufgabenbereich, häusliche Ruhestörung zu verfolgen. Dafür sei die Stadt zuständig. Aber *die* sagen, sie hätten nicht mehr die Mittel, um jemanden vom Ordnungsamt loszuschicken, weshalb sie nur auf schriftliche Beschwerden *nach* dem Vorfall reagieren. Es müssen mindestens drei Personen sein, die sich beschweren, bevor sie weitere Schritte einleiten.«

»Die wären?«, hakte Naomi nach.

»Mich mit Lärmprotokollen zu versorgen. Nachdem ich die eingereicht habe, werden sie Nachforschungen anstellen und hoffentlich eine Unterlassungsverfügung verhängen. Dann ist es eine Frage, wie der Ruhestörer auf die Anordnung reagiert.«

»Indem er sie ignoriert«, fiel Em ihm unhöflich ins Wort. Sie schien fest entschlossen, Ants Bemühungen zu torpedieren, dachte Ralph. Was für ein Biest.

»Vielleicht solltet ihr euch eine dieser Apps besorgen, mit denen man die Lautstärke messen kann?«, schlug Finn vor.

»Gute Idee«, sagte Ralph. »Dann könnt ihr euch einen Kinderarzt oder einen Sozialarbeiter suchen, der euch bescheinigt, wie schädlich das für Sams Entwicklung ist.«

»Ein Sozialarbeiter?« Em wirkte erschrocken.

»Nur um euren Fall zu untermauern, sollte es vor Gericht gehen?«

»Vielleicht, ja«, sagte Ant. »Aber wir wollen das Risiko nicht eingehen, selbst beschuldigt zu werden. Diese Geschichten, die man über Kinder hört, die aus ihren Familien gerissen werden ...«

»Wir haben keinen Grund, das zu befürchten«, versicherte Naomi. »Und ich halte es für verfrüht, über Gerichtstermine zu sprechen, Ralph. Nun, wenn alle Stricke reißen, können wir uns immer noch direkt an den Stadtrat wenden. Es ist ein bisschen umständlich, man muss zwölf Wochen für eine Antwort einrechnen, und dann, wenn man mit der Art, wie die Angelegenheit gehandhabt wurde, nicht einverstanden ist, kann man die Ombudsstelle der Stadt anrufen. Das dauert weitere zwölf Wochen.«

»*Vierundzwanzig Wochen?*«, platzte es aus Em heraus. »So lange können wir nicht warten!«

»Ich fürchte, solche Dinge können sich noch viel länger hinziehen«, erklärte Sissy. »Als ich mein B&B eröffnet habe, hat es eine halbe Ewigkeit gedauert, bis sämtliche Anträge durch waren. Insgesamt vielleicht sieben oder acht Monate.«

»Acht Monate!«, wiederholte Em, ihre Stimme fast schon ein schrilles Kreischen. »Auf keinen Fall. Auf gar keinen Fall!«

Ants Schultern sackten nach unten. Er betrachtete sein leeres Weinglas mit solcher Bestürzung, dass Ralph sich bemüßigt fühlte, ihm nachzuschenken.

»Und es ist nicht nur die Musik«, fuhr Em fort, jetzt den Tränen nahe, »da ist auch der Baulärm. Der ganze Schmutz und Staub.«

»Renovierungen sind immer schrecklich«, sagte Naomi und reichte ihr ein Taschentuch, während Ralph sich an die regelmäßigen Besuche seiner Frau bei Nachbarn mit Wein und Lageberichten erinnerte, als sie ihre Küche hatten machen lassen. »Wegen ihrer neuen Küche und dem Badezimmer können wir nichts unternehmen, aber sie brauchen Baugenehmigungen und müssen sich für einen Anbau oder jede Veränderung der Bausubstanz, die er für seine Autos braucht, an baurechtliche Vorschriften halten. Was wiederum Zeit kostet, aber ein mehrgleisiger Ansatz wird sie irgendwann mürbe machen. Nun, die Kehrseite der Medaille ist, dass sie sich nach Besuchen und Briefen der Behörden an fünf Fingern abzählen können, wer sich beschwert hat, und sie womöglich verbal aggressiv werden.« Hastig kam sie Em zuvor: »Ich meine, mehr als sie es bereits sind. Wir müssen jegliches kleinkarierte Gezanke unterlassen, moralische Überlegenheit zeigen und uns auf die Dinge konzentrieren, die wir nachweisen können. Apropos, dürfte ich darum bitten …« Durch die offenen Fenster drang das Geräusch eines Motors von der Straße, und sie musste die Stimme erheben, um ihre Frage zu Ende zu stellen: »Dürfte ich darum bitten, dass wir uns von nun an nur noch über WhatsApp besprechen und nicht mehr über SMS, E-Mail oder die Facebook-Gruppe der Straße?«

»Warum nicht?«, fragte Tess.

»WhatsApp-Nachrichten haben eine Ende-zu-Ende-Verschlüsselung«, erklärte Finn. »Das ist auch der Grund, weshalb Terroristen sie benutzen.«

»Terroristen?«, wiederholte Sissy erschrocken.

Naomi beeilte sich, sie zu beschwichtigen. »Der Punkt ist der,

Sissy, wir wollen nichts Schriftliches, was man so verfälschen könnte, dass *wir* in ein schlechtes Licht gerückt werden.«

»Auf gar keinen Fall«, pflichtete Ralph ihr bei. »Lasst uns nicht vergessen, dass nicht wir diejenigen sind, die hier gegen das Gesetz verstoßen.« Er zwinkerte Finn zu. »Zumindest nicht, bis ich sein Haus niederbrenne – mit ihm drin.«

»Ihm würde immer noch der Grund und Boden gehören«, sagte Finn mit einem düsteren Grinsen. »Er würde einfach in sein zauberhaftes neues Wohnmobil ziehen.«

Naomis Augen blitzten auf. »Über so etwas reißt man keine Witze!«

Die Kendalls gingen als Erste; Em, die Ant anherrschte, die Wickeltasche zu tragen, und Ant, der sich überstürzt verabschiedete, um seiner Frau unterwürfig zu folgen. *Stressige Nachbarn hin oder her, der Mann steht völlig unter ihrem Pantoffel,* dachte Ralph und fragte sich träge, ob er ihn nicht bald mal auf ein Bierchen einladen sollte. Dann, mit jähem Entsetzen, spuckte sein Gehirn einen Gedanken aus, den er bisher wohl verdrängt hatte: Dieser Motor, den sie vorhin gehört hatten, war ungewöhnlich laut gewesen, viel aggressiver, als moderne Motoren klangen. Es konnte doch gewiss nicht …

Hastig stürzte er zur Tür, während bereits vorbeugend Wut in ihm aufstieg.

Unglaublich. Das orangefarbene Monster stand genau vor ihrem Tor, grotesk funkelnd im Schein der Abendsonne, und versperrte jeglichen Ausblick auf die hübschen Häuser der anderen Straßenseite. »Ich glaub das nicht! Nay! *Nay!*«

Naomi trat neben ihn und flüsterte: »Du wirst noch Charlie aufwecken. Was ist los?«

»Der Mistkerl hat den klapprigen Ford Focus gegen *das da*

ausgetauscht. Gerade eben, direkt vor unserer Nase, während wir drinnen waren und über ihn geredet haben!«

Obwohl ihr Mund angewidert zusammengekniffen war, behielt Naomi ihren professionellen, pragmatischen Ton bei, den sie auch während des Treffens benutzt hatte. »Betrachte es nüchtern, Babe. Es ist keine persönliche Provokation.«

Ralph war schon halb durchs Tor, ohne sich darum zu scheren, wer seine schlechte Laune hören konnte. »Eine Stunde, nachdem ich ihn deswegen angemeckert habe? Natürlich ist es eine persönliche Provokation!«

Naomi überholte ihn, ihre Hand auf dem geschlossenen Gartentor. »Ist es *nicht*. Wahrscheinlich hat er es mit dem Auto ausgetauscht, damit er auf seiner Einfahrt daran herumschrauben kann. Du weißt, dass er es genau so macht.«

»Schwachsinn! Er hätte statt diesem irgendein anderes Auto nehmen können. Er hat es genau hier abgestellt, weil er weiß, dass ich es am liebsten abfackeln würde.«

»*Abfackeln?*« Naomi warf ihm einen argwöhnischen Blick zu. »Du meinst, so wie du sein Haus niederbrennen willst? Sei kein Idiot!« Sie führte ihn zurück zur Haustür, auch wenn sie nicht hineingingen. Während sie dort auf der Türschwelle stand, Ralph unter ihr auf dem Gartenweg, war ihr Gesicht auf gleicher Höhe mit seinem, und er fragte sich einen Moment lang, ob sie ihn mit einem Kuss aus seiner Wut herausholen würde.

»Tess wirkte etwas niedergeschlagen, fand ich«, sagte sie schließlich halblaut. »Hat Finn noch etwas gesagt wegen ihren Umzugsplänen?«

Ralph erkannte den taktischen Themenwechsel sofort. »Sind auf Eis gelegt. Sie glaubt, die Sache mit Nummer eins würde Käufer vergraulen.«

»Auf jeden Fall. Nun, das ist doch schon mal etwas.«

Er hob die Augenbrauen. »Sag bloß, es gäbe etwas, wofür ich dem Mistkerl dankbar sein sollte?«

Belustigt von der Ironie des Ganzen kicherte Naomi. Doch Ralph, der den Widerschein von funkelndem Orange in ihren Augen aufblitzen sah, konnte nicht in ihr Lachen einstimmen.

6

ANT

Für uns ist es der Lärm. Er ist entweder vorne bei seinen Autos oder hinten mit der Kettensäge und dem Fliesenschneider zugange, oder er ist drinnen, alle Türen und Fenster sperrangelweit offen, die Musik laut aufgedreht. Es interessiert sie nicht, welcher Wochentag oder wie spät am Abend es ist. Man weiß nie, wann es anfängt oder wann Schluss ist.

Es ist unser Sohn, um den ich mir Sorgen mache. Wer weiß, wie sich all das auf ihn auswirkt, dieser ständige Lärm, mit dem er aufwächst. Wahrscheinlich hat er denselben Stress wie ein Kind in einem Slum in Südafrika oder Indien oder wer weiß wo – keine Übertreibung. Eigentlich sollte das eine gute Gegend sein! Nicht solange Darren Booth hier lebt, auf keinen Fall.

Natürlich ist die Stadt verständnisvoll, aber sie sagen einem nur, man soll sich an das übliche Prozedere halten. Nun, nichts für ungut, Officer, aber Sie sehen ja, wohin uns das übliche Prozedere geführt hat. Ist das ein Wachpolizist, der Mann da drüben? Um dafür zu sorgen, dass sich niemand übers Wochenende an den Spuren zu schaffen macht? Also ist es ein Tatort?

Keine Sorge, ich habe nicht die geringste Absicht, über das Absperrband zu steigen. Und ich hoffe, das gilt für beide Seiten, ja?

Mr Anthony Kendall, Lowland Way 3,
Anwohnerbefragung durch die
Metropolitan Police, 11. August 2018

Drei Wochen zuvor

Wenn Ihr Nachbar Lärm verursacht, der Sie stört, legen wir Ihnen ans Herz, es ihm NICHT MIT GLEICHER MÜNZE HEIMZUZAHLEN …

Ant hatte die Website für Hilfe bei antisozialem Verhalten so viele Male aufgerufen, dass der Link längst bei seinen Favoriten erschien.

»Ist jeden Abend Musik?«, fragte sein Assistant Manager Paul, den Hals über die Schulter zum Konferenztisch gereckt, und Ems Stimme von diesem Morgen hallte in Ants Ohren wider: »Fünf der letzten sieben Nächte, Ant!« Ein Vorwurf an ihn, ein inständiges Flehen, als könnte er die Zeit krümmen, die physikalischen Gesetze aushebeln.

Seit er Vater war, hatte er die wöchentlichen Meetings zum Lagerbestand montagnachmittags im *White Willow Foods & Drinks* als etwas erachtet, das er über sich ergehen lassen und in seiner Funktion als Abteilungsleiter so kurz wie möglich halten musste, um den Zug nach Hause zu Sam zu erreichen. Doch seit Darrens und Jodies Einzug hatte sich seine Meinung geändert. Angesichts der gut gedämmten Mauern und des Fehlens jedweden Thrash Metals war der Konferenzraum ein sicherer Hafen zum Entspannen für ihn geworden – und die Möglichkeit, sich die Meinungen seiner Kollegen zu seinem häuslichen Dilemma anzuhören. Es hatte ihn in ihren Augen auf sonderbare Weise interessanter gemacht.

»Die Wochenenden sind am schlimmsten«, sagte er. »Aber selbst an ruhigen Abenden hat ihr Fernseher Kinolautstärke.«

»Was schauen sie so an?«

»Motorsport. Manchmal *Sons of Anarchy*. Manchmal Pornos.«

»Nett.«

»Aber wie gesagt, wir haben uns mit den Nachbarn zusammengetan, um dem einen Riegel vorzuschieben. Die Stadt hat mir diese Lärmprotokolle zugeschickt, die ich ausfüllen muss.«

»Lärmprotokolle helfen keinem Baby«, sagte Marie, eine Stock Controllerin mit einem kalten Herzen, das seinesgleichen suchte. »Diese Art Stress kann seine Entwicklung beeinträchtigen.«

»Ich weiß.« Die negativen Auswirkungen, die auf der Website der Weltgesundheitsorganisation über Lärmbelästigung aufgelistet waren, ließen ihn schaudern: chronischer Tinnitus, permanenter Hörverlust, Bluthochdruck, Muskelkrämpfe und natürlich kognitive Folgen. Jeder Schaden hätte eine kumulative Wirkung und wäre höchstwahrscheinlich irreversibel. Ant hatte die besten, sichersten Gehörschützer für Babys bestellt, die es auf dem Markt gab, zusammen mit einer Auswahl an Ohrstöpseln für Em und ihn.

Noch etwas hatte er herausgefunden: Musikfolter war in der UN-Antifolterkonvention als eine Verletzung der grundlegenden Menschenrechte verboten. Verboten im Einsatz gegen Terroristen, aber nicht bei friedfertigen Nachbarn! Das war die Gesellschaft, in der sie heutzutage lebten.

Immer öfter führte Em seine »Flucht« ins Büro als einen unfairen Vorteil an. Das zum Thema, so schnell wie möglich wieder mit dem Arbeiten anzufangen, wie sie es bei Naomi vor dem Treffen erklärt hatte … Bis vor Kurzem hatte sie den Wunsch geäußert, die Zeit mit Sam zu verlängern, sollten die Finanzen es zulassen.

Vielen Dank für die Info, hatte er sich gedacht. Waren sie zu einem dieser Pärchen geworden, die die Anwesenheit anderer brauchten, um ihrem Partner wichtige persönliche Entscheidungen zu verkünden? Wie eine Regierung, die Nachrichten über ihre schlechte Performance im Tumult einer Krise versteckte.

Maries Züge erhellten sich vor jäher Aufregung, als sie Ant einen Tipp versprach, von dem er noch nie gehört hatte: »Weißt du was? Meine Freundin hat sich Dutzende Male über die studentische WG nebenan beschwert, aber nichts hat je gefruchtet. Sie hat alles genau dokumentiert – sie hatte jede Menge Videos, aber die Angelegenheit ging lächerlich langsam voran. Verwarnungen und Briefe und Lärmschutzverordnungen, das ganze Arsenal, aber die Studenten haben es einfach ignoriert. Aber schlussendlich hat sie sie geknackt. Rate, was sie getan hat?«

»Was?«, fragte Ant begierig.

»Sie hat der Polizei einen Drogentipp gesteckt. Alles, was mit Drogen zu tun hat, nehmen die superernst.«

»Echt?«

»Anscheinend. In ihrem Fall haben die Nachbarn klein beigegeben. Keine Partys mehr. Ein Besuch von der Drogenfahndung, und du ziehst den Schwanz ein, hey oder?«

Während die anderen über ihren schrecklichen Gangsta-Akzent lachten, schnappte sich Paul Ants Handy und klickte sich durch YouTube. »Hör dir mal das an. Ein Kumpel hat mir das neulich abends vorgespielt, und ich verspreche dir, es ist schlimmer als alles, was dein Nachbar dir antut …«

Er hatte recht, das Geräusch ging einem durch Mark und Bein, wie der Todeskampf eines grässlich mutierten Tiers, und alle Anwesenden baten ihn kreischend, es auszumachen.

»Was zum Teufel war *das?*«, fragte Ant.

»Das nennt sich Todespfeife.« Paul las die Überschrift laut vor: »Ein zutiefst erschreckendes Geräusch, das von einem ausgehöhlten, schädelförmigen Instrument erzeugt wird… Der früheste Nachweis von Lärm als Folter, beliebt bei den alten Azteken… wurde benutzt, um Menschenopfer zu begleiten oder den Feind vor dem Kampf zu verunsichern.«

»Menschenopfer«, sagte Ant. »Bring mich nicht auf falsche Gedanken!«

Als Ralph ihn beim Nachbarschaftstreffen gebeten hatte, die Augen nach Geldtransfers nebenan offen zu halten, war Ant nicht sicher gewesen, wie er eine Hilfe sein könnte, schließlich war er den ganzen Tag in der Arbeit, und Em war entweder mit Sam beschäftigt oder vermied es so gut wie möglich, zu Hause zu sein.

Dann kam ihm eine Idee. »Ich werde in Sams Zimmer eine Videoüberwachung installieren«, erklärte er ihr. »Mit meinem alten iPhone. Von dort sollten wir die Einfahrt gut im Blick haben.«

»Bewegungsgesteuerte Überwachung«, las Em in der App-Beschreibung. »Würde das vor Gericht als Beweis zugelassen werden?«

»Wahrscheinlich nicht«, sagte Ant, »aber das überlassen wir dann Ralph.« Der Gedanke an einen Showdown im Gerichtssaal beunruhigte ihn. Man machte seine Aussage und kehrte anschließend zusammen mit dem Angeklagten in die jeweilige Doppelhaushälfte zurück. Wie sollte das funktionieren?

Er überprüfte täglich das Filmmaterial, seine Augen allein darauf fokussiert, das sporadische Auftauchen des Mannes nicht zu verpassen. Das Schlendern zum Lieferwagen und wieder zurück, um Werkzeug zu holen, oder die kurzen Spaziergänge zur Straße, um Lieferungen von Baumaterial entgegenzunehmen und alles die Einfahrt hinaufzuschleppen. Außerdem waren da die Kaffee- und Zigarettenpausen und die Snacks, die im Gehen hinuntergeschlungen wurden, die Verpackungen und Reste einfach beiseitegeschnippt, als wäre es eine persönliche Einladung für Ungeziefer. Da es keine Tonspur gab, wurde nichts von dem begleitenden Hämmern und Poltern und Dröhnen der Musik aufgenommen. Alles wirkte banal und harmlos.

Einmal stand Booth rauchend vor seinem Haus, als er unvermittelt erstarrte und sich sein Mund öffnete, um etwas anzubrüllen, das er am Ende seiner Einfahrt gesehen hatte. Ein rasches Zurückspulen offenbarte, dass der Grund seines Unmuts ein Hund war – anhand des Kopfs, der immer mal wieder ins Bild ragte, konnte Ant nicht sagen, wer es war, aber vermutlich Tuppy, der Golden Retriever von Finn und Tess, der bekannt dafür war, Abfall zu durchstöbern.

Der Bildausschnitt der Kamera schloss einen kleinen Teil des Bürgersteigs vor Booths Grundstück mit ein, und anfangs war es ein wenig unheimlich, ihre Nachbarn im Vorbeispazieren zu beobachten – Sara Boulter, die an dem Chaos mit entsetztem, sogar in Miniaturgröße deutlich erkennbarem Gesichtsausdruck vorbeirauschte; Tess draußen mit ihren Kindern – und häufig auch mit Naomis jüngerem Sohn.

Ant hatte bisher nicht gemerkt, wie viel Tess für Naomi erledigte, auch wenn Em ihm erzählt hatte, dass Naomi gelegentlich wegen des Hausfrauendaseins ihrer Schwägerin stichelte. Tess bewegte sich träge und strahlte etwas Freundliches, Verträumtes aus, eine Vollblutmutter, die nie ohne ein Kind oder ein Tier an ihrer Seite zu sehen war, ganz im Gegensatz zu Naomi, die eine Naturgewalt war und häufig – allein – von Haus zu Haus schritt. Im besagten Rechtsstreit wüsste er, wen er in den Zeugenstand schicken würde.

Ebenfalls mit auf dem Bildmaterial waren Sissys gelegentliche Abendspaziergänge, bei denen sie manchmal auf dem Bürgersteig stehen blieb und herüberstarrte, die Arme vor der Brust verschränkt, die Füße wie festgefroren, als würde ein versehentlicher Schritt über Booths Grundstücksgrenze das Risiko bergen, auf eine Landmine zu treten.

Nach Einbruch der Dunkelheit gab es wenig zu sehen, da die App nur über eine beschränkte Nachtsicht-Funktion verfügte und auf beiden Seiten der Einfahrt keine Sicherheitsleuchten angebracht waren. Manchmal enthüllte der Scheinwerfer eines Autos den Umriss einer Gestalt als die von Ralph oder Finn, die Daisy nach dem Babysitten nach Hause begleiteten.

»Wir sind uns einig, dass dies nur dem Zweck dient, Booth dranzukriegen«, sagte Ant zu Em. »Wenn wir zufällig einen der Morgans beim Knutschen mit der Babysitterin erwischen, bleibt das unter uns.«

Em blickte finster drein. »Daisy ist siebzehn. Ich finde, wir wären moralisch verpflichtet, es ihren Eltern zu erzählen.«

»Das war nur ein Witz«, sagte Ant und seufzte laut.

Es dauerte nicht lang, bis sich der Erfolg einstellte. Innerhalb von zehn Tagen hatten sie einen klaren Videobeweis in Händen, in dem ein Kunde Jodie einen Briefumschlag als Gegenleistung für zwei Autoschlüssel und ein Bündel Papiere überreichte, von denen Ant annahm, es seien Fahrzeugpapiere. Unter den wachsamen Augen von Darren und Jodie stieg der Mann in der Einfahrt in einen aufgemöbelten Renault und glitt außer Sicht. Er kehrte nicht zurück.

»Das im Umschlag muss Geld sein«, rief Ant triumphierend und spielte Em den Ausschnitt vor. Doch sie war nicht annähernd so freudig erregt wie er, sondern schenkte Sam, der den ganzen Tag über quengelig gewesen war, ihre beinahe ungeteilte Aufmerksamkeit. Es war Samstag, und von nebenan dröhnte wie immer ein ausgedehntes Stand-up-Comedy-Programm aus dem Fernseher, einschließlich des vor Lachen brüllenden Publikums. »Ist das nicht toll? Alles okay, Em?«

Sie warf ihm einen ungläubigen Blick zu. »Für den Fall, dass es dir noch nicht aufgefallen sein mag, Sam zahnt und hat Schmerzen, und ich versuche ihn zu trösten, während du mit deinem neuen Spielzeug spielst.«

»Das ist kein Spielzeug«, protestierte Ant. »Es ist ein technisches Gerät, um den handfesten Beweis zu erbringen, auf den wir schon lange warten. Was ist dein Problem? Man könnte fast meinen, du wolltest sie gar nicht auf frischer Tat ertappen!«

»Man könnte fast meinen, du würdest eine bescheuerte machohafte Befriedigung daraus ziehen, dich mit Ralph zu verbrüdern. Für ihn ist das doch nichts weiter als ein Schwanzvergleich!«

»Was meinst du damit?«

»Ich meine, er wohnt zwei Türen weiter in einem Einfamilienhaus mit hypermodernen Doppelglasfenstern! Seine Kinder müssen nicht mal einen Bruchteil dessen erdulden, was dein eigener Sohn ertragen muss.«

»Sam ist der Grund, dass ich Ralph helfe«, empörte sich Ant, und sein Geduldsfaden war kurz davor, zu reißen.

»Bist du sicher?«

»Natürlich, verdammt noch mal.«

Ems Schultern versteiften sich, ihr Kinn war vorgereckt, als sie sagte: »Könntest du bitte das Fluchen lassen!«

»Tut mir leid.« Er fing sich wieder. »Ich bin nur enttäuscht, weil du dich nicht über diesen Durchbruch freust.«

»›Durchbruch‹?« Ihrer Verachtung haftete eine schreckliche Schärfe an. »Der Beweis von etwas, das jedem mit einem Paar Augen im Kopf sowieso schon klar war?«

»Ja. Weil das, was jedem mit einem Paar Augen im Kopf klar ist, nicht zählt, ob du's glaubst oder nicht! Kannst du also bitte aufhören, so negativ zu sein!« Er spürte, wie ihm die Röte ins Gesicht schoss, sein Blut pumpte.

»Warum schnauzt du *mich* so an?«, rief Em. »Ich bin nicht diejenige, die anderer Leute Leben zerstört!« Als Sam zu weinen begann, drückte sie ihn Ant in die Arme und ließ sich, das Gesicht in den Händen, auf den nächsten Stuhl fallen.

Ant ging neben ihr in die Hocke, versuchte nun gleichzeitig Mutter und Kind zu trösten. Frustriert schossen ihm selbst Tränen in die Augen, während auf der anderen Seite der Wand Gelächter ausbrach.

»Wir müssen als Team zusammenarbeiten, Em. Es gibt buchstäblich keinen anderen Weg. Allein können wir sie nicht schlagen.«

»Wir können sie überhaupt nicht schlagen«, flüsterte Em, ihre Stimme belegt vor Kummer.

»Sag nicht so was«, entgegnete Ant.

Der Wortwechsel ließ ihn verletzt – und verwirrt – zurück. Selbst als die vier Wände immer näher zu kommen schienen, wusste er nicht zu sagen, wie es in letzter Zeit um Em und ihn stand.

Zumindest Ralph war begeistert. Sein Kopf tauchte auf der anderen Seite der Gartenmauer auf, als Ant später am Nachmittag im Garten war. »Das Filmmaterial, das du mir geschickt hast, ist fantastisch, gut gemacht! Wenn das nicht den Beweis liefert, dass er von seinem Grundstück aus ein Gewerbe führt, dann weiß ich es auch nicht.« Er sprach mit leiser, eindringlicher Stimme, wie ein Redakteur, der seinen Starreporter briefte.

»Es ist kaum zu fassen, dass sie so dreist sind«, stimmte Ant ihm zu.

»Ich weiß. Wie schade, dass es kein Kokain oder Ecstasy ist. Dann würde er zumindest weggesperrt werden.« Obwohl es streng genommen Jodie war, die bei dem Vergehen ertappt worden war, bezog Ralph sich ausschließlich auf Darren.

»Lust auf ein Bier? Spring rüber. Hey, vielleicht sollten wir darüber nachdenken, auch diese Mauer einzureißen? Je größer, desto besser.« Ralph reichte ihm die Trittleiter, und Ant kletterte in den Garten der Morgans, als hätte er sein ganzes Leben nichts anderes getan. Was auch immer der Grund für Ems Skepsis sein mochte, für ihn waren die Morgans ein Geschenk des Himmels. Sie kannten die Straße in- und auswendig. Sie würden diese furchtbare Dynamik in Richtung Anarchie herumreißen, bevor die Ehe der Kendalls implodierte.

Ein Flackern am Rand seines oberen Sichtfelds bedeutete ihm, dass sie beobachtet wurden, gewiss von einer unnötig missbilligenden Em. Er versuchte, sich ins Gedächtnis zu rufen, wann es angefangen hatte, ihre Tendenz, sich über seine Bemühungen lustig zu machen. Die Talfahrt seinerseits zu dem Mann, der seine Frau anschrie. War es, schlicht und ergreifend, Booths Einzug gewesen? Oder hatte es schon früher begonnen? Verschärft durch die nachbarschaftlichen Spannungen, nicht daraus erwachsen?

Doch als er wieder hinsah, erkannte er, dass die Gestalt nicht in seinem eigenen Fenster war, sondern in dem daneben. Booth.

»Freak«, sagte Ralph, der Ants Blick folgte. »Wäre nicht überrascht, wenn er noch dazu pädophil wäre, du etwa?«

7

TESS

Ja, wir haben uns beschwert, das haben wir alle, ein paar von uns mehrfach. Aber nichts hat gefruchtet. Entweder ignoriert er einen völlig, oder er dreht einem feixend den Rücken zu. Sie ist etwas zuvorkommender, aber sie ist ja auch für den direkten Kundenkontakt zuständig, nicht wahr? Kümmert sich um das Organisatorische, während er die körperliche Arbeit verrichtet. Ein echtes Dreamteam!

Das Schwierigste für uns? Ich schätze, für mich ist am schlimmsten, wie es die Beziehung zu den Nachbarn verändert. Man wird in die Dramen der anderen genau wie in die eigenen hineingezogen. Im Grunde hat dieses eine Pärchen die ganze Atmosphäre in der Nachbarschaft zerstört. Schon vor dieser schrecklichen Tragödie haben sie alles kaputt gemacht.

Mrs Tessa Morgan, Lowland Way 5,
Anwohnerbefragung durch die
Metropolitan Police, 11. August 2018

Zwei Wochen zuvor

»Kümmert es Ralph und Naomi denn *wirklich*, was hier los ist?«, fragte Em, und ihre riesige Sonnenbrille verbarg das längst zur Gewohnheit gewordene Aufblitzen von Empörung in ihren Augen. »Sie können davon doch gar nicht *so sehr* gestört sein, mit ihren unglaublichen Doppelglasfenstern. Ist diese Kampagne einfach nur ein Eitelkeitsprojekt?«

Sie waren mit Dex und Sam im Garten der Morgans. Dank Finns Sprinkleranlage hatte der Rasen die Juli-Hitzewelle überlebt und glich einem vor Leben strotzenden, schimmernden Paradies in einem ansonsten ausgebleichten und verdorrten Land. Ein Federball lag malträtiert auf der Terrasse, Kits Werk, müsste Tess raten (oder vielleicht Charlies). Ralph und Naomi hatten für die breite Natursteinterrasse gezahlt, die sie, passend zu ihrem eigenen Anbau, gemeinsam benutzten, statt des bereits bestehenden Fischgrätenmusters aus rotem Ziegel, das Tess gemocht hatte. Zweihundertfünfzigtausend Pfund hatte dieser Anbau gekostet, wie Ralph seinem Bruder einmal anvertraut hatte, und manchmal, wenn Tess einen flüchtigen Blick auf Naomi an ihrer Kochinsel erhaschte, mit all dem weißen Marmor, der in der vormittäglichen Sonne wie eine aus eigener Kraft strahlende Lichtquelle funkelte, erinnerte es sie an ein Raumschiff – und wie erfreut Naomi war, der Erdling zu sein, dem man die Kontrolle darüber anvertraut hatte.

Sie nahm sich einen Moment Zeit, um über Ems Frage nachzudenken. »Es kümmert sie schon, doch, aber aus anderen Gründen. Ralphs Mission betrifft die Autos, aber Naomis echte Sorge gilt dem *Play Out Sunday*. Neulich habe ich zu ihr gesagt, sollen wir ihn nicht lieber absagen, du weißt schon, weil er die Autos nicht wegfährt? Und sie meinte …« Hier ahmte Tess Naomis rauen, kultivierten Tonfall nach. »›Nur über meine Leiche, meine Liebe.‹«

Em lachte. Tess bemerkte, dass sie auf eine Art lachte, wie Menschen es unter Druck taten, als könnte ihre Kommunikationsfähigkeit jederzeit versagen und ihr Gelächter in Schluchzen umschlagen.

»Wann wacht er endlich auf?«, fragte Dex und stupste Baby-Sam in seinem Buggy an. »Er schläft *immer*.«

Armer, armer, kleiner Sam, dachte Tess. Sie waren eben im Park gewesen, um nach den Schwanenjungen zu sehen, aber er hatte den ganzen Ausflug über geschlafen. Wie seine Eltern hatte er keine andere Wahl, als geradezu nachtaktiv zu werden. Em hatte Tess den speziellen Gehörschutz gezeigt, den sie dem Kleinen für die Nacht gekauft hatten, doch er schob ihn sich im Schlaf manchmal weg und wachte dann auf.

»Bald«, versprach sie Dex, »aber wir müssen jetzt los, um deine Schwester von der Schule abzuholen.«

»Du kommst im September in die Schule, nicht wahr?«, sagte Em zu Dex. »Es wird schön sein, dem hier zu entkommen, nicht wahr?«

Eine sonderbare Verbwahl, dachte Tess. Dex sagte nichts, nickte nur mit feierlichen Augen. Es kam ihr fast vor, als spürte er Ems Zerbrechlichkeit, die Notwendigkeit, sie in Watte zu packen.

Doch als die Mütter und Söhne samt Tuppy gemeinsam aus dem Haus traten, führte er sich wieder wie ein normaler Junge auf. »Noch ein Laster!«, rief er aufgeregt.

Tatsächlich, am Ende von Ems Einfahrt stand ein mit einem Gerüst beladener Lastwagen im Leerlauf. Sämtliche Freude, die Em aus der Stunde in Tess' Garten gezogen hatte, war sofort verflogen, und ihre Gesichtszüge entglitten ihr. Sie setzte die Sonnenbrille ab. »O Gott, was ist da jetzt schon wieder los?«

»Er fängt wohl mit Reparaturen am Dach an«, sagte Tess. »Finn meinte, er hätte bei ihrem ersten Treffen etwas in der Art erwähnt.«

»Na großartig!« Em begann, mit dem Buggy ein zügiges Tempo anzuschlagen, und Tess musste sich beeilen, um mit ihr Schritt zu halten. »Er hat die Baustelle im Haus noch nicht mal fertig. Warum kann er nicht eins nach dem anderen erledigen?«

Als sie Ems Einfahrt erreichten, mussten sie sich behutsam einen Weg bahnen, da von zwei Bauarbeitern Gerüstbretter zu Booths Haus getragen wurden. Booth und ein weiterer Mann schraubten bereits die Stangen für die untere Etage zusammen.

»Ist das eine professionelle Gerüstbaufirma?«, fragte Em. »Diese Bretter sehen aus, als hätten sie hundert Jahre auf dem Buckel.«

»Sind wohl buchstäblich und im übertragenen Sinn vom Laster gefallen«, murmelte Tess.

»Und die Arbeiter wirken nicht so, als wären sie vom Fach, oder? Sollten sie nicht Helme tragen und diese Neonwesten? Augenblick mal!« Em versteifte. »Diese Stangen ragen bis vor mein Fenster!«

Es stimmte: Die horizontalen Stangen standen einen knappen halben Meter über die offensichtliche Trennlinie ihrer zwei Häuser und leicht über das Wohnzimmerfenster der Kendalls heraus.

Em kontrollierte die Bremse an Sams Buggy und trat einen Schritt vor. »Entschuldigung? Hallo! Tun Sie nicht so, als wüssten Sie nicht, wer ich bin! Sie müssen das wieder abbauen – es befindet sich auf meinem Grundstück!«

Obwohl die Gerüstbauer einen Moment innehielten, um zu ihr

zu sehen, blickte Booth kaum auf, so vertieft war er in seine Aufgabe. Sein Oberkörper war nackt, wie so häufig bei dem heißen Wetter, und beim Anblick seiner schweißbedeckten Haut war ihr unbehaglich zumute. Das grässliche Bild, wie er von einer der rostigen Stangen gepfählt wurde, drängte sich ihr auf.

»Haben Sie mich nicht gehört? Ich sagte, Ihr Gerüst ragt auf unser Grundstück, und Sie haben nicht um Erlaubnis gefragt!« Em trat unter die Stangen und klopfte Booth gegen die Schulter.

Tess hielt die Luft an: Es war das erste Mal, dass sie einen der Nachbarn Körperkontakt mit ihm herstellen sah.

»Was is' schon dabei?« Genervt von der Störung verzog er das Gesicht.

»Wie, was ist schon dabei? Sie hätten fragen müssen! Wie bei allem, was Sie tun, tun Sie es ohne Vorwarnung oder Erklärung, nichts. Das ist völlig inakzeptabel – *wir wohnen auch hier!*«

Es war bedauerlich, dass sie so emotional klang, fast aggressiv, und Booth warf einem der Bauarbeiter, der sich das Lachen nicht verkneifen konnte, einen Blick zu.

»Machen Sie sich nicht lustig über mich!«, rief Em, doch die Männer ignorierten sie und machten mit dem weiter, was sie taten.

Als er ihre Verzweiflung hörte, erwachte Sam und begann zu wimmern, und Tess kniete sich vor ihn, um ihn zu trösten. Dex und Tuppy waren beide gefesselt von dem Streit, Tuppy starr vor Anspannung.

»Warten Sie's nur ab!«, fuhr Em jetzt schreiend fort. »Wir haben Sie bald dran. Wir haben Beweise!«

»Beweise wofür?« Booth wirkte unbeeindruckt. »Wollen Sie jetzt bitte aus dem Weg gehen, sonst könnten Sie ein Auge verlieren.«

»Ist das eine Drohung?«

»Ein Sicherheitshinweis.« Er drängte sich an ihr vorbei, nicht gewaltsam, aber mit genug Schwung, dass sie leicht aus dem Gleichgewicht geriet und in Richtung des Schrotthaufens taumelte.

Tess überprüfte die Bremse an Sams Buggy. Sie hätte die Situation anders als Em gelöst, aber unter gar keinen Umständen würde sie tatenlos zusehen, wie er eine Frau mit solcher Rücksichtslosigkeit behandelte. Nachdem sie Dex Tuppys Leine in die Hand gedrückt hatte, marschierte sie auf Darren zu. »Können Sie denn nicht mal für eine Minute aufhören und ein zivilisiertes Gespräch führen? Sie haben das Gerüst gerade erst angefangen, und es wäre wohl nicht zu viel verlangt, es ein paar Zentimeter zur Seite zu rücken.« Dann, als er ihre Bitte mit derselben Gleichgültigkeit ignorierte wie Ems, sagte sie: »Ist Ihre Frau zu Hause?« Den Bauarbeitern ausweichend, klopfte sie mit der flachen Hand gegen die offene Haustür. »Jodie!«

Jodie tauchte auf, das Handy in der Hand, mitten in einem Gespräch und leicht gereizt. »Was ist los? Ich bin hier am Telefon.«

»Wäre es möglich, Ihren Mann zu bitten, mit dem Baugerüst noch einmal von vorn anzufangen?«, fragte Tess. »Er hat es direkt über Em und Ants Fenster gebaut.«

Jodie seufzte, bevor sie sich mit scharfer Stimme an Darren wandte. »Rück's ein bisschen zur Seite, okay? Ist doch kein Beinbruch.«

»Vielen Dank.«

Für zwei oder drei Sekunden fühlte es sich wie ein bedeutender Kompromiss in einer Beziehung an, bis Dex auf dem Bürgersteig zu kreischen begann: »Mami, Tuppy hat sich losgemacht!«, und auf einmal war Tuppy an Tess' Füßen, bellend und hochspringend, und Booth fauchte: »Schaffen Sie die verdammte Töle von meiner

Einfahrt!« Und er hob das Werkzeug in seiner Hand, als wollte er es auf den Hund schleudern.

»Sie müssen jetzt gehen«, sagte Jodie zu Tess und schob sich zwischen ihren Mann und Tuppy. »Kinder und Hunde dürfen nicht einfach auf einer Baustelle rumlaufen.«

Als wäre sie die Vernünftige, nicht Tess! Als wäre nicht ihr Ehemann derjenige, der halbnackt ein windiges Gerüst aufbaute!

Nach Tuppys Leine schnappend, wich Tess zurück. »Ich werde mich bei der Stadt beschweren!«, rief sie. »Und der Baubehörde. Dann werde ich kommen und zusehen, wie Sie es wieder abbauen, ein Teil nach dem anderen. Bei dir alles okay?«, fragte sie Em, die jetzt bei Sam war, ihr Gesicht und Hals glutrot. Sam brüllte wie am Spieß.

»Alles gut.« Em fummelte an der Bremse herum, ohne Tess' Blick aufzufangen. »Danke für die Hilfe, aber ich muss jetzt rein und Sam füttern. O Gott, er ist wirklich aufgebracht.«

»Die is' verrückt, die Alte«, hörte Tess Booth in seiner sonderbar sanften Stimme zu den Gerüstbauern sagen, als Em die Tür hinter sich ins Schloss knallte. »Soll ich das jetzt verschieben oder was?«, fragte er seine Frau.

»Lass gut sein«, erwiderte Jodie und blies die Wangen beim Seufzen auf.

Während Tess mit Dex im Schlepptau hastig davonmarschierte, googelte sie die Website der Stadt und fand die relevante Seite:

> Sie benötigen keine Genehmigung, um auf Ihrem eigenen Grundstück ein Baugerüst zu errichten. Sie müssen jedoch einen Gerüstbauer oder ein Bauunternehmen beauftragen, das über die nötige Kompetenz verfügt.

Die nötige Kompetenz laut wem?

»Mami, nein!«

»Tut mir leid, Dex.« Tess steckte ihr Handy gerade wieder ein, bevor sie genau die Todsünde beging, von der sie ihrem Sohn täglich eintrichterte, es gebe keine schlimmere: die Straße zu überqueren, ohne auf den grünen Mann zu warten.

Es war leicht, Booth kategorisch für das verantwortlich zu machen, was am *Play Out Sunday* in dieser Woche passierte, aber in Tess' Augen waren zum Teil auch die Eltern schuld. *Alle* Eltern, sie eingeschlossen. Immerhin hatten sie gewusst, dass sie nicht länger auf die Sicherheit des Arrangements vertrauen konnten, zumindest so lange, wie sie ihn nicht zur Zusammenarbeit überreden und davon abhalten konnten, seine Wagen ständig umzuparken. Vor Ralphs und Naomis Haus stand jetzt der Wohnwagen, eine Beeinträchtigung in jeglicher Hinsicht, ebenso wie vier andere Wagen überall auf der Straße verteilt.

Die Hitze war erbarmungslos. Selbst der Schatten in Form des staubtrockenen Blätterdachs der Ulmen war niederdrückend.

Eine Gruppe Kinder, angeführt von den Boulter-Zwillingen, die mit dreizehn nicht mehr regelmäßig am *Play Out Sunday* teilnahmen und deren Anwesenheit in letzter Zeit fast schon einem Glücksspiel gleichkam, fuhr auf dem Stück Straße vor ihrem Haus Skateboard. Dex und Charlie fühlten sich von ihrer Dynamik angezogen, und weil sie keine eigenen Boards besaßen, jammerte Charlie nonstop herum, bis Naomi schließlich hinausging und die älteren Jungen bat, ihm ein paar Tipps zu geben. Nachdem Naomi wieder im Haus verschwunden war, um Sonnencreme zu holen, und Tess Dex' Aufmerksamkeit auf Isla und ihre seilhüpfenden Freundinnen gelenkt hatte, ereignete sich der Vorfall.

Das Erste war ein Schrei von Ethan Boulter, gefolgt von einem wilden Durcheinander jüngerer Stimmen. Charlie lag reglos auf dem Boden neben der hinteren Stoßstange von Darren Booths weißem Lieferwagen. Offensichtlich war Booth rückwärts aus seiner Einfahrt gefahren, in den Weg der Skateboarder geschert und hatte das erste sich bewegende Ziel getroffen, das ihm begegnet war. Er blieb mit laufendem Motor im Fahrzeug sitzen.

»Wo hat es ihn erwischt?«, rief Tess, die, dicht gefolgt von Dex, herbeigestürzt kam und von einem Wirrwarr aus panischen Kinderstimmen bestürmt wurde:

»Ist er tot?«

»Seine Augen sind offen!«

»Er braucht eine Mund-zu-Mund-Beatmung!«

»Schalten Sie den Motor aus!«, kreischte sie Booth an, der ausnahmsweise wortlos gehorchte. Als sie sich neben Charlie kniete, bemerkte sie, dass er atmete, aber es war dennoch der entsetzlichste Anblick, ein kleiner Junge – ihr Neffe –, starr, die Augen weit aufgerissen, als schwebte er zwischen Leben und Tod. Er war bei Bewusstsein, aber wie versteinert, vielleicht vor Schock. Über die Schulter rief sie der anschwellenden Menge zu: »Jemand muss Naomi holen! Isla, geh du! Charlie, Charlie, Liebling, kannst du mich hören? Alles wird gut …«

Es gab keine offenen Wunden an Kopf, Armen oder Beinen und, als sie sein T-Shirt anhob, auch keine sichtbaren Verletzungen an seiner Brust. Seine Kleidung war unversehrt, im Gegensatz zu seinem linken Turnschuh, der abgefallen war und abseits lag. Obwohl der Motor des Lieferwagens nun ausgeschaltet war, konnte Tess immer noch die schwache Hitze spüren, als Booth sich endlich vom Fahrersitz erhob – und die Tür offen ließ, als wollte er gleich wieder einsteigen und seine Reise fortsetzen!

Em und Sara waren an der Front erschienen: »Warum zum Teufel sind Sie im Rückwärtsgang gefahren?«

»Er ist wie aus dem Nichts aufgetaucht«, sagte Booth tonlos.

»Sie hätten überhaupt nicht fahren dürfen«, weinte Em. »Die Straße ist heute gesperrt! Um Himmels willen, warum halten Sie sich nicht an die Regeln, so wie alle anderen?«

»Haben Sie die Kinder denn nicht spielen gesehen?«, wollte Sara wissen.

Booth gab keine Antwort. *Zuckte* er etwa mit den Schultern?

»Hat jemand gesehen, wie es passiert ist?«, fragte Tess schließlich über einen Schwall Kindererzählungen hinweg. »Ich meine, ein Erwachsener?«

»Ich habe es gesehen.« Es war Karen, eine Mutter von weiter unten in der Straße, die eine Tochter in Charlies Alter hatte. »Ich bin raus, um Lola zum Mittagessen zu holen, und habe alles genau gesehen. Der kleine Junge war auf seinem Skateboard und hatte es nicht unter Kontrolle. Er ist dem Lieferwagen direkt in die Bahn geschlittert und an der Seite mit ihm zusammengeprallt, gleich am Heck.«

»Wo war der Aufprall?«, fragte Tess.

»An der Brust, glaube ich. Ihm muss es die Luft aus den Lungen gepresst haben.«

»Wie schnell war der Lieferwagen?«

»Jetzt machen Sie aber mal halblang!«, protestierte Booth, doch Karen erklärte bereits:

»Echt langsam, nur ein paar Meilen die Stunde. Der Junge war viel schneller – ich bezweifle, dass er im Außenspiegel zu sehen war.« Sie warf Tess und Em einen entschuldigenden Blick zu. Auch wenn sie am anderen Ende der Straße Booths Lärmbelästigung nicht im selben Maße ausgesetzt war, schien sie zu wissen, wer er war, und wollte nur widerstrebend als Zeugin der Verteidigung dienen.

Genau in diesem Augenblick tauchte Jodie, Einkaufstüten in beiden Händen, aus der Portsmouth Avenue auf, und Naomi und Ralph sprinteten aus Haus Nummer sieben, Libby einen Schritt hinter ihnen. Als sie ihren Bruder ausgestreckt auf der Straße liegen sah, stieß sie einen Schrei aus und umklammerte ihren Vater, während eine tränenüberströmte Isla neben Dex kauerte, der laut schluchzte.

»O mein Gott«, rief Naomi. »O mein Gott, Charlie!«

Beim Klang ihrer Stimme bewegten sich Charlies Augen, und überwältigt vor Erleichterung durch die ersten Anzeichen, dass er aus seiner Benommenheit erwachte, trat Tess ihren Platz an Naomi ab und drückte ihre eigenen Kinder fest an sich. Am Gartentor von Nummer sieben bellten Kit und Cleo wie verrückt, intuitiv spürend, dass ein Mitglied ihres Rudels in Bedrängnis war.

»Sie haben ihn verdammt noch mal überfahren?« Ohne eine Antwort abzuwarten, stürzte Ralph sich auf Booth, aber Libby krallte sich noch an ihm fest, und ihr Gewicht zog ihn nach unten, was seine ausgestreckten Finger daran hinderte, dem anderen Mann an die Gurgel zu gehen. Bei dem Anblick ließ Jodie ihren Einkauf fallen und versuchte, Ralph wegzuschubsen, wobei sie die arme Libby erwischte, die vor Schmerz aufheulte.

»Der Junge kam einfach entlanggeschossen!«, beteuerte Booth. »Ich habe ihn nicht gesehen.« Weder er noch Jodie hatten einen Blick für Charlie übrig oder fragten nach, wie es ihm ging, fiel Tess auf. De facto erholte er sich langsam, bewegte Arme und Beine und weinte in Naomis Schoß.

Nachdem sie Finn herbeigewinkt hatte, versuchte sie, Ralph

fortzuziehen. »Du solltest dich zurückhalten, im Ernst. Karen hat alles gesehen, und es ist vielleicht nicht so, wie es aussieht.«

»Na also«, rief Jodie. »Ich wusste doch, es ist nicht seine Schuld!«

»Er hätte überhaupt nicht in seinem Auto sein dürfen!«, zischte Ralph.

»Das habe ich auch schon gesagt! Aber niemand hört mir zu«, sagte Em. Sie machte alles nur noch schlimmer, und Tess wünschte, Ant, der mit Sam in den Armen etwas abseits stand, täte etwas, um sie zu beruhigen.

»Sollen wir einen Krankenwagen rufen?«, fragte Tess Naomi. »Er wurde anscheinend an der Brust getroffen. Er könnte sich eine Rippe gebrochen haben.«

»Sonntags müsste man fünfundvierzig Minuten warten«, erwiderte Naomi, »das habe ich gestern gelesen. Kürzungen beim NHS. Es geht schneller, ihn selbst zu bringen, falls es denn sicher ist, ihn zu bewegen.« Bei ihren Worten begann Charlie, sich in eine sitzende Position zu bringen. »Wir gehen das Risiko ein. Hol das Auto, Ralph. *Ralph!* Finn, kannst du dich darum kümmern, dass die Straße frei ist, wenn er einbiegt?«

»Ja, natürlich.«

Während die Brüder aufbrachen, Ralph im Laufschritt in Richtung Portsmouth Avenue, um seinen BMW zu holen, und Finn, der Poller beiseiteschob und Zuschauer zerstreute, stritten Em und Jodie weiter, beide taub für die Argumente der anderen und rot im Gesicht vor Hitze und Wut. Booth stand auf der Straße, als sei er verunsichert, was er als Nächstes tun sollte. Dann packte er den Türgriff des Lieferwagens.

»Den lassen Sie genau dort stehen, wo er ist«, fauchte Naomi. »Die Polizei wird das überprüfen wollen. Hat sie jemand gerufen? Tess?«

»Noch nicht«, sagte Tess.

»Nun, könntest du das dann bitte tun?«

Wenige Augenblicke später kroch Ralphs BMW in die Straße und wendete mit größtmöglicher Vorsicht. Als der Wagen schließlich zum Stehen kam, hoben Naomi und Finn Charlie hoch und platzierten ihn liegend auf der Rückbank, dann glitt Naomi neben ihn.

»Soll ich fahren, damit du bei ihm sitzen kannst?«, bot Finn an.

Ralph reichte ihm die Schlüssel. »Wäre toll. Dann kann ich uns schon mal in der Notaufnahme ankündigen. Los geht's!«

Bevor Tess protestieren konnte, rief Naomi ihr zu: »Kannst du dich um Libby und die Hunde kümmern?«

»Natürlich.«

»Und hol die Polizei«, rief Ralph ihr in Erinnerung. »Damit wird er nicht davonkommen.«

Als sie fort waren, setzte ein verhaltener Schock ein. Die Familien, die nicht direkt in das Drama involviert waren, zerstreuten sich, das Spiel der jüngeren Kinder wurde am anderen Ende der Straße fortgesetzt, und Booth und Jodie zogen sich in ihr Haus zurück.

Der Lieferwagen blieb an Ort und Stelle, genau im Winkel des Aufpralls. Für Tess war es eindeutig, dass Karens Darstellung korrekt war und Booth in einem völlig normalen Bogen rückwärts ausgeparkt hatte; die Polizei würde keinerlei Bremsspuren von überhöhter Geschwindigkeit finden. Aber da war dieser Vorfall mit Sissy gewesen, nicht wahr? Als er *sie* fast überfahren hätte: Damals war er lebensgefährlich gerast, hatte Naomi gesagt.

»Hol mich einfach, wenn die Polizei da ist. Ich bin in Nummer dreiundfünfzig«, sagte Karen zu Tess.

Eines der Häuschen am anderen Ende der Straße, weit weg von der Kriegszone.

Nachdem sie Libby die Verantwortung für ihren Cousin und ihre Cousine übertragen und sie gebeten hatte, im Haus zu warten, wählte sie den Notruf. Es gab etwas Verwirrung, was das Ausmaß des Notfalls betraf, angesichts des Umstands, dass das Opfer vom Tatort entfernt worden war, aber schließlich kam ein Streifenwagen, und Tess schickte die Beamten zu Nummer eins und dreiundfünfzig.

»Brauchen Sie etwas Hintergrundinformationen?«, bot sie an, als die Polizisten wieder auftauchten, und erklärte ihnen die Regeln des *Play Out Sunday.* »Vor ein paar Wochen hätte er beinahe die Dame von Nummer zwei überfahren – Sissy Watkins, falls Sie auch mit ihr sprechen wollen? Und sehen Sie sich das Gerüst an! Wenn das nicht gefährlich ist, weiß ich es auch nicht.«

Doch an der Art, wie die Beamten ihr dankten, erkannte sie, dass die Polizisten ihren Redeschwall für leicht hysterisch hielten, und sie konnte nur hilflos mitansehen, wie sie den Tatort wegen eines dringlicheren Anrufs verließen. Gerade hatte sie ihr eigenes Gartentor erreicht, als Jodie auf sie zugestürmt kam, ebenso wutentbrannt wie zuvor.

»Was ist Ihr Problem, hä?«

»Reden Sie mit mir?«, fragte Tess.

»Sonst seh ich niemanden, der gleich zu den Cops läuft, Sie etwa? Warum mussten Sie die überhaupt holen?« Purer Zorn strahlte von ihr aus; er hatte fast seinen eigenen Geruch. Vor ihrem geistigen Auge sah Tess bereits, wie sie zu Boden gestoßen oder mit einem dieser krassen Schläge niedergeprügelt wurde, von denen man in Zeitungsberichten über körperliche Auseinandersetzungen las und die in schrecklichen Behinderungen oder gar dem Tod endeten.

»Wenn Sie nicht einsehen, warum Ihr Mann in diesem Fall im Unrecht ist, werde ich nicht diejenige sein, die es Ihnen erklärt.«

»Sie müssen mir gar nichts erklären«, höhnte Jodie. »Es ist ganz klar, was hier los ist.«

Tess riss der Geduldsfaden. »*Was?* Abgesehen davon, dass Sie zwei das Wohlergehen dieser Gemeinschaft aufs Spiel setzen?«

»Ach, hören Sie auf damit«, sagte Jodie. »Sie hatten uns schon vom ersten Moment an auf dem Kieker. So wie neulich wegen dem Gerüst.«

»Weil es nicht korrekt aufgebaut wurde!«

»Glauben Sie ja nicht, ich hätte vergessen, dass Sie bei uns eingebrochen sind. Vielleicht sollte ich das der Polizei mal erzählen, hm?«

»Ich bin nicht eingebrochen«, erwiderte Tess.

»Aber haben schön rumgeschnüffelt bei uns, nich' wahr? Und dann entschieden, dass wir nich' gut genug für Sie sind? Lauter Snobs, alle miteinander hier, und ich schätze, Sie sind die Allerschlimmste.«

»Bin ich nicht«, protestierte Tess, obwohl ihre Antwort eine gewisse Zustimmung mit Jodies allgemeinerer Anschuldigung implizierte. »Keiner von uns ist ein Snob«, stellte sie klar.

Jodie funkelte sie böse an. »Ich behalt Sie im Auge«, sagte sie, nicht weniger beunruhigend, nur weil es ein Klischee war, und beim Davonmarschieren drehte sie sich zur Bekräftigung ihrer Drohung zweimal zu Tess zurück, um sie eindringlich anzusehen.

Erst um sieben Uhr abends kehrten Ralph und Naomi aus dem Krankenhaus zurück. Tess war bei den Kindern im Fernsehzimmer von Nummer sieben, als sie hörte, wie sie aufsperrten, ein kurzes Hallo riefen und Charlie direkt nach oben in sein Zimmer brachten. Finn, nahm sie an, parkte wohl das Auto. Libby schoss die Treppe hoch und ließ Tess unschlüssig zurück, bis endlich jemand auftauchte.

»Wie geht es ihm?«, fragte sie, als Ralph nach unten kam. Das musste sie ihm lassen, er wirkte aufgekratzt, voller Energie, ganz im Gegensatz zu ihr selbst.

»Er schläft. Wir mussten eine Ewigkeit warten, bis er an der Reihe war. Der NHS ist in einem desaströsen Zustand.«

»Haben sie seine Brust geröntgt?«

»Ja, Gott sei Dank ist nichts gebrochen. An der Seite wird er überall blaue Flecken bekommen, das ist alles. Wäre es aber sein Kopf gewesen, sähe es ganz anders aus. So, wie es ist, wird er von jetzt an schreckliche Angst haben, draußen zu spielen.«

»Kinder sollten sich in ihrer eigenen Straße sicher fühlen«, stimmte Tess ihm zu. Unter gar keinen Umständen würde sie anmerken, dass ein Helm eine gute Idee wäre, wenn man Skateboard fahren lernte. Beim Anblick von Naomi, die sich nun zu ihnen gesellte, wiederholte sie strahlend: »Tolle Nachricht wegen Charlie! Das war ein echter Schreck! Ich habe den Kindern Carbonara zum Abendessen gemacht, Libby hat mir beim Kochen geholfen. Sie war sehr tapfer. Und wir sind gemeinsam mit den Hunden Gassi gegangen.«

»Oh, gut.« Naomi sank auf die Treppenstufe, als fürchtete sie, es nicht bis nach unten zu schaffen, ihre Augen schimmerten vor Tränen. »Was war mit der Polizei? Sie haben uns noch gar nicht angerufen. Hast du ihnen meine Telefonnummer gegeben?«

»Im Grunde ist nicht viel passiert«, gestand Tess kleinlaut ein. »Ich meine, ich habe ihnen erklärt, dass er angefahren wurde – nun ja, eigentlich war das Karen von Nummer dreiundfünfzig. Sie war die einzige erwachsene Zeugin. Booth wurde auch befragt.«

»Haben sie ihn verhaftet?«

»Nein, er ist immer noch zu Hause, glaube ich. Es hört sich an, als wäre es tatsächlich ein Unfall gewesen. Er hat den Lieferwagen zurück in seine Einfahrt gefahren.«

»Leider nicht den Wohnwagen«, erwiderte Ralph kühl, als wäre auch das Tess' Schuld.

Naomi starrte ungläubig zu ihr herab. »Hat er zumindest eine mündliche Verwarnung bekommen?«

»Das weiß ich nicht.« Unter ihren gemeinsamen prüfenden Blicken fühlte Tess sich völlig unzulänglich. »Ich konnte der Polizei schlecht in sein Haus folgen, aber ich hoffe schon.«

»Du *hoffst?*«, wiederholte Ralph das Wort. »Das ist unglaublich. Ich gehe zu ihm rüber, Nay. Wenn die Polizei ihrer Arbeit nicht nachkommt, werde ich das tun.«

»Nein, Ralph.« Naomis Ton war scharf, eine Ader pulsierte unter ihrem linken Auge. So gestresst hatte Tess sie noch nie gesehen, was auch nicht besser wurde, als Libby auf der Treppe auftauchte und über Migräne klagte. Naomi erhob sich, um wieder nach oben zu gehen, wobei sie zumindest nicht vergaß, sich bei Tess zu verabschieden, was mehr war, als Ralph zustande brachte, während er anfing, mit Libby um die Aufmerksamkeit seiner Frau zu buhlen. Kein Wort des Dankes, von keinem der beiden, bemerkte Tess. Aber es ging hier nicht um sie, ermahnte sie sich, sondern um den armen Charlie.

Nebenan nahm Finn ihr Dex ab und brachte ihn zu Bett, während Isla ihren Pyjama anzog. Der Gedanke, dass am nächsten Morgen wieder Arbeit und Familienleben wäre, alles wie gehabt, war unvorstellbar. Tess begann, ihre Vorräte nach etwas für Finn und sie zum Abendessen zu durchsuchen. Sie wusste nicht, ob das Stechen in ihrem Magen von Nervosität oder Hunger herrührte, doch die brennenden roten Flecken auf ihrer Haut waren auf Besorgnis zurückzuführen, das wusste sie. Sie öffnete das Küchenfenster, wollte für etwas Abkühlung sorgen. Aus dem Garten von Nummer eins wehte Musik herüber, leiser als Booths gewöhnliche Lautstärke, weshalb mit einem Mal Ralphs Stimme zu vernehmen war.

»Sieh mich nicht so an, Babe. Ich brauche die.«

Er musste eine Zigarette rauchen, dachte Tess. Kaum hatte sie diese Schlussfolgerung gezogen, roch sie auch schon den Rauch.

Naomi klang wieder wie sie selbst, gefasst und ruhig. »Charlie hat entschieden, in unserem Bett zu schlafen. Libby liegt neben ihm. Sie sind beide mit Paracetamol ausgeknockt. Ich kann nicht glauben, dass Tess nicht bemerkt hat, dass Lib Kopfschmerzen hat.«

»Ich kann nicht glauben, dass sie die Angelegenheit mit der Polizei nicht besser hinbekommen hat. Einer von uns hätte hierbleiben müssen, um die Sache zu regeln«, sagte Ralph.

Augenblick mal, das war völlig unfair! Und wie immer waren *sie* die wichtigsten Menschen auf der Welt, ihre Perspektive die einzige, die es zu berücksichtigen galt. *Der Rest von uns ist nur hier, um ihnen zu dienen,* dachte sie. *Sie sind Egomanen, nicht so anders als die Booths …*

Beschämt verbiss sie sich den Gedanken.

»Ich rufe morgen dort an und kläre die Situation«, sagte Naomi. »Ich schätze, wenn man all die Dinge in Betracht zieht, zu denen sie tagein, tagaus gerufen werden, war das zumindest ein Einsatz mit einem Happy End.«

»Du hast recht. Charlie geht es gut, das ist das Wichtigste. Aber damit ist die Sache nicht beendet.« Ralph machte eine Pause, wahrscheinlich für einen weiteren Zug an der Zigarette, und Tess stellte sich die Toxine vor, die in seine Lunge drangen und auf der Suche nach seinem Herzen durch ein Netzwerk an winzigen Kapillaren strömten.

»Was mich betrifft, ist das erst der Anfang«, sagte er.

Als Tess und Finn schließlich allein am Küchentisch mit Suppe und Brot und Käse saßen, wusste sie kaum, wo sie beginnen sollte.

»Fang nicht wieder mit dem Umzug an«, sagte er, um ihrem Wortschwall zuvorzukommen. »Ich bin erschöpft. Die Notaufnahme für Kinder muss einer der schrecklichsten Orte der Welt sein. All das Geschrei, und da drinnen tun sie nichts gegen die Hitze, selbst im Sommer.«

»Das wollte ich überhaupt nicht sagen«, entgegnete Tess. »Und du hättest nicht ins Krankenhaus mitfahren müssen. Es hätte nicht drei gebraucht.«

Finn begann, das Brot zu zerreißen, als hätte er nie zuvor in seinem Leben etwas zu essen bekommen. »Es tut mir leid. Das Angebot war ganz spontan, ich habe nicht darüber nachgedacht. Zumindest konnte ich den Kaffee holen.«

Tess hob die Augenbrauen. »Na ja, in dem Fall.«

Grinsend legte er das Brot weg, um nach ihrem Arm zu greifen und ihn zu drücken. »Was wolltest du *dann* sagen?«

Tess atmete hörbar aus. »Ich will unseren Urlaub vorziehen. Ich will weg von hier, schon morgen oder übermorgen. Es interessiert mich nicht, wie teuer es ist, ihn zu verschieben, ich brauche eine Pause von dieser Straße.«

Es kam ihr vor, als wäre eine Woche an der portugiesischen Atlantikküste alles, was zwischen ihr und einem Nervenzusammenbruch stand. Sie wollte das Tosen des Ozeans in den Ohren hören, nicht die schnippischen Verbalattacken ihrer Nachbarn, kein Kindergeschrei.

»Ich weiß nicht, ob ich meinen Urlaub so kurzfristig umorganisieren kann«, erklärte Finn. »Ich habe ihn vor Wochen eingereicht.«

»Aber wirst du es versuchen? Oder dich einfach krankschreiben lassen?«

Er nickte, schob sich den letzten Löffel Suppe in den Mund. Tess hatte mit ihrer noch nicht einmal angefangen.

»Eigentlich wollte ich dich etwas fragen«, begann sie, als das plötzliche, halbferne Dröhnen einer Motörhead-Basslinie es ihr wieder in Erinnerung rief. »Em meinte, du hättest eine der offiziellen Beschwerden bei der Stadt eingereicht, die Ant braucht, um seine Lärmprotokolle zu bekommen? Ich dachte, wir hätten entschieden, nicht aktenkundig zu werden für den Fall, dass wir verkaufen? Du weißt, man muss den potentiellen Käufern jegliche Nachbarschaftsstreits offenlegen.«

»Dafür ist es sowieso zu spät, Tess.« Finn sah sie an, das Kinn vorgereckt wie sein Bruder, eine beängstigende Ähnlichkeit zwischen den beiden. »Hast du die Polizei vorhin nicht selbst wegen dem Mann angerufen? Wir sind jetzt alle aktenkundig.«

8

SISSY

Hatte ich früher schon einmal Grund für eine Beschwerde? Fragen Sie mich das jetzt wirklich? Nach dem, was gerade passiert ist?

Na schön. Der Hauptpunkt ist, dass ich seinetwegen schließen kann. Reicht das? Seinetwegen kann ich mein B&B schließen, und es gibt nichts, was ich dagegen tun kann!

Ms Sissy Watkins, Lowland Way 2,
Anwohnerbefragung durch die
Metropolitan Police, 11. August 2018

Eine Woche zuvor

»Danke, die sind zauberhaft«, sagte Naomi und hob die Rosen an ihre Nase, während Sissy beobachtete, wie sie ihren Duft mit quasireligiöser Verzückung einsog. Ihre Haut schimmerte, als wäre sie aus Gold. Der Schock über Charlies Unfall, die Andeutung einer Tragödie, unterstrich ihre Schönheit.

Sissy erinnerte sich an das letzte Mal, als sie einem Nachbarn Blumen geschenkt hatte: Krokusse für Darren Booth, an jenem ersten Samstag – eine weit weniger poetische Erfahrung. Wahrscheinlich hatte er den Strauß in dem Moment, als sie ihm den Rücken kehrte, auf seine Müllkippe geworfen.

»Es tut mir leid, dass ich dich nicht früher in der Woche erreicht habe. Ich habe es ein paarmal probiert, aber niemand war zu Hause.«

»Du weißt, wie der August ist«, sagte Naomi. »Die üblichen Probleme während der Schulferien. Tess und Finn sind früher als geplant nach Portugal abgereist, und ich habe die Kinder und Hunde zu meinen Eltern gebracht, weshalb ich, wenn sich schon mal die Gelegenheit bietet, bis spät gearbeitet habe.« Während Naomi sie über den Gesundheitszustand des Opfers und die Anrufe bei der Polizei und der Stadt, die sie anschließend getätigt hatten, auf den neuesten Stand brachte, spürte Sissy zu ihrem Entsetzen, wie sich ihr Mund zu einem Gähnen verzog.

»Ich schätze, das haben wir wohl dem 80er-Jahre-Metal der vergangenen Nacht zu verdanken?«, sagte Naomi. »Ich wusste gar nicht, dass die Musik sogar auf der anderen Straßenseite ein solches Problem darstellt. Du weißt, du kannst immer noch auf den Zug der Doppelverglasung aufspringen? Ich kann dir die Kontaktdaten der Firma geben, die unsere gemacht hat?«

»Dafür reicht mein Geldbeutel leider nicht«, erwiderte Sissy mit einem Seufzen. »Ich kann mir kaum das Fensterputzen von denen leisten, die ich bereits habe.«

»Läuft das Geschäft wirklich so schlecht?«

»Ja, ich bekomme weiterhin Buchungen rein, aber das Feedback ist immer dasselbe: Wegen der Müllhalde gegenüber würden sie nicht wiederkommen. Schon bald wird meine Bewertung zu schlecht sein, um jemand anderen als verzweifelte Last-Minute-Urlauber anzulocken.«

Laute Nachbarn, hieß es in einer der letzten Rezensionen. *Okay für eine oder zwei Nächte, aber wohnen möchte man dort nicht.*

Es gab ein anderes B&B in Lowland Gardens, das bisher weniger belegt als ihres gewesen, jetzt aber beliebter war.

»Wann konntest du schließlich einschlafen?«, fragte Naomi.

»Oh, daran erinnere ich mich nicht. Zu spät.« Sissys Herz schlug heftig, als sie sich Naomis Gesicht vorstellte, hätte sie ihr die Wahrheit über die vergangene Nacht erzählt. Zunächst einmal glaubte ihre Nachbarin bestimmt nicht, dass Frauen Anfang sechzig Sex hatten. (Wahrscheinlich glaubte sie auch nicht, dass sie jemals alt genug werden würde, um das herauszufinden, wähnte sich wohl immun gegen alles Grauenhafte, das mit der Menopause einherging und nur andere Frauen traf.) Außerdem könnte sie es für leicht abgeschmackt halten, ein B&B zu führen und mit einem der Gäste zu schlafen? Denn genau das hatte Sissy getan. Darren Booth hätte nachts zuvor die gesamte Revue des Folies Bergère vor seinem Haus Cancan tanzen lassen können, und ausnahmsweise hätte sie nicht die Jalousie weiter nach unten gezogen.

Im Grunde stimmte das nicht ganz. Gerade *wegen* Booth war das Gespräch mit ihrem temporären Liebhaber überhaupt in Gang gekommen, das Angebot des ersten Glases Wein gemacht worden. Alles passierte heutzutage wegen Booth – wenn es nicht trotz ihm geschah.

Graham Reddy, ihre Buchung aus Solihull, war abends um halb zehn mit einer Flasche Wein in die Küche gekommen und hatte gefragt, ob er eines von Sissys Weingläsern benutzen dürfte. Fast hätte sie darauf hingewiesen, dass es auch in seinem Zimmer Gläser gab, als er ihr einen Schluck anbot. Und fragte, ob das Geschäft am Florieren sei.

»Das *war* es«, erklärte sie ihm, genau wie bei Naomi eben. Es war definitiv ihr Gefühl von Hilflosigkeit in Bezug auf Booth, das dazu führte, dass sie eine zweite Flasche Wein öffnete, aber es hatte offensichtlich von Anfang an eine gewisse Anziehung gegeben. Er war in ihrem Alter, zweimal geschieden, bereit für die Pensionierung, aber finanziell dazu nicht in der Lage. »Nie im Leben«, sagte er. »Es ist, wie es ist.« Und die Aussage schien seine sorglose Art zusammenzufassen. Es war ihr erster Sex nach der Scheidung von Colin gewesen, und nun hier auf Naomis Türschwelle, in der nüchternen und grellen Realität des Tages, wirkte die Erinnerung fantastisch, wie eine unglaubliche Halluzination. Oh! War es womöglich illegal, Geld von ihm anzunehmen? Machte sie das zu einer Bordellbesitzerin? Gäste beglichen die Rechnung im Voraus über die Website, aber hätten sie es auf die altmodische Art getan, bei Abreise mit einem Scheck oder Bargeld, hätte sie es keinesfalls über sich gebracht, ihm die Übernachtung zu berechnen.

Sie hatte Booths Musik bemerkt, als sie im Schlafzimmer, das zur Straße zeigte, im Bett lagen. Zu dem Zeitpunkt musste es ein Uhr nachts gewesen sein.

»Ist das dein Kinderschreck?«, fragte Graham und ging zum Fenster. Er zog sich nichts über, und als er den Vorhang beiseiteschob und das Licht der Straßenlaterne seinen blassen Körper anstrahlte, spürte Sissy, wie ihr Gesicht sich rötete. »Er und seine bessere Hälfte genehmigen sich eine Zigarette am Schlafzimmerfenster. Wirkt auf mich wie ein Schlappschwanz.«

»Er ist kräftiger, als er aussieht«, sagte Sissy. In ein Bettlaken gewickelt, gesellte sie sich zu ihm. Teilweise von hinten beleuchtet, zeichnete sich das Gerüst an Nummer eins wie ein dunkles

Exoskelett ab, Darren und Jodies verbundene Silhouetten eine Zielscheibe in ihrem Fenster. Es ließ sich nicht sagen, ob sie Sissy und Graham gesehen hatten oder nicht. Vielleicht lag es am Wein oder dem postkoitalen Schub Selbstvertrauen, aber Sissy fühlte sich zuversichtlicher als jemals zuvor, ihnen die Stirn bieten zu können. »Ich bin sicher, wir werden es auf die eine oder andere Art klären«, sagte sie. »Im Moment kann ich nichts weiter tun, als selbst in dieses Zimmer zu ziehen, sobald ich Gäste habe, damit sie nach hinten raus schlafen können.«

»Außer wenn sie dir Gesellschaft leisten«, kicherte Graham. Er ging wieder ins Bett. *Würde er die ganze Nacht hier schlafen wollen,* fragte sie sich, *oder in das Zimmer zurückkehren, für das er bezahlt hatte?* »Meine Schwester hatte vor Jahren mal ein ähnliches Problem.«

»Das haben, wie ich erfahren habe, viele Menschen. Was hat sie getan?«

»Oh, ein paar von uns haben ihn zur Räson gebracht.«

»Wie?«, fragte Sissy.

»Bin mir nicht sicher, ob du das so genau wissen musst, Sissy.«

Ebenso wenig wie sie den Namen der Schwester oder sonstige Details über sein Leben wissen musste, wo seine und Sissys Verbindung von so zeitweiliger Natur war. Ihr kam in den Sinn, dass er sie angelogen haben könnte und in Wirklichkeit überhaupt kein Single war. Aber machten sich Leute in ihrem Alter überhaupt die Mühe zu lügen? Sie gewiss nicht. Wenn man nach sechs Jahrzehnten nicht die Wahrheit sagen konnte, würde man es wahrscheinlich nie tun.

Am nächsten Morgen verabschiedete sie ihn an der Tür, fest entschlossen, wieder die professionelle Aura auszustrahlen, die sie bei seiner Ankunft besessen hatte. Graham verbarg jedes Gefühl von Verlegenheit, indem er sich während ihres Gesprächs zur Straße wandte.

»Jetzt, wo ich das Gerüst im Tageslicht sehe, wirkt es tatsächlich ein bisschen scheps.«

»Wie es scheint, hat er es selbst aufgebaut«, erwiderte Sissy. »An dem Tag war ich kurz weg, und als ich wiederkam, stand es da.«

»So ist das immer«, sagte er, als hätte er tagtäglich mit Leuten wie Booth zu tun.

Sie machten keine Pläne, Kontakt zu halten. Es war nichts in der Richtung.

Auf dem Heimweg von Naomi kreisten Sissys Gedanken um die Dinge, die sie vor dem zweitägigen Besuch bei ihrer alten Freundin Anthea in Wiltshire noch zu erledigen hatte (dort würde sie gut schlafen, so viel war sicher: Anthea und ihr Mann lebten am Rand eines Dorfs und hatten keine Nachbarn). Als sie an Tess' Haus vorbeischlenderte, bemerkte sie, kurz bevor sie sich umdrehen wollte, um den Lowland Way zu überqueren, dass das Objekt des Unmuts sie von der ersten Etage seines Gerüsts aus beobachtete. Sie wich seinem Blick aus und trat auf die Straße, und genau in diesem Moment eröffnete er zum ersten Mal, seit sie sich kannten, das Gespräch.

»War 'ne gute Nacht gestern?«

Sie blieb mitten auf der Straße stehen. Was sollte *das* bedeuten?

»Kamen ja prächtig mit Ihrem zahlenden Gast aus, hm?«, fügte er hinzu.

Er hatte sie also doch gesehen. Trotz des anfänglichen Schocks wich sie zurück auf den Bürgersteig und sah ihm fest ins Gesicht. Wie er vom hüfthohen Geländer zu ihr hinabstarrte, haftete ihm etwas sonderbar Bedrohliches an. Sein Hänseln brachte eine völlig neue Dynamik in ihre Beziehung; bisher hatte er sie keines Blickes gewürdigt, ihre Beschwerden wie verdutzte Wespen zerquetscht.

Nun, wenn er reden wollte, würde sie reden. »Um auf Ihre erste Frage zu antworten, so glaube ich, dass jeder ohne Ihren Heavy-Metal-Soundtrack eine bessere Nacht gehabt hätte, vielen Dank auch. Aber in Anbetracht der Umstände tun wir unser Bestes. Allerdings werden Sie nicht ewig damit durchkommen. Das ist asoziales Verhalten, ob Sie nun in der Lage sind, das zu erkennen oder nicht, spielt keine Rolle.«

Booth betrachtete sie mit leichter Verachtung. »Sie hätten die Polizei rufen sollen, wenn es Sie so stört.«

War er wirklich so ahnungslos, dass er nicht vermutete, seine Nachbarn hätten es bei der Polizei probiert, dass sie die Stadtverwaltung auf Kurzwahl gespeichert hatten? Gewiss hatte er längst offizielle Briefe erhalten? Da erinnerte sie sich an Naomis Warnung: *Sie werden erraten, wer sich beschwert hat, und verbal aggressiv werden*. Etwas musste vorgefallen sein, was sie gut fand, selbst wenn diese Unterhaltung hier unerfreulich war.

»Lieber er als ich, das ist alles, was ich sagen kann«, fügte er hinzu.

»Wie bitte?«

»Ihr Kerl gestern Nacht. Ne alte Fotze wie Sie.«

Sissy schnappte nach Luft, und eine Röte fegte wie ein Buschfeuer von ihrer Brust aufwärts: Hatte er das *wirklich* gerade gesagt? Nein, das war unmöglich. Aber er hatte es getan. Sprachlos vor Zorn und Demütigung hob sie ein Stück Ziegel von seinem Schrotthaufen auf, schleuderte es auf ihn und stieß einen Schrei der Enttäuschung aus, als der Stein stattdessen die Wand traf und polternd zurück auf den Boden fiel. Als Booth über ihre Unzulänglichkeit lachte, wich sie zurück und taumelte mit zitternden Beinen und feuchten Augen über die Straße.

»Was? Was habe ich denn gesagt?«, rief er ihr hänselnd hinterher. Er wollte, dass sie das Wort wiederholte, es zu ihrem Frevel machte, nicht seinem. Wie konnte er nur so grausam sein?

Wie hatte er so lange überleben können, ohne im Schlaf ermordet zu werden, wenn er solche Dinge von sich gab?

9

RALPH

Um ehrlich zu sein, war der Lärm für andere wohl schlimmer als für uns. Wie für meinen Bruder und seine Frau, die wohnen nur zwei Häuser entfernt von Booth und besitzen keine Doppelverglasung. Außerdem ist ihr Hund schrecklich nervös, bellt viel. Aber jeder hat seine eigene Schmerzgrenze, nicht wahr?

Mr Ralph Morgan, Lowland Way 7,
Anwohnerbefragung durch die
Metropolitan Police, 11. August 2018

Einen Tag zuvor

Neulich hatte Ralph das *Star* in der Rushmoor-Siedlung für sein Freitagabendbier mit Finn vorgeschlagen anstelle ihres Stammlokals, dem *Fox and Hound*, einem gemütlichen, schicken Gastropub an der Hauptstraße, das von Leuten wie ihnen besucht wurde. »Würstchen im Schlafrock und Hunde in Jacken«-Leute, wie Finn sie gern beschrieb, und Kit, ein Lurcher, besaß eine besonders umfangreiche Auswahl an behaglichen, von Naomi und Libby ausgewählten Jacken.

Warum er sich zum *Star* mit seinem abgenutzten Mobiliar und dem zwielichtigen Klientel hingezogen fühlte, konnte er nicht mit Bestimmtheit sagen, aber es mochte eine Fortsetzung jener Abstecher auf seinem Heimweg von der Arbeit sein – Armut lässt grüßen. Was würde wohl ein Psychiater dazu sagen? Dass er sich im Lowland Way bedroht fühlte und sich vergewissern musste, dass sein Gras grüner als das aller anderen war? Oder dass der Konflikt mit Booth ihn dazu bewog, weitere Mitglieder seines Clans genauer unter die Lupe zu nehmen, um Booth selbst besser zu verstehen (und zu besiegen)?

Wie dem auch sei, hatte Finn seinem Vorschlag vom *Star* erst an diesem Abend mit der Begründung zugestimmt, er habe nach einer Scheißwoche in der Arbeit einen längeren Spaziergang nötig. Wie immer, wenn Finn sich beiläufig über die Arbeit beschwerte, hörte Ralph ein reflexhaftes Bedauern heraus, als fürchtete Finn einen weiteren Abwerbeversuch. Das hätte Ralph gekränkt, wüsste er nicht genau, was hinter seiner Furcht steckte, für *Morgan Leather Goods* zu arbeiten. Oder besser gesagt, *wer*.

Es war neun, als sie das Pub erreichten, und der Tresen war brechend voll mit Freitagabendgästen, von denen ein paar aussahen, als wäre das Trinken mehr als nur ein gelegentlicher Zeitvertreib.

»Herrgott noch mal«, stöhnte Finn, während sie warteten, um bedient zu werden, »bin das ich oder kann man noch den Qualm von vor dem Rauchverbot riechen? Wann war das?«

»Zweitausendsieben«, erinnerte sich Ralph. Das Jahr, in dem er selbst aufgehört hatte. Oder vielleicht besser »aufgehört« hatte, in Anbetracht seiner gelegentlichen Rückfälle. »Es sieht fast genauso aus wie das *Bell*, nicht wahr? Weißt du noch, als Dad uns immer mitgenommen hat? Wir müssen in Libbys Alter gewesen sein. Definitiv minderjährig.«

»Andere Zeiten«, erwiderte Finn. »Andere Welt. Ich erinnere mich an niemanden, der gesagt hätte: ›Sollten die Kinder nicht längst im Bett sein?‹«

»Oder: ›Sollten ihre jungen Lungen nicht vor all dem Zigarettenrauch geschützt werden?‹ Unsere Kleidung muss gestunken haben.«

Als sie an einem Tisch neben der Tür Platz nahmen, widerstand Ralph der Versuchung, das übergeschwappte Bier seines Vorgängers mit einer Pret-a-Manger-Serviette aus seiner Tasche aufzuwischen. Am Nebentisch saß ein Mann, zu dem Ralphs Blick immer wieder unwillkürlich glitt. Obwohl er vom Körperbau derselbe Typ wie die anderen bierbäuchigen Gäste mittleren Alters war, war da etwas an seinem Gesichtsausdruck, seiner Körpersprache, das auf unliebsame Weise etwas in Ralph auslöste. Es ließ ihn erahnen, zu wem *er* hätte werden können, hätte er nicht zur richtigen Zeit die richtige Ausfahrt genommen (den richtigen Ort konnte man immer finden). Verbitterung war das Wort, das dem am nächsten kam, aber es war subtiler, eher wie der letzte Strohhalm, das verzweifelte Suchen nach dem Notausgang vor der endgültigen Kapitulation. »Du weißt ja, wie es heißt: ›Dieser Kelch ist noch mal an uns vorübergegangen‹.«

»Ja«, sagte Finn.

»Ich hasse diese Redewendung. Warum muss jeder nur immer so *bescheiden* sein? Warum können die Leute nicht einfach sagen: ›Ich bin dort, wo ich bin, weil ich mir verdammt noch mal den Arsch aufgerissen habe. Ich wollte nicht Zweitbester sein.‹« Ralph blickte aus dem Fenster hinaus auf den Beton-»Garten«, die riesige graue Asphaltfläche mit dem angewehten Abfall im Rinnstein und dahinter einem eingezäunten jungen Baum, dem erbärmlichen Versuch der Stadt, der Einöde einen Klecks Grün zu geben. Der Zaun war eingetreten; es war nur eine Frage der Zeit, bis der Baum abgeknickt wurde.

Am Nachbartisch erhob sich dröhnendes Gelächter von den Männern, gefolgt von einem Chor aus Zwischenrufen, als ein spindeldürrer Jüngling mit knallrotem Gesicht in Richtung Bar geschubst wurde. Lass die Jungs niemals warten, wenn du an der Reihe bist, eine Runde Bier zu kaufen, hatte Ralphs Vater ihnen eingebläut, und diesen Fehler hatten sie nie begangen. Sein Blick huschte zu einem anderen aus der Gruppe, einem Mann Mitte dreißig, kräftig gebaut und vor aggressiver Gewalt strotzend.

»Weißt du, was ich denke?«, sagte Ralph zu seinem Bruder. »Wir müssten nicht lang suchen, sollten wir mal Hilfe brauchen. Du weißt schon, wegen *ihm*. Wenn es hart auf hart kommt.«

»Denkst du, das wird es?«

»Gut möglich.«

Während Finn für eine weitere Runde zum Tresen ging, checkte Ralph seine Arbeits-E-Mails. Eine Bestätigung für eine frühere Facebook-Nachricht von Naomi ploppte auf: *Play Out Sunday findet wie gewohnt statt.* Nach Charlies Unfall würden sie die Straße ein Stück weiter unten absperren, genau vor den Morgans, mit extra Pollern und einer abwechselnden Bewachung des Schilds durch Erwachsene. *Wie eine beschissene Bereitschaftspolizei,* dachte Ralph, in dem erneut Wut aufwallte. Was auch immer Booth glaubte, im Lowland Way zu tun – ein Geschäft aufbauen, ein Haus renovieren –, er gefährdete im Grunde eine ganze Gemeinschaft. *Ihre* Gemeinschaft. Ralph und Naomi hatten großen Anteil daran, dass ihre Straße dem jetzigen Niveau entsprach, und unter gar keinen Umständen würde er zulassen, dass ein einziger Mann es wieder nach unten zog.

Ja, er würde sich Hilfe holen, käme es hart auf hart. Er würde nicht tatenlos zusehen, wie der andere gewann.

Finn kehrte mit ihren Getränken zurück. »Rate, wen ich gerade mit seinen Kumpeln an der anderen Seite des Tresens gesehen habe?«

»Willst du mich verarschen? Er war die ganze Zeit hier?«

»Beide. Pärchenabend.«

Auf dem Weg zur Toilette blickte Ralph sich um. Es versetzte ihm einen Stich, Darren und Jodie in einem anderen Kontext zu sehen, Darren in normaler Kleidung und Jodie halbwegs anständig in einem kurzen schwarzen Kleid, mit Make-up und Stöckelschuhen, zwei in einer Gruppe von sechs. Biergläser und Zigaretten und Handys auf dem Tisch. Darren war schweigsam – er war nicht der geschwätzige Typ –, aber er grinste entspannt. Ralph dachte an Charlie auf der Krankentrage, an die drückende Schwüle und die uralten, leicht müffelnden Sitzbezüge in der Kindernotaufnahme, und seine Gesichtszüge verfinsterten sich. Das war der Mann, der seinen Sohn dorthin gebracht hatte, der ihn jederzeit hätte *umbringen* können.

Er kramte sein Handy heraus und tippte eine SMS:

Das ist die letzte Warnung: Entfernen Sie die Rostlaube vor meinem Haus bis morgen früh um acht.

War Booth die Sorte Mensch, die sofort auf eine SMS antwortete? Anscheinend nicht.

»Sollen wir uns nach dem hier auf den Weg machen?«, sagte Ralph zu Finn. »Und uns noch eins mit den Mädels genehmigen?«

Der Abend war für ihn gelaufen, das bestenfalls zweifelhafte Vergnügen, das ihm das *Star* bereitet hatte, längst verflogen. Er hatte Finn erklärt, sie müssten nicht lang suchen, um Hilfe zu bekommen, aber Booth war schon vor ihnen hier gewesen. Er gehörte hierher.

Sie trotteten nach Hause, und Finn zog ihn wegen der innigen Hingabe auf, die er für seine Frau an den Tag legte. Ja, ja. Als sie das Ende des Lowland Way erreichten, spürte Ralph schließlich, wie sein Handy in seiner Tasche vibrierte, und blieb neben dem Wohnwagen stehen. Es war ein milder, von Mondschein erhellter Abend, genau die Sorte, an der man den Anblick eines schicken Jaguars vor der Haustür zu würdigen wüsste, nicht dieses klobigen, stinkenden Schrotthaufens.

»Geh schon mal rein«, sagte er zu Finn. »Ich komme gleich nach.«

»Okay. Aber schlitz ihm nicht die Reifen auf«, warnte Finn im Spaß. »Dann hätte er *wirklich* eine Ausrede, ihn nicht umzuparken.«

»Werde ich nicht. Zumindest nicht mit dir als Zeuge«, entgegnete Ralph.

Die Nachricht war von Booth:

Sonst was?

Ralph stützte sich mit der Hand an der Seite des Wohnwagens ab. Es war das erste Mal, dass er das Fahrzeug berührte, und das Metall war warm nach einem langen Tag in der Sonne. Als er die Hand wieder wegnahm, sah man ihren Abdruck im Schmutz auf der Lackierung, Finger und Daumen perfekt festgehalten, wie ein Beweismittel.

Er tippte seine Antwort:

Sonst werden Sie es bereuen.

10

ANT

Am schlimmsten dran? Nun, sind wir, natürlich, wir wohnen gleich nebenan! Ich muss sagen, Sissy Watkins hatte es auch nicht gerade leicht. Die arme Frau ist sichtlich gealtert, wir haben uns echt Sorgen um sie gemacht, schon vor der Sache hier.

Allerdings würden die Leute dasselbe wohl auch über uns sagen.

Mr Anthony Kendall, Lowland Way 3,
Anwohnerbefragung durch die
Metropolitan Police, 11. August 2018

Einen Tag zuvor

Zum ersten Mal seit dem Einzug waren Darren und Jodie an einem Freitag, als Ant von der Arbeit nach Hause kam, nicht da. Weg! Es war wie ein fester Tritt Nostalgie in seinen Magen: So sollte sich ein Wochenende eigentlich anfühlen, besonders im August. Ausgedörrt und ausgelassen, die Luft süß vor Freiheit.

Abgesehen vom Gestank des Gerüsts nebenan. Er war widerlich, als wären die Bretter vom Grund der Themse geborgen worden. Die untere Ebene war mit Baumaterialien beladen: Booth schien sie als zeitweiliges Lager zu benutzen, mit einer Alarmanlage, die so windig aussah, sie hätte glatt eine von diesen Attrappen sein können, die Kabel nicht wirklich mit dem Netzgerät verbunden.

Nach Ems Bericht über die Schwarzarbeiter hatte Ant sich ein YouTube-Video angesehen, um zu überprüfen, ob das Gerüst anständig errichtet worden war, und war zu dem Schluss gekommen, dass zwischen den beiden Ebenen eine längslaufende Strebe fehlte. »Halt Sam davon fern, für den Fall, dass etwas von oben runterfällt«, hatte er Em geraten.

Sie hatte reagiert, als fühlte sie sich von seinen Worten persönlich angegriffen: »Ich bin nicht blöd, jedes Mal, wenn wir rein- oder rausgehen, lege ich schützend die Hand über seinen Kopf.« Diese Woche hatte sie sich über das ohrenbetäubende Abschleifen der Außenwände zwischen den oberen Fenstern und der Dachlinie und dem plötzlichen, Gänsehaut hervorrufenden Kratzen und Knirschen von Materialien beschwert, die über die Bretter gezogen wurden, doch montags bis freitags zwischen acht Uhr morgens und sechs Uhr abends und acht Uhr morgens und ein Uhr mittags an Samstagen war das völlig legal. Das Gesetz kannte kein Mitleid mit nicht berufstätigen Eltern, Leuten im Homeoffice oder einfach jedem, der sich auf ein Ausschlafen nach einer anstrengenden Arbeitswoche freute.

»Im Westen nichts Neu…«, setzte er an, als er die Tür hinter sich schloss, blieb jedoch beim Anblick eines großen Koffers, der im Gang stand, zögerlich stehen. »Em?«

In der Küche saß Sam in seinem Hochstuhl, das Gesicht mit

Möhrenbrei verschmiert, während Em Dinge aus dem Kühlschrank zusammensammelte und in Tupperdosen umfüllte. Das Radio lief, so wie immer, ein ständiges, leises Bollwerk gegen das, was womöglich durch Wände und Fenster dringen könnte.

»Warum ist da Gepäck im Flur?«, fragte er und beugte sich hinunter, um Sam zur Begrüßung einen Kuss zu geben.

Em drehte sich um, effizient, entschlossen. »Weil ich zu meiner Mum und meinem Dad fahre. Nur für eine Woche oder so.«

Ant blinzelte mehrfach, als wäre seine Sicht plötzlich verschwommen. »Du meinst, mit Sam?«

»Natürlich mit Sam.«

Ohne es vorher mit Ant zu besprechen, der bisher nie länger als eine oder zwei Nächte von seinem Sohn getrennt gewesen war. »Was, jetzt sofort?«

»Nein, der Freitagabendverkehr würde mich umbringen. Ich hatte einen fürchterlichen Tag, nonstop Lärm. Das ertrage ich nicht mehr.«

Ant zeigte in Richtung der gemeinsamen Wand. »Ich dachte, wir hätten endlich mal etwas Ruhe.«

»Ja, sie sind gerade weggegangen. Aber keine Sorge, sie kommen sicher später wieder zurück, und alles beginnt von vorn.«

Keine Sorge? Als *wollte* er, dass die Folter weiterging. »Außer sie sind in den Urlaub gefahren?«, sagte er hoffnungsvoll.

Em schüttelte den Kopf. »Nein, dann hätte er nicht das ganze Zeug auf dem Gerüst zurückgelassen. Außerdem habe ich sie heute Morgen am Handy sagen gehört: ›Es wird morgen um die Uhrzeit fertig sein‹, was sich nur auf eins der Autos beziehen kann.« Em benutzte längst nicht mehr Darrens und Jodies Namen. Sie waren nur noch *er* und *sie*, beide gleichermaßen verhasst.

»Okay.« Ant wischte Sam den Mund ab und befreite ihn aus dem Hochstuhl. Langsam wurde der Kleine schwer. Im nächsten Moment wollte sein Sohn sich aus seinem Griff winden, um auf den Boden gesetzt zu werden und sich erneut am Krabbeln zu versuchen. »Ralph hat mir heute gute Neuigkeiten gemailt. Er hat bei der Stadt wegen dem Gebrauchtwagenhandel nachgehakt, und sie meinen, das Video wäre genau das, was sie bräuchten. Sie haben erste Nachforschungen angestellt und Treffer zwischen den inserierten Autos und denen, die auf der Straße geparkt sind, gelandet.« Er hielt einen Moment inne, überschwängliche Begeisterung von Em erwartend, die sich allerdings nicht einstellte.

»Wow, echte Sherlocks, hm?«, sagte sie mit gedehnter Stimme. »Warum unternehmen sie dann nichts dagegen?«

»Das haben sie. Sie haben Booth angeschrieben, aber bisher hat er nicht geantwortet.«

»So eine Überraschung aber auch!«

»Sie räumen eine achtundzwanzigtägige Antwortfrist ein.«

»Natürlich tun sie das.« Ihr Sarkasmus war beißend, als gäbe sie Ant höchstpersönlich die Schuld daran. »Warum nicht achtundzwanzig Wochen? Kein Grund, ihn zu irgendetwas zu drängen, das ihm gegen den Strich gehen könnte.«

Ant seufzte. »Ich weiß, es ist frustrierend, Em. Mir geht's doch ganz genauso wie dir.«

»Nein, tut es nicht.« Sie hörte auf, mit der Tupperware herumzuhantieren, und umfasste mit der linken Hand ihr rechtes Handgelenk. »Du bist fast die ganze Zeit in der Arbeit. Ich bin den lieben langen Tag hier, auf Tuchfühlung mit diesem Abschaum!«

Ant holte eine Flasche Wein aus dem Regal und das Glas von gestern Abend vom Abtropfbrett, bevor er sich an den Tisch setzte. »Das weiß ich, und ich wünschte, es wäre nicht so. Aber ich für meinen Teil fühle mich besser, weil ich weiß, dass wir das Problem als Gruppe angehen.«

Ant begann zu trinken, doch die Wirkung trat nicht so unverzüglich ein, wie er es sich gewünscht hätte. »Na schön. Ich komme das Wochenende mit und nehme am Montag ganz früh den Zug.«

Em war unnachgiebig. »Nein. Du kapierst es nicht: Ich will allein fahren. Ich muss den Kopf von dem hier freibekommen. Ich brauche eine Pause davon, nur über *sie* zu reden.«

Er spürte, wie sein Herz zu rasen begann, seine Haut sich rötete. »Du willst, dass ich das Wochenende nicht mit meiner Frau und meinem Sohn verbringe, weil ich womöglich eine Bemerkung über eine Angelegenheit fallen lassen könnte, die unser aller Wohlergehen betrifft?«

»Ja. Oder womöglich *ich*. Das ist doch alles, worüber wir jetzt gerade reden, nicht wahr? Das *Einzige*, was zählt.«

Er musste eingestehen, dass sie recht hatte. Es hatte schleichend begonnen und dennoch erschreckend schnell. Frischgebackene Eltern hatten bekanntermaßen nur ein einziges Gesprächsthema, doch in dieser Familie musste Sam die Aufmerksamkeit seiner Eltern mit den Nachbarn teilen. *Wie war's heute mit ihm?* Wenn Ant nach Hause kam und Em diese Frage stellte, bezog sie sich ebenso auf Darren Booth wie auf Sam.

Em widmete sich wieder ihrer Aufgabe und stapelte Behälter in den Kühlschrank. »Mach bitte keine große Sache draus, Ant.«

Er gab sein Bestes, ihrer Bitte Folge zu leisten. Die Vorstellung eines Wochenendes allein zu Hause musste nicht trostlos sein. Er könnte ins Museum oder auf einen Markt gehen, vielleicht ins Theater, eine dieser mythisierten Freizeitbeschäftigungen, die frischgebackenen Eltern abhandengekommen waren, und die sie, wenn er es sich recht überlegte, früher eigentlich auch nicht so häufig getan hatten.

Da bemerkte er, wie hungrig er war. »Was gibt's zu essen?«

»Ich hatte keine Zeit, mir übers Abendessen Gedanken zu machen.«

Zu beschäftigt, ihre Flucht zu planen.

»Wir bestellen Pizza. Davor bade ich Sam«, sagte er, und zumindest Sam kooperierte, ohne sich vor Gegenwehr zu versteifen, wie er es manchmal tat, wenn er von Em getrennt wurde.

»Ich liebe dich«, sagte Ant zu ihm, während er ihn hoch ins Bad trug, und da war ein Brechen in seiner Stimme, als wären dies die einzigen Worte, die in der Familie noch übrig waren – die einzige Emotion –, ungetrübt von äußeren Kräften.

Ohne jede Störung von nebenan lief Sams Gute-Nacht-Ritual wie am Schnürchen ab, und nachdem sie sich vor dem Fernseher eine Pizza geteilt hatten, nutzte Em die Stille aus und ging früh zu Bett. Verlassen, mit einer zweiten geöffneten Flasche Wein, spürte Ant, wie seine Stimmung ins Bodenlose sank. Warum saß er hier allein? Er und Em sollten die Stille in vollen Zügen genießen, ausführlich reden und lachen (vielleicht sogar, Gott bewahre, miteinander schlafen). Stattdessen waren da nur er und sein neuer, wohlvertrauter Begleiter: Selbstmitleid.

Bis Darren und Jodie gegen Mitternacht zurückkamen, ihre Stimmen laut lallend vom Alkohol, und die Musik aufdrehten. Es würde zehn, vielleicht fünfzehn Minuten dauern, bis Sam aufwachte und entweder Em ihn nach unten brachte oder Ant nach oben ginge, um ihnen zu einer letzten gezischten Besprechung Gesellschaft zu leisten.

Er öffnete die Haustür und trat in die Nachtluft. Auf der anderen Straßenseite, in Sissys Vorgarten, führten LED-Lichter auf Fußhöhe das Auge zu den Lorbeerbäumen in ihren hohen Pflanzentrögen, unter den Fenstern im ersten Stock das dunkle Geflecht von Blauregen. Als sie sich die Umgebung ihres Hauses zum ersten Mal näher angesehen hatten, standen er und Em gemeinsam an ihrem Schlafzimmerfenster und witzelten, dass die Aussicht von hier viel besser als die von drüben war.

»Trotzdem würde ich natürlich viel lieber dort wohnen«, hatte Em gesagt, »hätte ich die Wahl.«

»Ich auch«, hatte er erwidert. »Alles zu seiner Zeit.« Als wäre alles möglich. Als hätten sie ihren Platz in der Welt gefunden, und es wäre ausgemachte Sache, dass sie sich einen weiteren Teil des Kuchens abschnitten.

Sein Blick blieb am Lieferwagen auf Booths Seite der Einfahrt hängen. Vielleicht könnten er und Em ihre Hälfte aufgraben und eine Hecke aus Zypressen anpflanzen, um die Sicht zu versperren und eine Art Grenze hochzuziehen. Andererseits, wenn sie das täten, wo sollte er dann parken? Die nächstgelegenen sechs oder sieben Parkbuchten waren allesamt mit Darrens Fahrzeugen belegt, und der Wettstreit um die verbliebenen freien Plätze war unangenehm geworden. Das Wohnmobil vor Ralphs und Naomis Haus stand nun schon seit Wochen dort, die Batterie wahrscheinlich längst leer.

Die Musik verhallte. In den ein oder zwei Sekunden zwischen den Liedern vernahm er einen Schrei aus dem Innern seines Hauses. Sam.

Du Arschloch, dachte Ant, *du hast mein Leben auf die Pausen zwischen zwei Liedern reduziert. Du hast mein Zuhause unerträglich gemacht, unbewohnbar, hast meinem Sohn sein Recht auf erholsamen Schlaf genommen, und du bist auf dem besten Weg, meine Ehe zu zerstören.*

Denn Ems Abreise am nächsten Morgen war der Anfang vom Ende, davon war er überzeugt. Nicht eine Woche, sondern eine Woche *oder so*. Solange Booth hier das Sagen hatte, solange Jodie ihn unterstützte und ihm den Rücken freihielt, würde Em nicht zurückkommen. Wie lang würde es dauern, bis sie eine hübsche Kinderkrippe in der Nähe ihrer Eltern fand? Einen flexiblen Job im Ort für eine ins Arbeitsleben zurückkehrende junge Mutter?

Die Tür von Nummer eins öffnete sich, und Jodie tauchte auf. Sie taumelte die Einfahrt hinab, leicht schwankend in ihren Stöckelschuhen.

Während Ant zur Beruhigung den Atem aus seinen Lungen stieß, überkam ihn eine eindringliche Ahnung, wie es sein musste, seinem Feind entgegenzutreten und nichts mehr zu verlieren zu haben.

11

TESS

Ja, ich würde zustimmen, dass es die Kendalls am härtesten getroffen hat. Insbesondere Em war verzweifelt, stand kurz vor einem Nervenzusammenbruch, würde ich sagen. Für sie gab es kein Entkommen. Gibt es immer noch nicht.

Mrs Tessa Morgan, Lowland Way 5,
Anwohnerbefragung durch die
Metropolitan Police, 11. August 2018

Einen Tag zuvor

Auf der Rückfahrt im Taxi aus dem West End schloss Tess die Augen, teils aus Erschöpfung und teils, um sich nicht mit Naomi unterhalten zu müssen. Ihr Mütter-Töchter-Theatertag war Naomis Idee gewesen, mit dem erklärten Ziel, es zu einer festen Ferientradition zu machen (auf ihrer Website gab es einen ganzen Bereich, der sich allein damit beschäftigte, »Erinnerungen zu erschaffen«, eine Phrase, die Tess hasste). Sie wollte nicht undankbar erscheinen, aber wenn ihr dieser Ausflug eines gezeigt hatte, dann, dass sie ihn nicht wiederholen wollte. Islas Sicht auf die Bühne war von einer riesigen Frau mit auftoupierten Haaren auf dem Platz vor ihr eingeschränkt, Libby war schwindlig und heiß gewesen, und die gesamte Pause hatten sie damit verbracht, für die Toiletten Schlange zu stehen. Die Eintrittskarten allein hatten mehr gekostet, als die meisten Menschen in einer Woche verdienten, und Tess verdiente natürlich gar nichts.

Sie waren erst seit drei Tagen aus Portugal zurück, und schon jetzt haftete der Erinnerung an ihren Urlaub – weicher Sand und Kuscheln mit den Kindern in ihrer feuchten Badekleidung – ein tiefes Gefühl von Verlust an, das sie mit der überwältigenden Sehnsucht erfüllte, ihr Londoner Leben so lang hinter sich zu lassen, wie andere Menschen es erlaubten. Bei einer Zufallsbegegnung mit Em hatte diese sie in Windeseile auf den neuesten Stand des Lowland-Way-Kleinkriegs gebracht, dem sie eigentlich hatte entfliehen wollen, und zu ihrer Schande war sie dem Vorschlag ausgewichen, bald auf einen Kaffee vorbeizukommen, bei dem bestimmt weiter in die gleiche Kerbe gehauen werden würde. Heute hatte Em gesimst: *Bin nächste Woche weg. Dreimal darfst du raten, warum.*

Booth, natürlich.

»Genau hier«, befahl Naomi dem Fahrer, als sie in den Lowland Way einbogen. »Kannst du das übernehmen, Tess? Ich bringe Libs rein, bevor sie noch spuckt.«

»Sicher.« Überflüssig zu erwähnen, dass sie das Geld nie zurückbekommen würde. Naomi nahm es nicht so genau, was gemeinsame Ausgaben anbelangte, insbesondere wenn es darum ging, Erinnerungen zu erschaffen.

Als sie alle endlich im Haus und die Kinder im Bett waren,

kehrten Finn und Ralph aus dem Pub zurück und schlugen vor, zu viert im Garten eine Flasche Wein zu öffnen, immerhin dröhne keine Musik aus Nummer eins.

»Ralph, du öffnest den Wein«, befahl Naomi. »Ich setze mich noch ein paar Minuten zu Libby, ihr ist immer noch ein bisschen übel. Finn, du begleitest Daisy nach Hause, in Ordnung?«

Müde und genervt verlor Tess schließlich die Fassung. »Kannst du meinem Mann bitte nicht vorschreiben, was er zu tun hat, Naomi? Er ist kein Angestellter!«

»Wie bitte?« Da war ein sonderbares Funkeln in Naomis Augen, als sie vor ihrem 5000-Pfund-Kühlschrank (oder wie viel er gekostet haben mochte) stehen blieb, eine seltene Gehässigkeit, und Tess erkannte, dass es zu früh nach dem Schrecken mit Charlie war, um sie zu verärgern, insbesondere jetzt, da Libby ihr ebenfalls Sorgen bereitete. »Oh, um Himmels willen, Tess, nur weil du schon so lang keinen Arbeitsplatz mehr aus der Nähe gesehen hast, dass du die Kunst des Delegierens verlernt hast, bedeutet das nicht, dass es sich beim Rest von uns ähnlich verhält. Nicht jeder von uns ist nämlich ein Märtyrer, der darauf besteht, alles selbst zu tun.«

Tess keuchte auf. »Was meinst du damit?«

»Genau das, was ich gesagt habe.«

Tess' Herz hämmerte vor Wut. »Ist dir schon mal der Gedanke gekommen, dass du diese ›Kunst‹ ebenfalls nicht ausüben könntest, wenn du mich nicht hättest, der du ständig Aufgaben übertragen kannst? Und dein Arbeitsplatz ist wohl kaum das Büro des Premierministers, oder? Luxusmütter, die anderen Luxusmüttern aus ihrem Luxusgartenbüro Ratschläge erteilen!«

Naomis Gesichtsausdruck verfinsterte sich. »Ich frage mich, ob die Familien der Gründerinnen von *Mumsnet* so über *sie* gesprochen haben. Wirklich, Tess, vielleicht solltest du deine Einstellung zu arbeitenden Frauen überdenken, wenn schon nicht um deinetwillen, dann um Islas.«

Tess wirbelte zu Finn herum, ihre Stimme aufbrausend vor Wut: »Hörst du das? Und du wunderst dich, warum ich verkaufen will!«

Nach diesem ersten öffentlichen Verweis auf ihren Wunsch herrschte einen Moment drückende Stille, gefolgt von einem Austausch verstohlener Blicke zwischen den anderen dreien. Es dauerte qualvolle zehn Sekunden, bis Tess verstand, dass es nicht daran lag, dass ihre Ankündigung für Ralph und Naomi ein Schock gewesen wäre, sondern weil sie wussten, was für ein Schock es für *sie* wäre, wenn sie realisierte, dass sie es längst wussten. Was war bloß mit dieser Familie los? Als Nächstes würden sie ihr einen Chip in den Kopf einpflanzen und ihr die Träume stehlen.

»Finn?«

Er rang nach Worten, hoffte wohl inständig, die Krise würde so schnell vorbeigehen, wie sie gekommen war. Ralph, mit dem Rücken zu den Übrigen, ließ sich derweil Zeit, die Weingläser aus dem Küchenschrank zu holen. Naomi hatte Tess einmal erzählt, dass er eine strikte Strategie in Bezug auf Zickenkriege (wie er Auseinandersetzungen unter Frauen bezeichnete) befolgte: sich einzumischen barg das Risiko, selbst zerfleischt zu werden.

»Komm schon, ihr werdet nicht verkaufen«, sagte Naomi schließlich, und Tess kannte sie gut genug, um zu wissen, dass ihre Schwägerin sie von diesem hässlichen Austausch wüster Beleidigungen wegführen wollte, was an sich schon ein Eingeständnis von Reue ihrerseits war. »Es ergibt wirklich keinen Sinn, Tess, nicht solange die Sache mit Booth nicht geklärt ist. Die Boulters hatten überlegt, ihr Haus schätzen zu lassen, aber das haben sie jetzt auf Eis gelegt. Um ehrlich zu sein, müssen wir wohl oder übel akzeptieren, dass wir uns mit diesem Kerl noch länger herumschlagen müssen.«

Hörte Tess da einen Funken *Triumph* aus ihrem Tonfall heraus? War es Paranoia, dieser Gedanke, dass das Einberaumen des Treffens und das Koordinieren von Beschwerden Naomis und Ralphs Weg war, Finn und Tess in der Straße und damit unter ihrer Kontrolle zu halten?

»Jeder kann alles verkaufen«, sagte sie mit versteinerter Miene. »Es ist nur eine Frage des Preises.«

»Natürlich.« Naomi zuckte mit den Schultern, als käme für sie nichts als der beste Preis in Frage.

»Ich sollte mich jetzt auf den Weg machen«, sagte eine junge Stimme von der Küchentür aus. Daisy. In ihrer Verbitterung hatten sie vergessen, dass die Babysitterin noch da war.

In diesem Moment tauchte Ralph wieder in die Erdatmosphäre ein, höchstwahrscheinlich zufrieden, dass Naomi wie immer als Siegerin, Königin aller Frauen, hervorgegangen war. Er zückte sein Portemonnaie. »Hat dich überhaupt schon jemand bezahlt?«, fragte er das arme Mädchen. »Komm schon, ich bringe dich nach Hause.«

Sie wusste, sie würde nicht einschlafen, bevor die Musik einsetzte. Finn wollte Sex, aber Tess wollte ein paar Dinge klären.

»Woher weiß Naomi, dass wir über einen Umzug nachdenken?«

Er stöhnte. »Müssen wir darüber reden? Immerhin ziehen wir jetzt noch nicht um, also lass uns aus einer Mücke keinen Elefanten machen.«

»Ich frage nur, weil es ganz nützlich wäre, das zu wissen: Ist dieses Thema denn nicht unsere Privatangelegenheit? Gibt es überhaupt Dinge, die wir für uns behalten?«

Finn fand sich damit ab, ausgefragt zu werden. »Es ist niemals eine Privatangelegenheit, wenn es um Immobilien geht. Leute spekulieren die ganze Zeit, selbst wenn sie keinen Irren an der Backe haben, der sie aus ihren Häusern vertreibt.«

Das Schlimmste an der Sache war, dass Naomi recht hatte. Es war verrückt zu glauben, irgendjemand würde den aktuellen Verkehrswert, ganz zu schweigen einen Spitzenpreis für ein Haus zahlen, zwei Türen entfernt von einem, das auch nicht toxischer wirken würde, hinge ein Schild mit der Aufschrift VERDAMMT an der Tür. Sie waren Geiseln dieser Leute, so einfach war das.

Nicht jeder von uns ist ein Märtyrer … Ihr schwirrte der Kopf bei dieser Beleidigung, bei Naomis deutlichem Wunsch, sie vor den Männern herabzuwürdigen, bei Finns auffallender Zurückhaltung, für sie Partei zu ergreifen. Sie beendete das Gespräch, unfähig, ihn anzusehen. Da sein Gewissen sichtlich rein war, schlief er rasch ein, mit dem leisen nasalen Schnarchen einer Katze.

Unten im Erdgeschoss jaulte Tuppy. Seinet- oder ihretwegen, fragte sie sich? Und warum war ihr mit einem Mal eiskalt? War sie krank? Das Frösteln ging ihr durch Mark und Bein und grub sich tief in ihr Innerstes.

Sie stand auf und schlüpfte in ihre Schaffellpantoffeln, diejenigen, die wie Mokassins aussahen und die sie manchmal anzog, wenn sie in den Garten ging. Dann schloss sie die Schlafzimmertür hinter sich und schlich nach unten.

12

SISSY

Nichts davon wäre passiert, hätten Sie auf die Beschwerden reagiert – Sie und die Stadtverwaltung. Das stimmt, schütteln Sie ruhig den Kopf und streiten alles ab. Sie hören wohl nicht gern, dass Sie uns im Stich gelassen haben, hm? Nun, jetzt ist es zu spät. Sind Sie sich überhaupt im Klaren, dass heute Morgen zwei Menschen gestorben sind, nicht einer?

Ms Sissy Watkins, Lowland Way 2,
Anwohnerbefragung durch die
Metropolitan Police, 11. August 2018

Einen Tag zuvor

Als Amy anrief, um Sissy zu sagen, es gäbe Neuigkeiten, Neuigkeiten, die sie ihr persönlich erzählen wollte, schlug sie ihr vor, zum Abendessen vorbeizukommen und über Nacht zu bleiben. Pete war aufgehalten worden und würde erst am Samstagnachmittag aus Aberdeen anreisen.

Sissy beschlich das grässliche Gefühl, dass ihr die Neuigkeiten nicht gefallen würden. Aberdeen wurde vielleicht durch Dubai oder Jakarta ersetzt, ein mögliches Ehegelübde irgendwann in der Zukunft vor Fremden an einem entlegenen Strand gegeben.

Sie konnte sich nicht erinnern, jemals so erschöpft gewesen zu sein, und es lag nicht nur an dem Umstand, den ganzen Tag mit Putzen und dem Herrichten aller drei Gästezimmer verbracht zu haben, eins für Amy und zwei für die B&B-Gäste am darauffolgenden Tag. Nein, es war auch die Last auf ihren Schultern durch die Warnung, die sie an diesem Morgen in Form einer automatischen E-Mail von *CitytoSuburb* erhalten hatte:

> Sehr geehrter Gastgeber, sehr geehrte Gastgeberin,
> Ihnen wird aufgefallen sein, dass Ihr Haus, Lowland Way 2 in Lowland Gardens, in letzter Zeit wenig positive Kundenbewertungen bekommen hat. Ein schlechtes Rating kann zu einem Rückgang an Buchungen führen.
> Wie Sie wissen, setzt *CitytoSuburb* ein Minimum von 100 Übernachtungen im Jahr voraus, was bei Ihnen nicht erreicht zu werden droht.
> Im Folgenden zeigen wir Ihnen Ideen auf, um die Werbetrommel zu rühren …

Eine Idee war, jede Buchung, die mindestens vier Wochen im Voraus getätigt wurde, mit einem Geschenk zu belohnen. Essen kam immer gut an: heimischer Honig oder selbstgebackene Kekse. Sie könnte sich dann dafür entscheiden, *CitytoSuburb* zu bezahlen, damit dies auf der Website beworben würde. Natürlich könnte sie das.

Wie schade, dass sie sie nicht dafür bezahlen konnte, Darren

Booth so viel Honig in den Rachen zu kippen, bis er erstickte. Dann bräuchte sie überhaupt keine besonderen Sonderaktionen.

Nettes Haus, nette Gastgeberin, wäre da nur nicht der Nachbar gegenüber, hatte ein Gast kurz und bündig zusammengefasst. Drei Sterne, das Maximum, was sie sich zurzeit erhoffen konnte.

Heute Morgen hatte sie sich an Jodie gewandt, ein allerletzter Versuch, ihr eine andere Sichtweise als ihre eigene aufzuzeigen.

»Was soll'n wir Ihrer Meinung nach tun?«, fragte Jodie, und ihre Augen verdunkelten sich, die Falte zwischen ihren Brauen wurde tiefer. Sissy erkannte, dass sie beleidigt, sogar verletzt war. »Wir machen nur unsere Arbeit, genau wie Sie.«

»Aber mein Geschäft stört die Straße nicht auf dieselbe Weise wie Ihres«, erwiderte Sissy.

»Einen Ziegel auf jemanden zu werfen, nennen Sie nicht die Straße zu stören?« Jodies Handy klingelte und beendete das Gespräch, bevor Sissy die Entscheidung treffen konnte, ob sie ihr den Grund ihres Gewaltausbruchs offenbaren wollte. Wusste Jodie, dass ihr Ehemann mit Nachbarn so sprach, wie er es mit Sissy getan hatte?

Sie konnte das Gespräch mit ihrem Kreditinstitut nicht länger hinausschieben. »Ich wollte darüber reden, die Hypothekenzahlung für sechs Monate pausieren zu lassen«, erklärte Sissy dem Berater. »Pausieren« war ein Verb, das Sissy in letzter Zeit häufig benutzte; es war wichtig, den Glauben nicht zu verlieren, dass der Streit mit den Booths die Normalität nur *aus*gesetzt, nicht *er*setzt hatte.

»Lassen Sie mich nur rasch Ihre Akte holen, Mrs Watkins, und die Konditionen Ihres Vertrags überprüfen.«

Als wäre sie ein Häftling auf Bewährung.

»Ms Watkins«, korrigierte sie ihn.

Er bat sie, ihr Geburtsdatum zu bestätigen, und erwiderte,

als sie es ihm nannte: »Kein Problem«, mit dem Unterton, es sei *doch* ein Problem, denn je mehr Jahre gelebt waren, desto einschneidender waren die Nachteile bei solchen Verhandlungen; besonders gravierend in Anbetracht des Umstands, dass der Kreditgeber das Recht hatte, ihr Haus zu pfänden, sollte sie den Zahlungsbedingungen ihres Darlehens nicht nachkommen.

»Wie ich sehe, kommt Ihr Produkt dafür leider nicht infrage. Es ist kein Flexi-Vertrag. Die Zahlungen sind für die Laufzeit des Darlehens festgeschrieben.«

»Ich verstehe, aber vielleicht haben Sie in dieser Hinsicht einen gewissen Ermessensspielraum. Nur bis die Wogen sich ein wenig geglättet haben.«

Und so ging es weiter, bis ihr schließlich eine kurze »Auszeit« bewilligt wurde (als plante sie einen Urlaub auf den Seychellen): drei Monate. Ihre nächste Zahlung war am ersten Dezember fällig. Diese Aufgabe abgehakt, war die Tabelle mit den Ausgaben dennoch erschreckend lang: die nicht verhandelbaren Betriebskosten wie Gas, Elektrizität, Wasser; die Grundsteuer und verschiedene Versicherungen; Kabel und Telefon. Sie musste essen, selbst wenn ein Luxus wie Friseurbesuche aufgeschoben werden konnte. Gott sei Dank besaß sie kein Auto. Eine kleine Spende – die müsste als Nächstes dran glauben, was ihr das Herz brach. Sie hatte von Umgekehrten Hypotheken gehört, aber die würde sie nur in Betracht ziehen, wenn alle Stricke rissen, etwa wenn sie krank wurde.

Natürlich wäre es ihr nicht im Traum eingefallen, sich bei anderen darüber zu beschweren. Menschen hielten einen für reich, nur weil man ein großes Haus besaß, aber in Wirklichkeit war man nur reich, wenn man das große Haus verkaufte. Bis dahin war man so reich, wie das Einkommen es einem erlaubte, und Sissys Einkommen erlaubte nicht viel.

Zumindest hatte sie zwei Buchungen für den morgigen Tag: An Samstagen im August nahmen Leute alles, was sie kriegen konnten.

Währenddessen stapelten sich auf der anderen Straßenseite die Lieferungen. Die ganze Woche über hatte sie es vom Schlafzimmerfenster aus beobachtet: ein Berg an Backsteinen und Dachziegeln und Säcken mit etwas, das wie Sand aussah, häufte sich auf der unteren Ebene des Gerüsts, und Booth brachte eine Art Flaschenzug an, wahrscheinlich um alles in die oberen Etagen zu hieven, wo er am Dach arbeitete. Renovierungsarbeiten waren kostspielig, aber – im Gegensatz zu Sissy – verfügte er über das nötige Kleingeld.

Sissy schwor sich, das Thema bei Amy nicht zur Sprache zu bringen. Es war das eine, sich mit den Nachbarn den Kopf zu zermartern, aber unter keinen Umständen würde sie zulassen, dass Darren Booth ihre Familie vergiftete.

»Was für wunderschöne Blumen! Die hättest du mir doch nicht kaufen müssen, Amy.«

Amy hatte Sonnenblumen mitgebracht, einen riesigen Strauß, die Stiele steif und fest, die Blütenblätter weich und halb geschlossen, als wären sie im Schlaf gestört worden. Während Sissy Getränke eingoss, arrangierte Amy die Blumen in einer hohen Vase und erzählte der älteren Frau von ihrem neuesten Projekt in der Arbeit. Obwohl ihre Stimme fröhlich klang, kam es Sissy vor, als sei das Mädchen angespannt vor zurückgehaltenen Informationen.

»Also …« Als sie schließlich gemeinsam am Tisch Platz nahmen, spürte Sissy, wie ihr eigener Gesichtsausdruck leicht dümmlich, schmeichelnd wurde. »Wirst du mir jetzt deine Neuigkeiten erzählen?«

Amy strahlte, ihr Gesicht glühte rosa. »Pete wollte eigentlich hier sein. Er wird später anrufen, aber er meinte, ich könne es dir auch allein sagen. Wir bekommen ein Baby!«

In Sissy machte sich eine wilde, sich aufbäumende Begeisterung breit. »Oh, das ist wundervoll, Amy!« Fast augenblicklich traten ihr Tränen in die Augen, und Amy stieß erfreute, teilnahmsvolle Geräusche aus, bevor sie sagte, dass ihr ebenfalls zum Weinen zumute sei, so überwältigt sei sie von allem. Dann, als Sissy sich eigentlich hätte zusammenreißen müssen, gelang es ihr nicht, und das Schluchzen wurde lauter, nicht leiser, bis sie vor tiefer, primitiver Traurigkeit bebte. Allmählich schlich sich Besorgnis in Amys Züge. Sie müsste es bereits ihrer eigenen Mutter erzählt haben, dachte Sissy, und Faye hatte gewiss nicht auf diese Art reagiert. *Hör auf zu weinen.*

»Was ist los, Sissy?«, rief Amy. »O Gott, du bist nicht krank oder so was?« Die arme junge Frau fürchtete das Geständnis einer tödlichen Krankheit, eine Lebenserwartung, kürzer als bis zum Geburtstermin des Babys.

Schließlich gelang es Sissy, sich zu beruhigen und vernünftig zu artikulieren. »Nein, nein, ich freue mich schrecklich für euch beide. Deine Nachricht scheint nur die Schleusen geöffnet zu haben. Es war eine grässliche Zeit. Aber erzähl mir mehr, in welcher Woche bist du?«

»Zehnte.« Amy runzelte die Stirn. »Aber warum ist es zurzeit grässlich? Hat es mit dem B&B zu tun? Den lauten Nachbarn? Drüben schien es bei meiner Ankunft still zu sein.«

»Ich schätze, sie sind heute Abend ausgegangen, aber meine Kundenbewertung ist den Bach runter, und ich habe eine E-Mail von der Website bekommen, eine Warnung, dass ich nicht genügend Buchungen habe. Ich habe in den Geschäftsbedingungen nachgelesen, und sie können mich sperren, wann immer sie wollen.« Sie putzte sich mit einem Taschentuch die Nase. »Offen gesagt weiß ich nicht, was ich tun soll. Ich sehe keinen Ausweg.«

»Ich dachte, du würdest dich mit den anderen Nachbarn für eine Beschwerde zusammentun?«, fragte Amy.

»Das haben wir, aber es ist ein langwieriger Prozess.« *Vierundzwanzig Wochen*, hatte Em bei dem Treffen gekreischt, und Sissy hatte sie für unbeherrscht, hysterisch gehalten. Doch sie hatte nicht mit der kumulativen Wirkung von Stress gerechnet. Den Punkt, an dem Em damals gewesen war, hatte sie jetzt erreicht. »Ich bin gerade nur etwas zu nah am Wasser gebaut«, sagte sie zu Amy. »Wirklich, lass uns das einfach vergessen.«

»Wenn du meinst«, entgegnete Amy skeptisch.

Am späten Abend lag die Straße immer noch ruhig da, und Sissy brachte ihren Gast im großen Schlafzimmer unter, das nach vorne hinausging, in diesen Tagen ein Akt des Glaubens, wenn nicht gar puren Trotzes. In ihrem Lieblingszimmer, das zum Garten zeigte, schlief sie mühelos ein. Erwachte aber auch ebenso mühelos, als sie spürte, wie Amy sich unten bewegte – und sie unweigerlich das matte Pulsieren eines Basses von der anderen Straßenseite vernahm. Booth und Jodie mussten sternhagelvoll zurückgekommen sein, die Musik angeschaltet haben und einen letzten Absacker trinken – oder wie viele auch immer sie sich gern genehmigten. Sie verfluchte sich, das Risiko eingegangen zu sein, Amy dieses Zimmer gegeben zu haben.

»Wann hat es angefangen?«, fragte sie, als sie Amy in der Küche am Wasserkocher vorfand, einen Pfefferminzteebeutel in der Hand.

»Vor etwa einer Stunde.«

Die Wanduhr zeigte zwanzig nach eins. »Du hast Schuhe an?«, bemerkte Sissy.

Amy strich sich die zerzausten Haare zurück. »Ja, ich wollte rübergehen und mich beschweren, habe es mir dann aber anders überlegt.«

»Gut, denn das ist es nicht wert. Lass uns die Zimmer tauschen. Auf der Gartenseite hörst du die Musik nicht.«

Amy wirkte unsicher, Sissys Kummer von vorhin gewiss noch nicht vergessen, doch ihre Müdigkeit gewann die Oberhand, und sie folgte Sissy nach oben, den Tee fest umklammert.

Im vorderen Schlafzimmer lag Sissy noch eine Weile wach, nicht in der Lage, den Strudel an frischen Emotionen zu ordnen. Ein Enkelkind, welch frohe Botschaft! Aber wie hatte sie nur zulassen können, derart zusammenzubrechen? Was fiel Booth ein, sie zu einem solchen Ausbruch an Verzweiflung zu treiben?

Unweigerlich fand sie sich am Fenster wieder, ohne überhaupt bemerkt zu haben, aufgestanden und dorthin gegangen zu sein. Sie dachte kurz an Graham, das Gefühl seines Körpers an ihrem, sein feuchter Atem an ihrem Hals. Endlich war es dunkel in Haus Nummer eins, aber oben bei den Kendalls war immer noch Licht. Eine weitere unterbrochene Nacht für sie. Wie sollten sie so weitermachen? War das arme Baby ebenfalls wach?

Nach der Geburt von Pete und Amys Baby wäre es für Sissy das Natürlichste der Welt, die junge Familie einzuladen, bei ihr in ihrem riesigen Haus zu wohnen, während sie auf ein eigenes sparten. Aber würden sie es in Erwägung ziehen, wohl wissend, dass das Kind im Haus gegenüber mit Gehörschutz und einem Sicherheitshelm ausgestattet war? Würden sie überhaupt für eine einzige Nacht bleiben? Oder würden sie Sissys Haus meiden und lieber zu Amys Mutter fahren?

Mit dem Gefühl, allein und von allen entfremdet zu sein, setzte sie sich auf das verlassene Bett und zerwühlte wütend die Decke beim Klang von Booths Stimme, die sie so klar und deutlich hörte, als hielte er ihr den Mund ans Ohr:

Eine alte Fotze wie Sie …

Dann, als sie erkannte, dass sie nicht mehr einschlafen würde, zog sie sich für einen Tag an, der erst viele Stunden später anbrechen würde.

13

AMY

11. August 2018

Als sie die Einfahrt von Nummer eins betrat, überkam sie ein Anflug von Unbehagen, und ein Hauch Galle stieg in ihrer Kehle hoch. Bisher hatte sie nicht zu den Menschen gehört, die auf die Atmosphäre eines Hauses achteten, doch in den letzten Wochen reagierte sie empfindlicher auf Stimmungen – und die Stimmung hier war erbärmlich. Mehr wie in einem der heruntergekommenen Wohnblocks in der benachbarten Rushmoor-Siedlung, nicht wie ein Haus, das gerade im von Bäumen gesäumten Lowland Way renoviert wurde.

Kein Wunder, dass die Situation Sissy dermaßen zu Herzen ging.

Teilweise lag es wohl am Gestank des Gerüsts – als könnte man die abgeschmirgelte Haut der unzähligen Bauarbeiter riechen, die im Lauf der Jahrzehnte mit den Brettern und Stangen hantiert hatten. Der Schmutz, den sie ausgeschwitzt, die Zigaretten, die sie geraucht hatten: alles absorbiert vom Holz und eingerostet im Metall. Erschwerend hinzu kam, dass direkt vor der Haustür ein riesiger Haufen Hundescheiße lag. Bäh!

Bei dem Mann, der auf der obersten Gerüstebene hockte und mit irgendeinem Werkzeug laut gegen den Rahmen eines geöffneten Schlafzimmerfensters klopfte, handelte es sich höchstwahrscheinlich um *ihn*. Den Störenfried. Den Unruhestifter. Als sie bemerkte, dass sie seinen Namen überhaupt nicht kannte, rief sie mit einem gewissen Maß an Selbstsicherheit zu ihm hoch: »Entschuldigung? Hallo da oben! Könnte ich kurz mit Ihnen sprechen?«

Angesichts der Erzählungen über ihn hatte sie eine dreiste Antwort erwartet oder noch wahrscheinlicher, einfach ignoriert zu werden, doch stattdessen kam die prompte Reaktion: »Noch einen Augenblick, okay?«, dann folgte das dumpfe Dröhnen seines Werkzeugs, das auf die Bretter fiel. Sie stellte sich vor, wie es über den Rand kullerte und auf sie herabstürzte – eine gebrochene Nase oder ein zertrümmertes Schlüsselbein, Schwindel –, und nur für alle Fälle trat sie unter den Schutz des Gerüsts. Mit gebührendem Abstand zu dem Hundehaufen wartete sie, den Rücken zur Haustür, den Blick auf die Straße gerichtet. Im Grunde war es ein herrlicher Tag, gleichzeitig irgendwie niederdrückend und frisch, eine Seltenheit bei der Hitzewelle. Sie würde es genießen, der fauligen Luft dieses Orts zu entfliehen und den Rest des Vormittags in Hampstead Heath zu verbringen, wo sie die Lungen mit Sonnenstrahlen füllen würde.

Über ihr gab es Bewegung: Sie hatte erwartet, er würde durch das offene Fenster steigen und durchs Haus nach unten kommen, aber stattdessen kletterte er über die Leitern zwischen den Plattformen des Gerüsts herunter. Diejenige zwischen der unteren Ebene und dem Boden war auf ihrer Seite, sodass er innerhalb weniger Sekunden neben ihr stünde. Sie wusste immer noch nicht, was sie sagen wollte, zumindest nicht genau. Da Bitten und Argumente auf taube Ohren gestoßen waren, müsste sie eine Art

Drohung aussprechen, und das Einzige, was bei einer Drohung zählte – insbesondere einer Frau einem Mann gegenüber –, war, wie glaubhaft sie klang.

Sagen wir mal so, ich kenne ein paar Leute, mit denen Sie sich lieber nicht *anlegen wollen …*

Könnte sie das durchziehen?

Gleich anschließend würde sie Pete anrufen und ihm Bescheid geben, dass sie Sissy in ihrem leidvollen Schicksal nicht sich selbst überlassen hatte. Wenn das nicht funktionierte, würde sie mit dem Seniorpartner ihrer Firma sprechen, der mit einer Anwältin verheiratet war, spezialisiert auf Wohnrecht. Dieses Detail war ihr schon vorhin in den Sinn gekommen, doch sie hatte beim Frühstück nichts zu Sissy gesagt, da das leidige Thema Nachbar nach der gestrigen Aufregung, so gut es ging, vermieden wurde. Sie würde das – und was hier nun folgen würde – später mit Pete besprechen.

Über ihr auf der untersten Plattform waren Schritte zu hören. Sollte sie hinaus ins Licht treten, wo er sie sehen konnte? Nein, sie würde genau hier stehen bleiben und die Initiative ergreifen, sobald sein Fuß den Boden berührte. Sie würde ihm nicht sagen, wer sie war, ihn nur wissen lassen …

»Hey!«

Doch seine Stimme und ihr anschließender Schrei verloren sich in einem entsetzlichen Donnerschlag aus Metall und Holz und Stein. Als der Erdboden sich aufbäumte, war das letzte Geräusch ihres Lebens das ihres eigenen Schädels, der auf Beton krachte.

14

RALPH

Ganz nebenbei bemerkt, fand ich das Gerüst schon immer vollkommen unsicher. Hab meinen Kindern verboten, auch nur in seine Nähe zu gehen. Hat auf mich gewirkt, als bräuchte es nur einen windigen Tag, und das gesamte Ding würde in sich zusammenbrechen. Haben Sie sich die Verankerung der Bodenplatte angesehen? Die kann ein Gerüst destabilisieren, nicht wahr?

Das weiß ich, weil ich es gegoogelt habe! Jammerschade, dass er das nicht getan hat, hm?

Mr Ralph Morgan, Lowland Way 7,
Anwohnerbefragung durch die
Metropolitan Police, 11. August 2018

Am selben Tag

Er war auf dem Tennisplatz, als er die Aufforderung bekam, zum Lowland Way zurückzukehren. Es war eine Drop-in-Einzelstunde (Ralph zog Einzel vor, die Einfachheit von Leben und Sterben durch das eigene Schwert), und zwischen dem Plattmachen von Richard Masterson aus der Cranbrook Lane und dem Match gegen Jamie So-und-so aus der Oldfield Road gönnte er sich eine Wasserpause und warf einen Blick auf sein Handy. Es gab Mailbox-Nachrichten von Naomi und Finn.

Naomis Panik erfüllte sein Ohr: »Ralph, ich bin's, du musst nach Hause kommen.« Im Hintergrund erhob sich das grässlichste Wehklagen. Es klang weiblich: Libby, die sich nach dem Theaterbesuch unwohl gefühlt hatte? Ein weiterer Besuch in der Kinder-Notaufnahme? Als sähe Naomi seine Besorgnis voraus, fügte sie hastig hinzu: »Nicht die Kinder, keine Sorge. Aber es ist schlimm, wirklich schlimm.«

Finns Nachricht war nüchterner: »Bist du beim Tennis? Komm zurück. Hier herrscht Armageddon.«

Was Ralph auf den Gedanken brachte, dass nach dem gestrigen Streit zwischen Naomi und Tess vielleicht erneut etwas vorgefallen war. Herrgott, hatte Naomi sie körperlich angegriffen? Er hatte sie immer als unberechenbarer eingeschätzt, als sie andere Menschen – oder sich selbst – glauben machte. Andererseits war das Heulen im Hintergrund gewesen, während Naomi redete, was darauf schließen ließ … Nein, Nay würde keine Gewalt anwenden, niemals.

Eine SMS von ihr ploppte auf – *Bin bei Sissy* –, was ihn keinen Deut klüger machte.

Zum Tennisclub hin war er spaziert, und jetzt legte er denselben Weg im Laufschritt zurück. Als er die Kreuzung zum Lowland Way von der Parkseite aus erreichte, blieb er mit Seitenstechen stehen. Am anderen Ende, ihrem Ende, hatte sich eine Menschentraube geformt, die ihn an den Tag vor zwei Wochen erinnerte, diesen schrecklichen Moment, als er durch den Wald aus Kinderbeinen Charlie gesehen hatte, am Boden liegend. Ohne zu wissen, ob er am Leben war oder tot. Zwei Streifenwagen standen in der Straße, die unverkennbaren gelben und blauen Rechtecke an der Seite, mit blinkenden Warnlichtern, während die Vormittagssonne das blau-weiß gestreifte Absperrband wie Pailletten funkeln ließ.

Ralph setzte zum Sprint an, den Schläger an die Brust gepresst, mit dem Griff, der gegen seine rechte Hüfte schlug. Beim Näherkommen sah er, dass Haus Nummer eins abgeriegelt war: BETRETEN VERBOTEN.

Booth. Natürlich Booth. Es hatte nichts mit Naomi oder Tess zu tun.

Als er schließlich ankam, erkannte er den Sachverhalt: Der untere Teil des Gerüsts war auf der linken Seite in sich zusammengebrochen, direkt über der Haustür, die unpassierbar war. Eines der Bretter, nahm Ralph an, war wohl unter dem Gewicht der Ziegel und Schlackenbetonsteine und Dachpfannen, die nun unten auf einem Haufen durcheinanderlagen, mitten entzweigebrochen; ein riesiger Sandsack war aufgerissen, sein Inhalt mit Steintrümmern vermischt. Zugang zum Haus schien nur durch das seitliche Tor zu bestehen.

Von ihrer Türschwelle aus beobachtete eine sichtlich erschütterte Em das Chaos, Hände, Gesicht und Kleidung weiß vor Staub, während Ant mit Kinderspielzeug in den Händen und entsetzter Miene am Fenster stand. Da Ralph sich nicht durch die Menschenmenge zu ihnen drängeln konnte, wandte er sich an die

Frau, die ihm am nächsten war, allerdings kein Gesicht, das er aus der Straße kannte.

»Was zum Teufel ist hier passiert?«

Geblendet von der Sonne blinzelte sie ihn an. »Das Gerüst ist zusammengebrochen. Es war ein Mädchen drunter.«

Er zog scharf den Atem ein. Nicht Libby, ermahnte er sich. Naomi hatte gesagt, es ginge nicht um die Kinder. »Wer? Meinen Sie Jodie?« Könnte man Jodie als Mädchen beschreiben? »Die Frau, die hier wohnt?«

»Nein, jemand hat gesagt, sie wäre nicht von hier?«

Die blinzelnde Frau ließ es wie eine Frage klingen, als könnte Ralph womöglich mehr wissen als sie. Hoffnungslos. Wo steckten Finn und Naomi? Zu Hause mit den Kids? Er begann, den Weg zu seinem eigenen Gartentor zurückzugehen, bevor ihm wieder einfiel, dass seine Frau geschrieben hatte, sie sei bei Sissy, und er sich an den Gaffern vorbeidrängte, um die Straße zu Nummer zwei zu überqueren.

»Ralph, Gott sei Dank!« Naomi trat hinaus auf die Türschwelle, und bevor er die Begrüßung auch nur erwidern konnte, brach es wie ein Geständnis aus ihr hervor: »Amy ist tot!«

Ralph nahm sie in die Arme. Er war vom Tennisspielen verschwitzt, und ihre Körperhitze war unangenehm, aber sie krallte sich klammernd an ihm fest. Wie grässlich, zugeben zu müssen, dass er nicht auf Anhieb sagen konnte, wer Amy war. Am besten wartete er ab, bis es ihm wieder einfiel. »Die Freundin von Sissys Sohn, nicht wahr?«, erinnerte er sich in allerletzter Sekunde.

Mit tränenfeuchten Augen wich Naomi zurück. »Ja, wir haben sie zu Weihnachten getroffen, hast du das etwa vergessen? Und bei Sissys sechzigstem Geburtstag letztes Jahr. Sie war erst neunundzwanzig, Ralph. Oh, es ist einfach schrecklich.«

Das Gesicht des Mädchens zeichnete sich vor seinem geistigen Auge ab – hübsch auf eine natürliche Art, hellbraune Haare, Sommersprossen. »Wie furchtbar. Warum war sie drüben?«

»Ich schätze, sie wollte sich in Sissys Namen beschweren. Höchst unwahrscheinlich, dass sie ein Auto kaufen wollte. Sie muss an der Haustür gestanden haben, als es passiert ist, direkt unter dem Gerüst. Sie hatte nicht die geringste Chance. Sie haben sie noch an Ort und Stelle für tot erklärt.«

»Ach du Scheiße!«

»O Ralph, es ist sogar noch schlimmer: Das arme Mädchen war schwanger! Ich habe gehört, wie Sissy es dem Notarzt gesagt hat, als sie versuchten, sie wiederzubeleben, aber sie konnten nichts für sie tun. Sissy war hysterisch. Es war das Schlimmste, was ich jemals gesehen habe.«

Ralph sagte nichts, hielt sie nur, während sie weinte. Ihre Tränen waren klebrig an seinem Hals. Es war schwer, Geschichten wie diese zu verkraften: zu brutal, zu endgültig, ohne jede Erlösung, ohne jeden Trost. Schließlich fragte er: »Wo ist Sissy jetzt? Hier, im Haus?«

»Nein, sie ist mit der … mit Amy im Krankenwagen mitgefahren. Zum Krankenhaus. Ich schätze, sie bringen sie zum Leichenschauhaus?«

»Ja.« Gab es ein widerlicheres Wort als »Leichenschauhaus«? Nie zuvor hatte er es aus Naomis Mund gehört, das war nie nötig gewesen. Ein Hoffnungsschimmer blitzte in seinem Kopf auf. »Was ist mit Booth? Haben sie ihn verhaftet?«

»Habe ich das gar nicht erzählt? Er war auf dem Gerüst, als es zusammengebrochen ist. Er ist verletzt, aber nicht schwer. Er war bei Bewusstsein, hätte wahrscheinlich mit etwas Hilfe zum Krankenwagen spazieren können. Er wird in der Notaufnahme oder auf einer Station sein, oder? Sie wird ihm doch nicht zufällig über den Weg laufen, nicht wahr, Ralph?«

»Sicherlich nicht.« Ralph erkannte den wirren Bewusstseinsstrom, der auf einen Schock hindeutete. »Komm, wir gehen nach Hause, Nay, hier musst du nicht bleiben.«

Naomi schüttelte den Kopf, fing sich wieder. Hinter dem Tränenschleier funkelte Entschlossenheit in ihren Augen. Pflichtgefühl. »Doch. Ich habe Sissy versprochen, auf ihre B&B-Gäste zu warten. Zwei Pärchen kommen heute Nachmittag an, und es gibt noch einiges zu erledigen.«

»Kann man ihnen nicht absagen?«

»Ich glaube nicht, es ist zu spät, und dann müsste sie Strafe zahlen. Sie hat sich deshalb schrecklich aufgeregt, meinte, sie könnte ihre ausstehenden Rechnungen nicht begleichen, weshalb ich ihr versichert habe, die Stellung zu halten. Wahrscheinlich wird sie heute Nacht bei Pete oder Amys Eltern bleiben. Und die Polizei wird mit ihr sprechen wollen. Mit uns allen, könnte ich mir vorstellen.«

Als Naomi ihren organisatorischen Elan wiedergefunden hatte, erkannte Ralph, dass er nicht nur für moralische Unterstützung herbeigerufen worden war, sondern auch für alles Praktische, was er beisteuern konnte, und mit einem Mal durchzuckte ihn der selbstbeweihräuchernde Gedanke, dass seine Ehe einfach großartig war. Seine Frau war das Kraftwerk, auf das sich andere verließen, und dennoch brauchte sie ihn. Da erinnerte er sich an seinen ersten Impuls. »Du und Tess, bei euch ist also alles wieder in Ordnung?« Dumme Frage. Das war nur ein belangloser Familienzank gewesen, während das hier … Gütiger Himmel, das hier war entsetzlich. Was für eine groteske Todesart, *zermalmt* zu werden. »Die Kids haben nicht gesehen, was passiert ist, oder?«

»Nein, Tess und Finn haben sie alle zur Hauptstraße gebracht, um sie abzulenken, solange die Polizei hier ist. Kannst du losgehen und sie suchen? Stell sicher, dass Libs und Charlie keine verstörenden Details mitbekommen!«

»Natürlich.«

Naomi schnäuzte sich, blinzelte mit feuchten Augenlidern. »Mir will nur nicht aus dem Kopf, dass das einer von uns hätte sein können.«

»Ich weiß«, sagte Ralph erbittert. Dachte sie bereits, was er dachte? Welch eine Tragödie es war, dass die unschuldige, unbeteiligte Amy vom Gerüst zerquetscht worden war und nicht Darren Booth, der schuldig-wie-die-Sünde war und das-absolut-Schlimmste verdiente. Wie schade, dass nicht er im Leichenschauhaus lag, ihr Nachbarschaftsfeind, durch eigene Hand gerichtet.

Völlig unangemessen, das laut auszusprechen, natürlich. Und völlig unangemessen, auch nur zu *denken*, dass mit Booth, der nun arbeitsunfähig im Krankenhaus lag, die Chance sogar noch geringer stand, dass dieses verdammte Wohnmobil endlich von Ralphs Parkplatz entfernt wurde.

Der Sonntag brach strahlend und heiter an, blind gegenüber den tödlichen Wunden seines Vorgängers, und in den Minuten, die Ralph brauchte, um die Bohnen für seinen ersten Kaffee zu mahlen, waren die Kinder mit ihren Cousins im Garten und filmten mit Libbys Handy ein Video, in dem sie den Unfall nachstellten.

»Nein, du liegst auf dem Bauch, und ich dreh dich um!«

»Aber ich will nicht die Tote sein, ich bin kein Mädchen!«

»Dann soll Isla die Tote spielen. Du bist der, der den Notarzt ruft. Schnell, mach schon, sie ist gerade *plattgemacht* worden!«

»Überschreitet das nicht die Grenze des guten Geschmacks,

Leute?«, fragte Ralph, und die Art, wie die vier in anstarrten, gab ihm zu denken, ob sie überhaupt jemals von dieser Kategorie gehört hatten. So viel zum Thema, sie vor den Details zu schützen: Charlie, sein eigener Schock durch Booths Hand längst vergessen, war unverschämt blutrünstig; Libby, der das seltene Spiel mit den Jüngeren als deren kreative Befehlshaberin durchaus gefiel, war auf einmal völlig beschwerdefrei. Die Hunde drängten sich um sie, beschnüffelten das »Opfer«.

Ralph nahm Zuflucht im Koffein und las den ersten Bericht über den Unfall, der online erschien:

Frau von Gerüst erschlagen

Eine Frau starb laut Angabe der Metropolitan Police beim Einsturz eines Gerüsts vor einem Wohnhaus in Lowland Gardens, South London. Das Opfer stand an der Haustür des Gebäudes, direkt unter dem Gerüst, als es über ihr zusammenbrach. Feuerwehrleute und Notärzte befreiten die verschüttete Frau und versuchten vor Ort, sie wiederzubeleben, doch trotz ihres unermüdlichen Einsatzes erlag sie ihren tödlichen Verletzungen.

»Sicherheitsbeamte des Arbeits- und Gesundheitsschutzes überprüfen die Baustelle, und wir stellen gemeinsam mit ihnen Nachforschungen an, um den Unfallhergang aufzuklären«, bestätigte ein Polizeisprecher. »Im Moment liegen uns keine weiteren Erkenntnisse vor.«

Ralph fragte sich, wann Naomi wohl nach Hause kommen würde. Letzten Endes war sie mit den Gästen über Nacht bei Sissy geblieben, da Sissy bei Pete in dessen Wohnung übernachtete. Obwohl Ralph beim Gedanken an Sissy das Herz brach, war es ihm nicht ganz geheuer, dass seine Frau in einem Haus mit zwei völlig fremden Pärchen schlief. Doch wenn Sissy das Arrangement als sicher erachtete, dann ging es Naomi gewiss gut. Sie war früh auf: Es gab eine Nachricht von ihr in der Nachbarschafts-Facebook-Gruppe, gepostet um halb acht Uhr morgens:

> WICHTIG: Der *Play Out Sunday* am 12.08. findet angesichts eines Unfalls nicht statt. Die Polizei benötigt immer noch freien Zugang zum oberen Teil der Straße.

Er rief sie auf ihrem Handy an. »Beim Frühstücksservice alles in Butter?«

»Ja, ich musste nur Kaffee aufbrühen und etwas Gebäck aufwärmen. Sie sind gerade losgezogen.« Sie sprach in demselben düsteren Tonfall wie tags zuvor. »Es war surreal, Ralph. Ich meine, ich habe nichts wegen Amy gesagt, aber was müssen sie nur gedacht haben? Okay, die Krankenwagen waren bei ihrer Ankunft schon weg, aber sie haben immer noch die Polizei und all die Trümmer gesehen. Einer von ihnen hat mich gefragt, ob es eine Gasexplosion gegeben hat, und sie wurden alle schrecklich nervös.«

»Nicht ganz das, was man sich vorstellt, wenn man ein B&B-Zimmer bucht«, sagte Ralph.

Naomi seufzte vor Erschöpfung, eine echte Seltenheit. »Ganz ehrlich, ich bin mir nicht sicher, ob Sissys Geschäft noch viel länger überleben wird. Davor hatte sie eine Autowerkstatt auf der anderen Straßenseite, aber jetzt ist gegenüber ein Tatort. Das ist es doch, oder?«

»Verdammt, das hoffe ich schwer – und *er* ist der Kriminelle. Hast du heute Morgen mit Sissy gesprochen?«

»Ja, gerade eben. Sie ist noch bei Pete, zusammen mit Amys

Eltern, um alles zu regeln. Die Sterbeurkunde, die Polizei. Sie müssen eine Untersuchung einleiten, wenn jemand so stirbt – du weißt schon, plötzlich, nicht natürlich. Dann erst kann die Erlaubnis für die Beerdigung erfolgen. Es klingt kompliziert, ich kann mir nicht vorstellen, wie man so etwas verkraftet, ganz abgesehen von dem Grauen, sie verloren zu haben.«

Nachdem Ralph die Kinder zu Tess gebracht hatte, führte er zusammen mit Finn die Hunde spazieren, wobei sie einen großen Bogen um Nummer eins machten, wo immer noch das Absperrband der Polizei flatterte. Gestern Nachmittag bis weit in den Abend hinein hatte es auf dem Grundstück von Beamten nur so gewimmelt, einschließlich Inspektoren des Arbeits- und Gesundheitsschutzes, die Teile des Baugerüsts weggeschafft und Fotos und Videoaufnahmen vom Tatort gemacht hatten. Währenddessen waren Streifenpolizisten von Haus zu Haus gegangen, um nach Zeugen zu suchen und Anwohner zu befragen (Ralph hatte sich nicht gerade in verbaler Zurückhaltung geübt, oh nein!). Doch jetzt lag das Grundstück still da, ein einsamer Wachpolizist der einzige Beamte vor Ort. Als Ralph zu ihm sah – der Kerl verzog keine Miene, widerstand jedem Augenkontakt –, überkam ihn das schwindelerregende Gefühl von Ungläubigkeit: Vor sechs Monaten, noch vor *drei* Monaten hätten sie sich niemals vorstellen können, dass sie im August hier stehen und sich über einen Tod in der Straße unterhalten würden. Sie waren so zufrieden gewesen, so harmonisch.

»Nun, das ist auch ein Weg, um den Scheißkerl dazu zu bringen, die Musik runterzudrehen«, sagte er zu Finn. »Ihn ins Krankenhaus einzuliefern. Hast du gehört, wie's ihm geht? Naomi meinte, er sei nicht lebensbedrohlich verletzt.«

»Das stimmt«, erwiderte Finn mürrisch. »Wie es aussieht,

haben sie ihn über Nacht dabehalten. Jodie ist zurückgekommen, um ein paar Sachen mitzunehmen, aber sie dürfen erst in mehreren Tagen wieder einziehen. Schlafen bei Freunden. Die Inspektoren haben ihren Bericht bereits an die Polizei weitergeleitet, sagt Ant.«

»Wirklich? Das war schnell.«

»Ich weiß. Andererseits muss es ziemlich offensichtlich gewesen sein, was passiert ist. Das Gerüst war nicht sicher. Mit etwas Glück landet Booth nach dem Krankenhaus direkt in einer Gefängniszelle.«

»Falls es so etwas wie Gerechtigkeit gibt«, stimmte Ralph ihm zu.

Als er am Montagmorgen zur Arbeit aufbrach, stand an der Straßenecke ein Auto mit eingeschalteten Warnblinkern in zweiter Reihe, und obwohl sein BMW in der entgegengesetzten Richtung geparkt war, wandte er sich nach rechts, um die Sache genauer unter die Lupe zu nehmen. Auf dem Fahrersitz saß ein Mann, den Ralph nicht kannte, die Augen fest auf sein Handy gerichtet. Polizei? Presse? Schwierig zu sagen.

Heute war ein anderer Wachpolizist abgestellt worden, der diesmal am Rand der Einfahrt stand und ihn freundlich mit einem Nicken grüßte.

Ralph tat es ihm gleich. »Ich habe mich nur gewundert, wo der Beamte ist, der am Samstag bei uns geklingelt hat? Ich wollte ihn nur fragen, wie Sie vorankommen. PC Harold oder so ähnlich.«

»Er wird nicht mehr herkommen. Der Fall ist ans CID übergeben worden.«

Aus seinen Polizeikrimis im Fernsehen wusste Ralph, dass die echte Arbeit nun im Gange war: Sie bemühten sich um eine

Anklage, genau wie er und Finn vermutet hatten. »Ich schätze, Sie haben den Hausbesitzer bereits verhaftet? Wie ich gehört habe, hat er keine großen Verletzungen davongetragen. Ich habe Ihrem Kollegen gesagt, sie sollten das gleich über die Bühne bringen.«

»Aha, haben Sie.« Der Beamte, der nicht den Hauch einer Frage an seinen Worten ließ, sah Ralph jetzt anders an, obwohl schwer zu sagen war, ob mit mehr oder weniger Interesse. Er hatte Ralph vielleicht für einen besorgten Nachbarn gehalten, leicht abzuwimmeln, keinen Mann der Tat.

Nun, er *war* besorgt, besorgt, Booth könnte nicht hinter Gittern landen.

Als er sich gerade umdrehen wollte, tauchte eine Gestalt aus dem Haus auf, was Ralph zusammenfahren ließ, da er nicht bemerkt hatte, dass noch jemand vor Ort war. Es war eine kleine Frau mit lockigen Haaren, Mitte dreißig, in schwarzer Hose und grauem Blazer, ihre Brille ein Modell, das vor ein paar Jahren hip gewesen sein mochte. Sie rief dem Mann im Auto zu – »Jason, hast du mal 'ne Minute?« – und ignorierte Ralph, der das Gefühl hasste, auf seiner eigenen Straße unsichtbar zu sein. Doch er kam sowieso schon zu spät zu einem Meeting und hatte keine Zeit für eine Charmeoffensive.

Als er jedoch zu seinem Wagen eilte, spürte er die unverkennbare Hitze ihres Blicks in seinem Rücken. Also doch nicht ganz so unsichtbar.

15

TESS

Ich wäre nicht überrascht, wenn als Nächstes das ganze Haus einstürzt, niemand weiß wirklich, was er dort drin getrieben hat. Ein echter Eigenbrötler, der einfach getan hat, was er wollte.

Es ist eine Schande, eine echte Schande.

Mrs Tessa Morgan, Lowland Way 5,
Anwohnerbefragung durch die
Metropolitan Police, 11. August 2018

Fünf Tage danach

»Schließt das Tor«, befahl Tess ihren Kindern, »und versucht, still zu sein, während ich mit der armen Sissy rede.«

Wenn sie überhaupt mit ihr reden würde. Soviel Tess mitbekommen hatte, war es seit Amys Tod niemandem gelungen – Naomi eingeschlossen –, Sissys Schutzwall zu durchbrechen, obwohl sie wussten, dass sie seit Sonntagabend wieder zu Hause war.

Jeden Tag wurden Blumen vor ihrer Haustür niedergelegt, und am nächsten Morgen waren sie verschwunden. Tess hoffte inständig, weil Sissy sie im Schutz der Nacht aufgesammelt hatte, und nicht, weil Diebe sie geklaut hatten.

Als sie an der Tür läutete, warf sie einen Blick über die Schulter zu Nummer eins. Der Abbau des Gerüsts hatte dazu geführt, dass die halbherzigen Arbeiten, die Booth an der Fassade seines Hauses vorgenommen hatte, noch deutlicher zum Vorschein kamen: an einigen Stellen war der Putz abgeschlagen, eines der oberen Fenster war entfernt und mit Brettern vernagelt worden, ein Stück Abdeckplane war über einen Teil des Dachs gespannt. Wenn er im Gefängnis saß, würde dann jemals irgendetwas davon beendet werden?

Herrgott noch mal, wann würde die Polizei ihnen endlich Bescheid geben, was los war? Sie alle hatten angerufen und waren abgewimmelt worden – mehrmals, selbst Naomi! –, und die einzige Neuigkeit bezüglich der Ermittlungen war bislang, dass Em gebeten worden war, mögliche »Reisepläne zu überdenken« und in der Stadt zu bleiben.

»Es war eher eine höfliche Bitte als ein Befehl«, hatte sie Tess erzählt.

Auf Tess' Klingeln hin öffnete niemand die Tür, weshalb sie den Briefschlitz aufdrückte und den Mund an die schmale Öffnung hielt: »Sissy! Sissy, hier ist noch mal Tess!«

Abgesehen davon, zweimal täglich an ihrer Haustür zu läuten, war Tess dazu übergegangen, kleine Nachrichten zu simsen, Fotos von den Schwanenjungen, einfach alles, damit Sissy mit ihrer Nachbarschaft in Verbindung blieb (die Schwanenjungen waren jetzt fast ausgewachsen, aber immer noch in ihrem grauen Federkleid, noch nicht bereit, ihre Eltern zu verlassen).

»Sissy? Ist alles in Ordnung bei dir da drinnen?« Sie drehte den Kopf, um das Ohr an den Schlitz zu halten, und vernahm ein fernes Schluchzen.

»Sie ist zu traurig«, sagte Isla an ihrer Seite, und Tess' Herz zog sich bei der Schlichtheit der Erklärung zusammen.

»Was ist jetzt mit unserem Abenteuer?«, fragte Dex vom Weg aus, als wäre er der Meinung, sich nun lang genug geduldet zu haben. Als sie sich mit ihm hingesetzt hatte, um ihm Amys Tod zu erklären, war er ungerührt gewesen. Amy war für ihn keine reale Person.

Tess ließ die Klappe zuschlagen. Genau in dem Augenblick, als sie sich erhob und nach Dex' Hand griff, hörte sie es. Über dem leisen Schnurren des Verkehrs auf der Portsmouth Avenue und dem Jaulen eines Rasentrimmers aus dem Garten der Boulters: die melodischen Klänge eines Pfeifens. Die Härchen auf ihren Armen stellten sich auf, als sie dem Geräusch zu seiner Quelle folgte: Darren Booth, mitten in seiner Einfahrt. Woher war er plötzlich aufgetaucht? Er war nicht da gewesen, als sie vor zwei Minuten hingesehen hatte.

Es war das erste Mal, dass sie ihn seit dem Unfall sah, und er schien sich ganz normal zu bewegen, der einzige Hinweis auf eine Verletzung waren die Schlinge an seinem linken Arm und eine Prellung an seinem linken Wangenknochen. Er inspizierte eines seiner Autos und wischte mit der freien Hand pfeifend den Staub weg.

Er pfiff! Der Inbegriff der Sorglosigkeit in Person! Tollkühner Mut ergriff Besitz von ihr, und nachdem sie den Kindern erneut befohlen hatte, an Sissys Tor zu warten, marschierte sie über die Straße und rief Booth in scharfem, bedrohlichem Tonfall, den sie kaum als den ihren wiedererkannte, zu: »Dürfen Sie sich auf dem Grundstück aufhalten? Ist es denn kein Tatort mehr?«

Es kam keine Erwiderung, natürlich nicht, doch die Abwesenheit des Beamten und das entfernte Absperrband waren Antwort genug. Booth starrte sie nur an, seine Haltung unvermindert mürrisch. Nicht das kleinste Fünkchen Reue.

»Sie können mich ansehen, wie Sie wollen«, fauchte Tess, »aber das ändert nichts an dem Umstand, dass Sie dieses Mädchen auf dem Gewissen haben. Was Sie getan haben, ist nichts anderes als kaltblütiger Mord.«

Er trat einen Schritt hinter dem Auto hervor. Die Schlinge seines verbundenen Arms war schmutzig, seine Finger grau. »Sie haben nicht den blassesten Schimmer, wovon Sie da reden, meine Liebe.«

»Nennen Sie mich nicht ›meine Liebe‹! So dumm können Sie nicht sein, dass Sie glauben, ich würde Sie nicht hassen. Das tun wir alle!«

Sein Mund klappte auf, und zu ihrem Erstaunen lachte er. Nicht verbittert oder verächtlich, sondern schallend, lautstark, als hätte sie etwas völlig Absurdes gesagt. Als wäre nicht vor kaum einer Woche genau an dieser Stelle ein Mensch ums Leben gekommen.

Abscheuliches Verhalten. Widerlich. Während Sissy sich im Haus auf der anderen Straßenseite die Augen ausweinte.

»Arschloch«, flüsterte sie leise und drehte sich auf dem Absatz um, um Isla und Dex aufzusammeln. Sie hatte ihnen einen Tagesausflug versprochen, und genau das würde sie ihnen geben. »Kommt schon, ihr zwei, steigen wir ins Auto. Wir fahren an einen Ort, an dem ihr noch nie in eurem Leben gewesen seid!«

Ralph hatte in der WhatsApp-Gruppe geschrieben, dass das CID die Untersuchung nun von den Streifenpolizisten, die anfänglich dafür verantwortlich waren, übernommen hatte, weshalb sie die Adresse googelte – ein größeres Polizeirevier ein paar Meilen südlich – und sie ins Navi eintippte. Zwanzig Minuten später saßen Isla und Dex, beschwichtigt durch jede Menge KitKats, auf zerkratzten königsblauen Stühlen und hielten Ausschau nach Verbrechern in Handschellen, während ihre Mutter sich dem Beamten am Auskunftsschalter näherte.

»Ich bin eine Nachbarin von Sissy Watkins, einer Verwandten von Amy …« Sie zögerte, als ihr dämmerte, dass sie Amys Nachnamen überhaupt nicht kannte. »Der Frau, die letzten Samstag im Lowland Way Nummer eins gestorben ist. Ich muss Ihnen sagen, dass gerade jemand im Haus ist. Der Tatort wird kontaminiert!«

Die Person, die herbeigerufen worden war, um sich um sie zu kümmern, sah wie achtzehn aus. War er überhaupt schon im Stimmbruch? »Es gibt keinen Grund zur Besorgnis, Mrs Morgan. Die Bewohner haben gerade das Okay bekommen, in ihr Haus zurückzukehren.«

»Jetzt schon?« Tess klang erstaunt. »Aber wenn Sie sämtliche Beweise sichergestellt haben, die Sie brauchen, warum haben Sie dann nicht den einzigen Verdächtigen verhaftet?«

»Wen meinen Sie mit ›den einzigen Verdächtigen‹?«, fragte der Jüngling.

»Darren Booth natürlich! Er ist derjenige, den ich drüben am Haus gesehen habe. Von wem sollte ich wohl sonst reden? Dem Roten Pimpernel?«

Mit übertriebener Geduld wiederholte der Jüngling, dass die Detectives, die den Fall bearbeiteten, gerade nicht im Büro seien. »Sind Sie persönlich in den Fall involviert, Mrs Morgan?«

»Das habe ich Ihnen doch gerade gesagt, ich bin eine Freundin und Nachbarin der Mutter des Freundes des Opfers.« Was auf einmal wie eine fadenscheinige, fast schon an den Haaren herbeigezogene Verbindung klang, als könnte sie in Wirklichkeit nur aus zwanghafter Neugierde hier sein. »Können Sie mir *irgendetwas* Neues sagen?«

Doch das Gespräch würde immer nur auf die eine Art enden: »Ich bin sicher, Sie verstehen, dass wir den Stand unserer Ermittlungen nicht preisgeben dürfen.«

»Du hast nicht auf Wiedersehen gesagt«, tadelte Dex sie betrübt.

»Das ist unhöflich«, stimmte Isla ihm zu.

»Ich habe mich nur nicht verabschiedet, weil sie mir nicht helfen wollten«, sagte Tess und fühlte sich kindischer als ihre Kinder. Wie sollte sie es ihnen erklären, wenn sie es selbst nicht verstand?

Doch wie schnell sich Gewitterwolken verziehen konnten! Als sie zu ihrem Auto zurückkehrten, das in einer Seitenstraße hinter dem Polizeirevier geparkt war, fiel ihr Blick im Rückspiegel auf eine Gestalt, die Darren Booth verblüffend ähnlich sah. Er wurde von der Rückbank eines Zivilfahrzeugs herauskomplimentiert, und seine Eskorte in Zivil führte ihn durch einen Hintereingang ins Gebäude, genau so, wie es im Fernsehen passierte. Sein Gesicht war ausdruckslos, der Mund fest geschlossen.

Sie mussten ihn wenige Minuten, nachdem Tess losgefahren war, vom Haus abgeholt – festgenommen – haben. Hatte der junge Beamte das gewusst? Er hätte ihr einen kleinen Tipp geben können, dann hätte sie auch keinen solchen Terz gemacht.

Jetzt pfeifst du nicht mehr, dachte sie.

»Er ist verhaftet worden«, berichtete sie Naomi, sobald ihre Schwägerin wieder von der Arbeit zu Hause war. Tess war euphorisch, auch wenn sie nicht sicher war, wie viele Stimmungsschwankungen sie an einem Tag durchleben konnte, ohne sich übergeben zu müssen. »Ich habe es mit eigenen Augen gesehen.

Er ist aus dem Krankenhaus entlassen, und er ist auf dem Polizeirevier in der Milkwood Lane.«

»Bist du sicher?«, fragte Naomi. »War er in Handschellen?«

Das Maß an Misstrauen, das bei Naomi mitschwang, wenn es um Tess' Auslegung polizeilicher Ermittlungsmethoden ging, war nicht zu überhören. Die Erinnerung an Charlies Unfall hatte seit Amys Tod sogar noch an Bedeutung gewonnen, als wäre er eine Art Generalprobe gewesen. Obwohl ihr Streit am Abend ihres Theaterausflugs natürlich völlig verblasst war nach dem Horror, der anschließend passiert war, hatte sich ihr Kontakt seitdem auf das Nötigste beschränkt, und Neuigkeiten waren über die Männer ausgetauscht worden, nicht die Frauen. Naomi hatte ohne jede Erklärung einen Hundeausführer engagiert, der an den Werktagen mit Kit und Cleo Gassi ging; Tess wusste nicht, ob hinter der Veränderung die Absicht steckte, ihre Arbeitslast zu verringern oder sie zu bestrafen.

»Handschellen habe ich nicht gesehen«, gestand sie ein, »aber sein Arm ist in einer Schlinge, vielleicht benutzen sie keine, wenn jemand verletzt ist? Aber er wurde von zwei Personen eskortiert, die aussahen, als würden sie sich in einem Polizeirevier auskennen. Detectives, schätze ich. Und sie haben nicht den Haupteingang benutzt.«

»Das hört sich tatsächlich nach einem Fortschritt an«, sagte Naomi. »Jodie ist zurück im Haus, wusstest du das? Das hat mir Sara eben erzählt. Sie ist wohl am Nachmittag angekommen, aber ich habe sie nicht gesehen.«

»Wahrscheinlich ist sie ihm aufs Polizeirevier gefolgt – falls sie ihn überhaupt sehen darf. Sie werden bereits Anklage gegen ihn erhoben haben, also sitzt er in einer Zelle.«

»Der richtige Ort für ihn«, pflichtete Naomi ihr zufrieden bei.

»Sollten wir es Sissy erzählen?«, fragte Tess. »Ich habe es heute Morgen noch mal versucht, aber sie hat nicht aufgemacht.« Tess zögerte. Naomi stand Sissy näher als sie, aber es fühlte sich wie ein Verrat an, das Schluchzen zu erwähnen. »Ich will jetzt nicht sagen, dass wir dort einbrechen sollten, aber ich habe ihren Ersatzschlüssel für den Fall …«

»Lass uns heute Abend gemeinsam rübergehen, wir alle vier?«, schlug Naomi mit mehr Wärme in der Stimme vor. »Wenn sie nicht öffnet, können wir uns immer noch Zutritt verschaffen und sie vom Flur aus rufen. Meine Mum ist hier, ich werde sie bitten, für ein oder zwei Stunden auf die Kinder aufzupassen.«

»Guter Plan«, erwiderte Tess, und die Erleichterung, die sie verspürte, weil sich das Verhältnis zwischen Naomi und ihr wieder eingerenkt zu haben schien, war erschreckend groß.

Andererseits – und selbstverständlich war der bloße Gedanke kleinkariert – hoffte sie inständig, dass Naomi nicht die Absicht hegte, die Neuigkeit über Booths Verhaftung als ihre eigene auszugeben.

16

ANT

Wenn Sie nach Zeugen suchen, glauben Sie anscheinend nicht, dass es sich um einen richtigen Unfall handelt, stimmt das? Von was für einem Vorwurf reden wir hier? Okay, vielleicht nicht Mord, er hat es wohl kaum geplant. Dann Totschlag? Ganz ehrlich, Sie sollten ihn wegen irgendwas drankriegen. Hören Sie mal, es liegt doch klar auf der Hand. Ein Kind könnte diesen Fall lösen.

Mr Anthony Kendall, Lowland Way 3,
Anwohnerbefragung durch die
Metropolitan Police, 11. August 2018

Fünf Tage danach

Sissy sah schlimmer aus als jeder, den Ant *jemals in seinem Leben* gesehen hatte. Natürlich hatte er Kummer erwartet, aber in einer Form, bei der es erkennbare Farben und Struktur gab. Wunde, aufgequollene Haut vom tagelangen Weinen, das Rot von vollkommen trockenen Augen, ohne den kleinsten Tropfen Tränenflüssigkeit. Was er sah, ging tief, ein Mensch, ausgehöhlt bis auf die Seele. Als er sie umarmte, konnte er die Bruchstelle in ihr spüren, den unmittelbar bevorstehenden körperlichen Kollaps. »Es tut mir so leid, Sissy. Wirklich. Können wir irgendetwas tun?«

Sissy stieß ein paar erstickte Worte aus, die für ihn keinen Sinn ergaben.

»Niemand kann irgendetwas tun«, übersetzte Naomi. »Noch nicht. Aber vielen Dank, Ant. Versuch zu atmen, Sissy, tief und langsam.«

Es war Naomi, die den Kendalls bei ihrem Eintreffen die Tür geöffnet hatte. Obwohl Ant seit dem Unfall mehrmals geklingelt hatte, bekam er Sissy erst zu Gesicht, nachdem Em und er sich nach einem Besuch bei den Morgans an deren Fersen hefteten. Naomi hatte ihnen freundlicherweise angeboten, Sam bei ihrer Mutter und den anderen Kindern zu lassen (»Libby liebt kleine Kinder«) und ihnen anschließend auf die andere Straßenseite zu folgen; die unausgesprochene Botschaft lautete natürlich, dass Sissy nicht an Babys erinnert werden sollte. Denn Amy war schwanger gewesen – Ralph hatte es Ant erzählt. Schrecklich!

»Ich hätte sie davon abhalten müssen, rüberzugehen«, sagte Sissy in einem plötzlichen klaren Moment zu Naomi. »Sie hat mir nicht gesagt, was sie vorhat, ich dachte, sie würde nach Hause gehen.«

»Das hättest du doch unmöglich wissen können«, erwiderte Naomi. »Wir haben keine Kontrolle über die Entscheidungen, die andere treffen. Ich habe mir nur gedacht, dem Himmel sei Dank, dass es nicht beide gewesen sind, sie und Pete.«

Sissy neigte den Kopf, unfähig, eine Antwort zu geben, und Ant fühlte mit ihr, selbst sprachlos.

Während Ralph Getränke organisierte, öffnete Finn die Küchentür und ließ frische Luft herein, und gemeinsam gelang es ihnen, Sissy ein paar Schritte auf die Terrasse zu lotsen. Als wäre Tageslicht alles, was nötig war, um eine zerstörte Seele wiederzubeleben. Allerdings sah es nach Nieselregen aus, der Himmel hing tief und düster. Ant war sich nicht sicher, ob seine Erinnerung ihm einen Streich spielte, aber er hatte das Gefühl, das schöne Wetter sei letzten Sonntag, über Nacht, zu Ende gegangen. Wie eine Ehrenbezeugung, eine Flagge, auf Halbmast gesetzt.

»Wie läuft es mit den Formalitäten?«, wollte Tess von Sissy wissen. »Gibt es bereits ein Datum für die Beerdigung?«

Mit gespenstischer Distanziertheit, die Ant nervös machte, erklärte Sissy, dass Amys Beisetzung am folgenden Montag stattfinden würde, eine kleine Trauerfeier in ihrem Heimatort Chichester. Pete blieb bis dahin bei Amys Eltern.

Es gab Abstufungen von Trauer, nahm Ant an, eine natürliche Ordnung oder gar Berechtigung, und die von Amys Eltern war die tiefste, die grässlichste von allen. Man stelle sich nur vor, es wäre Sam gewesen, der gestorben wäre! Ein schrecklicher Schauder packte ihn. Da bemerkte er den Geruch von verrottenden Pflanzen und ermittelte rasch die Quelle, eine Vase mit verblühten Sonnenblumen auf dem Fensterbrett, das Wasser schleimig trüb. »Soll ich die wegwerfen?«, fragte er in der Hoffnung, sich nützlich machen zu können, doch Sissy protestierte mit jähem Wehklagen, und erneut trat Naomi als ihre Übersetzerin auf.

»Die nicht, Ant. Aber dürfen wir das Wasser austauschen, Sissy?«

Als die merkwürdig ausgesaugte Version von Sissy ihre Zustimmung gab, murmelte Naomi die Erklärung: »Amy hat ihr die geschenkt. Als sie letzten Freitag hier war.«

»O Gott! Es tut mir leid.« Ant wurde knallrot angesichts seines groben Schnitzers.

»Ich werde nachschlagen, wie man sie trocknen und konservieren kann. Solche Dinge sind nämlich Symbole. Erinnerungsstücke.«

»Ja, ich verstehe.« Ant sah sie dankbar an, als wäre sie eine Göttin, die ihm ihren Segen erteilte.

»Ich habe Buchungen für Anfang September«, sagte Sissy zu Tess als Antwort auf eine Frage bezüglich ihres B&B. »Ich kann es mir nicht leisten, sie abzusagen.«

»Ich kann helfen«, sagte Tess und drückte Sissys Hand. »Schließlich habe ich mehr Zeit als Naomi.« Sie warf Naomi einen Blick zu, den Ant nicht entschlüsseln konnte; er hatte nie verstanden, ob die Schwägerinnen Komplizinnen oder Rivalinnen waren. »Vielleicht wäre es gut, etwas Struktur zu haben? Ich meine, solange die Dinge noch nicht geklärt sind.«

Jetzt tauschten sie und Naomi eine andere Art von Blick aus, fast schon heiter.

»Sissy, wir haben Neuigkeiten«, sagte Naomi, und ihre erhobene Stimme zog die Aufmerksamkeit der anderen auf sie. »Ich weiß nicht, ob ihr, Ant und Em, es auch schon gehört habt, aber Darren Booth wurde heute Morgen verhaftet. Tess war dabei, als es passiert ist.«

»Was?« Während Ants Stimmung in die Höhe schnellte, versteifte Sissy sich sichtlich. Zum ersten Mal sah sie den Menschen vor sich direkt ins Gesicht, hoch konzentriert, während Tess den Ausflug zum Polizeirevier in der Milkwood Lane beschrieb, der mit der Beobachtung des Ereignisses geendet hatte, auf das sie alle seit Samstagmorgen warteten.

»Wie haben sie ausgesehen, die Detectives, die bei ihm waren?«, fragte Ralph.

Tess verengte die Augen zu Schlitzen. »Ein großer Asiate, vielleicht Ende zwanzig, und eine Frau etwa in meinem Alter, kurze braune Locken und Brille.«

»Das sind die, die ich vor ein paar Tagen am Haus gesehen habe.« Ralph nickte zufrieden. »Gute Arbeit, Tess.«

»Nun, wir hätten es früher oder später sowieso herausgefunden«, sagte sie leicht errötend.

»Jede Sekunde Seelenfrieden ist allerdings ein Geschenk, nicht wahr?«, sagte Naomi und schloss Sissy in ihre Bemerkung mit ein. Wie zartfühlend sie war, dachte Ant, wie feinsinnig, die anderen zu warnen, ihre Freude nicht zu unverhohlen zu zeigen. Dies war Gerechtigkeit, kein Sieg.

Aber für Em, die einen Triumphschrei ausstieß, kam die Mahnung zu spät. »Das sind fantastische Neuigkeiten«, keuchte sie frohlockend. »Warum hast du mir nicht sofort davon erzählt, Tess? Ich hätte ...«

»Em«, unterbrach Ant sie stirnrunzelnd. »Sissy ist die Einzige, die es unmittelbar betrifft.«

Als Em ihm einen pikierten Blick zuwarf, wandte Sissy sich hilflos von Ant an Naomi. »Ich ertrage das nicht«, flüsterte sie unvermittelt.

»O Sissy.« Naomi wirkte entsetzt. »Vielleicht hätten wir dir nicht davon erzählen sollen, aber wir dachten, es würde dir vielleicht etwas Trost spenden.«

Ralph trat nun mit fast theatralischem Ernst vor, um Sissy fest zu umarmen, und Ant zog sich zurück, ausgelaugt vom Kummer um ihn herum und übel vor Aufregung über die guten Neuigkeiten. Ja, da wäre immer noch Jodie, aber ohne ihren Mechaniker musste sie den Gebrauchtwagenhandel gewiss dichtmachen. Und was den Umbau anging, musste sie, sofern kein DIY-Talent in ihr schlummerte, Leute beauftragen, vorzugsweise professionelle Handwerker, oder die Renovierungsarbeiten gänzlich aufgeben.

Er schlüpfte nach oben, um die Toilette zu benutzen, dann schlenderte er ins Schlafzimmer, das zur Straße zeigte, und blickte nach draußen. Als er die pockennarbige Fassade von Nummer eins und den Schrotthaufen davor in Augenschein nahm, das Durcheinander von Autos und Lieferwagen, spürte er sehr deutlich, wie bedeutsam dieser Moment war. Das Ende einer kurzen, intensiven Episode, die jegliche Erinnerung an die guten Zeiten davor ausgelöscht hatte.

Eine grauenvolle Tragödie für die trauernden Familien, aber für die Kendalls eine wundersame Atempause.

Sie blieben nur eine knappe Stunde bei Sissy, um sie keinesfalls zu sehr zu erschöpfen, und verschwanden, wie sie gekommen waren, en masse. Ant bildete die Nachhut, war immer noch auf der Türschwelle, als die ruhige Abendluft jäh von einem hässlichen mechanischen Geräusch durchbrochen wurde. Ein Fliesenschneider oder etwas ähnliches, ein jaulendes Kreischen, das für die Tiere der Straße entsetzlich sein musste. Es folgte ein kollektives Zusammenzucken. Es war fast acht Uhr abends: Wer außer Nummer eins wäre so asozial, lärmintensive Arbeiten zwei Stunden nach der gesetzlich geregelten Sechs-Uhr-Ruhezeit anzufangen?

»Das ist doch nicht *er?*«, fragte Naomi schließlich.

»Nein.« Ralph sprach mit Nachdruck, als redete er im Namen aller. »Das kann nicht sein, oder?«

Als sie sich wieder in Bewegung setzten, verstummte das kreischende Geräusch, und das Seitentor von Haus Nummer eins wurde aufgerissen. Fliesenstücke wurden hinausgeschleudert und landeten am Rand des Schrotthaufens. Dann setzte der Lärm wieder ein.

»Er *war* es«, erwiderte Finn. »Ich habe seinen grauen Overall gesehen.«

»Tess?«, sagte Em und schob sich von Ants Seite zu ihrer Freundin, die Augen schimmernd vor Angst.

»Das verstehe ich nicht«, sagte Tess leicht stammelnd.

»Du meintest, er säße in einer Zelle«, zischte Naomi sie an, »und jetzt haben wir es Sissy erzählt!«

»Hört mal, ich habe euch nur gesagt, was ich gesehen habe«, protestierte Tess.

»Was wohl er war, der aber aus irgendeinem anderen Grund zum Polizeirevier gefahren ist, denn ganz offensichtlich ist er nicht angeklagt worden«, sagte Ralph und funkelte sie an, als wäre sie eine Vollidiotin.

»Augenblick mal«, schaltete Finn sich ein. »Er könnte auf Kaution freigelassen worden sein.«

»Nicht nach all dem, was wir der Polizei an der Haustür erzählt haben. Wie können sie nicht sehen, dass er eine Gefahr für andere darstellt? Für *uns?*« Naomi schüttelte entschieden den Kopf, als könnte sie ihre Aussage mit dieser Geste wahr machen. Ihr Haar glitzerte feucht. Es hatte zu nieseln begonnen, aber niemand erwähnte es oder unternahm den Versuch, Schutz zu suchen.

»Ich gehe rüber«, sagte Ralph, »und finde raus, was los ist.«

»Wir kommen alle mit«, sagte Finn und schloss sich ihm an.

Wie ein Soldat marschierte Ralph an den Autos auf der Einfahrt vorbei und bahnte sich einen Weg durch den Schuttberg zum Tor, das mit Baumaterialien vollgestellt war. Der Rest von ihnen folgte im Gänsemarsch, und als sie den Garten hinterm Haus erreichten, wurde der Nieselregen stärker. Eine Werkbank, wüst mit Werkzeugen übersät, war auf der betonierten Terrasse aufgebaut, und der Regen verwandelte den Staub in schmutzige Schlieren. Booth war durch das Küchenfenster im dahinterliegenden Wohnzimmer zu erkennen.

»Booth?«, rief Ralph. »Könnten Sie rauskommen!«

Der Angesprochene tauchte auf, seine Miene so unkooperativ wie eh und je. Sein Handgelenk war nicht verbunden, allerdings war sein Arm immer noch fast bis zum Ellbogen bandagiert. Ant spürte, wie ein Gefühl von Schwermut ihn niederdrückte: Ralph hatte recht, Tess hatte das am Morgen Gesehene missverstanden. Es war nicht das Ende des Terrors, sondern dessen Fortsetzung, nichts hatte sich geändert.

Booth blaffte sie schroff an: »Verschwinden Sie von meinem Grundstück, alle miteinander!«

Ralph verschränkte die Arme, die Brust rausgestreckt, der Inbegriff eines Fels in der Brandung. »Erst wenn Sie uns sagen, was los ist. Sind Sie auf Kaution draußen oder was?«

Booth trat einen Schritt vor, eine Fliesenscherbe in der Hand an seiner Seite, wie ein Klappmesser. »Sie sind diejenigen, die auf Kaution draußen sein müssten. Verdammt noch mal, Sie hätten mich umbringen können!«

Ralph funkelte ihn finster an. »Wovon zum Teufel reden Sie?«

»Für Ihre Verletzungen sind Sie selbst verantwortlich. Das sollte selbst Ihnen klar sein«, pflichtete Naomi ihm bei, unbeeindruckt von seinem aggressiven Verhalten.

»Ist es verdammt noch mal nicht«, fauchte Booth mit geblähten Nasenlöchern.

Jetzt waren sie mit seiner Wut konfrontiert, der animalischen Kraft seines Zorns, und Ant erkannte, dass diese bisher noch nie vollständig geweckt worden war. Als er die nackte, angeborene

Angst des Beutetiers in sich spürte, das den Weg des Raubtiers kreuzt, wich er beschämt einen Schritt zurück.

Zum Schrecken aller rief Jodie nun von einem der oberen Fenster herunter, ihr Oberkörper weit über ihren Köpfen ins Freie gebeugt. Selbst von diesem Winkel aus konnte Ant sehen, dass ihr Gesicht vom Weinen verquollen war. »Okay. Raus mit der Sprache: Wer von euch war's?«

»Wer von uns war *was?*«, fragte Ralph.

»Der am Gerüst rumgemacht hat. Sie haben uns alles erzählt.«

Ant kapierte es als Erster: Sie behauptete, die Polizei zöge die Möglichkeit in Betracht, dies sei ein Verbrechen, bei dem Darren nicht der *Täter*, sondern das *Opfer* war. Dass Amys Schicksal für ihn bestimmt gewesen war. Einen langen Augenblick bekam er keine Luft. Der Regen auf seinem Gesicht fühlte sich klebrig an, als überzöge er ihn mit Lösungsmittel. Hinter ihm begann Em zu wimmern.

Jetzt zog Ralph dieselbe Schlussfolgerung. »Sie haben der Polizei weisgemacht, jemand hätte das Gerüst absichtlich zum Einstürzen gebracht? Um *Sie* zu verletzen?«

»Das ist lächerlich!«, rief Naomi.

»Totaler Schwachsinn«, sagte Finn.

Jodie starrte sie feindselig von oben an. »Die Polizei ist da anderer Meinung. Also wenn einer von Ihnen noch mal unbefugt unser Grundstück betritt, werden wir eine einstweilige Verfügung beantragen!«

Da begann Em lautstark zu schluchzen, unfähig, sich zu kontrollieren, und Ant eilte zu ihr, um sie zu trösten, und war dankbar, dass Sam nicht hier war, um den Kummer seiner Mutter mitzuerleben. »Lass uns gehen«, sagte er, »ich bring dich ins Haus.«

»Da geh ich nicht mehr rein«, wetterte sie. »Auf keinen Fall, nie wieder!«

»Em, es ist unser Zuhause.«

»Ist es nicht, nicht solange *die* hier sind. Bring mir die Autoschlüssel, ich fahre zu meinen Eltern.«

»Du kannst nicht fahren«, protestierte Ant, »du bist viel zu aufgewühlt.« Er hatte Mühe, seinen Unmut über ihren Auftritt zu verbergen. Warum konnte sie nicht die Fassung bewahren? Sie war nicht die Einzige, die wegen der Ereignisse mit den Nerven am Ende war, und dennoch führte sie sich so auf. Und herrje, wie es auf die anderen wirken musste, dass sie seine Versuche abblockte, sie zurück zum Gartentor an der Seite zu manövrieren: Als wäre es eine hässliche Szene von häuslicher Gewalt, obwohl es in diesem Fall der Mann war, der das Schlimmste abbekam, nämlich Ems flache Hand, die ihm eine Ohrfeige verpasste, während sie ihn anschrie: »Sag mir nicht, was ich tun soll! Ich hasse dich!«

Stirnrunzelnd ging Ralph auf sie zu. »Hört auf, Leute. Gebt ihnen nicht die Genugtuung.«

»Ganz genau, verpisst euch!«, schrie Jodie wutentbrannt. »Hat der Rest von euch mich nicht verstanden?«

Hinter Ant gab Ralph den anderen mit einer Geste zu verstehen, ihm zu folgen. »Keine Sorge, wir gehen. Wir werden hier nicht stehen und uns Ihre wahnwitzigen Verfolgungsfantasien anhören.«

Das Letzte, was Ant sah, war Booth, der in seinem durchnässten Overall im Regen stand, den Blick fest auf Ralph gerichtet, während der davonmarschierte. »Es ist keine Scheißfantasie, Kray. Frag die Cops doch selbst. Die wollen euch eh noch einen Besuch abstatten.«

17

DARREN

Mir geht's viel besser, danke, ja. Gehirnerschütterung, ein paar ziemlich üble blaue Flecken, ein leicht verdrehtes Handgelenk. Wie auch immer die Docs das nennen. Anscheinend hatte ich wohl Glück.

Klar können wir das noch mal durchgehen, sicher. Wie ich Ihrem Kollegen im Krankenhaus schon erzählt habe, habe ich einfach gespürt, dass die Bretter unter mir nachgegeben haben, okay? Nicht direkt nachdem ich von der Leiter gestiegen bin, nein, sondern ungefähr in der Mitte.

Nein, ich war erst ein paar Minuten draußen. Bin aus dem Fenster im ersten Stock geklettert, kam nämlich gerade vom Klo, verstehen Sie? Ich hab grade nachgesehen, was ich oben brauche, da hab ich das Mädchen unten rufen gehört.

Keine Ahnung, Mann. Ich kannte die nicht. Hätte mir eigentlich nicht die Mühe gemacht, mit der zu quatschen, aber ich hab gespürt, dass die nicht weggeht, und Jodie ging's an dem Tag nicht so gut, ich wollte nicht, dass die an der Tür hämmert und sie aufweckt.

Natürlich weiß ich, wer Sissy ist, klar. Wir nennen sie

Sissy Spacek. Niemand, mit dem ich freiwillig Zeit verbringen würde, wenn ich ehrlich bin. Dasselbe gilt für den Rest der Straße.

Weil sie alle einen an der Klatsche haben, deshalb, verdammt noch mal. Sie können mir aufs Wort glauben, die haben's auf mich abgesehen, morgens, mittags, abends, der ganze Haufen, ohne Ausnahme. Völlig besessen vom Parken und Ständig-die-Straße-Räumen, als wäre es ein verdammtes Straßenfest, Sie wissen, was ich meine? Als hätten sie nicht riesige Gärten für die Kids, in denen die sich austoben könnten. Und immer dieses Nörgeln über Lärm und Staub, als hätten sie noch nie jemanden gesehen, der ein Haus renoviert.

Hä? Ja, im nächsten Moment ist sie verschwunden. Ist unters Gerüst getreten, vor die Haustür. Sie war erst eine Minute da, nicht mal. So lang, wie ich gebraucht habe, die obere Leiter runterzuklettern. Dann, wie schon gesagt, war ich auf der unteren Ebene, und als ich etwa die Hälfte geschafft hatte, hab ich gespürt, wie der Boden sich bewegt, und dann ist das gesamte verdammte Ding zusammengebrochen, und ich war auf der Seite eingeklemmt. Dachte schon, es wäre ein Scheißerdbeben gewesen.

Sagen Sie's mir, Sie sind die Detectives! Wäre ich früher drübergelaufen, dann wäre es früher eingestürzt, oder? So einfach ist das. Alles, was ich weiß, ist, dass tags zuvor alles in Ordnung war. Bombenfest. Ich war den ganzen Tag drauf, hatte überhaupt keine Probleme.

Jemand hat sich an den Gerüstschellen zu schaffen gemacht, nicht wahr? Gibt keine andere Erklärung. Vibrationen hätten sie in so kurzer Zeit auf gar keinen Fall lösen können.

Mir schaden wollen? Jodie? Definitiv nicht, da sind Sie auf dem Holzweg. Hundert Prozent. Jeder hätte die aufschrauben können, ist kinderleicht.

Die Nachbarn? Die sind gewalttätig, ja, jetzt wo Sie mich fragen. Hat 'nen Ziegelstein nach mir geworfen, die alte Sissy Spacek, ich hatte Glück, dass ich mich rechtzeitig geduckt habe. Und einer von denen hat versucht, mich zu würgen. Das war dieser Morgan. Er ist total ausgetickt, als sein Junge mit dem Skateboard in meinen Lieferwagen reingefahren ist. Ich musste den Lack ausbessern, kein einziges Wort der Entschuldigung.

Jodie glaubt, die Tussi mit all den Hunden hat's faustdick hinter den Ohren. Keine Ahnung, wie die heißt, aber sie ist mit dem anderen Morgan zusammen, dem Bruder. Wenn Sie mich fragen, wer der wahre Psycho ist, dann unsere Nachbarin. Die hat echt nicht mehr alle Tassen im Schrank. Jemand müsste dafür sorgen, dass sie nicht ständig ausrastet, und ich glaube nicht, dass der Ehemann dazu in der Lage ist, wenn Sie verstehen, was ich meine. Hey, vielleicht stecken die ja alle unter einer Decke?

Klar ist mir bewusst, dass 'ne Frau gestorben ist. Ich lache doch auch nicht. Ich sage bloß, wenn die es waren und gemeinsame Sache machen, dann haben sie sich den Falschen ausgesucht, okay? Sehen Sie mich an: So schnell kriegt man mich nicht klein.

Mr Darren Booth, Lowland Way 1,
Befragt von DC Shah und DC Forrester im
Milkwood Lane Polizeirevier, 16. August 2018

18

RALPH

»Vorsätzliche Sabotage« bei Horror-Gerüsteinsturz

Der Tod einer Neunundzwanzigjährigen bei einem schrecklichen Gerüsteinsturz wird als verdächtig eingestuft, gab die Polizei heute bekannt. Die Tragödie ereignete sich am 11. August, als die Marketingmanagerin Amy Pope aus North London das Grundstück im Lowland Way in Lowland Gardens betrat.

Laut Polizei wird nun davon ausgegangen, dass sich jemand in den Stunden vor der Tragödie an dem Baugerüst zu schaffen machte. Die forensischen Experten fanden heraus, dass die Schrauben, mit denen die Querstangen befestigt waren, gelockert wurden, und erachten dies als unmittelbaren Auslöser für den Vorfall, der zum Tod der Frau führte. Heute beschrieb die Metropolitan Police das Verbrechen als einen Akt »vorsätzlicher Sabotage«.

»Wir nehmen an, dass jemand absichtlich das Baugerüst destabilisiert hat, was schlussendlich zu Ms Popes Tod führte«, sagte ein Polizeisprecher. »Es gibt noch keinen Hinweis auf einen gezielten Angriff auf sie, und es ist möglich, dass sie nur das zufällige Opfer dieser grauenvollen Tat war.«

SOUTH LONDON PRESS

»Wirklich, ist das jetzt echt Ihr Ernst?«, fragte Ralph an der Tür. In letzter Zeit öffnete er sie nur ungern, da er sich von dem Wohnwagen verhöhnt fühlte, der dort unübersehbar und anscheinend quasi permanent parkte. »Sie fragen uns nach Alibis! Wir dachten, Sie hätten ihn verhaftet? Warum haben Sie ihn gestern aufs Revier geschleppt, wenn nicht deshalb?«

DC Eithne Forrester – Ralph hatte ein ausgezeichnetes Namensgedächtnis – nahm seinen sofortigen Konfrontationskurs sichtlich ungerührt hin. Sie konnte nicht wissen, dass er wegen des heftigen Wortgefechts mit Booth am Abend zuvor noch immer vor Wut schäumte und seitdem darüber nachgrübelte – im Stillen, selbst ohne Naomis oder Finns Zutun –, ob das, was er erlebt hatte, einer Kriegserklärung gleichkam. Und jetzt, heute Morgen, war online ein Artikel erschienen, der die an den Haaren herbeigezogene Schnapsidee des Mistkerls bestätigte!

»Wollen Sie damit sagen, dass Sie für *unser* Gespräch lieber aufs Revier kommen wollen, Mr Morgan?«, fragte die Detective ohne den geringsten Anflug von Humor. Zumindest beleidigte sie ihn nicht mit der Frage, wen er mit *ihm* meinte.

»Hier passt es schon, kommen Sie rein.« Dies war offensichtlich viel ernster als die Anwohnerbefragung des Streifenpolizisten. Und falls die Chat-Gruppe der Straße auf dem neuesten Stand war, hatte die CID entschieden, *ihn* als Ersten zu befragen. »Sie haben Glück, dass ich heute von zu Hause aus arbeite. Wir fahren dieses Wochenende in den Urlaub, und davor habe ich noch eine Menge zu erledigen.«

Details über seine Firma wurden notiert: Brauchte die Polizei all das? Wie viel ihrer Arbeit war schlicht und ergreifend reine Neugierde?

Andererseits war diese Frau der erste Mensch, der jemals die Küche der Morgans betreten hatte, ohne eine Bemerkung über die erstaunliche Größe oder die herrliche Ausstattung zu machen, also war sie doch nicht *so* neugierig.

Ohne zu fragen, ob sie überhaupt etwas trinken wollte, goss Ralph zwei Gläser mit eiskaltem Wasser aus dem Wasserspender im Kühlschrank ein und wählte Plätze für sie am Tisch aus, seiner am Kopf, ihrer zu seiner Linken. »Jemand hat sich demnach am Gerüst zu schaffen gemacht, hm?« Er kicherte. »Herrgott noch mal, es gäbe viel leichtere Wege, ihn loszuwerden.«

Hinter einer Brille in leichter Katzenaugenoptik war ihr Blick starr auf ihn gerichtet, während sie nachdenklich fragte: »Zum Beispiel, Mr Morgan?«

»Zum Beispiel *alles Mögliche!*« Er warf die Arme in die Luft. »Jetzt hören Sie aber auf, Schrauben an einem Gerüst lockern? Wer zum Teufel würde sich so was ausdenken? Es ist viel wahrscheinlicher, dass er sie von vornherein nicht richtig befestigt oder mit all den Materialien das zulässige Höchstgewicht überschritten hat, und sie sich gelockert und dann nachgegeben haben.« Doch während er sich in eine Schimpftirade über Baupfusch und sprunghaft erhöhte Risiken hineinsteigerte, sah sein Besuch ganz und gar nicht interessiert aus. Der Beweis dafür war das Fehlen jeglicher Notizen ihrerseits, obwohl vor ihr aufgeschlagen ein DIN A4-Block lag.

»Nun, was haben *Sie* am Abend des Zehnten getan?«

Ralph lieferte die geforderten Informationen in ausdruckslosem, desinteressiertem Tonfall.

»Sie sagen, Sie hätten Darren und Jodie im *Star* gesehen. Haben Sie sie gegrüßt?«

Er verzog das Gesicht – *Sind Sie verrückt?* –, doch sie maß ihn weiterhin mit einem eindringlichen, erwartungsvollen Blick. Offensichtlich war sie nicht wie die Detectives im Fernsehen, mit ihren inneren Dämonen und einem aufbrausenden Gemüt. Sie kannte nur eine Stimmungslage: eiskalt.

»Nein«, sagte er schließlich.

»Sie waren also gegen elf zu Hause. Sind sie nachts aufgewacht?«

Ralph hob die Augenbrauen. »Sie meinen wegen seiner Musik? Nein, wir haben eine tolle Doppelverglasung, weshalb wir durchgeschlafen haben, egal, welcher Unfug drüben getrieben wurde. Dann war ich früh am Morgen auf den Beinen, um Tennis zu spielen, lang bevor irgendetwas passiert ist.«

»Um wie viel Uhr haben Sie das Haus verlassen?«

»Gegen acht. Die Stunde beginnt um halb neun, aber normalerweise hole ich mir unterwegs einen Coffee to go. Und bevor Sie fragen, ja, an dem Morgen waren viele Leute im Club, die meine Anwesenheit bezeugen können.«

»Gut zu wissen«, sagte DC Forrester. »Auf mich macht es den Anschein, als gäbe es ziemlich viele Menschen, die einen Grund hätten, Mr Booth schaden zu wollen.«

Das war interessant: Ihr Auftreten hatte sich fast unmerklich verändert, hin zu einem Hauch von Herzlichkeit, als hätte sie ihn bisher für einen Idioten gehalten, jetzt aber entschieden, sie könnten womöglich zusammenarbeiten. Clever.

Es funktionierte, aber nicht auf die Art, wie sie es sich wohl erhofft hatte: Ralph realisierte nun, dass dies nicht die rechte Zeit für Respektlosigkeit war. »Nein«, sagte er. »Wir mögen ihn nicht, im Idealfall würde er aus der Straße verschwinden, aber wir würden ihm nichts antun. Auf gar keinen Fall.«

Wenn sie enttäuscht war, ließ sie es sich nicht anmerken. »Sie vermissen nicht zufällig einen Schraubenschlüssel, Mr Morgan?«

»Da müsste ich nachsehen«, erwiderte Ralph ruhig, »aber ich glaube nicht.«

»Sie sagten, Sie hätten sich auf dem Weg zum Tennis einen Kaffee gekauft. Wo? In welchem Café?«

»Daran erinnere ich mich nicht.«

»Auf der Strecke hat nur ein einziges Café morgens um acht geöffnet, und das ist das Bean2Cup an der U-Bahn.« Sie sah nicht in ihren Notizen nach, sondern ratterte es einfach herunter.

Nicht die Nerven verlieren, dachte Ralph.

»Wie bitte?«

Um Himmels willen, hatte er das eben etwa laut gesagt? »Ich sagte, dann muss es wohl dort gewesen sein.«

Die Befragung war beendet, eine Visitenkarte wurde überreicht. »Wenn Ihnen sonst noch etwas einfallen sollte …«

Na klar, in dem Moment, in dem ich bemerke, dass mein Schraubenschlüssel fehlt, und ich mich erinnere, was ich während meines Blackouts angestellt habe, gebe ich Ihnen als Erste Bescheid.

Er begleitete sie nach draußen. Auf der Türschwelle fuhr sie sich mit den Fingerspitzen im Nacken durch die Haare, als wäre sie erleichtert, wieder an der frischen Luft zu sein. Dann zeigte sie das erste verhaltene Lächeln während des gesamten Treffens. »Sie haben einen Urlaub erwähnt, Mr Morgan. Es wäre gut zu wissen, wo Sie sein und wann genau Sie zurückkommen werden.«

Ralph runzelte die Stirn. Jeder Atemzug war auf einmal ein schmerzhafter Stich. »*Muss* ich Ihnen das verraten?«

»Auf gar keinen Fall, es ist nur eine höfliche Bitte.«

»Aber warum? Was ist hier los, werde ich aus irgendwelchen Gründen verdächtigt?« Dann, als ihm dämmerte, es wäre besser, nicht auf eine Antwort zu warten, fuhr er fort: »Wir sind eine Woche in Devon. Ich werde mein Handy mitnehmen, also können Sie mich anrufen, sollte es nötig sein.«

»Vielen Dank«, sagte DC Forrester. »Sehr freundlich von Ihnen.«

Naomi erklärte, sie sollten nicht zu viel in die Sache hineininterpretieren. Sie würde die Polizei höchstpersönlich wegen der Adresse ihres Hotels und all ihrer Kontaktnummern anrufen, um einen durchweg kooperativen Eindruck zu machen. »Na gut, sie haben also gelockerte Schrauben gefunden und weiten ihre Ermittlungen aus, aber sie können Unachtsamkeit seinerseits nicht völlig ausschließen, oder? Ich weiß, es ist nicht ganz so aufregend wie die Sabotage-Theorie, deshalb bekommt es keine fette Schlagzeile, aber bestimmt hätte er die Baustelle sichern müssen. Und auf gar keinen Fall hätte er die Materialien so nah an der Haustür stapeln dürfen.«

Ralph nickte. »Du hast recht. Es ist keine besonders gute Schlagzeile: ›Arschloch in South London kümmert sich einen Scheiß um Sicherheitsvorkehrungen‹«

Naomi lächelte und fuhr fort, Make-up auf den gebogenen Schwung ihrer Lider aufzutragen. Sie befanden sich in dem an ihr Schlafzimmer grenzenden Bad, das in Zartrosé gehalten war, und machten sich fertig, um zum Essen auszugehen. Finn hatte das freitagabendliche Bierchen mit seinem Bruder aufgrund einer Arbeitskrise abgesagt (im Gegensatz zu den Angestellten von *Morgan Leather Goods*, die – nebenbei bemerkt – allesamt zu Hause bei ihren Familien waren), und Naomi hatte auf der Stelle Daisy angerufen. Es war ein bewusster Versuch von zivilisiertem Verhalten in unsicheren Zeiten.

»Wenn Sissy wieder auf der Höhe ist, müssen wir ihr gut zureden, damit sie ihn verklagt – oder Amys Familie dazu bringt. Falls sie es tun und er zu einer Schadensersatzzahlung verdonnert wird, muss er vielleicht das Haus verkaufen, um an Bargeld zu kommen.« Allein das laute Aussprechen dieser Idee fachte eine Emotion in Ralph an, die erstaunlich nah an Hoffnung heranreichte. Da bemerkte er, dass seine Frau ihren Pinsel weggelegt hatte und ihre Augen mit der Ecke eines Taschentuchs abtupfte. »Bei dir alles okay, Nay?«

»Alles in Ordnung, es ist nichts.«

Amys Tod setzte ihr immer noch mehr zu als jede Einmischung der Polizei, und seit dem Unfall hatte sie jeden Tag geweint. War das normal? Ja, natürlich war es grauenvoll, den Tod regelrecht vor der eigenen Haustür zu haben, insbesondere einen so gewaltsamen, aber sie hatten das Mädchen kaum gekannt. Höchstwahrscheinlich galten die Tränen Sissy. Es war für sie alle unerträglich gewesen, sie so *gequält* zu erleben, aufgeschreckt allein durch die Drohung, verwelkte Blumen könnten weggeworfen werden. Außerdem war da das Ende des *Play Out Sunday*, auch wenn Naomi auf Facebook das Wort »Pause« benutzt und in einer SMS an die Eltern der Straße geschrieben hatte: *»Bis wir der uneingeschränkten Kooperation aller Nachbarn sicher sind.«*

»Verdammte Polizei«, murmelte Ralph und starrte verdrießlich sein Spiegelbild an. Er hätte schwören können, in den letzten paar Monaten gealtert zu sein, oder war das bloß das Ausradieren sämtlicher Anzeichen früherer Selbstgefälligkeit? »Ich frage mich, was er als Nächstes tun wird.«

»Wer?«, fragte Naomi.

Stirnrunzelnd drehte Ralph sich um: *Das musst du noch fragen?*

»Oh. Nun, mit etwas Glück wird er seine Geschäftspraktiken und seine Lebensweise überdenken und sich tatsächlich in etwas mehr Zurückhaltung üben.« Ihre Augen waren wieder trocken, der Lidschatten machte sie riesig und verführerisch, aber Ralph ließ sich nicht täuschen.

Seiner Meinung nach war es völlig unrealistisch zu glauben, Booth würde sein Verhalten ändern, außer, um ein noch unangenehmerer Zeitgenosse zu werden.

Und noch gefährlicher.

Am nächsten Morgen beobachtete Ralph vom Wohnzimmerfenster aus, wie sein Erzfeind sich dem Wohnwagen näherte, eine Flasche mit einer weißen Flüssigkeit und einen Putzlappen in der Hand. Seit Booth dieses Monstrum vor all den vielen Wochen dort geparkt hatte, hatte er keinen einzigen Blick in seine Richtung geworfen, geschweige denn einen Anlauf unternommen, an ihm herumzuschrauben, aber jetzt, auf einmal, war er da, verletztes Handgelenk hin oder her, und entrollte das längste Verlängerungskabel, das Ralph je gesehen hatte, um irgendeine Maschine mit Strom zu versorgen, die es an Lautstärke zweifellos mit einem Pressluftbohrer aufnehmen konnte. Der Grund für die weiße Flüssigkeit war, dass über Nacht jemand das Wort MÖRDER in leuchtend weißer Schrift auf die Seite des Fahrzeugs gepinselt hatte, was alles schön und gut wäre, würde es nicht den Anschein machen, als gehöre der Wohnwagen zu dem Haus, vor dem er geparkt war.

Die Kinder waren mit Finn und ihren Cousins schwimmen gegangen, ein Versuch, sie vor der langen Autofahrt nach Devon später am Nachmittag auszupowern, und Naomi, die bereits alles für die Reise gepackt hatte, schaute mit genug selbst gekochtem Essen auf einen kurzen Sprung bei Sissy vorbei, um ihre einwöchige Abwesenheit abzudecken (sie sorgte sich, Sissy würde für sich allein nicht kochen). Die Straße war menschenleer, die Autos Stoßstange an Stoßstange geparkt, ein völlig anderes Bild als die Sonntagmorgen von früher.

Hätte man ihn gebeten, eine Vorhersage zu treffen, er hätte gesagt, dass Booth das Graffiti egal wäre, doch offensichtlich war dem nicht so, denn er machte Fotos davon – vielleicht um sie der Polizei unter die Nase zu reiben und sogar noch mehr ungerechtfertigtes Mitleid von ihnen einzuheimsen, als er sowieso schon bekam. Doch als er sein Handy auf das Haus der Morgans richtete, stürmte Ralph aus der Tür ins Freie, um ihm die Stirn zu bieten.

»Was soll das? Sie dürfen mein Haus nicht fotografieren!«

Booth steckte sein Handy wieder ein. »Könnte mir gut vorstellen, dass die Polizei wissen will, vor wessen Grundstück ich geparkt habe, als der jüngste Anschlag auf mein Eigentum verübt wurde.«

»Sie meinen die Farbe? Das könnte jeder gewesen sein, der Sie kennt«, erwiderte Ralph. »Der weiß, was Sie getan haben.« Er hätte es dabei belassen und zurück ins Haus gehen sollen, doch er konnte seine Wut nicht zügeln und legte los: »Warum tun Sie uns nicht allen einen Gefallen und verfrachten diesen widerlichen Schandfleck auf Ihr eigenes Grundstück. Und wenn Sie schon dabei sind, nageln Sie die gesamte Müllhalde mit Brettern zu, damit niemand versucht ist, einen Fuß auf den Schrottplatz zu setzen, und getötet wird.«

»Wichser.« Während Booth sich anschickte, die Farbe mit dem Lappen wegzuschrubben, schritt Ralph auf ihn zu. Sein Herz hämmerte gegen seinen Brustkorb.

»Ich sagte, *fahren Sie ihn weg!*«

Booth hielt seine verbundene Hand hoch, sein Gesicht das Abbild unaufrichtiger Reue. »Tut mir leid, kann noch nicht fahren, Kumpel.«

»Aber Sie können Schleifmaschinen und Sägen benutzen, oder? Wo sind die Schlüssel? Ich fahre ihn für Sie weg!«

Booth landete den ersten Treffer – mit seiner gesunden Hand – direkt auf Ralphs rechten Wangenknochen, und der Schmerz löste einen ungeahnten Energieschub in ihm aus, eine wochenlang angestaute Wut darüber, den Kerl *nicht* verprügeln zu dürfen. Bei seinem Schlag erwartete Ralph fast, Booth durch die Luft fliegen zu sehen, doch der Kerl taumelte nur leicht, bevor sie sich wieder aufeinanderstürzten und rücksichtslos rangen. Booth war muskulös und kompakt, doch seine Griffkraft litt unter der Handgelenksverletzung, und Ralph gewann die Oberhand, bis Booth sich unter lautem Ächzen und mit einem letzten Schubs durch seinen gesunden Arm wehrte. Der größte Schmerz stammte von diesem letzten Stoß, bei dem Ralph gegen die Kante der geöffneten Wohnwagentür knallte, die sich in seine Wirbelsäule bohrte.

Bei seinem schmerzgepeinigten Schrei schossen unvermittelt Kit und Cleo auf die Straße – er hatte die Haustür wohl nur angelehnt – und sprangen an den beiden Männern hoch, wobei Cleo wie ein Verrückter bellte.

»Haut ab!«, brüllte Booth und griff nach der weißen Flüssigkeit, um sie auf die Hunde zu sprühen, da fand Ralph sein Gleichgewicht wieder und packte sie an den Halsbändern, zog sie in den Vorgarten und warf ihnen das Tor vor der Nase zu. Seine rechte Hand schmerzte heftig. Die Hunde standen da und beobachteten ihn mit zitternden Schwänzen, sprungbereit, um sich bei der erstbesten Gelegenheit erneut ins Kampfgetümmel zu stürzen.

»Einer der Scheißköter hat mich gebissen«, zischte Booth, und seine bandagierte Hand schloss sich um die andere. Die Flasche mit der weißen Flüssigkeit und der Lumpen waren zu Boden gefallen.

»Das ist glatt gelogen«, rief Ralph. »Zeigen Sie mir die Abdrücke!«

Wie Murphys Gesetz es wollte, kehrte Naomi genau in dem Moment von Sissy zurück, als die beiden Männer sich immer noch schwer atmend anbrüllten und die Hunde völlig am Durchdrehen waren. Von Finns Grundstück stimmte Tuppys Bellen mit ein, und ein paar Türen hatten sich jetzt geöffnet, Nachbarn, angezogen von dem Tumult.

»Was ist hier los?«, fragte Naomi. »Warum sind die Hunde so aufgebracht?« Ohne Booth eines Blickes zu würdigen, winkte sie Sara Boulter vergnügt zu, die auf der anderen Seite an ihrem Gartentor aufgetaucht war, und zog Ralph ins Haus. Er und die Hunde folgten ihr in die Küche, doch es waren nur Kit und Cleo, die Leckerlis bekamen und hinter den Ohren gekrault wurden. Ralph hingegen erntete nur einen verächtlichen Blick.

»Was?« Er nahm eine Packung Bohnen aus dem Gefrierschrank und drückte sie sich ans Gesicht, bevor er mit der freien Hand ebenfalls die Hunde streichelte. »Gut gemacht, Jungs. Ihr kennt den Feind, wenn ihr ihn riecht, nicht wahr?«

»Warum waren sie so aufgedreht?«, wollte Naomi wissen. »Bitte sag nicht, dass du ihn verprügelt hast?«

Ralph zuckte mit den Schultern. »Er hat angefangen.«

»Aber du hast schön weitergemacht?«

»Ich habe mich nur gewehrt. Dagegen ist nichts einzuwenden.«

Sie stöhnte. »Wie glaubst du, sieht das aus, Ralph?«

Protestierend hob er die freie Hand: »Sonst war niemand da, es hat nach gar nichts ausgesehen.«

In einem Anflug seltener Anspannung schritt sie auf den kostspieligen, sandgestrahlten Bodenfliesen auf und ab. »Ist dir denn nicht klar, dass das Konsequenzen nach sich ziehen wird? Und zwar nicht die, die du erwartest. Es wird nicht so sein, dass er auf einmal Angst vor dir hat und sich nie wieder in deine Nähe traut. Nein, er wird dich anzeigen, ihnen die blauen Flecken zeigen, und du bekommst eine Rechtsbelehrung. Und auf ihrer Liste an Verdächtigen wegen des tragischen Todesfalls rückst du ganz nach oben. Was, nebenbei bemerkt, eine andere Art ist, jemanden einen Mörder zu nennen.«

»Ich habe dir doch gesagt, *er* hat angefangen. Er ist wahnsinnig, er hätte die Hunde mit Terpentin geblendet, hätte ich sie nicht weggebracht.«

»Ohne *dich* wären sie überhaupt nicht da gewesen! Er ist hier das Opfer, Ralph, zumindest laut Polizei. Wie konntest du nur so dumm sein?«

Ralph starrte sie an, weniger erschüttert über das, was sie sagte, als die Art, wie sie es sagte, mit etwas, das fast an Verachtung grenzte, und zwar für *ihn*. »Auf welcher Seite stehst du?«, rief er zornentbrannt. »Er ist ein echtes Arschloch, das weißt du!«

Es folgte Schweigen. Naomi hörte auf, hin und her zu marschieren. »Bist du sicher, dass euch niemand kämpfen gesehen hat? Sara hat nicht zugeschaut?«

»Nein, sie ist erst rausgekommen, nachdem du da warst.« Er starrte sie an, verwirrt durch ihre Bedenken. Sie hatten immer eine unzertrennliche Einheit gebildet, und bis jetzt hatte diese bedingungslose Loyalität die grundsätzlichen Unterschiede hinsichtlich ihrer Reaktion auf Booth, die von Anfang an vorhanden gewesen waren, ausgeglichen. Die Diplomatin und der Krieger, so dachte er gern von Naomi und sich, aber diese Selbstverherrlichung funktionierte nur, wenn sie beide an einem Strang zogen.

»Was kommt als Nächstes, Ralph?«, fragte sie, und für einen grässlichen Moment glaubte er, sie meinte sie beide, ihre Ehe. Seine unausgesprochene Antwort war schändlich: *Ich darf nicht derjenige sein, dessen Ehe auseinanderbricht, das sind die anderen, Leute wie Ant, oder selbst Finn. Aber nicht ich. Meine Ehe ist gut, die beste.*

»Im Ernst, du willst heute Abend mit diesem vermöbelten Gesicht in einem Fünf-Sterne-Hotel ankommen? Ist das dein Plan? Um wie ein billiger Schlägertyp auszusehen? Wie soll uns das helfen?«

»Wen kümmert's, was ein paar Hotelangestellte denken?« Er rückte den Eisbeutel auf seinem Gesicht zurecht, schob ihn auf sein geschlossenes Auge. »Komm schon, Nay, niemand sonst würde sich mit ihm anlegen, oder?«

»Niemand sonst *sollte* sich mit ihm anlegen, oder zumindest nur durch die richtigen Kanäle. Überlass das der Polizei.«

»Die richtigen Kanäle sind jetzt bedeutungslos. Die Polizisten sind Idioten.«

Naomi seufzte. Sie schnappte sich die Autoschlüssel, um den Wagen für die Reise zu beladen, fügte allerdings erst noch sehr leise, als wäre eine dritte Person im Zimmer, die nichts mitbekommen sollte, hinzu: »Ich dachte, wir hätten entschieden, mit ihnen zu kooperieren? Es ist doch nicht so, als hätten wir etwas zu verbergen, oder?«

Ralph legte den Eisbeutel weg, kniff das Auge erst zu und öffnete es dann wieder, testete den Schmerz aus. Sterne explodierten. Britisches Wetter hin oder her, er würde die gesamte Woche eine Sonnenbrille tragen.

»Oder?«, wiederholte Naomi.

»Natürlich nicht«, erwiderte er.

19

ANT

Er hatte kaum die WhatsApp-Nachricht von Ralph geöffnet – *Polizei fragt nach Alibis für die Nacht vor dem Unfall, ist das zu fassen?* –, als ein Detective an seiner Haustür auftauchte. Schwer mitgenommen und entmutigt wegen Ems Abreise hatte Ant im Büro angerufen und Bescheid gegeben, dass er einen Arzttermin vergessen hätte und heute von zu Hause aus arbeiten würde, sodass DC Shah Glück hatte, ihn überhaupt anzutreffen. Wäre er auch bei Ants Arbeit aufgekreuzt, wenn er nicht hier gewesen wäre? Wie ernst *war* die Sache?

DC Shah, ein dürrer Kerl mit langen Armen und Beinen, in Anzug und Krawatte, war entwaffnend gut vorbereitet, als er sich auf Ants Gespräch mit dem uniformierten Beamten vom Nachmittag des Elften bezog, ohne ein einziges Mal in seine Notizen zu blicken. Sein Block war groß, mit blauem Softcover. Erwartete er etwa, ihn mit Details zu Ants verdächtigen Gewohnheiten zu füllen?

»Angesichts der Entwicklungen interessiere ich mich für den Zeitraum zwischen Freitagabend gegen halb sieben und Samstagmorgen um halb neun«, erklärte er ohne ein Lächeln.

Zwischen Booth und Jodie, die ins Pub gingen, und Amy Pope, die an der Tür klopfte, dachte Ant. Es war demnach genau so, wie Booth angedroht und wovor Ralph ihn gewarnt hatte: Sie, die Opfer, waren nun Verdächtige bezüglich Amys Tod. Die Welt war verrückt geworden!

»Ich war hier und habe meiner Frau mit den Vorbereitungen für einen Besuch mit unserem kleinen Sohn bei ihren Eltern geholfen. Wegen dem, was vorgefallen ist, hat sie ihn verschoben und ist stattdessen gestern Abend losgefahren.« Bei der Erinnerung an den öffentlichen Eklat mit Em tags zuvor unterdrückte er ein Schaudern. *Ich hasse dich!* Obwohl sie augenscheinlich der aggressivere Part gewesen war, hatte er sich nicht so fürsorglich verhalten, wie er es hätte tun müssen. Sie vor den anderen derart niederzumachen! Er hatte sich ihretwegen geschämt. Zu deutlich war ihm vor Augen gestanden, was die Morgans über sie denken könnten. In ihrer verzweifelten Ohnmacht hatten sie sich gegeneinander gewandt und nicht gegen die wahre Ursache. »Ja, sie ist vor mir zu Bett gegangen. Ich wollte gerade selbst hoch, als Darren und Jodie zurückgekommen sind und ich das übliche Dröhnen der Musik gehört habe.«

»Sind Sie rübergegangen und haben gebeten, dass sie die Anlage leiser stellen?«

»Nein, bin ich nicht. Wie ich Ihrem Kollegen bereits gesagt habe, ist das zwecklos. Und bevor Sie fragen, nein, ich bin nicht heimlich aus dem Haus geschlichen und habe seine Gerüstmuttern aufgeschraubt, oder was auch immer Sie sagen, was passiert ist. Ich wüsste nicht mal, wie das ginge, selbst wenn ich es gewollt hätte. Sie können sich ruhig meinen Internetverlauf anschauen.« Er bedauerte den Vorschlag in dem Moment, in dem er ihn laut aussprach, und fuhr hastig fort: »Also nein, niemand hat das Haus verlassen, bis wir am nächsten Morgen das Gerüst einstürzen hörten. Da bin ich mir sicher, ja, hundert Prozent.«

Herrgott noch mal, er klang nervös! Das war eine selbsterfüllende Prophezeiung, oder? Geschulte Detectives mussten das wissen. Man stellte sich vor, wie sie sich im Stillen dachten: *Er verhält sich schuldig*, und das führte dazu, dass man sich tatsächlich schuldig verhielt. »Lassen Sie mich einfach wissen, wenn ich Ihnen sonst noch mit etwas behilflich sein kann«, sagte er, als DC Shah sich zum Gehen anschickte.

»Vielen Dank. Nur die Nummer Ihrer Frau«, sagte der Detective mit sanfter Stimme, als wollte er einen älteren Verwandten mit frühen Anzeichen von Demenz zum Mitmachen bewegen.

Fest überzeugt, dass Em wohl nie wieder heimkehren würde, hätte er fast losgeheult, als er am Dienstagabend von der Arbeit nach Hause kam und sie zurück war. Sam, bereits gebadet und bettfertig gemacht, stieß beim Anblick seines Vaters einen Freudenschrei aus, was Ant nun tatsächlich Tränen in die Augen trieb. Er trug seinen Sohn in der Küche herum, während er die Einkäufe auspackte, die er auf dem Heimweg getätigt hatte, wobei er jeden Gegenstand benannte (»Wein«, »Curry«, »Chips«) und versuchte, Sam dazu zu bringen, ebenfalls Laute zu formen. Em ließ keine Bemerkung über seine Essgewohnheiten während ihrer Abwesenheit fallen.

»Ausgeruht?«, fragte er sie und bereute augenblicklich seine Wortwahl, da keine Eltern eines kleinen Kindes diese Frage jemals mit einem Ja beantworten würden. »Ich dachte, du würdest länger wegbleiben.«

»Die Polizei hat angerufen«, sagte sie. »Sie wollen mich persönlich sehen. Außerdem wohne ich hier.«

»Natürlich. Ich meinte nur, dass die Dinge mit Darren und Jodie nicht wirklich besser geworden sind.« Nur ein einziges Mal seit Ems Abreise war er ihnen von Angesicht zu Angesicht begegnet. Sie standen im Vorgarten und inspizierten einen alten Polo, der beim Gerüsteinsturz tiefe Kratzer und Dellen abbekommen hatte, und als Ant an ihnen vorbeiging, hielten sie mit dem, was sie taten, jäh inne und starrten ihn bedrohlich intensiv an. Erst jetzt wusste er die gleichgültigen Blicke von früher zu schätzen.

»Was?«, fauchte Jodie herausfordernd. »Wenn Sie 'ne Beschwerde haben, würde ich vorschlagen, dass Sie mit der Polizei reden.«

»Das habe ich bereits«, sagte Ant mit gespielter Unerschrockenheit, doch eine Welle der Angst ließ seine Hand zucken, als er versuchte, den Schlüssel in der Tür umzudrehen.

»Um ehrlich zu sein, haben sie einfach dort weitergemacht, wo sie aufgehört haben«, sagte er zu Em.

Sie zuckte mit den Schultern. »Natürlich haben sie das. Aber ich weigere mich, von Arschlöchern aus meinem eigenen Haus vertrieben zu werden.«

Nun, das waren zumindest willkommene Neuigkeiten.

»Außerdem musst du zugeben, dass wir viel sicherer sind, seit das Baugerüst weg ist. Es war definitiv wahrscheinlicher, dass es einen von uns trifft als Amy.«

Ant entwand Sam ein abgepacktes Stück Käse und legte es in den Kühlschrank. »In Sissys Gegenwart sollten wir das lieber nicht erwähnen.« Doch sie hatte recht, es war eine Wahrheit, die sich nicht leugnen ließ: Eine schreckliche Tragödie hatte sich vor ihrer Haustür ereignet, und trotz all der fehlgeleiteten Theorien, denen die Polizei nun nachgehen mochte, waren die Nachbarn die Glückspilze.

»Mir ist aufgefallen, dass er eine Kamera über seiner Haustür installiert hat, er rüstet also auf«, sagte Em. »Die Polizei muss ihm geraten haben, die Augen offen zu halten, für den Fall, dass einer von uns mit der nächsten Mordwaffe in sein Haus schleicht: Vielleicht ein Fläschchen Zyanid? Ich werde online welches bestellen.« Ihr Kichern brachte Sam ebenfalls zum Lachen, und Ant fragte sich, ob sein junges Gehirn etwas von ihrem düsteren Gespräch in sich aufnahm, das Vokabular von Tod und Hass. Wenn sie sich irgendwann in der Zukunft, wenn er älter war, Fotos aus dieser Zeit ansahen, würden sie dann erkennen, dass er belastet war?

Man vergaß schnell, dass Sam – insbesondere seine Schulbildung – überhaupt erst der Grund für ihren Umzug in den Lowland Way gewesen war. Die Straße lag mitten im Einzugsgebiet der Lowland-Grundschule, die einen herausragenden Ruf genoss. Es gab natürlich für nichts eine Garantie, aber die Morgans hatten ihnen das Prozedere erklärt: Erst schickte man ihn in den Kindergarten, der an die Schule angeschlossen war, was bei einem direkten Vergleich das Zünglein an der Waage bedeuten könnte, dann betete man jeden Abend um wenige Anmeldungen von Geschwisterkindern.

Das war, bevor sie jeden Abend um Stille beteten. Um ihr Leben.

»Sollten wir besorgt sein, dass die Polizei sich für uns interessiert?«, fragte Em. »Sind wir Verdächtige?«

»Ganz oben auf der Liste, würde ich sagen«, erwiderte Ant.

»Ich schätze, jemand wird sie daran erinnert haben, dass Booth vor nicht allzu langer Zeit fast Charlie Morgan überfahren hat?«

Ant hielt in dem, was er gerade tat, inne. »Was willst du damit sagen?«

»Nur dass wir nicht die Einzigen mit einem Motiv sind, sollten sie denn in solchen Kategorien denken. Und es wird nicht lang dauern, bis sie herausfinden, dass es gegen seine geschäftlichen Umtriebe eine Sammelbeschwerde gab.«

»Niemand versucht, das zu verheimlichen. Es wird alles in den Akten bei der Stadt stehen.« Doch bei der Bemerkung drückte sein Gehirn auf die Rücklauftaste und blieb unvermittelt bei Ems Beobachtung stehen: *Mir ist aufgefallen, dass er eine Kamera über seiner Haustür installiert hat*... Ein bedeutsames Detail, das zuvor verschüttet gewesen war, bahnte sich einen Weg an die Oberfläche: seine Kamera-App auf dem alten iPhone, in Vergessenheit geraten, seit er den Beweis für Booths Geldübergabe für Ralph gesichert hatte: Wie viel – oder wenig – Zeit hatte zwischen damals und dem 11. August gelegen? Gewiss Wochen. Viel zu lang für eine Handybatterie. Und trotzdem, war es nicht so eingestellt gewesen, dass es auf Stand-by arbeitete? Womöglich war es einfach weitergelaufen.

Gott sei Dank hatte er dieses Detail vor dem Detective nicht erwähnt. DC Shah musste das Fehlen von jeglichen offensichtlichen Überwachungskameras oder Alarmanlagen an Haus Nummer drei aufgefallen sein, aber hätte er gefragt: »Sie sind nicht zufällig im Besitz eines versteckten Sicherheitssystems, oder?«, hätte Ant wohl, ohne auch nur mit der Wimper zu zucken, gesagt: »Ja, in der Tat habe ich eine klitzekleine Überwachungs-App installiert...«

Unglaublich – er hatte so lange Zeit gehabt, sich an das Handy zu erinnern und es, wenn nötig, zu entsorgen, einschließlich mehrerer Tage allein zu Hause. Er hätte sich das Video nach Herzenslust, so oft er wollte, ansehen können. (Und warum zum Teufel hatte er es nicht gleich so eingerichtet, dass er aus der Ferne von seinem eigenen Handy aus Zugriff hatte? Blödmann!)

»Apropos Kamera«, sagte Em, »wenn die Polizei recht hat, dann sollten wir einen Blick auf unser eigenes Videomaterial werfen, nur für den Fall, dass wir den geheimnisvollen Saboteur auf frischer Tat ertappt haben.«

Ant gab vor, sich allein auf Sam zu konzentrieren, der den Körper durchdrückte, um an Em zurückgereicht zu werden. »Oh, ich habe aufgehört, die App zu benutzen, nachdem ich den Money Shot im Kasten hatte.«

Sie runzelte die Stirn. »Ich bin mir sicher, das Handy war noch im Fenster, als ich losgefahren bin.«

»Ja, aber ich habe die Batterie nicht aufgeladen. Sie wird längst den Geist aufgegeben haben.« Er spürte, dass er leicht zitterte.

»Aber vielleicht waren in der Nacht noch ein paar Prozent übrig. Oder es könnte altes Bildmaterial vom Aufbau des Gerüsts drauf sein?« Unversehens wirkte Em aufgeregt.

»Stimmt, lass uns das checken. Ich denke, es ist Zeit fürs Bettchen«, sagte Ant zu seinem Sohn, dann reichte er ihn Em. »Du kümmerst dich um ihn, und ich mich ums Handy.«

»Nein«, erwiderte Em und weigerte sich, Sam zu nehmen. »*Du* bringst ihn ins Bett, und *ich* überprüfe das Handy.«

»Okay.« Nebenan lief der Fernseher, das kleinere der beiden Übel, wenn es um Sams Schlaf ging. Ant versuchte, sich auf das Wiegenlied zu konzentrieren, während er sich vorstellte, wie seine Frau sich im Erdgeschoss einen körnigen Film vom Freitag, dem Zehnten, anschaute. Würde sie jemanden sehen, der heimlich herumschlich, genau wie derjenige, auf den die Polizei Jagd machte? Einen Mörder?

Als er sich zwanzig Minuten später zu ihr gesellte, war sie tief über das Display des Handys gebeugt. »Da *ist* etwas. Genau am Ende, kurz bevor die Batterie tot ist.«

Eine unglückliche Wortwahl, doch keiner von ihnen kommentierte es.

In der Nacht vom Zehnten auf den Elften gab es sechs kurze Sequenzen:

19:01: Darren und Jodie, die gemeinsam das Haus verlassen.
19:16: Ant, der von der Arbeit nach Hause kommt.
20:33: Der Pizzalieferant, der bei Nummer drei vorfährt und Sekunden später wieder verschwindet.
00:20: Darren und Jodie, die nach Hause kommen.
00:29: Jodie, die das Haus erneut verlässt.
00:48: Jodie, die zurückkehrt.

»Ich schätze, sie ist losgezogen, um Zigaretten zu kaufen«, sagte Em. »Sieh nur, als sie zurückkommt, hat sie eine im Mund. Muss wohl zur Tankstelle in der Portsmouth Avenue gegangen sein, das ist der einzige Laden, der so spät noch offen ist.«

»Er ist ein echter Gentleman, sie nachts so spät allein losgehen zu lassen«, merkte Ant an.

»Vielleicht ist das der Grund, weshalb sie sich auf dem Rückweg am Gerüst zu schaffen gemacht hat«, sagte Em mit Nachdruck.

Ant starrte sie verblüfft an. »Ist das dein Ernst? Wo ist die Stelle? Zeig her!«

»Nun, es ist hier nicht wirklich drauf. Sie steht unter dem Gerüst, und das ist außerhalb der Reichweite der Kamera. Aber sieh nur, das hier haben wir auch. Es ist das Letzte, was die Kamera aufgenommen hat, bevor die Batterie den Geist aufgegeben hat.«

Es war eine einzige Sekunde Bildmaterial: Jodie, die unter dem Baugerüst hervortritt, bevor sie erneut darunter verschwindet.

»Das ist um zehn vor eins«, sagte Em. »Zwei Minuten, nachdem sie heimgekommen ist. Zwei Minuten sind lang genug, um ein paar Schrauben zu lockern.«

»Keine Ahnung«, entgegnete Ant. »Sie hätte alles Mögliche tun können: nach ihren Schlüsseln suchen, auf ihr Handy schauen …«

Em wischte seinen Einwand beiseite, allein auf ihre Theorie fixiert. »Der Punkt ist, sie ist die Einzige, die, abgesehen von dir, der nach Hause kommt, und dem Liefertypen, der unsere Pizza bringt, vor ihrem Haus von der Kamera erfasst wird. Wenn die Sabotage in diesem Zeitfenster erfolgt ist, dann ist das der Beweis, dass niemand sonst die Möglichkeit hatte. *Wir* halten ihn für hassenswert«, fuhr sie fort, »*sie* ja vielleicht auch?«

Nun, übel war die Idee nicht, dachte Ant. Alles, um die Polizei von *ihnen* abzulenken. »Ich schneide es und schicke es gleich der Polizei. Der Detective hat mir seine Telefonnummer dagelassen.«

Em ging zum Duschen und Auspacken nach oben, sodass er ein letztes Mal das Videomaterial durchscrollte. Wie Em gesagt hatte, hatte die Batterie kurz nach Jodies Rückkehr den Geist aufgegeben, die allerletzte, von der App aufgenommene Bewegung war das Weghuschen eines Fuchses um 00:59. Was für ein bizarrer – und frustrierender – Zufall! Wie viel besser wäre es, der Polizei den genauen Zeitpunkt von Amys Ankunft vor dem Haus an jenem Morgen präsentieren zu können, selbst wenn es entsetzlich makaber gewesen wäre, die junge Frau in ihren letzten Momenten zu sehen. Doch vielleicht hätte es einen Hinweis geliefert, womöglich ein paar Worte, an Booth adressiert, die durch erfahrene Lippenleser hätten entschlüsselt werden können.

Er kramte in seiner Geldbörse nach der Visitenkarte, die DC Shah zurückgelassen hatte, und hängte die Videos an eine E-Mail an. Es folgte ein Moment des Schreckens, als er bemerkte, dass das Bearbeitungsprogramm bereits aktiviert war, doch dann fiel ihm wieder ein, dass er es selbst benutzt hatte, als er die App das letzte Mal gecheckt hatte. Jener triumphale Anhang an Ralph mit dem Video, in dem Jodie von einem Kunden Geld überreicht bekam.

Fürwahr, glorreiche Zeiten.

Obwohl eine qualvoll lange Zeit zu vergehen schien, bis er von DC Shah hörte, waren es in Wirklichkeit nur vierundzwanzig Stunden. »Gibt es noch weiteres Überwachungsmaterial vom Morgen des Elften?«

Ant erklärte, dass die Batterie um eins den Geist aufgegeben hatte.

»Das ist ein unpassendes Timing.« Waren da Zweifel in seiner Stimme, vielleicht sogar Ungläubigkeit? »Hatten Sie einen speziellen Grund, die Kamera aufzustellen?«

Ant erklärte die Besorgnis der Nachbarn wegen Booths illegaler, gewerblicher Aktivitäten: Es war nichts dabei, der Polizei ins Gedächtnis zu rufen, *wer* hier der Kriminelle war.

»Am Wochenende des Vorfalls oder bei dem Verhör letzte Woche haben Sie nichts von einer Überwachungskamera gesagt.«

Ant gefiel dieser Satz nicht: *Sie haben nichts gesagt* – er hatte eine schreckliche Ähnlichkeit mit *Alles, was Sie sagen, kann gegen Sie verwendet werden*. Genauso wenig behagte ihm die Vorstellung eines »Verhörs«, als wäre die Befragung formeller gewesen, als es ihm vorgekommen war. »Wir hatten angenommen, die Batterie wäre längst leer, aber dann haben wir doch zufällig nachgesehen und bemerkt, dass es relevant sein könnte.«

DC Shah, der höchstwahrscheinlich an die redseligen Erklärungen von Menschen, die zufällig etwas nachsehen und dies und das annehmen, gewöhnt war, entgegnete: »Gibt es einen besonderen

Grund, weshalb Ihre Nachbarin ihre Schuhe ausgezogen haben könnte?«, fragte er.

Ant war überrascht. »Was? Das habe ich überhaupt nicht bemerkt.«

»Sie trifft mit Schuhen ein, aber dann, als sie für einen Moment zurück ins Bild tritt, hat sie die Schuhe ausgezogen. Irgendeine Idee?«

Das hatte DC Shah nicht getan, als sie sich persönlich gegenübergesessen hatten: den Fall zu besprechen, sich Ants Theorien durch den Kopf gehen zu lassen. Es kam ihm wie eine günstige Gelegenheit vor, eine Einladung.

»Vielleicht hat sie damit auf das Gerüst eingehämmert? Um die Schrauben zu lockern?«

»Schrauben mit einem Paar Stöckelschuhen lockern?«

Ant kam sich töricht vor. Er malte sich aus, wie der Detective sich im Stillen dachte, Ant solle seinen Hauptberuf lieber nicht an den Nagel hängen.

»Ich wäre Ihnen sehr verbunden, wenn Sie das Handy herbringen könnten«, sagte DC Shah schließlich. »Und es ein paar Tage bei einem unserer digitalen Forensiker lassen.«

»Solange das irgendwie hilft«, sagte Ant.

20

TESS

Die Detective hatte etwas an sich, das Tess an Naomi erinnerte. Eine unterdrückte Missbilligung, vielleicht weil Tess bei den zwei früheren Gelegenheiten, als sie geklingelt hatte, nicht zu Hause gewesen war; die Einzige, die der Polizei nicht die Tür geöffnet hatte, und im Grunde diejenige mit dem am wenigsten triftigen Grund.

Ob der Vorwurf nun eingebildeter Natur war oder nicht, Tess bemerkte selbst, dass ihre Reaktion recht unhöflich ausfiel. »Das ist Verschwendung von Steuergeldern, wenn Sie mich fragen. Booth hatte nicht den blassesten Schimmer von Gerüstbau, so einfach ist das. Hat mein Ehemann Ihnen gesagt, dass sie nicht mal die richtige Anzahl an Stützstangen hatten? Sie wissen schon, die diagonalen Querstreben?«

»Er kennt sich also mit Gerüstbau aus?«, fragte DC Forrester. Aus der Ferne hatte Tess angenommen, sie sei in ihrem Alter, aber von Nahem war sie jünger. Wenn man bedachte, was sie in ihrem Job alles zu sehen bekam, war es sonderbar, dass in ihren Augen ein optimistisches Funkeln blitzte.

»Die Basics, ja. Genug, dass wir die Leute vom Arbeitsschutz kontaktiert haben. Eigentlich hatte ich nachhaken wollen, aber es war noch nicht so lang her und… nun ja, ich schätze, ich wäre wohl nie auf den Gedanken gekommen, dass jemand, abgesehen von Booth selbst, verletzt werden würde.« Tess errötete. »Das klingt schlimm. Ich will damit natürlich nicht sagen, dass ich *gehofft* habe, er würde sich verletzen.«

Als die Detective sich mit einem Fingernagel am Hals kratzte, wirkte das Geräusch ohrenbetäubend laut. Im Haus war es unnatürlich still, da Isla und Dex die ganze Woche über bei einem Sportcamp im hiesigen Freizeitzentrum waren, und Tuppy im Garten schlief. Tess malte sich aus, wie sie die Zimmer ihres riesigen Hauses durchstreifen würde, sobald Dex in die Schule kam. *Such dir einen Job, verdien Geld.* Und dennoch hatte sie nichts getan, um den Prozess ins Rollen zu bringen.

»Lassen Sie uns darüber reden, was Sie am Abend vor dem Einsturz getan haben.«

»Wenn Sie wirklich glauben, dass das relevant ist.« Sie versorgte die Beamtin mit der Chronologie, die Ereignisse jetzt weit entfernt, fast unreal angesichts dessen, was seitdem alles passiert war. »Als wir vom Theater nach Hause kamen, haben wir die Kinder ins Bett gebracht, den Babysitter bezahlt, dann noch rasch ein Glas Wein getrunken. Darf ich kurz fragen, wenn Sie tatsächlich recht haben und jemand in der Nacht absichtlich die Schrauben gelockert hat, warum ist dann die Alarmanlage nicht losgegangen? Ich bin mir sicher, er hatte eine da oben montiert, ich habe die Drähte gesehen.«

DC Forresters prüfender Blick auf ihr fühlte sich mit einem Mal noch bohrender an. »Besitzen Sie einen Seitenschneider, Mrs Morgan?«

»Einen Seitenschneider? Nicht dass ich wüsste, aber da müsste ich Finn fragen. Warum? Oh!« Tess zögerte, während es ihr langsam dämmerte. »Sie meinen, die Drähte der Alarmanlage wurden durchgeschnitten? Nun, das *ist* suspekt.«

»Ja, das finden wir auch.«

Abermals glaubte Tess, einen Hauch von Abneigung zu spüren. Wer war diese Frau in diesem schicken Haus, die einen Mord als »suspekt« beschrieb? War es das, was die Detective dachte? *So bin ich überhaupt nicht*, protestierte sie schweigend. *Die Leute bezeichnen mich als aufrichtig, als eine Märtyrerin.*

Sie war nur paranoid.

»Haben Sie die Möglichkeit in Betracht gezogen, dass er sein eigenes Baugerüst wegen irgendeiner Art Versicherungsbetrug manipuliert haben könnte? Haben Sie seine Finanzen überprüft?«

Doch die Befragung ging ausnahmslos in die eine Richtung, genau wie kürzlich auf dem Polizeirevier. Die bedauerliche Erinnerung an ihre Kinder, die statt des erhofften Ausflugs in den Zoo in einem Gebäude voller Krimineller gewartet hatten, stieg in ihr hoch.

»Sie haben einen Babysitter erwähnt«, sagte DC Forrester. »Könnte ich bitte einen Namen und die Kontaktdaten bekommen?«

Online gab es einen neuen Bericht über den Unfall, den ersten, in dem Tess auf ein wörtliches Zitat eines Nachbarn stieß:

Nachbarn beschuldigen Eigentümer für Gerüsttod

Ein Anwohner, der in der Nähe des Hauses in Lowland Gardens lebt, wo sich der tödliche Gerüsteinsturz ereignete, beschuldigt den Grundstückseigentümer, für den Tod von Amy Pope verantwortlich zu sein.

Der Nachbar, der nicht namentlich genannt werden möchte, erklärte, die Polizei sei bei ihrer Untersuchung »auf dem Holzweg«. »Ich kaufe ihnen die Theorie nicht ab, dass sich jemand am Gerüst zu schaffen gemacht hat. Wäre es kein viel zu großes Risiko, dass es auf denjenigen selbst fallen könnte? Man müsste über technisches Wissen verfügen, praktische Erfahrung. Natürlich ist derjenige, der ein derart gefährliches Gerüst auf seinem Grundstück aufgebaut hat, für diesen Tod zur Verantwortung zu ziehen!«

Derselbe Nachbar behauptete, die Straße sei bei diesem Thema »völlig einer Meinung«, und fügte hinzu, den Anwohnern wären nur wenige Tage vor dem tragischen Einsturz schwere Baumaterialien aufgefallen, die auf der unteren Etage gelagert wurden: »Ich weiß nicht, ob dieser Umstand zu Amys Tod beigetragen hat, aber ich wünschte jetzt, ich hätte die Angelegenheit damals weiterverfolgt.«

SOUTH LONDON PRESS

»Ich selbst habe etwas in der Art zur Polizei gesagt«, erklärte sie Finn, »damit sie der Sache nachgehen. Wer, glaubst du, hat dieses Interview gegeben?«

Er zuckte mit den Achseln. »Keine Ahnung, aber wer auch immer es ist, klingt sehr selbstsicher.«

»Könnte es Ralph sein? Er hätte von Devon aus telefonisch mit ihnen sprechen können. Oder sogar Naomi? Sie schreiben nicht, ob es sich um einen Mann oder eine Frau handelt.«

Finns Blick verengte sich. »Dieser Satz mit ›praktische Erfahrung‹. Es wirkt fast, als wollte er dem Reporter einen Wink mit dem Zaunpfahl geben, damit er in der Richtung weitergräbt.«

Nach den hitzigen Worten, die Tess und ihre Schwägerin sich

nach Booths Freilassung an den Kopf geworfen hatten, war ihre Beziehung erneut angespannt. Selbst Naomis zeitweilige Aussetzung des *Play Out Sunday* störte Tess. Es war so einseitig, als hätte sie vergessen, dass Tess die Mitbegründerin und ihre gleichberechtigte Partnerin war (verdammt noch mal, sie waren gemeinsam beim Bürgermeister gewesen!).

»Vielleicht nicht Naomi«, erklärte sie Finn. »Sie ist diejenige, die uns vor der Presse gewarnt hat, außer sie hat uns ausgetrickst.«

Vor ihrer Abreise nach Devon hatte Naomi eine neue Warnung in der Facebook-Gruppe der Nachbarschaft gepostet (sie war beneidenswert geschickt darin, separate Kommunikationswege für die größere Gruppe von Anwohnern auf Facebook und ihr ausgewähltes Grüppchen auf WhatsApp zu benutzen):

> Naomi Morgan: Seid bitte auf der Hut, es sind Reporter in der Straße. Die Polizei hat den Bewohnern davon abgeraten, der Presse Interviews zu geben, und möchte uns daran erinnern, dass dies eine laufende Ermittlung ist.

> Sara Boulter: Danke, Naomi, guter Ratschlag. Wir gehören definitiv nicht zu den Leuten, die sich auf MailOnline wiederfinden wollen.

Vor der Polizei konnte man sich nicht lang drücken, aber bisher war es Tess gelungen, jeglichen persönlichen Kontakt zu Reportern zu vermeiden. Ein paar Visitenkarten warteten auf dem Fußabtreter, wenn sie nach Besorgungen oder dem Abholen der Kinder vom Sportcamp nach Hause kam. *Es wäre so spannend, Ihre Geschichte zu hören!*, hatte einer mit Kugelschreiber auf die Rückseite gekritzelt.

»Heute solltest du besonders vorsichtig sein«, ermahnte Finn sie. »Booth wird sicherlich ebenfalls Nachrichten lesen, und ihm wird das nicht gefallen. Ralph glaubt, es ist nur eine Frage der Zeit, bevor er richtig zurückschlägt.«

»Richtig?«, fragte Tess. »Was soll das heißen?«

»Das ist der Punkt. Wir haben nicht den blassesten Schimmer, bis es passiert.«

Erst in dem Moment, als Tess später am Tag die Tür öffnete und Jodie dort stehen sah, fiel ihr auf, dass die andere Frau nie zuvor ihren Gartenweg entlangspaziert, nie zu ihnen nach Hause eingeladen worden war. Vor dem Hintergrund des Gesprächs mit Finn fühlte sich ihr Erscheinen wie ein bedrohlicher Akt an. Es fühlte sich an, als änderten sich gerade die Regeln.

»Jodie. Geht es um den Bericht in der *South London Press?*«

»Welchen Bericht?«

Mist. Tess konnte nicht glauben, dass sie sich einen so dummen Schnitzer geleistet hatte. Misstrauisch beäugte sie ihre Besucherin, sah den angespannten Kiefer, die vor Entrüstung blitzenden Augen. »Wie kann ich Ihnen behilflich sein?«

»Ich habe gerade mit der Polizei gesprochen.«

»Oh, ja.« Irgendwie war sie in diesem heillosen Gewirr aus nachbarschaftlichen Beziehungen am Ende ihrer Straße mit Jodie in Verbindung gebracht worden. Warum nur? Hatte Jodie es auf sie abgesehen oder glaubte sie aus irgendeinem Grund, *Tess* hätte es auf *sie* abgesehen?

»Wollte Ihnen nur Bescheid geben, dass ich weiß, dass Sie für die Hundescheiße in der Nacht vor unserer Tür verantwortlich sind.«

»Wie bitte? Welche Nacht? Welche Hundescheiße?«

»Tun Sie nich' so, als wüssten Sie das nich'. Ich bin sogar reingetreten. Eigentlich müssten *Sie* meine Scheißschuhe putzen.«

Tess schämte sich leicht, da ihr die beiden »nich'« auffielen und sie sich daran störte. »Wenn Sie Hundescheiße vor Ihrer Haustür gefunden haben, dann liegt es vielleicht daran, dass die hiesigen Hunde glauben, es sei ein angemessener Ort, ihre Notdurft zu verrichten? Einen Grund dafür kann ich mir überhaupt nicht vorstellen.«

Jodies Fäuste ballten sich, ihre Fingerknöchel zeichneten sich scharf unter der Haut ab. »Und bei der Gelegenheit ham Sie sich gleich noch am Gerüst zu schaffen gemacht?«

»Was?«

»Ich schätze, das war ein und dieselbe Person. Ich schätze, das waren Sie – das hab ich der Polizei erzählt, einfach alles. Hätt' ich fast vergessen, hä, bei allem, was da passiert ist. Aber als ich wieder mit ihnen gesprochen habe, da ist mir eingefallen, dass es dieselbe Nacht gewesen ist.«

»Ich nehme an, Sie meinen die Nacht, bevor eine unschuldige Frau dank der kriminellen Fahrlässigkeit Ihres Mannes getötet wurde?«, sagte Tess mit kühler Stimme. Welches kranke Hirn kramte eine Beschwerde wegen Hundekots heraus, wenn eine Frau genau an dieser Stelle zerquetscht worden war?

Jodies Gesicht erhellte sich, als ihr jäh ein Gedanke kam. »Wir könnten sie testen lassen, hä? Sie klebt immer noch an meinem Schuh. Ich könnte die Kriminaltechniker drauf ansetzen.«

»Oh, Herrgott noch mal!« Tess konnte nicht glauben, dass sie sich auf einen solchen Unsinn einließ. Ein grässlicher Drang überkam sie, einen Schritt vorzutreten, eine dicke Strähne von Jodies Haaren zu packen und fest daran zu ziehen. »Hören Sie, ich wünsche Ihnen und Ihren Kriminaltechnikern viel Glück, aber ich habe für so etwas keine Zeit. Ich habe bessere Dinge zu tun.«

Jodie trat auf sie zu und reckte den Hals, als spähte sie in Tess' Leben. »Was denn? Sich bei Ihrem Mann durchschnorren? Was tun Sie eigentlich den ganzen lieben, langen Tag, hä?«

Als wäre sie selbst ein bedeutendes Kabinettsmitglied! Sie vereinbarte Testfahrten für einen illegalen Gebrauchtwarenhandel! Etwas lief falsch in der Welt, wenn Mütter als Nichtsnutze beschimpft wurden, während allseits bekannte Störenfriede den Schutz der Polizei genossen.

»Ich verbringe meine Zeit damit, mich um meine Kinder zu kümmern. Ich führe meinen Hund Gassi, ich füttere die Schwäne im Park – wissen Sie überhaupt, dass wir am Ende der Straße Schwanenjunge haben?« Aufgeschreckt von Tess' zunehmend angespannter Gemütslage tauchte Tuppy zu ihren Füßen auf, und sie legte eine Hand auf sein Halsband. »Nein, das glaube ich kaum. Sie interessieren sich für nichts als sich selbst. Sie sind in eine hübsche, glückliche Straße gezogen und führen sich auf, als gäbe es außer Ihnen niemanden sonst auf der Welt. Eine Frau ist tot, Jodie – kümmert Sie und Ihren Mann das denn kein bisschen? Wenn dem so ist, würde Sie das zu Soziopathen machen. Perfekt füreinander, aber nicht für uns. *Überhaupt nicht* für uns.« Tess hielt inne. Sie klang rachsüchtiger, als sie beabsichtigt hatte – als sie, ganz ehrlich, war –, und auf Jodies Gesicht breiteten sich rosa Tintenkleckse aus.

Die Stimme ihrer Besucherin wurde schrill vor Wut: »Für wen zum Teufel halten Sie sich, so mit mir zu reden?«

»Ich halte mich für jemanden, der auf dem Sprung ist.« Mit zugeschnürter Brust und einem kaum zu unterdrückenden Fluchtreflex schlüpfte Tess, um Tuppys Leine zu holen, hastig ins Haus und drängte sich anschließend an Jodie vorbei zu ihrem Tor. »Folgen Sie mir *ja* nicht«, zischte sie. »Ich habe Ihnen nichts zu sagen.«

»Fick dich!«, rief Jodie ihr hinterher, als wollte sie, dass die gesamte Straße es hörte.

Tess wünschte, sie hätte eine Jacke mitgenommen, denn die Luft war kühl, als sie den Lowland Way in Richtung Park hinabspazierte. Der sommerliche Smog löste sich gerade erst auf, über ihr raschelten die Bäume und wiegten sich sanft hin und her, erlöst von der Hitze des Julis und der ersten Augusthälfte. Die Auseinandersetzung mit Jodie war ein sehr beunruhigendes Neuverhandeln der Fronten, insbesondere in Anbetracht des Handgemenges, das Ralph sich mit Booth geliefert hatte. Warum hatte sie die Kinder erwähnt? Dex kam bald in die Schule, wäre er denn dann, so weit weg von Tess, sicher?

Sie würde dafür sorgen, dass sie Isla und ihn pünktlich vom Sportcamp abholte, damit keinesfalls eine »freundliche Nachbarin« vor ihr kommen und sie in einen wartenden Lieferwagen schubsen konnte. Jodie war gelegentlich gesichtet worden, wie sie sich ganz hübsch zurechtgemacht hatte, und sie verfügte gewiss über die nötigen Mittel, um als zivilisierte Mutter aus der Mittelschicht durchzugehen.

Hör dir mal selbst zu, dachte Tess entrüstet. *Du grässlicher Snob!* Als sie zufällig den Blick einer Mum aus der Siedlung auffing, die sie schon ein paarmal gesehen hatte, strahlte sie übers ganze Gesicht, ein Überkompensieren für ihre Gedanken. Warum verspürte sie überhaupt die Notwendigkeit, diese Frau als »Mutter aus der Siedlung« abzustempeln? Lag es an der Schar Kinder? Sie könnte Tagesmutter sein oder, so wie Tess, ständig den Nachwuchs anderer aufgehalst bekommen. Vielleicht war es nicht ganz verkehrt, dass die Polizei es besser wusste und nicht automatisch der wohlhabenderen Nachbarin anstatt der weniger betuchten glaubte. Vielleicht gingen sie genau umgekehrt vor.

Sie kramte ihr Handy heraus. Es war Tage her, seit sie Fotos von den Schwanenjungen auf Facebook gepostet hatte. Sie waren jetzt zu unabhängig, als dass Tess sie alle sechs gemeinsam auf ein Bild bekommen hätte, weshalb sie ein paar Großaufnahmen schoss: ein Schwan, der den Kopf unter Wasser tauchte, ein anderer, der den Hals elegant verdrehte, um sich mit dem Schnabel die Schwanzfedern zu putzen.

Während sie davonschwammen, angelockt von jemandem auf der anderen Seite, der einen Beutel mit dem speziellen Tierfutter verteilte, das beim Kiosk gekauft werden konnte, überkam Tess das sonderbare Gefühl, beobachtet zu werden. Doch als sie herumwirbelte, war niemand zu sehen.

Fest entschlossen, sich nicht von den Nachbarschaftsproblemen unterkriegen zu lassen, hatte sie Jodie am nächsten Morgen aus ihren Gedanken verbannt. Finn verabschiedete sich während des Frühstückschaos von Dex, der sich mühsam sein Sporttrikot überzog, während Tuppy in einem Tauziehen an seinen Socken riss und Isla sich wiederholt beschwerte, dass ihre Toasts viel zu »ungetoastet« und in der Marmelade »Stücke« seien.

»Tess?« Finn rief sie von der Haustür in einem Tonfall, der ganz deutlich sie *allein* bedeutete.

»Was?« Sie ließ Tuppy bei den Kindern und trat vor die Tür.

»Sieh nur. Auf dem Weg.«

Sie folgte seinem Blick, hatte jedoch anfangs Schwierigkeiten, das zu verstehen, was sie sah. Knapp innerhalb des Zauns lag ein flacher Pappkarton mit einem Vogel. Einem sehr großen, toten Vogel.

»Das ist ein Schwanenjunges!«, rief sie. Bestimmt einer aus dem Park. Sie taumelte vorwärts, fiel neben dem Tier auf die Knie und schob den Karton außer Sichtweite von jeglichen Passanten. Wie schwer er war! Es gab keine sichtbaren Verstümmelungen, er war ganz und wunderschön, sein Hals gebogen, als wäre er dort friedvoll eingeschlafen. Sie berührte die Federn, die jugendlich grau, aber schon mit erwachsenem Weiß gesprenkelt waren, und längst flossen ihr Tränen über die Wange. Die Schwaneneltern mussten wissen, dass sie ihn verloren hatten, mussten außer sich vor Verzweiflung sein. »Oh, du armes Baby, es tut mir so leid. Wie bist du hierhergekommen?« Dann bemerkte sie den roten Kreis am Halsansatz, das Einschussloch einer Exekution.

»Ist das eine Bisswunde?«, fragte Finn und ging neben ihr in die Hocke.

»Ich glaube, eine Schusswunde«, schluchzte Tess erbärmlich.

»Du meinst Wilderei? Warum ist er dann hier? Ich verstehe das nicht.«

»Ich auch nicht.« Doch die Art, wie er genau in der Mitte ihres Pfads zurückgelassen worden war, wie *zur Schau gestellt*, war nicht nur rätselhaft, sondern pervers.

»Was sollen wir mit ihm tun?«, fragte Finn.

»Wir müssen die Leute vom Schwanenschutz anrufen. Die arbeiten mit der Polizei zusammen. *Swan Rescue*, so heißen sie. Die Nummer ist in meinen Handykontakten abgespeichert.«

»Ich erledige das.«

Sie protestierte nicht, als er ein paar Minuten später zurückkam, um den Karton mit einem Tuch abzudecken, verharrte jedoch wie eine Totenwache auf der Türschwelle. Die Zeit schien stehen zu bleiben: Sie war nicht sicher, wie lang sie dort saß, nahm Isla und Dex, die mit ihren Sportbeuteln und Lunch-Boxen an ihr vorbeispazierten, kaum wahr, ebenso wenig wie Finn, der erklärte, er würde die Kinder bei der Ferienfreizeit absetzen und anschließend zur Arbeit gehen. Erst als das Gartentor sich quietschend öffnete und ein Polizeibeamter erschien, stemmte sie sich mühsam auf die Beine.

»Vielen Dank für Ihr Kommen«, sagte sie.

»*Swan Rescue* hatte gestern Nacht einen Anruf, dass jemand versucht hat, die Schwanenjungen in Lowland Gardens zu erschießen. Irgendeine Idee, warum er hier ist?«

»Überhaupt keine.« Ein Bild flackerte in Tess' Bewusstsein auf, zu schwach, um es festzuhalten. »Aber ich gehöre zur Schwanenwache. Wir sind eine lokale Facebook-Gruppe, wir posten Fotos und teilen Nachrichten über sie. Vielleicht kannte mich dadurch jemand.«

Würde sie das posten müssen? Sie glaubte nicht, das ertragen zu können. Sie dachte an die armen Beamten, die jeden Tag schreckliche Nachrichten überbringen mussten, wie diejenigen, die das Haus von Amys Eltern aufgesucht hatten.

Genau in dem Moment blitzte das Bild erneut vor ihrem geistigen Auge auf, diesmal schärfer, deutlicher: Jodie, die genau an der Stelle stand, wo der Mann jetzt stand, eine Schimpftirade auf sie loslassend.

Wissen Sie überhaupt, dass wir am Ende der Straße Schwanenjungen haben?

Und was hatte Ralph gesagt? *Es ist nur eine Frage der Zeit, bevor er richtig zurückschlägt …*

Nein, hier ging die Fantasie mit ihr durch, das wäre viel zu makaber! Und dennoch war eine Frau durch Booths Hand gestorben, warum also nicht auch noch ein Vogel?

»Jetzt, wo Sie mich fragen, habe ich tatsächlich eine Ahnung, wer dafür verantwortlich sein könnte«, sagte sie und spürte, wie das Blut zurück in ihre Haut schoss. »Vielleicht sollten Sie Ihren Bericht ans CID weiterleiten, da es für eine Mordermittlung relevant sein könnte, die hier im Moment im Gange ist. Wollen Sie reinkommen, dann suche ich Ihnen den Namen der Detective heraus, mit der ich in Verbindung stehe?«

Und zum zweiten Mal innerhalb weniger Tage führte sie einen Polizeibeamten in ihr Haus.

21

SISSY

Obwohl die Beamten vom Opferschutz sie angerufen hatten, um sie vorzuwarnen, dass Detectives bei ihr klingeln würden, hatte Sissy bereits durch die Nachbarn von ihrem Auftauchen in der Straße gehört. Auf dem Weg zu Amys Beerdigung und der Rückfahrt im Zug hatte sie die Nachrichten auf WhatsApp gelesen:

Naomi: Nicht nur wir, auch Dan und Sara Boulter und ihre Nachbarn gegenüber. Sie klappern die ganze Straße ab.

Ralph: Haben mich gefragt, wohin wir in den Urlaub fahren – F*ck, ist das überhaupt erlaubt?

Tess: Mich haben sie gefragt, ob ich einen Seitenschneider besitze!

Ant: Sie können fragen, was sie wollen, es ändert nichts an der Tatsache, dass er schuldig ist.

Bei diesem letzten Post hatte sie sich wegdrehen müssen.

Nachdem die Beerdigung nun stattgefunden hatte und sie wieder zu Hause war, konnte sie der Polizei keine ordentliche Vernehmung mehr verweigern, obwohl sie fürchtete, die Trauer könnte halbfest aus ihrem Mund hervorschießen wie Erbrochenes.

»Vielen Dank, dass Sie uns empfangen«, sagten sie mit leisen, respektvollen Stimmen. »Wir wissen, es muss sehr hart für Sie sein.«

Sie waren zu zweit, aber sie nahm die Namen nicht wahr. Die Frau war weiß, vielleicht Mitte dreißig, der Mann Asiat, Ende zwanzig, und beide hatten glatte, wissbegierige Gesichter wie Kinder. Die Nachbarn hatten jeweils nur von einem Fragesteller berichtet; hatte es etwas zu bedeuten, dass sie im Doppelpack hier waren?

Bedeutete denn irgendetwas noch irgendetwas?

»Ehrlich gesagt würde ich es vorziehen, die Angelegenheit kein weiteres Mal mehr durchzugehen, aber wenn Sie glauben, ich könnte helfen…« Sie kochte Tee, ein mühseliges Unterfangen, ihre Hände vom Tremor geschüttelt. Sie glaubte, Assam ausgesucht zu haben, aber die Grimasse des Mannes, als er einen Schluck trank, ließ den Gedanken zu, dass sie ihnen womöglich aus Versehen Kamille zubereitet hatte. Es war eine Nebenwirkung ihres Kummers, und keine gute, dass sie weder richtig schmecken noch riechen konnte.

Bei der ersten Frage ging es um Uhrzeiten, mühelos beantwortet, wenn sie von Amy und sich selbst als Schauspielern dachte, denen sie auf der Leinwand zusah. Die Detective führte das Gespräch, ihr Kollege war so schweigsam, es wirkte fast schon ehrerbietig.

»Sie und Amy waren allein im Haus, nicht wahr? Keine Besucher an jenem Abend?«

»Nein, meine B&B-Gäste sollten erst am Samstag ankommen, deshalb waren es nur wir zwei.«

Sie sahen sich überrascht an, dann zurück zu Sissy. »Ich fürchte, unsere Kollegen haben uns keinerlei Informationen bezüglich eines B&B weitergeleitet«, sagten sie, und Sissy blinzelte sie verzweifelt an. War es etwa ihre Schuld, was die Beamten taten oder nicht wussten? *Sie* waren die Detectives.

»Es ist vielleicht einfach nicht zur Sprache gekommen«, sagte sie.

»Wäre es möglich, uns eine Liste Ihrer jüngsten Buchungen zu geben? Seit Mr Booth in die Straße gezogen ist.«

Sissy runzelte die Stirn. »Warum so weit zurück?«

»Wir sind daran interessiert, jegliche Verbindung zum potentiellen Opfer herzustellen.«

Dem potentiellen Opfer? Eine Woge der Übelkeit stieg in ihr auf. Es kümmerte sie mehr, *ihn* zu beschützen, als Amy Respekt zu zollen. Pete wäre erschüttert, wenn sie ihn demnächst auf den neuesten Stand der Dinge brachte. Abgesehen von einem kurzen Besuch kurz nach dem Unfall, als Booth und Jodie anderweitig untergebracht gewesen waren, hatte er sich geweigert, zurück zum Lowland Way zu kommen, und Sissy konnte es ihm nicht verübeln. Es hatte keine Verhaftung gegeben, weder vergangenen Donnerstag, als Tess Booth auf dem Polizeirevier gesehen hatte, noch irgendwann danach. Er war wieder da, lebendig und in Freiheit, und es gab absolut nichts, was ihn daran hindern könnte, ein weiteres unsicheres Gerüst auf seinem Grundstück aufzubauen.

Bring das hier einfach hinter dich, redete sie sich gut zu. *Bring es hinter dich, und sie werden verschwinden.* »Ich gebe Ihnen das Passwort für den Mitgliederbereich der Website, die ich benutze. Dann können Sie Buchungen so weit in die Vergangenheit prüfen, wie Sie wollen.«

»Wenn ich es recht verstanden habe, haben Ralph und Naomi Morgan am 19. Juli ein Treffen bei sich zu Hause abgehalten?«, sagte die Frau. »Um die Angelegenheit bezüglich Darren Booth und seines Gebrauchtwagenhandels zu besprechen?«

»Ja, wir kamen überein, über welche offiziellen Kanäle wir unsere Beschwerden vorantreiben können.« Zwecklos, das Ganze. Es war jetzt so offensichtlich: Die Einzigen, die sich um offizielle Beschwerden scherten, waren die Sorte Menschen, die es gar nicht erst so weit kommen lassen würden.

Jetzt übernahm der Mann. Verglichen mit der Frau, deren Befragungsstil eher an eine ungezwungene Unterhaltung erinnerte, war er förmlicher. »Hatte Amy, abgesehen von ihrer Reisetasche, noch etwas mitgebracht?«

Die, das wusste Sissy, bei ihr im Schutt gefunden und mit einiger Verzögerung an Pete übergeben worden war. »Nein, nichts.«

»Sind Sie sicher?«

»Ja, ganz sicher. Warum, worauf wollen Sie hinaus? Dass sie Werkzeug mitgebracht hat? Dass eine glückliche Frau, die gerade von ihrer Schwangerschaft erfahren hatte, zum Haus eines Fremden schleicht und dort sein Baugerüst halb zerlegt, um dann am nächsten Morgen rüberzugehen, in der Hoffnung, davon zermalmt zu werden?«

Schädelfraktur mit traumatischem, epiduralem Hämatom, so lautete die offizielle Todesursache, und bei der Erinnerung an Petes erschütterten Gesichtsausdruck, während er die Worte zitierte, begann Sissy zu schluchzen.

Der Detective blickte sich suchend im Zimmer nach Taschentüchern um, und als er eine Box fand, brachte er sie ihr. Die Frau streckte die Hand in ihre Richtung aus, hielt jedoch inne, kurz bevor sie Sissy berührte. »Brauchen Sie eine Pause?«

Sie wischte sich über Augen und Nase. »Alles in Ordnung. Machen wir weiter.«

»Amy hat Ihnen nichts gesagt, als sie losging, um Mr Booth einen Besuch abzustatten?«

»Nein, aber er hatte bis spät in die Nacht laut Musik gehört, weshalb wir nur schlecht schliefen, was sicherlich der Grund war, dass sie hinübergegangen ist. Um zu helfen.« Die Worte blieben ihr in der Kehle stecken, und sie stürzte ihren Tee hinunter. Von all den Gedanken, die sie quälten, war der vorherrschende die Überzeugung, dass sie Booth an jenem Abend vor Amy niemals hätte erwähnen, niemals so hysterisch hätte sein dürfen, wie sie es gewesen war.

Sie glaubte nicht, jemals wieder unter der Last des Bedauerns auftauchen zu können. Als sich erneut eine Woge der Übelkeit in ihr aufbaute, riss sie sich zusammen, ihre Fäuste voller zerknüllter Taschentücher. »Entschuldigen Sie, wir werden das doch ein andermal fortsetzen müssen. Es ist einfach … zu aufwühlend.«

Die Detectives erhoben sich gehorsam. »Natürlich. Das ist in Ordnung. Vielleicht können wir Sie anrufen, sollte es weitere Fragen geben.«

Weitere Fragen: die Formulierung bei Gericht. In dem jähen Wunsch, nützlich zu sein, sagte sie: »Amy hat doch etwas mitgebracht: *die da*.« Sie zeigte auf die Sonnenblumen, ausgebreitet auf Zeitungspapier auf der Arbeitsfläche, wie Naomi sie instruiert hatte. Um sie zu Amys Gedenken aufzubewahren.

Die Besucher erwiderten nichts. Erst kurz bevor sie aus dem Haus waren, rief der Mann Sissy ins Gedächtnis: »Die Zugangsdaten zur Website Ihrer B&B-Buchungen? Nur wenn Sie noch einen Moment Zeit hätten.«

In einer sehr freundlichen E-Mail an Sissy hatte Amys Mutter Faye geschrieben, dass ihre Trauerbegleiterin ihr ans Herz gelegt hatte, egal wie schmerzhaft es war, täglich eine kleine Besorgung zu machen, um sich nicht vollkommen von der Außenwelt abzukapseln, und Sissy befolgte diesen Ratschlag ebenfalls.

Heute, am Donnerstag, einen Tag nachdem die Polizei bei ihr gewesen war, hatte sie einen Spaziergang zur Hauptstraße unternommen, um etwas Obst einzukaufen. Als sie zurück in den Lowland Way einbog, verspürte sie beim Anblick von Em Kendall, die in ihrem Auto rückwärts aus ihrer Einfahrt rollte, auf der Rückbank den kleinen Sam in seinem Kindersitz, einen Stich in der Brust. Das hätte Amy in einem Jahr sein sollen, die ihr Baby herumfuhr, ihm vorsang, begierig auf seine ersten Worte wartend, seine ersten Schritte.

Stattdessen kein Baby. Keine Amy.

Als Sissy den Schlüssel ins Schloss steckte und die Tür aufdrückte, erschrak sie bei dem Widerstand – einem vollkommenen Widerstand, und der Aufprall war in ihrem Handgelenk und Arm spürbar, während die Wucht ihren Körper vorwärtstrug. Es dauerte einen Moment, bis sie verstand, dass die Sicherheitskette vorgelegt war, und sie erstarrte, ihr Körper durch den Schock wie gelähmt. Das konnte man nur von innen tun.

Genau in dem Moment spürte sie eine andere Bewegung, die jäh innehielt – oberhalb ihres Kopfes. *Jemand war in ihrem Haus. Im oberen Stockwerk.*

Die Lähmung abschüttelnd trat sie ein paar Schritte zurück und spähte zum Erkerfenster des großen Schlafzimmers hoch: Durch das Glas war abgesehen von der oberen Kante der Kommode und einem Stück des Vorhangs nichts zu sehen.

Denk nach! Heute hatte sie keine B&B-Gäste und weder eine

Reinigungskraft noch andere Arbeiter im Haus (sie konnte sich den Luxus fremder Hilfe nicht mehr leisten); sie war auch nicht so dumm, einen Ersatzschlüssel unter den Blumentöpfen zu deponieren. Wer besaß einen Schlüssel? Pete. Und Tess Morgan. Aber es war definitiv nicht Pete, und sie konnte sich keinen guten Grund vorstellen, weshalb Tess ihr Haus ohne Erlaubnis betreten sollte, ganz zu schweigen davon, die Tür von innen zu verriegeln. Jemand war eingebrochen – höchstwahrscheinlich von der Rückseite aus, wo die Wahrscheinlichkeit, gesehen zu werden, geringer war –, und Sissy hatte die Person auf frischer Tat ertappt. Die Sicherheitskette verschaffte ihr genug Zeit zur Flucht.

Aufgeregt kramte sie nach ihrem Handy und dachte kurz an die Visitenkarte, die die Detectives zurückgelassen hatten, bevor sie den Notruf wählte.

»Warten Sie an einem sicheren Ort«, wurde ihr geraten. »Bei einem Nachbarn oder auf einem öffentlichen Platz in der Nähe. Versuchen Sie nicht, sich Zugang zu verschaffen und die Person zu stellen.«

»Das werde ich nicht.« Mittlerweise wusste sie, dass er es war. Booth. Sie hatte einen sechsten Sinn für ihn entwickelt, und dieser Sinn war jetzt aufgeflammt und stellte die Härchen auf ihren Armen auf. Sie näherte sich dem Gartentor an der Seite, das sich ohne einen Schlüssel öffnen ließ. Sie erinnerte sich nicht, wann sie es zum letzten Mal benutzt hatte – definitiv vor Amys Tod –, und es gab keinen Hinweis auf ein gewaltsames Aufbrechen, gut möglich also, dass es die ganze Zeit über unverschlossen gewesen war. Die Küchentür war zugezogen, genau wie sie sie zurückgelassen hatte, aber ebenfalls nicht verriegelt. Sissy konnte sich nicht erinnern, ob sie die Tür abgesperrt hatte. Ihr Gehirn wirkte in letzter Zeit wie gesprungen, Szenen waren blinden Flecken gewichen, wie Pigmente auf der Netzhaut. War Booth mit der festen Absicht gekommen, Schlösser mit Gewalt aufzubrechen und Glas einzuschlagen, um dann zu bemerken, dass es überhaupt nicht nötig war?

Sie betrat ihre Küche und schlich durch den Korridor. Nichts sah anders aus. Im oberen Stockwerk schob sie mit dem Zeh nacheinander jede Tür auf und suchte die Zimmer von der Türschwelle aus mit den Augen ab. Sie wusste, dass er sich in einem Kleiderschrank, unter dem Bett, selbst hinter der Tür versteckt halten könnte – jeden Moment nur Zentimeter von ihr entfernt, ihrer beider Atem zu einem vermischt. *Es kümmert mich nicht, wenn er mich umbringt. Ich werde mich opfern, um seine Verurteilung sicherzustellen, seine Haftstrafe.*

Dann war das Geräusch eines bremsenden Autos in der Straße zu hören. Als sie zur Tür hastete, sah sie dunkle Silhouetten durchs Milchglas. Die Polizei. So schnell! Er saß in der Falle und würde aufgespürt und festgenommen werden, ein für alle Mal!

Doch beim Öffnen der Tür stellte sie fest, dass die Kette nicht länger vorgelegt war. Es ergab keinen Sinn. Außer … Außer er war verschwunden, als sie durchs Seitentor in den Garten geschlichen war – oder er hatte sich lautlos an ihr vorbeigestohlen, als sie selbst durch ihr Haus geschlichen war. War er wirklich so dreist? Was hätte er getan, was hätte er *gesagt*, wären sie sich von Angesicht zu Angesicht auf dem oberen Treppenabsatz begegnet? Sie malte sich ihre Hände an seiner Kehle aus, die zudrückten, bis sie spürte, dass etwas knackte.

Die Polizisten stellten sich als Beamte des SNT vor, des Safer Neighbourhood Teams, eine andere Abteilung als die, die am Morgen von Amys Unfall gekommen war. Pflichtbewusst durchsuchten sie das Haus, bestätigten, dass der Einbrecher fort war, und lauschten Sissys Darstellung der Ereignisse.

»Sie erinnern sich also nicht, das Tor oder die Küchentür abgesperrt zu haben?«

»Nein, aber ich habe *definitiv* nicht die Kette vor die Tür gelegt. Das mache ich nur nachts.«

Es war nicht schwer zu erraten, was sie dachten: Wenn Sissy das Haus über das Gartentor an der Seite verlassen hatte, ihr erster Ausflug des Tages, dann könnte die Kette natürlich von der vorangegangenen Nacht noch vorgelegt gewesen sein.

»Sie haben das Haus also durch die Küche betreten, und der Einbrecher ist durch die Haustür verschwunden? Haben Sie ihn gesehen oder gehört?«

»Nein. Ich weiß, wie das klingt.« Wie eine choreographierte Farce. Zwei Menschen, die sich stets um Haaresbreite verpassten. Drehtüren.

Das Wort an seinen Kollegen, nicht Sissy, gerichtet, fragte einer der Beamten: »Warum sollte der Einbrecher die Kette vorlegen, wenn er wusste, dass der Bewohner durch ein unversperrtes Seitentor zurückkommen könnte?«

»Vielleicht, damit ich an mir zweifle, so wie Sie?«, rief Sissy. »Um mir das Gefühl zu geben, dass ich den Verstand verliere?« Ihre Erregung half nicht, diesen Eindruck zu berichtigen. »Er könnte mich beobachtet und sich ausgerechnet haben, wie lang ich außer Haus bin. Er wohnt direkt gegenüber.«

Das weckte ihr Interesse. »Also haben Sie den Einbrecher *doch* gesehen?«

»Nein, aber ich weiß, dass er es war. Darren Booth. Er war kürzlich in einen Unfall vor seinem Haus verwickelt. Die Freundin meines Sohnes ist dabei ums Leben gekommen.«

Obwohl ihre Aussage mitfühlende Worte nach sich zog, war nun zu spüren, dass sie sich damit als unzuverlässige Zeugin offenbarte. Da erinnerte sie sich jäh an die Broschüre über Verlust, die sie von der netten Verbindungsbeamtin bekommen hatte, und an einen Satz darin über die Möglichkeit, vergesslich zu werden, etwa die Schlüssel zu verlegen oder etwas in der Art.

»Können Sie keine Kriminaltechniker holen? Er war noch nie hier, also könnten sie sofort herausfinden, ob er es war. Es müssten Fasern von seiner Kleidung zu finden sein, nicht wahr?«

Die Beamten bemühten sich redlich, ihre Zweifel zu verhehlen, das wusste Sissy. Eine kostspielige forensische Untersuchung einzuleiten aufgrund der Ahnung einer Frau, die mitten in der Trauerarbeit steckte?

Sie unternahm einen weiteren Anlauf. »Er hat kürzlich eine Überwachungskamera eingebaut, warum überprüfen Sie nicht wenigstens die?« Aber natürlich hätte er an seine eigene Kamera gedacht. Wahrscheinlich hatte er Sissy beim Verlassen des Hauses beobachtet, das Gerät ausgeschaltet und war herübergekommen.

»Okay, Ms Watkins, wenn wir schon mal hier sind, wollen Sie dann nicht noch mal nachschauen, ob auch nichts gestohlen wurde?«

Mit diesem Angebot wollten sie Sissy einen Gefallen tun. Ihr den gebührenden Respekt erweisen. Mehr hatte sie nicht zu erwarten. Natürlich fehlte nichts, nicht einmal im Schlafzimmer, das zur Straße zeigte, und in dem sie mehrere Minuten lang suchte. *Wo in dem großen Haus würde ein Bluthund die stärkste Fährte finden?*, dachte sie verzweifelt. Warum war er hierhergekommen, was hatte er sich angesehen? Was hatte er *berührt*?

Da es kein einziges Anzeichen gab, dass irgendetwas an einem anderen Platz lag, schlugen die Beamten ihr vor, »vorsichtshalber« die Schlösser austauschen zu lassen, und sie lauschte entmutigt den Tipps zu Fensterschlössern und zusätzlichen Türriegeln.

Zumindest statteten sie anschließend Booth einen Besuch ab. Sie beobachtete, wie sie vor seiner Tür standen und sich knapp fünf Minuten mit ihm unterhielten. Als sie zu ihrem Wagen zurückkehrten, fing Sissy die Beamten ab.

»Was hat er gesagt? Haben Sie seine Videobilder überprüft?«

»Die Kamera ist noch nicht angeschlossen.«

Wie sie sich gedacht hatte. Er war kein Idiot.

»Wir sind überzeugt, dass Mr Booth nichts mit Ihrem Einbruch zu tun hat.«

Den »Einbruch« setzten sie quasi in Anführungszeichen. Die Beamten hielten sie für eine verwirrte alte Schachtel, die sich diesen gesamten Vorfall einbildete – oder ihn zumindest fehldeutete. Wahrscheinlich hatten sie einen Code für Einsätze bei alten Omas.

»Sechzig ist nicht alt«, erklärte sie ihnen, ein unvermittelter Gedankensprung, der ihr zum Abschied nur noch mitleidvollere Blicke einbrachte.

Als die Polizisten verschwunden waren, ihr Auto von ihrem Fenster aus längst nicht mehr zu sehen, weinte sie, wie sie es seit Amys Tod jeden Tag und jede Nacht tat.

22

ANT

Ant holte stockend Atem, als er sich am Freitagabend seinem Haus näherte. Obwohl Booth, der vor Ralphs Grundstück an seinem Wohnmobil werkelte, zum Glück außer Reichweite war und ihm nicht einen seiner neuen Todesblicke zuwerfen konnte, hatte Ant gelernt, die Augen fest auf seine eigene Tür zu heften und dem Drang zu widerstehen, direkt zu der Stelle zu blicken, an der Amy gestorben war. Es kam ihm vor, als klänge dort nicht nur ein Gefühl von Tragik, sondern auch von Verrat nach, ein stummer Schrei des Protests.

Em war mit Sam im Garten, ein seltener Anblick in den vergangenen Monaten. Sie hatten den Sandkasten herausgeholt, der Ant an die riesigen Sandsäcke erinnerte, mit denen Booths Gerüst beladen gewesen und deren Gewebe beim Aufprall auf dem Boden durch ihr tödliches Gewicht aufgerissen worden war.

»Die Polizei hat mich eben angerufen«, erklärte er ihr, die Stimme gesenkt für den Fall, jemand auf der anderen Seite der Mauer würde sie belauschen. »Sie meinten, du hättest es noch nicht vorbeigebracht?«

»Oh«, erwiderte Em, und ihr Blick trübte sich ein.

»Ich habe gesagt, ich könnte es sofort hinfahren. Sie sind bis spätabends da.«

Mit den Händen über Sams half Em ihm, Sand in seinen Plastikeimer zu schaufeln. »Das kannst du leider nicht. Ich habe die App und den Rest des Filmmaterials gelöscht.«

»Was?« Ant war überrascht. »Warum hast du das getan?«

»Mir war nicht klar, dass wir es brauchen würden.«

Ihr Ton war nicht überzeugend, und in Ant stieg ein Anflug von Unbehagen hoch. »Okay, nun ja, es war nicht in der Cloud gespeichert, aber vielleicht können sie es von der Festplatte oder sonst wie wiederherstellen. Wo ist das Handy?«

Ems Kiefermuskulatur verspannte sich. »Im Müll.«

»Draußen in der Mülltonne?«

»Ja.«

Die wöchentliche Müllabfuhr war am Morgen gekommen.

»Warum?«, wiederholte er. »Ich verstehe das nicht!«

»Um ehrlich zu sein, Ant, war es meiner Meinung nach ein Riesenfehler, dass du ihnen überhaupt von der App erzählt hast.«

Aufgebracht runzelte er die Stirn. »Wovon redest du nur? Du wusstest, dass ich ihnen den Ausschnitt schicke – du warst doch diejenige, die es vorgeschlagen hat!«

»Den Ausschnitt, ja«, wiederholte sie wie eine gerissene Staatsanwältin, die auf dem Schnitzer eines armen Zeugen herumritt. »Nicht alles. Denkst du nicht, es könnte etwas voyeuristisch wirken, dass du die ganze Zeit über eine Kamera direkt auf unsere Nachbarn gerichtet hast?«

Du, nicht *wir*, wie ihm unvermittelt auffiel.

»Das macht Booth doch jetzt genauso.«

»Seine Kamera ist aber für jeden gut sichtbar. Deine war versteckt.« Sie kippte den Sandeimer um und klopfte mit der Schaufel auf den Boden, was Sam frohlocken ließ. »Ich habe mich ein bisschen informiert, und allein der Besitz dieses Films könnte uns Riesenärger einbringen.«

Ant lauschte ungläubig, als sie ihm ihre Recherche über die Gesetzeslage zum Gebrauch elektronischer Überwachungsmaßnahmen bis ins kleinste Detail auflistete. Aus datenschutzrechtlichen Gründen hätten sie Booth anscheinend unterrichten müssen, dass sein Grundstück von ihrer Kamera eingefangen wurde; außerdem hatte er das Recht, jegliches Bildmaterial einzusehen, in dem er oder sein Grundstück vorkamen.

»Okay, dann hätten wir es ihm also zeigen müssen. Wir hätten es jedem zeigen müssen, der zufällig drauf war. Sie wussten doch alle, dass wir Booth beobachtet haben.«

»Dass *du* Booth beobachtet hast«, korrigierte ihn Em.

Sie tat es schon wieder, trennte sie sprachlich, im Geiste. Verärgert starrte er sie an. Ihm entging nicht, dass ihre Reaktion alles andere als normal war, und dennoch konnte er es ihr nicht verübeln. Die vergangenen paar Tage waren wirklich beängstigend gewesen: Tess' toter Schwan, der Einbruch bei Sissy … Sie musste sich fragen, was *ihr* noch blühen würde.

Er überließ sie ihrer Sandburg und rief bei der Polizei an, um ihnen die unliebsame Nachricht zu übermitteln. DC Forrester nahm den Anruf entgegen.

»Danke, dass Sie uns Bescheid geben«, sagte sie, und das fehlende Nachhaken wirkte viel bedrohlicher als jegliche Standpauke, die sie ihm hätte halten können. »Wenn ich Sie schon am Telefon habe, Mr Kendall …«

»Ja?«

»Sie meinten, Sie hätten das Haus in der Nacht vom Freitag des Zehnten nicht verlassen?«

»Das ist richtig.«

»Und dennoch ist uns zu Protokoll gegeben worden, dass Sie an jenem Abend gegen Mitternacht draußen gesehen worden sind. Besteht die Möglichkeit, dass Sie das Haus verlassen und nur vergessen haben, uns davon zu erzählen? Diese Person ist absolut sicher, dass Sie es waren.«

Ant zögerte, sein Blickfeld verdunkelte sich leicht am Rand. »Oh. Nun ja, wenn diese Person hundert Prozent sicher ist, mich gesehen zu haben, dann muss es wohl so gewesen sein.«

»Können Sie mir sagen, was Sie dort getan haben?«

»Brauche ich einen Grund, um in den Vorgarten meines eigenen Hauses zu gehen? Vielleicht, um etwas in den Müll zu werfen? Nachzuprüfen, ob ich das Auto abgeschlossen habe? Ganz ehrlich, ich erinnere mich nicht.«

Vergesslichkeit war keine Entschuldigung im Zeugenstand, oder?

»Erinnern Sie sich, ob Sie nebenan in die Nähe des Gerüsts gekommen sind?«

»Auf gar keinen Fall. Ich meine, es stand direkt auf der Einfahrt, ragte im Grunde leicht auf unser Grundstück herüber, also wäre es schon möglich, dass ich darunter getreten bin. Aber ich habe es nicht angefasst. Ich war nur für ein oder zwei Minuten draußen.«

»Nachdem Sie das, woran Sie sich aber nicht mehr erinnern können, ein oder zwei Minuten lang getan haben, sind Sie wieder zurück ins Haus gegangen?«

»Ja.« Ant schluckte. Nahm sie dieses Gespräch etwa auf? Nein, das wäre illegal, oder? »Kann ich fragen, wer Ihnen erzählt hat, dass er mich gesehen hat?«

»Diese Information darf ich Ihnen nicht geben.«

Natürlich nicht. Doch es musste ein Nachbar gewesen sein.

Als sein Gehirn eine plötzliche Verbindung herstellte, spürte er, wie es ihm den Magen umdrehte. Das Bearbeitungsprogramm der App: Es war aktiviert worden, nicht wahr? Was, wenn Em die Aufnahme von ihm gesehen und sie gelöscht hatte? Ohne es ihm, ohne es der Polizei zu sagen. Es kostete ihn einen Moment, bis er erkannte, was das Stechen in seinem Brustkorb war: Erleichterung. Erleichterung, dass sie ihn immer noch genug liebte, um ihn zu beschützen.

Als das Telefonat beendet war, stellte Ant sich vor, wie DC Forrester seinen Namen rot einkreiste. Wenn nicht auf einer Liste, die an einer echten Tafel hing, dann zumindest mental. Und das metaphorische Verbrecherfoto von ihm ganz oben auf den Stapel schob.

»Was wollten sie alles von dir?«, fragte Em, als er zurück in den Garten trat.

Ant kniete sich neben sie auf den Rasen, seine Stimme fast ein Flüstern: »Du hast ein Video gelöscht, bevor du mir die Aufnahme gezeigt hast, nicht wahr?«

Ihr Gesicht gab nichts preis. »Ich habe überhaupt nichts gelöscht.«

»Du wusstest, dass es nicht in der Cloud gespeichert war, denn das habe ich dir erzählt, aber du hast das Handy weggeworfen, weil du befürchtet hast, es könnte auf dem Telefon selbst gespeichert sein?«

Sie schwieg, schüttelte nur den Kopf, die Augen abgewandt.

»Ich war an dem Freitagabend draußen, aber ich habe sein verdammtes Baugerüst nicht angerührt, das schwöre ich.«

Em biss sich auf die Unterlippe. »Ich will gar nicht wissen, was du getan oder nicht getan hast.«

»Ich habe überhaupt nichts getan, das ist …«

»Nein, hör auf!« Sie hob die Hand, woraufhin Sam gespannt aufblickte und den Mund öffnete, als wollte er etwas beisteuern. »Im Ernst, Ant, nicht. Wenn die Polizei mich dann fragt, kann ich ihnen wenigstens nichts verraten.«

»Es gibt *nichts* zu verraten«, entgegnete Ant aufgebracht.

»Gut. Dann lass uns das Wochenende hinter uns bringen, okay? Ohne dass etwas Schlimmes passiert.«

Nun, er hätte ihr sagen können, dass sie *damit* das Schicksal herausforderte. Offensichtlich unbekümmert von den polizeilichen Ermittlungen, die ihren Nachbarn Anlass zur Besorgnis gaben, waren Darren und Jodie in Feierlaune. Am Samstagnachmittag wurden mehrere Einweggrills in den Garten geschleppt und angezündet, und eine riesige, farbbekleckste Plastikwanne mit Eiswürfeln und Bier gefüllt. Die Musik – ausnahmsweise mal nicht Metal, sondern Techno – setzte früh ein. Beide Gastgeber hatten sich dem Anlass entsprechend in Schale geworfen, Booth in sauberer Jeans und einem richtigen Hemd, Jodie in einem weit ausgeschnittenen roten Kleid, ihre dünnen blonden Haare über die nackten Schultern gekämmt.

»Welche Sorte Mensch feiert eine Party, zwei Wochen nachdem jemand auf ihrem Grundstück gestorben ist?«, fragte Em, während sie dem Treiben vom Schlafzimmerfenster, das nach hinten hinausging, zusahen.

»Ich schätze, wir kennen die Sorte«, erwiderte Ant. »Wer sind die alle? Was ist der Grund der Feier? Ich habe nicht mitbekommen, dass sie bisher irgendjemanden zu sich eingeladen hätten.«

»Wahrscheinlich haben sie auf Facebook Werbung dafür gemacht. Und ich glaube nicht, dass es einen Grund gibt, ich schätze, es ist eine Botschaft. Wie der tote Schwan.« Em schnalzte mit der Zunge, ihr Gesichtsausdruck verdunkelte sich. »Sie wollen uns zeigen, was echter Lärm ist. Du weißt schon, im Sinne von ›das war noch gar nichts‹.«

Trotz ihrer Überreaktion in Bezug auf die Kamera hatte Ant das Gefühl, dass sie hier den Nagel auf den Kopf traf. Wenn Darren und Jodie irgendetwas über den wunden Punkt ihrer direkten Nachbarn wussten, dann, dass ihr Fokus auf Lärm lag.

Ja, jetzt wussten sie *wirklich*, was Lärm war. Es war eine Stereoanlage, die die Luft zum Erzittern und das menschliche Gehirn zum Platzen brachte. Sie ließ die Bilder an den Wänden wackeln. Es waren sechzig oder siebzig Leute, die gleichzeitig johlten und sangen und lachten.

Es war etwas, bei dem der Polizei in einer Wohngegend die Hände gebunden waren, da die Stadt für solche Fälle zuständig war, wie sie Ant am Telefon erneut erklärten – und er war wohl nicht der Einzige, der sich diesmal beschwerte. Sie versprachen allerdings, vorbeizuschauen, sollten keine dringlicheren Einsätze vorliegen (»Vorbeischauen«? Als wollten sie sich ein Bierchen schnappen und mitfeiern!).

»Ihnen ist hoffentlich bewusst, dass gegen diese Leute mehrere Beschwerden eingegangen sind?«, schrie er über den ohrenbetäubend lauten Beat der Musik hinweg. »Außerdem glauben wir, dass sie kürzlich auch einen Schwan getötet haben!«

Doch es klang verrückt, wie ein Telefonstreich.

War es verwunderlich, dass er tat, was jeder andere verzweifelte Mensch in seiner Situation getan hätte? Er raffte jeglichen Alkohol zusammen, den er im Haus fand, und trank ihn bis zum letzten Tropfen aus.

Als er erwachte, war alles, was er in den ersten zwei Minuten mit Sicherheit sagen konnte, dass er am Leben war. Schmerz hatte von seinem gesamten Körper Besitz ergriffen, zirkulierte in seinem Blutkreislauf und sammelte sich in seinem Kopf. Seine erste Theorie lautete, dass er zusammengeschlagen und im Straßengraben zurückgelassen worden war – von wem? Booth? –, doch sobald er seine ausgetrockneten, geschwollenen Augen mit Gewalt öffnete und seine Kopfhörer sah, die, immer noch mit seinem iPad verbunden, verheddert auf seinem Kissen lagen, wusste er, dass er sich in seinem eigenen Zuhause befand. Er war nicht überfallen worden, er hatte nur einen höllischen Kater.

Er versuchte, sich den Grund ins Gedächtnis zu rufen, weshalb er zwei – okay, vielleicht drei – Flaschen Wein getrunken hatte: das Telefonat mit DC Forrester? Es war gar nicht *so* schlimm gelaufen, oder?

Da erinnerte er sich: Darren und Jodie. Wer sonst?

»Bist du *endlich* wach?« Em stand im Zimmer und riss die Vorhänge auf, was seine Netzhaut mit einem Bombardement an grellem Licht malträtierte, als lebten sie auf dem Merkur, nicht der Erde. »Kannst du *bitte* aufstehen! Du müsstest auf Sam aufpassen, wenn das nicht zu viel verlangt ist?«

Ant versuchte, seine Kehle zu ölen. »Was ist los?«

»Es ist eine Aufräumaktion im Gange, wir sammeln den ganzen Müll der Party ein. Es war vorhin windig und hat alles in der Gegend herumgeweht. Es sieht widerlich aus, als hätte ein Festival stattgefunden. Tess hat Angst, eines der Tiere könnte etwas Giftiges fressen.«

»Wann war die Party zu Ende?«, fragte Ant.

»Morgens gegen halb vier. Du hast um zwei das Bewusstsein verloren.« Ihr Ton unterstrich die Botschaft, die er bereits verstanden hatte, nämlich dass dies ein unverzeihlicher Fehler seinerseits war. Er hatte neunzig Minuten nicht mitbekommen und dabei versagt, das Martyrium bis zum bitteren Ende durchzustehen.

»Hat Sam geschlafen?«

»Irgendwann, ja.«

Wie ein Kind, das neben der Landebahn eines Flughafens wohnte, lernte das arme Geschöpf allmählich, selbst während des Weltuntergangs zu schlafen.

»Die Party war nur zu Ende, weil die Polizei sie aufgelöst hat«, fügte Em hinzu. »Ansonsten hätten sie die ganze Nacht durchgefeiert.«

»Wirklich? Die Polizei hat kein Interesse gezeigt, als ich angerufen habe.«

»Ich weiß, aber ich habe mich an deine Worte über den Drogentipp erinnert, und das habe ich dann getan. Du hattest auch recht, die Drogenfahndung ist sofort gekommen und hat dann die Streifenpolizei zur Verstärkung gerufen. Auf einmal sah die Sache völlig anders aus als sonst. Ich habe zu ihnen gesagt: ›Zum Glück ist diesmal niemand gestorben, hm?‹ Als würde sie das interessieren.«

Ant stöhnte. »Drogen? Das wollte ich mir noch aufheben!«

Ems Augen blitzten vor Wut. »Aufheben? Wofür? Diese Leute sind auf dem Kriegspfad, Ant, und zerstören unsere seelische Gesundheit! Wie viel schlimmer muss es noch werden?«

Angewidert von ihm stürmte sie nach draußen.

Ein Auge auf Sam, schleppte Ant sich zum Fenster, um nachzusehen, wie schlimm die Nachwehen der Party waren. Tess, Sara und eine andere Frau, die er nicht kannte, liefen mit schwarzen Müllsäcken herum. Naomi und Ralph waren im Urlaub und wurden am heutigen Tag zurückerwartet – er war froh, dass zumindest einer Familie diese letzte Abscheulichkeit erspart geblieben war. Die Einfahrt sah aus, als wären dort ein paar Abfalleimer von Nachtclubs umgekippt worden, überall Bierdosen und Flaschen und Zigarettenkippen, selbst durchnässte Kleidungsstücke, platt gedrückt wie überfahrene Tiere.

Er war in der Küche und bereitete alles für ein deftiges Frühstück vor, als Em zurückkehrte. Seine Eingeweide waren wund vor Hunger, was ihn ungeduldig werden ließ, nachdem der Brenner für das Kochfeld stotternd ausgegangen war und er drei Versuche benötigte, um ihn wieder zu entzünden. Sam saß zu seinen Füßen und spielte mit seinem elektronischen Schwein.

Ihr Gesicht war zornentbrannt. »Du wirst nicht glauben, was wir alles gefunden haben. Glasscherben, Jointkippen, diese Poppers-Dosen. Sogar eine Spritze! So viel zur Drogenfahndung – stell dir nur vor, Sam oder eines der anderen Kinder hätte etwas aufgehoben und in den Mund gesteckt. Tess wird sich deswegen bei der Polizei beschweren.« Sie verzog das Gesicht. »Nicht dass wir große Hoffnung haben, dass die Streife von gestern Nacht sich mit den Polizisten austauscht, die für *unsere* Sache zuständig sind. Das wäre viel zu umsichtig.«

Während ihrer Schimpftirade warf Ant die geschnittenen Champignons und Tomaten in die Pfanne. »Sie müssen eine zentrale Datenbank haben, die alle benutzen«, sagte er, um hilfreich zu sein, aber Em funkelte ihn wütend an, als hätte er überhaupt nicht verstanden, worum es ging.

»Was *tust* du da?«

»Ich bereite Frühstück vor. Hast du schon etwas gegessen?«

»Vor zwei Stunden, ja. Hast du nicht gehört, was ich über die Spritze gesagt habe?«

»Habe ich. Setz dich und trink zumindest einen Kaffee.«

»Oh, um Himmels willen, Ant, das hier ist wichtig!« Doch beim Anblick von Sams aufgeschrecktem Gesichtsausdruck goss sie sich eine Tasse Kaffee ein und nahm am Tisch Platz.

Ant schlug Eier in die Pfanne und verrührte alles zu einem grauen Brei. Als ihm auffiel, dass die Flamme schon wieder ausgegangen war, entzündete sie sich im nächsten Moment mit einem alarmierenden Zischen.

»Ant, das ist wirklich gefährlich!«

»Ich weiß. Die Herdplatte ist kaputt. Ich muss schauen, ob ich sie reparieren kann, aber wahrscheinlich brauchen wir eine neue.«

»Nein, ich will nichts Neues kaufen«, sagte Em. »Ich werde nicht noch mehr Geld zum Fenster rauswerfen.«

»Wovon redest du nur? Hör mal, vergiss die Party.« Er spürte eindringlich, dass er ihre Wut zerstreuen, ihre Energie auf ein neues Ziel richten musste. »Wir können nicht zulassen, dass sie unser gesamtes Wochenende zerstört. Wie wäre es, wenn wir einen Ausflug machen? Runter zur Küste fahren?« Er schob das halbgare Essen auf einen Teller, fand etwas Brot und brach ein Stück für Sam ab. »Em? Was denkst du?«

Sie hob den Blick, ein Ausdruck frischer Entschlossenheit in ihren Augen. »Ich denke, wir müssen umziehen, Ant. Wir wohnen neben einem sehr gefährlichen Individuum, das ganz offensichtlich Rache üben will. Früher oder später wird er etwas tun, das uns wirklich schadet. Sam schadet.«

»Wegen der Party?«

»Nein, nicht nur wegen der Party! Sondern weil er ein wehrloses Tier getötet hat und in eines unserer Häuser eingebrochen ist – ganz zu schweigen von dem Umstand, dass er eine Frau auf dem Gewissen hat! Wir müssen ausziehen«, wiederholte sie.

Ant nahm sich die Zeit, in Ruhe hinunterzuschlucken. In gewisser Hinsicht war es außergewöhnlich, dass es so lang gedauert hatte, bis sie an diesen Punkt kamen. »Ich dachte, du lässt dich nicht von ihm verjagen?«, erwiderte er schließlich.

»Das war, bevor ich erkannt habe, dass wir immer noch in Gefahr schweben.«

»Das Problem ist, ich glaube nicht, dass wir verkaufen *können*. Eine kurze Internetrecherche nach der Adresse, und Amys Tod wird auftauchen. Außerdem verbirgt er es nicht sonderlich gut, dass er ein Nachbar aus der Hölle ist.«

»Dann vermieten wir eben«, sagte Em. »Irgendjemand muss verzweifelt genug sein.«

Ant schaufelte mehr Essen in seinen Mund. Das wabbelige Eiweiß ließ ihn würgen. »Verzweifelte Menschen können die Miete nicht bezahlen, die wir veranschlagen müssten, um die Hypothek zu decken. Dann müssten wir noch die Miete für das neue Haus aufbringen.«

Ems Stimme hatte sich nun verändert, und die Anspannung, ihre Emotionen zu kontrollieren, ließ sie gemein klingen. »Wenn ich sage, wir müssen umziehen, ist das keine *Bitte*. Zumindest nicht, was Sam und mich angeht.«

»Was?« Ant hörte auf, Essen in sich hineinzuschlingen und sah sie an. »Was genau meinst du?«

»Ich meine, wenn du nicht mit umziehen willst, werden wir es trotzdem tun. Wir werden unsere Sachen packen und bei meinen Eltern wohnen. Als ich am Wochenende dort war, habe ich eine wirklich hübsche Krippe gesehen, und ich wette, sie haben keine solche Warteliste wie hier. Und es muss auch Schulen geben, die genauso gut sind wie die Lowland Primary. Ich könnte mir einen Job in Cheltenham suchen. London ist voller Verrückter, Ant, wir könnten dasselbe Problem wieder bekommen, egal, wo wir hinziehen!«

Er starrte sie entgeistert an, als er die Gedanken, die er am meisten fürchtete, laut ausgesprochen hörte. »Soll das etwa heißen, du willst dich trennen?«

Sie schüttelte den Kopf, und die nachdrückliche Bewegung ließ ihn fürchten, dass die Person, die sie am meisten überzeugen musste, sie selbst war. »Es bedeutet, dass ich diese Leute aus unserem Leben haben will. Und wenn du nicht bereit bist, etwas wegen ihnen zu unternehmen, dann mache *ich* es.«

23

RALPH

Allein im Hotelzimmer – der Rest der Familie war am Strand – führte Ralph mehrere Gespräche mit seinem Logistikmanager Ben in London, als die Mitteilung aufploppte, dass er einen Anruf von Eithne Forrester verpasst hatte.

Nun, sie würde warten müssen.

Ben hatte gerade die unliebsame Entdeckung gemacht, dass das Gebäude neben ihrer Lagerhalle als Versammlungspunkt für eine »beträchtliche« Gruppe von LGBT-Demonstranten vorgesehen – und polizeilich genehmigt – worden war, die entlang des Flusses ins Londoner Banken- und Börsenviertel marschieren wollte. Er hatte keine Ahnung, was ihr Anliegen war – etwas wegen mangelnder Diversität bei Karrieren, die einem erlaubten, sich rücksichtslos über Vorschriften hinwegzusetzen und Rentner zu beklauen –, doch er wusste, was *seines* war: der höchst unangenehme Umstand, dass der Zugang zu drei Lieferwagen gesperrt war, von denen zwei bereits unterwegs sein sollten.

»Kennen Sie das russische Sprichwort: ›Kaufen Sie nicht das Haus, sondern die Nachbarschaft‹?«, fragte ein Zulieferer, als Ralph mit Alternativplänen anrief.

»Ich bin mir nicht sicher, ob ich überhaupt ein einziges russisches Sprichwort kenne«, erwiderte er, »aber das hört sich nach einem guten an.« Beim Reden strich er mit den Fingern über seine linke Wange. Die Haut fühlte sich immer noch empfindlich an, auch wenn die Hämatome verblasst waren, und ihm kam ein geradezu demütigender Gedanke: Einige Dinge riefen Verletzungen hervor, die länger zu spüren waren als die einer Schlägerei.

Was zum Teufel glaubst du, tust du da?

Wie konntest du nur so dumm sein?

Wie ein billiger Schlägertyp.

Die Worte schmerzten noch immer. Sie schmerzten, weil sie wahr waren, und sie schmerzten, weil sie von Naomi stammten. Eine Grenze war zwischen ihnen überschritten, das Machtverhältnis gestört worden. Natürlich wusste er, dass die Angst seiner Frau vor den »Konsequenzen« seiner Prügelei mit Booth nicht ihre eigene Sicherheit betraf, ganz zu schweigen seine, sondern die ihrer Kinder. Booth hatte reichlich Ziele im Morgan'schen Haushalt, abgesehen von dem, der ihm seinen Namen gegeben hatte.

Laut Finn war in ihrer Abwesenheit in der Straße die Hölle losgebrochen: ein toter Schwan, ein Streifenwagen vor Sissys Haus und eine wilde Party in Nummer eins, zu der die Drogenfahndung gerufen worden war (und Überraschung, es hatte keine Verhaftung gegeben!). Er war nicht egozentrisch genug, um zu glauben, er hätte eine dieser Missetaten *verhindern* können, aber Herrgott noch mal, es war schon eine interessante Fügung, oder? War die Katze aus dem Haus, versuchte die Maus sich an einem Staatsstreich.

Nachdem er seine Arbeitsanrufe getätigt hatte, schob er die Terrassentür auf. Obwohl die Julidürre dem üppig grünen Blumental, das die Website des Hotels versprach, einen Strich durch die Rechnung gemacht hatte, gefielen Ralph die Farben, die er stattdessen zu Gesicht bekam: Stroh- und Sand- und blasses Zitronengelb, alles leicht vergilbt und ein bisschen im Stil der 70er-Jahre. Einen Moment lang wünschte er, seine Familie und er könnten ewig hierbleiben.

Erst als er es nicht länger hinausschieben konnte, wählte er die Nummer der Polizei und vernahm, wie nicht anders zu erwarten war, die unterkühlte Stimme von DC Forrester.

»Bei unserem letzten Treffen haben Sie keine Babysitterin erwähnt, Mr Morgan, und ich habe mich gefragt, warum.«

Ralph atmete hörbar aus, bereits jetzt gereizt. »Daisy? Was soll mit ihr sein? Sie sollten lieber mit meiner Frau sprechen, die kümmert sich um solche Dinge.«

Eine Pause. »Hat Ihre Frau auch die Babysitterin am Abend des Zehnten nach Hause begleitet?«

Ah. Okay. *Ergreif die Initiative. Lügen ist keine Option.* »Nein, das sind immer mein Bruder oder ich, die sie nach Hause bringen. Wir würden niemals zulassen, dass ein Teenager mitten in der Nacht allein herumläuft.«

»Wer von Ihnen war es in jener Nacht?«

»Aus dem Stand erinnere ich mich nicht, aber da Sie sich all die Mühe machen, mich im Urlaub anzurufen, schätze ich, jemand hat entschieden, dass ich es war?«

»Ganz genau. Gibt es irgendeinen besonderen Grund, weshalb Sie deswegen zuvor gelogen haben?«

Als ein Pochen in seiner geprellten Wange einsetzte, spürte Ralph, wie er allmählich die Beherrschung verlor. »Oh, Herrgott noch mal, es besteht ja wohl ein Unterschied zwischen Lügen und Vergessen, oder? Ist das wirklich Ihre Vorstellung einer Mordermittlung?«

»Mr Morgan, sind Sie in jener Nacht an Nummer eins vorbeigekommen, auf dem Weg zu oder von Daisys Haus in der Portsmouth Avenue?«

Ralph seufzte. »Beide Male, ja. Das ist die kürzeste Route.«

»Und auf dem Heimweg, haben Sie sich da der Haustür von Nummer eins genähert?«

»Nein, und ich habe auch das verdammte Baugerüst nicht angefasst.«

Es folgte eine Pause, eine neue Anspannung. »Wie ich gehört habe, sind Sie mit Mr Booth in eine Schlägerei geraten, bevor Sie letztes Wochenende in den Urlaub gefahren sind?«

Na dann. »Wohl eher eine kleine Meinungsverschiedenheit, würde ich sagen.«

»Eine kleine Meinungsverschiedenheit, ich verstehe. Seine Verletzungen vom Gerüstunfall sind immer noch nicht verheilt, weshalb ich mir kaum vorstellen kann, dass er sich sonderlich gut zur Wehr setzen konnte.«

»Nun, da täuschen Sie sich aber gewaltig, denn der Kerl ist ein zähes Bürschchen. Wenn überhaupt habe ich den Kürzeren gezogen.« Erneut strich Ralph sich über die geprellte Wange.

»Da muss ich mich wohl auf Ihr Wort verlassen, Mr Morgan.«

Mr Morgan. Das Ärgerlichste an ihr, an dieser emotionslosen Ausdrucksweise war, dass er nicht mit Sicherheit sagen konnte, ob die Frau sarkastisch war. Er wusste nicht, ob sie ihn provozieren wollte.

Adrenalin peitschte immer noch durch seine Adern, als er aufgelegt hatte und von der Terrasse aus beobachtete, wie Libby den Pfad vom hoteleigenen Privatstrand heraufspaziert kam. Mit zwölf waren ihr im diesjährigen Urlaub mehr Freiheiten eingeräumt worden als während der vergangenen Jahre. Sollten Naomi und er diese Entscheidung neu überdenken? Man musste nur an jedem x-beliebigen Tag die Nachrichten anschauen, um zu wissen, wie leicht ein junger Mensch abgefangen und verletzt werden konnte. Was wäre, falls Booth sie zu sich lockte, wenn er sie auf der Straße sah…? Sie in seinem Haus gefangen hielte – dem Haus, das die Polizei ihm ohne jede Vorsichtsmaßnahme zurückgegeben hatte?

Sobald sie nach Hause kamen, würde er Naomi vorschlagen, ihre Handys zu synchronisieren und anzufangen, jeden Schritt ihrer Tochter zu überwachen. Unter normalen Umständen eine gruselige Vorstellung, aber die Umstände waren alles andere als normal.

Naomi hatte ebenfalls einen Anruf erhalten. Sie erzählte ihm davon, nachdem sie Libby und Charlie bei ihren Eltern in Somerset abgesetzt hatte, wo sie bis zum nächsten Wochenende bleiben würden (er konnte es nicht oft genug sagen: Seine Schwiegereltern waren verdammt noch mal der Hammer!). Die Autobahn nach London war überraschenderweise leer, was bedeutete, dass er rechtzeitig zu Hause sein würde, um mit Finn ein Bierchen zu trinken. Wären da nicht die Polizei und Booth, wäre er in Hochstimmung.

»Vor den Kindern wollte ich mit dir nicht darüber reden«, erklärte sie, und Ralph spürte, wie sein Puls stieg.

»Eithne Scheiß-Forrester, oder? Die mein Alibi überprüft – diese Sache mit Daisy, die ich nach Hause begleitet habe?«

»Eigentlich wollte sie nochmals etwas vom Morgen des Unfalls besprechen«, sagte Naomi und spähte auf dem Beifahrersitz mit zusammengekniffenen Augen auf ihr Handy. Ralph fragte sich, ob er besorgt sein sollte, da sie sich das einzige Mal, als sie während des Urlaubs Sex gehabt hatten, nur gefügt hatte, anstatt selbst die

Initiative zu ergreifen. Nicht gerade unwillig, aber definitiv auch nicht versessen darauf.

»Was wollte sie wissen?«, hakte er nach.

»Wer es war, der ins Haus gegangen ist und Jodie geweckt hat.«

»Wirklich? Wer war es? Du?«

»Nein, Em. Ich bin draußen geblieben und habe auf den Notarzt gewartet.« Bei der Erinnerung schauderte Naomi, ließ ihr Handy in den Schoß fallen und fuhr sich mit den Fingern über die Oberarme.

»Glaubst du, sie verdächtigen Em wegen irgendwas?«, fragte Ralph.

Verwundert blickte sie auf. »Das ist mir noch gar nicht in den Sinn gekommen. Ich hatte eher an Jodie gedacht.«

Ralphs Augen wurden groß. Vor ihnen nahm der Verkehr zu, wurde dichter, eine Linie aus roten Rücklichtern, die sich ostwärts schlängelte. »Jodie? Wow.«

»Nun, es war sonderbar, dass sie in ihrem Schlafzimmer geblieben ist, oder? Hättest *du* unter einem Haufen eingestürzter Gerüstteile gelegen, wäre ich wohl schon aus dem Bett aufgestanden und hätte einen Blick nach draußen geworfen.«

»Freut mich zu hören«, erwiderte Ralph. Endlich taute sie auf, dachte er. Halleluja! Er fragte sich, ob Finn an diesem Abend fürs *Star* anstelle des *Fox* zu begeistern wäre. Unnötig, den Grund zu analysieren. Er war wie ein Teenager, der aus dem Urlaub nach Hause kam und hoffte, das Mädchen zu sehen, das er abschleppen wollte – nur dass er in Wirklichkeit ein Mann mittleren Alters war, der aus dem Urlaub nach Hause kam und hoffte, den Nachbar zu sehen, den er am liebsten umgebracht hätte.

Wie hatte es so surreal werden können?

Wie hatte es so *düster* werden können?

Sie gingen ins *Fox* – Finn war ungewöhnlich hartnäckig –, und es ärgerte Ralph von der Sekunde an, als sie das Pub betraten und feststellten, dass sie keinen Tisch bekamen. Es waren der warme, überreife Geruch, die vom Urlaub gebräunten Gesichter. Menschen wie wir, nur dass *sie* keinen Kleinkrieg mit einem Psycho ein paar Türen weiter am Laufen hatten. Nein, sie hatten das, was Ralph geglaubt hatte, immer zu besitzen und dennoch im Bruchteil einer Sekunde verloren hatte: Selbstgefälligkeit.

Mit einer Handbewegung wischte er Finns Fragen über den Urlaub beiseite und schlug ohne Umschweife das Thema Booth an. Schließlich wurden sie bedient und fanden zwei freie Plätze am Ende der Bar. »Nay ist nicht überzeugt, dass dieser Einbruch bei Sissy überhaupt auf Booths Konto geht. Sie sagt, es wäre zu abwegig. Zu bedrohlich.«

»Einen Vogel zu töten, hält sie nicht für bedrohlich?«

»Na klar ist es das, es ist nur so, dass die anderen Vorfälle unüberlegt, brutal waren – plus die Party, aber die war ja zu erwarten. Kann ehrlich gesagt kaum glauben, dass sie bis jetzt keine hatten. Aber bei Sissy ist nichts zerstört worden, nicht das Geringste. Es ist nicht derselbe Modus Operandi.«

»Der Modus Operandi ist, uns auf die Nerven zu gehen, koste es, was es wolle«, sagte Finn.

Ralph stimmte ihm zu. Er besprach Booth viel lieber mit seinem Bruder als mit seiner Frau. »Genau meine Worte. Er will keinen persönlichen Stil etablieren wie ein Serienmörder. So interessant ist er nicht. Was hält Tess von der Sache?«

»Um ehrlich zu sein, mache ich mir etwas Sorgen um sie«, sagte Finn. »Sie ist besessen von diesen Schwänen. Vorhin war sie drüben im Laden in der Siedlung, um die Verkäufer anzuschnauzen, weil sie Kindern altbackenes Brot geben, damit sie die Tiere füttern können. Das ist nicht gut für die Schwäne, sagt sie. Hat gedroht, die Polizei zu rufen, wenn sie nicht damit aufhören.«

»Okay.« Wie verblendet sie war, dachte Ralph. Wenn der Polizei ein Verrückter egal war, der an einer ganzen Straße Rache übte, würden sie sich gewiss nicht an ein paar Tage abgelaufenem Toastbrot stören, das an einen Höckerschwan verfüttert wurde. »Wir hatten schon wieder die Polizei am Telefon, ihr auch?« Er verzog gequält das Gesicht, als er von einem Haufen Neuankömmlingen nach hinten gedrückt wurde. »Um unserem Gedächtnis ein wenig ›auf die Sprünge zu helfen‹. Apropos, dank dir bin ich jetzt ihr Hauptverdächtiger.« Eigentlich hatte es eine beiläufige Bemerkung sein sollen, aber sein Ton war einen Hauch zu scharf, als wäre er wirklich stinksauer, und Finns Reaktion war, ihn über den Rand seines Bierglases hinweg finster anzublicken.

»Wieso dank mir?«

»Weil sie sich wie Aasgeier darauf gestürzt haben, dass ich in der Nacht Daisy nach Hause begleitet und höchstwahrscheinlich auf dem Rückweg am Gerüst herumgepfuscht habe. Mir selbst war es entfallen, und Nay haben sie nicht gefragt, also müsst ihr es gewesen sein, die es ihnen erzählt habt, du oder Tess.«

»Ich nicht«, erwiderte Finn kurz angebunden.

»Na, dann eben Tess. Richte ihr bitte aus, dass sie nicht vergessen sollte, auf welcher Seite sie hier steht.«

Finn versteifte sich und ging, wie nicht anders zu erwarten, in die Defensive. »Wovon redest du nur? Welche andere Seite gibt es denn?«

Aber Ralphs Laune war derart im Keller, dass Finns Gegenwehr ihn nur noch mehr anstachelte. »Sie will uns eins reinwürgen nach dem, was Naomi ihr an dem Abend wegen ihres Hausfrauendaseins an den Kopf geworfen hat, ist es das?«

»Oder vielleicht haben sie Tess bloß gefragt, wie die Babysitterin nach Hause gekommen ist? Was zum Teufel ist los mit dir? Sollten Urlaube nicht dazu dienen, die Stimmung zu heben, anstatt sie zu senken? Kein Wunder, dass Tess das Gefühl hat, bei euch beiden keine Luft zu bekommen. Ihr seid keine fünf Minuten zurück, und schon hackt ihr auf ihr rum.«

Ralph spürte, wie ihm rot vor Augen wurde. »Sie bekommt aber ganz schön leicht keine Luft, hm? Finde ich verdammt undankbar.«

Da war es, die eine Sache, die Finn mehr hasste als alles andere auf der Welt: Dass er und seine Familie dankbar sein sollten, dass er Ralph wegen des hübschen Arrangements etwas schuldete.

»Warum genau sollte sie dankbar sein?«, fauchte Finn, seine Stirn glänzend vor Schweiß. »Weil du bemerkt hast, dass das Haus nebenan zum Verkauf gestanden hat? Weil du uns die Anzahlung geliehen hast, die längst wieder auf deinem Konto ist? Du brauchst es, dass jemand bei dir tief in der Kreide steht, nicht? Du musst derjenige sein, der hinter den Kulissen die Fäden zieht. Das ist der Grund, weshalb du Booth nicht magst, weil er nicht nach deiner Pfeife tanzt.«

Ralph ging mit dem aggressiven Fauchen aus Kindheitstagen auf ihn los: »Ich mag Booth nicht, weil er meinen Sohn ins Krankenhaus gebracht hat. Er hat eine unschuldige Frau getötet. Er bricht in unsere Häuser ein und knallt Tiere ab und kommt mit alldem ungeschoren davon.«

Finn zuckte zusammen; offensichtlich hatte er für einen Augenblick Charlies Beinaheunfall und sogar Amys Tod vergessen. »Vor alldem. Du weißt, was ich meine.«

»Nein, ich weiß nicht, was du meinst, und ich finde, du solltest verdammt noch mal dein Maul halten!«

Angesichts der verwunderten Blicke, mit denen andere Gäste ihre erhobenen Stimmen quittierten, ermahnte Ralph sich – nein, zerfleischte sich innerlich –, dass Leute im *Fox* sich nicht so aufführten. Vielleicht führten sich Leute im *Star* so auf, aber nicht im *Fox*. Scham und Wut überwältigten ihn: Er war sich so sicher gewesen, dazuzugehören, er hatte dieses Zugehörigkeitsgefühl zu einer Kunstform erhoben, und hier war er und gehörte letzten Endes doch nicht dazu.

Vielleicht war es ein Atavismus ihrer sechzehn gemeinsamen Jahre, in denen sie sich ein Zimmer geteilt hatten, aber keiner der Brüder war es gewohnt, bei Auseinandersetzungen die Flucht zu ergreifen. Sie saßen es, wenn nötig, in erbittertem Schweigen aus (insbesondere wenn Bier involviert war, das es noch auszutrinken galt).

»Tut mir leid«, sagte Ralph schließlich. »Ich bin nur fix und fertig von der Autofahrt. Diese Sache mit Daisy wird zu nichts führen.«

»Natürlich nicht«, pflichtete Finn ihm augenblicklich bei. »Es zeigt doch nur, dass du ein guter Bürger bist, das ist alles. Und sie *sind* Detectives. Sie sind durchaus in der Lage, den Namen und die Adresse einer Babysitterin ausfindig zu machen. Und vielleicht hat *sie* etwas bemerkt? Ist dir das schon gekommen? Etwas, das uns helfen könnte.«

»Ja, schon möglich.«

Endlich, als sie einen freien Tisch entdeckten, bestellten sie neue Getränke und saßen mehrere Minuten schweigend da, um E-Mails und SMS zu lesen. Auf einmal spürte Ralph ein Kribbeln auf seiner Haut, ein Frühwarnsignal, das er zuerst auf ihre gerade eben geführte, nervenaufreibende Diskussion über Booth schob. Doch als er sich in der Bar umsah, erkannte er, dass er sich getäuscht hatte. »Verdammt noch mal, das glaub' ich nicht.«

»Was?«

»An der Bar.«

Seit Booth in den Lowland Way gezogen war, mussten sie schon ein dutzend Mal im *Fox* gewesen sein, und sie hatten ihn noch nie hier gesehen. Das *Star* war seine Heimat. Aber das dort war ohne jeden Zweifel er. Mit zwei Kumpeln, beide jüngere Männer als er selbst und sichtlich aufgedreht vor Erwartungen an den Freitagabend. Von den dreien wirkte Booth am ungepflegtesten und schien sich dennoch am wohlsten in seiner Haut zu fühlen. Sein Blick glitt von Finn zu Ralph und verharrte dort.

»Glaubst du, er ist uns gefolgt?«, murmelte Finn.

»Nein. Er ist gerade erst reingekommen. Ich wette, er hat uns gesehen, als wir an seinem Haus vorbeispaziert sind. Hat seine Truppen mobilisiert. Nicht schwer zu erraten, was unser Ziel war.«

»Warum sollte er das tun?«

»Er will uns verhöhnen«, sagte Ralph. »Herausfordern. Er will uns zeigen, dass er in unser Reich eindringen kann. Vielleicht hat er uns im *Star* gesehen, und das hat ihm nicht gefallen.« Als Booth ihnen den Rücken kehrte, um Getränke zu bestellen, versuchte Ralph, die Frau hinter der Bar allein durch Willenskraft zu überzeugen, Booths unangemessenes Auftreten zu bemerken und ihn abblitzen zu lassen, doch sie bediente ihn schneller, als Ralph bedient worden war. Sie *lächelte* ihn an, während sie sein Pint zapfte.

»Dir ist schon klar, wenn du jetzt irgendwas unternimmst, gibt es hier hundert Zeugen«, sagte Finn wie zur Warnung. »Außerdem sind sie zu dritt.«

»Stimmt.« Ralph drehte den Stuhl so, dass er Booth nicht direkt im Blickfeld hatte, konnte sich allerdings dennoch nicht entspannen. »Was tut er jetzt?«

»Er wartet auf die Getränke. Da kommen sie.« Verwirrt runzelte Finn die Stirn. »Moment mal … ich glaube, er bietet *uns* eins an.«

Seine Willenskraft wie weggeblasen, wirbelte Ralph just in dem Moment herum, als Booth, gerade noch hörbar über dem Freitagabendlärm, zu ihnen herüberrief: »Hey, Kray-Zwillinge! Ich sagte, kann ich euch ein Bierchen spendieren?«

Die Bardame, die seine Anspielung mit einem Grinsen quittierte, sah zu den Brüdern und wartete auf ihre Antwort. Was würde er tun, dachte Ralph, ihnen heimlich etwas in die Drinks kippen? Zu ihnen kommen und sie ihnen ins Gesicht schütten?

Er rief zurück: »Ich würde kein Bier von Ihnen annehmen, selbst wenn ich auf Händen und Knien in der Sahara krieche.« Seine Antwort war laut genug, aggressiv genug, um eine Vielzahl an Reaktionen zu erhalten: Feindseligkeit von Booths Saufkumpanen, ängstliche Blicke von den zwei Frauen am Nachbartisch, Fassungslosigkeit von der Bardame.

»Ich schätze, das ist ein Nein«, sagte Darren zu ihr. »Dann nur die hier, Süße. Danke.«

Sie nahm sein Geld und starrte missbilligend in Ralphs Richtung.

Was zum Teufel war hier nur los, dachte Ralph wutschäumend, als Booth und seine Gang mit ihren Getränken nach draußen gingen, wahrscheinlich um zu rauchen. Er war nicht nur dreist ins Revier der Morgans eingefallen, sondern hatte es auch noch markiert und mit Fähnchen bestückt. Ein Gefühl von Hilflosigkeit drohte ihn zu überwältigen, als könnte er überhitzen und in Flammen aufgehen.

»Unglaublich, wie er es geschafft hat, alle zu täuschen, damit sie jetzt glauben, *er* wäre der Gute«, ärgerte er sich zutiefst. »Es muss doch *irgendetwas* geben, was wir ihm anhängen können, etwas, bei dem niemand abstreiten kann, dass es kriminell ist? Wie wäre es, wenn wir ihn als pädophil anzeigen? Oder das Gerücht einfach nur im *Star* streuen? Mit etwas Glück kommt ein Mob vorbei und lyncht ihn?«

Obwohl in Finns Augen ein zustimmendes Funkeln aufblitzte, hätte seine Antwort von Naomi diktiert sein können: »Die Polizei ist nicht blöd, sie werden sofort durchschauen, dass die Anschuldigung weder Hand noch Fuß hat. Außerdem könnten wir uns eine Anzeige wegen Schikane oder sogar Rechtsbeugung einfangen.«

Ralph nickte. »Du hast recht. Wir sollten uns keine Verbrechen aus den Fingern saugen müssen, er hat genug echte begangen.« Er sah seinem Bruder fest in die Augen. »Ich schätze, es ist Zeit für eine ganz neue Strategie.«

Finn zuckte nicht mit der Wimper. »Meine Unterstützung hast du.«

24

TESS

»Hallo, hier spricht Tessa Morgan aus dem Lowland Way. Mein Mann meinte, Sie hätten noch eine Frage zu unserer Unterhaltung?«

Es folgte eine kurze Pause, während DC Forrester ihre Unterlagen zusammensammelte. Dann konnte es nicht so ernst sein, dachte Tess, wenn sie sich die Rückfrage in Erinnerung rufen musste. Also noch keine Vorladung aufs Polizeirevier.

»Ja, ich lese mir nur gerade die Aussagen vom Abend des Zehnten durch, und mir ist aufgefallen, dass wir einen Bericht haben, in dem steht, Sie wären mit Ihrem Hund um halb eins auf der Straße gesehen worden.«

»Oh!« Tess war verblüfft. »Wahrscheinlich bin ich mit Tuppy Gassi gegangen. Das muss ich völlig vergessen haben.«

»Das haben Sie vergessen?«

»Ja, *habe* ich. Weil es unwichtig war. Wenn man einen Hund besitzt, bringt man ihn ständig raus. Man erinnert sich nicht an jeden einzelnen Spaziergang.«

»Sie haben einen sehr großen Garten, Mrs Morgan, wenn ich mich nicht täusche?«

Tess unterdrückte ein Seufzen. »Ich hätte ihn einfach hinten rauslassen können, ja, aber das hätte die Hunde nebenan unruhig gemacht, und dann hätten alle drei zu bellen begonnen und die ganze Nachbarschaft aufgeweckt. Also bin ich einfach vorne mit ihm raus und zum Grünstreifen auf die andere Seite der Portsmouth Avenue.«

»Sind Sie bei dieser nächtlichen Expedition in die Nähe von Haus Nummer eins gekommen?«

»Nein.«

»Ihr Ehemann hat Ihnen nicht erklärt, wie man am besten Schrauben lockert, um ein Baugerüst instabil zu machen?«

»Äh, *nein.*« Tess spürte, wie sich ihr Herzschlag beschleunigte. »Aber wie schwer kann das schon sein? Jeder kann einen Schraubenschlüssel nehmen und eine Schraube oder eine Mutter oder was auch immer herausdrehen.«

»Aber nicht jeder besitzt die Erfahrung, auf einer Baustelle zu arbeiten, so wie Ihr Ehemann.«

»Woher wissen Sie das?« War das wirklich eine Arbeitshypothese? Ehemann und Ehefrau, die gemeinsam unter einer Decke steckten? »Das ist schon über zwanzig Jahre her!«

»Das Gerüstzubehör war noch älter. Wenn ich mich recht erinnere, meinten Sie selbst, das Material würde beträchtliche Abnutzungserscheinungen aufweisen.«

Tess zögerte. Sie musste anfangen, stärker darauf zu achten, was sie gesagt und was sie ungesagt gelassen hatte. »Das habe ich, ja. Alles sah uralt aus.«

»Haben Sie die Angewohnheit, die Hinterlassenschaften Ihres Hundes zu beseitigen, Mrs Morgan?«

»Wollen Sie mich jetzt auf den Arm nehmen?« Tess seufzte. »Ja, natürlich. Wenn ich Sie schon am Telefon habe, dürfte ich dann fragen, ob Ihre Kollegen von der Drogenfahndung meiner Beschwerde anlässlich einer Party in Haus Nummer eins am Samstag nachgegangen sind? Dort waren definitiv illegale Substanzen im Spiel. Das ist gewiss gravierender als eine infame Beschwerde über den Stuhlgang meines Hundes? Nehmen Sie es mir nicht übel, aber ich finde, Sie sollten vielleicht überdenken, was hier eine Untersuchung wert ist.«

Ihr Tonfall klang schärfer als beabsichtigt, und es folgte ein kurzer Moment überraschten Schweigens.

»Keine Sorge, ich nehme das nicht übel«, erwiderte DC Forrester geschmeidig.

Naomi hatte in der Facebook-Gruppe der Nachbarschaft gepostet:

> Hat das jeder gesehen? Genau das wollen wir vermeiden, um unser aller willen! Bitte SPRECHT NICHT MIT DER PRESSE!

Der Link führte zu einer fiesen kleinen Anzeige auf den Immobilienseiten einer Boulevardzeitung:

Schnäppchen-Keller

> Sichern Sie sich ein Schnäppchen im noblen Lowland Gardens in South London – wenn Sie Mumm in den Knochen haben!
>
> Lowland Way, eine der hübschesten Straßen des Vororts, befindet sich im freien Fall nach dem grässlichen Tod einer jungen Frau bei einem Bauunfall. Mit der Polizei, die in den Häusern der Anwohner ständig ein und aus geht, und ihrem berühmten *Play Out Sunday*, der eingestellt werden musste, sehen sich Immobilienverkäufer genötigt, ihre Preise drastisch zu senken. Dieses

viktorianische Haus mit drei Schlafzimmern wurde von £1,2 Millionen auf £900.000 reduziert. Es hat keinen Keller – aber Sie könnten ihn jederzeit ausheben (Baugenehmigung eingeholt), um Ihr Schnäppchen voll auszuschöpfen! Bei Lowland Estates: www.lowlandestates.co.uk.

Sara und Ant hatten bereits Kommentare hinterlassen.

Sara Boulter: Verdammte Sensationspresse. Woher kommen sie an solches Zeug?

Ant Kendall: Sehr herzlos und beunruhigend. Wie grässlich für Sissy und ihre Familie, so etwas lesen zu müssen.

Obwohl Tess die Gruppe in letzter Zeit gemieden hatte, viel zu aufgewühlt, um die zahlreichen Anfragen und Bemerkungen zu den verschiedenen »Totes Schwanenjunges«-Posts zu verfolgen, verspürte sie ein hartnäckiges und unergründliches Verlangen, sich wieder mit Naomi zu versöhnen. Ihr Telefonat mit der Polizistin hatte diesen Wunsch jedoch im Keim erstickt, und das nächste Mal, als sie Naomi mit Charlie und den Hunden im Garten sah, marschierte sie kurzerhand nach draußen und bat sie um ein Wort.

Naomi lenkte Charlie mit einem Spiel ab, bei dem es darum ging, einen Tennisball gefährlich nah an Tess' Küchenfenster zu werfen, bevor sie erklärte: »Wenn es um den jüngsten Artikel geht, wegen dem wird Ralph bei Lowland Estates anrufen und sich die Leute dort vorknöpfen. Es ist nicht in ihrem Interesse, dass die Straße verramscht wird.«

»Das ist es nicht, nein.« Tess war fest entschlossen, sich nicht ablenken zu lassen. »Naomi, hast du oder Ralph irgendetwas zur Polizei gesagt, dass Finn Erfahrungen auf Baustellen hat?«

Naomi beäugte sie interessiert. »Natürlich nicht. Aber du verstehst sicherlich, warum sie das relevant finden könnten. Er *ist* der Einzige, der weiß, wie solche Kupplungen, oder wie auch immer diese Dinger heißen, funktionieren.«

»Ja, er und jeder der anderen Zigmillionen YouTube-Nutzer, die Lust haben, sich zu diesem Thema ein Tutorial anzusehen. Komm schon, jeder kann sich heutzutage alles Mögliche in fünf Minuten beibringen, es ist total unfair, Finn den schwarzen Peter zuzuschieben.«

Naomi seufzte. »Das stimmt.«

Ein solches Eingeständnis kam derart selten vor, dass Tess' Tonfall auf der Stelle weicher wurde. »Wie ich höre, hat Ralph ebenfalls Sorge, ein Verdächtiger zu sein?«

»Ja. Er glaubt, die Polizei versucht, uns gegeneinander auszuspielen.«

»Die Leute fangen tatsächlich an, mit dem Finger auf andere zu zeigen«, stimmte Tess ihr zu. »Die Polizei weiß, dass ich in der Nacht mit Tuppy Gassi gegangen bin, und ich habe nicht die leiseste Ahnung, wer ihnen das gesteckt haben könnte.«

Naomi blickte auf. »Du warst mit Tuppy Gassi?«

Ihre Überraschung klang *tatsächlich* echt, aber Tess war noch nicht bereit, ihr zu vertrauen. Nach ihrem Streit, war sie da vielleicht nicht auch wutschnaubend wach gelegen? Zum Fenster gegangen, um etwas frische Nachtluft zu schnappen? »Ich konnte nicht schlafen, also bin ich wieder aufgestanden. Er ist unruhig geworden, musste mal, und ich wollte ihn nicht in den Garten lassen für den Fall, dass Cleo und Kit nervös werden und euch alle wecken.«

Naomi wirkte skeptisch.

»Wir hatten gerade eine Meinungsverschiedenheit«, rief Tess ihr in Erinnerung. »Ich wollte keinen weiteren Streit vom Zaun brechen, und es war einfach leichter, kurz mit ihm rauszugehen. Ich habe mir eine Jacke über den Pyjama geworfen.«

Beim Gedanken an so viel Schlampigkeit sah Naomi sie kurzzeitig schief an, doch dann riss sie sich zusammen. »Hmm, höchst verdächtig«, sagte sie sarkastisch. »Eine Frau im Pyjama, die mit ihrem Hund Gassi geht.«

Das war besser, sie war wieder auf Tess' Seite.

»Ant meint, sie hätten ihn ebenfalls im Verdacht, also sind wir zumindest zu dritt«, sagte Tess.

»Und es hört sich an, als würden sie auch Sissys Bericht über den Einbruch leicht anzweifeln. Ich wäre nicht überrascht, wenn sie das alles für einen *Mord im Orientexpress*-Abklatsch hielten.«

»Was, dass wir alle dahinterstecken?«

»Es ist eine Theorie, findest du nicht? Zuerst geben wir uns alle Alibis und dann lassen wir kleine Bemerkungen fallen, nur ein paar harmlose Details, nichts wirklich Belastendes. Es hat denselben Effekt: kein eindeutiger Verdächtiger.«

Tess sah sie an. »Vier Paar Gerüstschellen sind gelockert worden, das hat die Polizei Finn erzählt. Wie viele Leute könnten da wohl involviert sein?«

»Nun, allerhöchstens vier, nehme ich an.«

Sie brachen gemeinsam in Gelächter aus, kein Lachen von früher, sondern dunkler, zurückhaltender. Wie als direkte Antwort ertönte aus Booths Garten das laute, unangenehme Jaulen eines elektrischen Werkzeugs.

»Wie kann er eine Maschine führen, wenn er verletzt ist?«, fragte Tess. »Zumindest an seinem Arbeitsethos ist nichts auszusetzen, nicht wahr?«

»Weißt du, was wir tun sollten? Die Mauer zwischen uns und Nummer drei erhöhen«, sagte Naomi nur halb im Spaß, und Tess folgte ihr zur Gartengrenze, um die Höhe abzuschätzen. »Anscheinend gibt es diese speziellen Zäune, die eigens dafür konstruiert sind, den Lärm von viel befahrenen Straßen zu minimieren. Dasselbe könnten wir vorne machen. Lass sie uns so hoch bauen, wie es die Stadt erlaubt. Oder höher – wir könnten rückwirkend eine Genehmigung einholen.«

»Sie durch eine Mauer abtrennen?«, fragte Tess. »Als wären sie Mexiko oder Westberlin? Das ist Ant und Em gegenüber ein bisschen unfair.«

Dennoch war es nicht die verrückteste Idee, die sie bislang gehört hatte.

»Bist *du* es gewesen, die am Gerüst herumgeschraubt hat?«, platzte es plötzlich aus Naomi heraus, und Tess verspürte dasselbe heftige Herzklopfen wie vorhin, als DC Forrester sie befragt hatte.

»Ist das dein Ernst?«

»Ich denke schon, ja.« Naomi trat einen Schritt näher. »Und ich würde das Geheimnis mit ins Grab nehmen, *wenn* es so wäre, nur damit du's weißt. Egal welche Absicht in jener Nacht dahintergesteckt hat – falls es jemals eine gegeben haben sollte –, ging es nicht darum, Amy zu verletzen.«

»Nein.« Als ihre Blicke sich trafen, blitzte neue Anspannung auf. »Warst du's?«, konterte Tess mit einer Spur Unerschrockenheit.

Naomi trat wieder einen Schritt zurück. »Natürlich nicht. Ich bin eine der wenigen, die *keine* Verdächtige ist.«

»Noch nicht«, sagte Tess.

Seit Jodies unliebsamem Besuch sah Tess sich vor, wenn es an der Haustür läutete. Jetzt, wenn sie niemanden erwartete, huschte sie nach oben und überprüfte vom Schlafzimmerfenster aus, wer es war, bevor sie in Windeseile zurückkehrte, um das Paket in Empfang zu nehmen oder den Kerl von British Gas für das Ablesen des Zählerstands hereinzulassen.

Als es am Dienstag klingelte und sie Em Kendall zum Kaffee erwartete, öffnete sie die Tür mit einem Lächeln im Gesicht. Tess hatte ihre Freundin schon seit vor dem Vorfall mit dem Schwan nicht mehr gesehen, und sie wollte Em den Gedenkstein zeigen, den sie in der Ecke des Gartens aufgestellt hatte.

Gut gelaunt riss sie die Tür auf.

»Guten Tag!« Auf der Türschwelle stand eine Frau Anfang dreißig mit leuchtenden Augen und einem überzeugenden Lächeln. »Ich bin Savannah McKenzie, ich schreibe für den *Evening Standard* und arbeite an einer Reportage über die Ermittlungen zu Amy Popes Tod. Ich habe mit der Polizei gesprochen, und es wäre mir ein Anliegen, der Seite der Nachbarn in dieser Geschichte eine Stimme zu geben. Hätten Sie vielleicht gerade einen Moment Zeit?«

Geschicktes Eröffnungsmanöver, dachte Tess. Den Eindruck zu vermitteln, als gäbe es eine Seite, die es anzufechten, einen Standpunkt, den es zu verteidigen galt. Dieser Frau war von der Polizei wahrscheinlich nicht einmal das Datum verraten worden, ganz zu schweigen von irgendwelchen Einzelheiten einer Arbeitshypothese.

»Kannten Sie das Opfer überhaupt?«

»Nein. Tut mir leid, ich kann Ihnen nicht helfen.«

»Was ist mit dem Nachbarn, dessen Gerüst eingestürzt ist? Ich schätze, er ist nicht der beliebteste Kerl in der Straße?«

Ms McKenzies Tonfall, in dem ein vorbildlich bemessenes Quäntchen Mitgefühl mitschwang, gab Tess zu denken. Hatten die Anwohner die Sache mit der Presse falsch eingeschätzt? Eine günstige Gelegenheit fälschlicherweise für eine Bedrohung gehalten? Als sie Em bemerkte, die auf das Gartentor zukam, rief sie ihr einen Gruß zu, und die Reporterin drehte sich neugierig um.

»Wir kennen uns bereits«, kam Em ihr zuvor. »Schon vergessen? Ich habe Ihnen nichts zu sagen.«

Ihr abfälliger Ton schockierte Tess, allerdings nicht die Journalistin, die Tess »nur für alle Fälle« ihre Visitenkarte in die Hand drückte.

»Auf Nimmerwiedersehen«, sagte Em zur geschlossenen Tür. »Presse, Polizei, die Stadtverwaltung ... die haben doch nur ihre eigenen Interessen im Sinn. Wir sind nichts weiter als Kollateralschäden.« Sie war offensichtlich schlecht gelaunt.

Nachdem Tess den Kaffee aufgestellt und für Sam eine Reiswaffel geholt hatte, führte sie ihren Gast in den Garten, um ihr den Grabstein zu zeigen. Tuppy schnüffelte interessiert an der frisch umgegrabenen Erde.

»Ist das Tier tatsächlich dort unten?«, fragte Em.

»Nein, die Polizei hat den Leichnam als Beweismittel mitgenommen, das arme Ding. Das ist eine Gedenkstätte. Ich hätte den Gedanken nicht ertragen, dass dieses wunderschöne Geschöpf einfach in Vergessenheit gerät.«

»Also ist es tatsächlich erschossen worden?«

»Ja, mit der Kugel eines Luftgewehrs. Weißt du, ob sie eines haben? Booth und Jodie.«

»Nicht dass ich wüsste«, erwiderte Em.

»Natürlich hätten sie auch jemanden dafür bezahlen können.«

»Oder es waren Kinder«, schlug Em vor, »und sie haben es irgendwo abgeladen.«

»Kinder? Warum? Wären die nicht einfach weggelaufen und hätten das Tier dort liegen gelassen? Nein, das war jemand, der es auf mich abgesehen hat.« Es war bestürzend, dass Em ihre Theorie nicht vorbehaltlos unterstützte. »Am Teich gibt es einen Anschlag von *Swan Rescue*, die nach Zeugen suchen, und wir haben ihnen vorgeschlagen, dass sie sich Zugang zu den Bildern der Überwachungskamera aus der Nacht beschaffen, aber ich glaube nicht, dass es irgendwelche Kameras zwischen hier und dem Park gibt. Ich wünschte, ich hätte eine Überwachungskamera über der Tür«, fügte sie hinzu, »dann wüsste ich es mit Sicherheit.« Nach Sissys Einbruch hatten Ralph und Naomi eine Video-Türsprechanlage eingebaut, aber Tess war nicht gewillt, Geld, das sie nicht besaßen, für ein Haus auszugeben, aus dem sie womöglich schon bald ausziehen würden.

Es folgte Stille – oder das, was heutzutage mit dem permanenten Hintergrundlärm von Booths Autos und Werkzeugen und Musik als Stille durchging. Em schien mit einem inneren Dilemma zu ringen, bevor es schließlich eigentümlich aus ihr herausplatzte: »Sieh mal, ich wollte nur, dass du weißt, ich habe ihn gelöscht.«

»Was gelöscht?«, wollte Tess wissen. Sie fand ihre Freundin an diesem Tag ausgesprochen launisch.

Em wich ihrem Blick aus. »Den Film auf unserer Überwachungs-App, auf dem zu sehen ist, wie du in der Nacht vom zehnten August die Einfahrt von Nummer eins entlanggekommen bist.«

Tess erstarrte. »Was?«

»Kurz nach halb eins, glaube ich, ein paar Minuten, bevor sie von ihrem Zigaretteneinkauf zurückgekommen ist. Aber wie gesagt, ich habe es entsorgt.«

»Welche Überwachungs-App?«, hakte Tess nach.

Schließlich sah Em ihr in die Augen. »Du weißt doch, dass wir eine Überwachungskamera auf einem alten iPhone installiert hatten? So ist Ant an die Aufnahme von ihnen gekommen, wie sie Bargeld für eines der Autos angenommen haben.«

»Oh, ja, ich erinnere mich. Ich dachte, das wäre eine einmalige Sache gewesen?«

»Nein, Ant hatte sie die ganze Zeit über im vorderen Schlafzimmer an. Sie funktioniert mit einem Bewegungsmelder und ist gelaufen, bis die Batterie leer war. Wir haben kürzlich nachgesehen, nur für den Fall, dass wir der Polizei mit irgendetwas behilflich sein können. Wie dem auch sei, ich wollte dir nur Bescheid geben.«

Tess ließ sich mit ihrer Antwort auf dieses Geständnis Zeit. *Der Polizei mit irgendetwas behilflich sein …* Als Em diesen Satz aussprach, lag ein Anflug von etwas in Ems Verhalten, das Tess missfiel: eine Machtdemonstration, eine Andeutung, dass dies keine in sich geschlossene Information war, sondern eine Geste, die eine Gegenleistung verlangte. Warum sonst hatte sie es zur Sprache gebracht? Warum nicht einfach alles löschen, was eine Freundin andernfalls in ein nicht gerade unschuldiges Licht rücken könnte, und das Gesehene für sich behalten?

Nahmen Em und Ant ihre Nachbarn *immer noch* auf? Oder war Tess paranoid, sodass ihre Fantasie Motive erfand, die überhaupt nicht existierten? Sie holte tief Luft und traf eine Entscheidung. »Nun, vielen Dank, das ist lieb von dir, aber es spielt keine Rolle, denn die Polizei weiß bereits, dass ich in jener Nacht draußen war. Also bin ich mit oder ohne dein unerwartetes Filmmaterial eine Hauptverdächtige.«

»Oh!« Em wirkte erstaunt. Was auch immer sie von Tess erwartet hatte, das war es nicht gewesen.

»Ja.« Tess kicherte. »Irgendwo in einem Besprechungsraum der Polizei hängt ein Foto von mir an einer Tafel mit dem Vermerk ›Helikoptermutter‹ und ›völlig bekloppte Tierschützerin‹.« Mit einem Mal erkannte sie, dass die Dinge nach dieser Sache zwischen Em und ihr nie wieder wie früher sein würden, und das tat ihr leid. Zum Glück hatten Naomi und sie sich wieder angenähert. Sich gleichzeitig mit zwei weiblichen Verbündeten zu überwerfen, war undenkbar.

»Wen sonst hast du auf deiner geheimen App gesehen?«, fragte sie. »Wen hast du noch gelöscht?«

»Niemanden«, sagte Em. »Vergiss es.«

25

SISSY

DC Shah sei es ein »echtes Anliegen«, sie auf den neuesten Stand der Dinge zu bringen, versprach seine Nachricht, was wohl das genaue Gegenteil von dem war, wie sie dazu stand.

»Wussten Sie, dass einer Ihrer letzten B&B-Gäste vorbestraft ist, Mrs Watkins?«

»*Ms*«, erwiderte Sissy. »Nein, das wusste ich nicht.«

»Gibt es denn keinerlei Sicherheitsüberprüfungen?«

»Nicht von mir persönlich. Sie sind alle registrierte Mitglieder der Website, aber ich schätze, irgendwo in den allgemeinen Geschäftsbedingungen für uns Gastgeber wird stehen, dass es auf eigene Gefahr geschieht. Wer ist es denn, wenn mir die Frage erlaubt ist?«

»Graham Reddy. Er hatte eine Nacht am zweiten August gebucht.«

»An ihn erinnere ich mich.« Gott sei Dank war es einer der Tage, an denen ihr Gehirn nicht völlig benebelt war, und sie entschied auf der Stelle, die Sache nicht durch Leugnen zu verkomplizieren. »Er war der Gast aus Solihull, nicht wahr? Ja, er war sehr nett.«

»Demnach haben Sie sich mit ihm unterhalten?«

»Ja. Aber nur Smalltalk.« Sissy zögerte. »Warum? Sie glauben doch nicht, dass er etwas mit dem Einbruch zu tun hat? Ich halte das für höchst unwahrscheinlich. Wenn er etwas stehlen wollte, hätte er das während seines Aufenthalts hier tun können.«

»Im Grunde frage ich mich, ob er etwas wegen des Gerüsts von Haus Nummer eins zu Ihnen gesagt hat. Es könnte ihm aufgefallen sein.«

»Warum?«

»Bis vor wenigen Jahren hat er für eine Baufirma in Birmingham gearbeitet, *Bettany Construction*. Er besäße das nötige Wissen, um mögliche Sicherheitsbedenken zu äußern.«

»Oh.« Obwohl Sissy tief in ihrem Innersten verkrampfte, blieb ihre Stimme ruhig: »Nicht, dass ich mich erinnern würde. Ich meine, Gäste sprechen die Bauarbeiten häufig an, aber es ist kein Bild, das ich in ihre Köpfe pflanzen möchte, zumindest nicht, wenn sie zurückkommen sollen.«

»Ist Mr Reddy zurückgekommen?«

»Nein. Um was ging es bei seiner Verurteilung?«

Diebstahl. Graham und ein Komplize hatten eine Ladung Boiler von einer Baustelle mitgenommen und versucht, sie unter der Hand weiterzuverkaufen. Höchstwahrscheinlich hatte das seine Karriere in der Baufirma beendet, dachte Sissy.

»Sind er und Booth sich Ihres Wissens begegnet?«, hakte DC Shah nach.

»Nicht in meiner Gegenwart, aber natürlich weiß ich nicht, was geschieht, sobald die Leute das Haus verlassen.« Sie hielt inne, als ein jäher Schwall Kummer ihr die Stimme verschlug. »Es tut mir leid. Hören Sie, ich bezweifle schwer, dass dieser Mann irgendwie Licht in ein Ereignis bringen könnte, das sich über eine Woche nach seiner Übernachtung in der Straße zugetragen hat.«

»Wissen Sie, ob irgendein anderer Ihrer B&B-Gäste mit Booth Kontakt hatte?«

»Nein.« Sissy presste sich den Ballen ihrer freien Hand in die Augenhöhle und sah Sterne tanzen; Kopfschmerzen kündigten sich an. »Und das wird auch in Zukunft so bleiben, denn mein Unternehmen steht vor dem Aus – dank ihm.«

»Das tut mir leid«, sagte DC Shah.

»Wirklich?« Eher traurig als wütend sehnte Sissy sich danach, das Gespräch endlich zu beenden. »Verzeihen Sie mir, wenn ich das nur schwer glauben kann.«

Das Ende kam früher als erwartet, in typisch unpersönlicher Form:

> Sehr geehrter Gastgeber, sehr geehrte Gastgeberin,
> hiermit weisen wir Sie darauf hin, dass Buchungen für Ihr Haus eingestellt wurden und Ihre Mitgliedschaft von *CitytoSuburb* vorübergehend ausgesetzt wird, nachdem es Ihnen nicht gelungen ist, das nötige Minimum an positiven Bewertungen zu erhalten. Jede offene Buchung muss bedient werden, aber wir weisen Sie darauf hin, dass wir die betroffenen Kunden kontaktieren werden, um sie über die Statusänderung Ihres Hauses zu informieren und ihnen die Möglichkeit zur kostenlosen Stornierung zu geben.

Ein Überfliegen der jüngsten Bewertungen bestätigte die Rolle von Booths Haushalt an ihrer dramatisch gesunkenen Popularität:

> Horrorpärchen von der anderen Straßenseite hat uns böse Blicke zugeworfen, als wir abgereist sind. Ziemlich einschüchternd. (Zwei Sterne.)

Finger weg! Ich glaube, im Haus gegenüber ist jemand umgebracht worden! (Ein Stern.)

War Amys Tod nicht genug? Warum mussten sie ihr auch noch ihren Lebensunterhalt nehmen?

Nun, das würde Sissy sie fragen.

Draußen machte sich das Ende des Sommers anhand von Temperatur, Geruch und Sonnenstand bemerkbar, und selbst das fühlte sich tückisch an. Sie wollte nicht, dass die Jahreszeit Amys Tod den Rücken kehrte. Es war zu früh, ihr junges Leben viel zu wertvoll.

Als käme sie zur Begrüßung heraus, tauchte Jodie unvermittelt aus dem Seitentor auf, gekleidet in grauer Leggings und Jeansjacke, mit einem Rollkoffer in der Hand. Nachdem sie Darren über das Dröhnen eines Elektrowerkzeugs etwas zum Abschied zugerufen hatte, verstummte sie bei Sissys Anblick auf dem Bürgersteig.

»Sie fahren in den Urlaub?«, fragte Sissy ungläubig. Erst eine ausschweifende Party, jetzt Urlaub: Für das Pärchen ging das Leben sichtlich weiter.

»Jep«, sagte Jodie, die den verächtlichen Tonfall durchaus wahrnahm und ihn erwiderte. »Auf die Bahamas, hm?«

Sissy überkam der Drang, sie in den Dreck zu schubsen, mit Koffer und allem Drum und Dran. »Nun, wenn Sie auf den Bahamas sind, denken Sie einen Moment an die Frau, die auf Ihrem Grundstück zu Tode gekommen ist. Oder haben Sie das bereits vergessen? Höchstwahrscheinlich schon, angesichts der Party letztes Wochenende.«

Jodie zerrte ihren Koffer weiter und rückte ihn jedes Mal, wenn er an Bauschutt hängenblieb, mit dem Fuß zurecht. Als sie den Gehsteig erreichte, blieb sie neben Sissy stehen und betrachtete sie mit einem eigentümlich mitleidvollen Blick: »Hören Sie, Mrs Watkins, ich weiß, Sie hatten eine schwere Zeit, aber das gibt Ihnen nicht das Recht, rüberzukommen und uns zu beschimpfen, okay?«

»Sie beschimpfen?« Sissy konnte ihre Emotionen nicht zurückhalten, sondern spürte, wie sie schwallartig aus ihr herausbrachen. »Jean würde sich wegen Ihres Verhaltens im Grab herumdrehen, wissen Sie das? Jawohl, im Grab herumdrehen. Sie können sich nicht viel aus ihr gemacht haben, wenn Sie sich so aufführen!«

Jodie starrte sie durchdringend an, das Gesicht rot verfärbt, bevor sie in Richtung Portsmouth Avenue weiterrollte. »Ich finde, Sie sollten vielleicht mal Ihren Arzt aufsuchen, ja?«, rief sie über die Schulter.

Schwer atmend verharrte Sissy wie angewurzelt, bis sie bemerkte, dass jemand sie von der Haustür Nummer drei beobachtete. »Oh, Ant. Hallo.«

Er gesellte sich zu ihr, wobei er taktvoll jegliche Erwähnung des heftigen Wortgefechts vermied. »Sie fährt zu ihrer Schwester nach Margate«, sagte er.

Sissy spürte seine Unentschlossenheit, ob er weitere Informationen preisgeben sollte. »Und …?«

»Ihre Nichte hat gerade ein Baby bekommen.«

Das war's also. Sissy war überrascht, dass Ant einen so guten Draht zum Feind hatte, um solche Vertraulichkeiten zu erfahren. Als er ihre Gedanken erriet, fügte er rasch hinzu: »Em hat das Telefonat zufällig mit angehört. Sie ist die ganze Woche weg, um zu helfen, aber wenn ich mir ihr Talent ansehe, wie sie das Leben meines eigenen Kindes zur Hölle macht, kann ich mir nur schwer vorstellen, dass sie eine große Hilfe sein wird.«

Es war unerträglich, die Vorstellung, dass diese grässliche Frau in den Genuss von ein paar Tagen Kuscheln mit einem Neugeborenen kam und sich an ihrem Familienzuwachs erfreuen durfte. Sissy musste, ohne es zu bemerken, aufgeschluchzt haben, denn Ant sah sie besorgt an. »Sie haben mein Geschäft zerstört«, platzte es aus ihr heraus. »Ich werde verkaufen müssen.«

»Oh, Sissy, das tut mir so leid. Kann ich irgendetwas tun?«

Angesichts seiner Güte spürte sie, wie sich ihre Verzweiflung Bahn brach: »Ich ertrage es nicht mehr, in ihrer Nähe zu wohnen. Es liegt nicht nur am Lärm und an dem Dreck oder selbst ihrer Fehde gegen uns, sondern daran, wie *unmenschlich* sie sind. Amy ist vor ihren Augen gestorben, und sie fühlen nichts. Nichts.«

»Ich weiß«, sagte Ant. »Willst du wirklich …?«

»Das Haus auf den Markt bringen?«, beendete Sissy den Satz für ihn. »Ja.«

Die Immobilienmaklerin (»Vermittlerin«) kam am nächsten Morgen vorbei. Sie war eine angenehme, respektvolle Frau, ihr Auftreten fein abgestimmt, um Vertrauen zu schaffen. Und sie wahrte nicht Distanz, wie es die meisten Menschen taten, als wäre Kummer dasselbe wie Körpergeruch, das Resultat von Vernachlässigung der eigenen Person.

»Die gute Nachricht lautet, ich bin sicher, dass wir verkaufen können«, sagte sie, »und noch dazu sehr schnell. Es ist ein wunderschönes Haus.«

»Was ist die schlechte?«, fragte Sissy.

»Aufgrund des stagnierenden Marktes und all der Aktivität in der Straße müssen wir einen realistischen Preis ansetzen. Nichts zu Ambitioniertes.« Sie empfahl, für Hausnummer zwei im Lowland Way dreihunderttausend Pfund weniger zu veranschlagen, als Sissy in Vor-Booth-Zeiten erwartet hätte.

»In Ordnung«, sagte Sissy.

»Viele Menschen verkleinern sich nach Häusern wie diesem«, fügte die Maklerin hinzu, und Sissy formte das Wort mit der Zunge nach. Verkleinern. Genau das tat sie auch als Mensch mit sich, nicht wahr? Sie hatte sich klein gemacht, ihre Identität zusammengeschrumpft bis zu dem Punkt, an dem sie wünschte, nicht mehr sie selbst zu sein. Sie wünschte, überhaupt nicht mehr *da* zu sein.

Gleichgültig fragte sie sich, wohin sie ziehen würde. Keinesfalls könnte sie sich Pete aufdrängen. Nach dem anschließenden Sonderurlaub war ihm ein Klient im Großraum London übertragen worden, und er hatte eine auf das Allernotwendigste reduzierte Schlaf-/Arbeitsroutine entwickelt, auf die sich Sissy und ihr Kummer nicht positiv auswirken würden. Was würde er von ihrem Plan halten, verkaufen zu wollen? Hätten sie beide nicht mit solcher Vehemenz auf dem Haus bestanden, wäre sie direkt nach der Scheidung ausgezogen, so viel war sicher. Sie hätte Darren Booth niemals kennengelernt, und Amy hätte keinen Grund gehabt, in diese Straße zurückzukehren. Das Haus war mit Schuld beladen.

Nachdem die Maklerin fort war, ging Sissy nach oben, um sich hinzulegen, wie sie es in letzter Zeit häufig tagsüber tat, wobei sie sich einfach auf das ungemachte Bett fallen ließ, ohne sich darum zu kümmern, wie unwohl sie sich dabei fühlte. Heute tauschte sie ihr Lieblingszimmer auf der Rückseite des Hauses gegen das große Elternschlafzimmer, den Raum, von dem sie wusste, dass darin ihre Selbstzerfleischung am stärksten wäre. Dann igelte sie sich ein oder streckte sich der Länge nach aus, während sie sich in Erinnerung rief, was der Raum im Lauf der Jahre für sie bedeutet hatte, alles längst hinter ihr, unwiederbringlich für immer verloren. Es war das gemeinsame Schlafzimmer mit ihrem Mann gewesen, in dem ein neugeborener Pete gefüttert und geknuddelt worden war. Später der Raum, in den er mit seinem Weihnachtsstrumpf hereingehuscht kam. Wo sie allein geschlafen hatte, nachdem Colin zuerst ins Gästezimmer und dann ins Schlafzimmer seiner neuen Partnerin in Blackheath gezogen war.

Wo sie mit Graham ins Bett gefallen war, der vielleicht oder vielleicht auch nicht wusste, dass er die Aufmerksamkeit der Polizei erregt hatte.

Planten sie wirklich, ihn aufgrund eines Zufalls zu befragen, weil er früher einmal in der Baubranche gearbeitet hatte? Gewiss bezeugte seine Busladung gestohlener Boiler nichts weiter, als dass ein entsetzlicher Fehler angemessen bestraft worden war. Es war ein Riesensprung von dort zu versuchtem Mord. Sie hoffte, er könnte unschwer beweisen, dass er in der Nacht des 10. Augusts keinen Fuß in den Lowland Way gesetzt hatte.

Hätte sie der Polizei allerdings von einem gewissen Teil ihres Gesprächs in jener Nacht erzählt, als er bei ihr zu Gast gewesen war, hätten sie ihn natürlich schneller in einen Verhörraum gezerrt, als sie bis drei zählen konnten.

Er hatte am Fenster gestanden und hinüber zu Hausnummer eins gestarrt. Darren und Jodie hatten ihre Zigaretten ausgedrückt und das Schlafzimmerfenster geschlossen, aber ihr Licht hatte das Baugerüst weiterhin in einen weichen Schimmer gehüllt, was ihm eine skrupellose Schönheit verlieh. »Ich könnte ihn für dich ein bisschen aufmischen«, hatte er gesagt, sein Tonfall so spielerisch, dass sie es für einen Witz hielt.

»Red keinen Unsinn!« Dann: »Was meinen Leute, wenn sie so etwas sagen? Ihn verprügeln?«

»Das könnte es bedeuten, ja. Könnte auch ein paar andere Dinge bedeuten. Dinge, die du tun willst, dich aber nicht traust.«

Warum?, dachte sie. Gegen Bezahlung? Nun fast sicher, dass er es zumindest halb ernst meinte, machte sie einen Scherz über das Angebot. »Müsste ich dasselbe mit *deinen* Feinden tun, wie in *Der Fremde im Zug?*«

»Hä?«

»Das Buch? Der Hitchcock-Film? Du tötest meinen Erzfeind und ich deinen?«

»Führ mich nicht in Versuchung«, erwiderte er grinsend. »Aber ich könnte vielleicht ein bisschen an seinem Gerüst rumschrauben. Ja, das könnte klappen. Das Gerüst stürzt ein, er bricht sich das Bein und ist eine Weile außer Gefecht gesetzt, was dir eine kurze Verschnaufpause verschafft.« Der Gedanke nahm Gestalt an, und er malte ihr das Szenario aus: »Vielleicht noch schlimmer, vielleicht verletzt er sich am Rückenmark. Solche Unfälle passieren ständig auf Baustellen.«

Sissy wusste nicht, ob sie vor Entsetzen oder Frohlocken aufkeuchte. »Dann muss er verkaufen, um seine kostspielige medizinische Versorgung zu bezahlen«, fügte sie tollkühn hinzu.

Graham grinste jetzt. »Muss das Gehen neu erlernen. Das Sprechen.«

»Selbstjustiz.« Sissy musste kurz an Ralph und Finn Morgan denken.

»Ganz genau«, sagte Graham. »Sag mir nicht, du bist nicht versucht?«

Er drehte sich um, sein Gesicht nah an ihrem, und der Blick, den sie austauschten, war unerwartet unverfälscht, ein Gefühl, das fast an Vertrauen heranreichte. Erlaubnis, vielleicht.

Erst nachdem es an der Haustür geklingelt hatte, tauchte sie aus dem Schlafzimmer wieder auf; etwas Unerklärliches nötigte sie, an die Tür zu gehen, eine Seltenheit, wenn sie den Besucher nicht erwartete. Sie hoffte, es wäre Naomi mit ihrer forschen, freigiebigen Menschlichkeit, doch da erinnerte sie sich, dass es unter der Woche und Naomi in der Arbeit war.

Es war sonderbar, aber als sie die Tür öffnete, erkannte sie Em Kendall nicht sofort. Immer noch verschlafen von ihrem Nickerchen, glaubte sie anfangs, die Frau wäre vielleicht eine Reporterin, denn in ihren Augen blitzte etwas Wildes, das Funkeln einer Jägerin. Dann, als Em den Mund zum Sprechen aufmachte, war sie wieder sie selbst, wenn auch eine fahrigere Version als die, die Sissy kannte.

»Hi, Sissy.«

»Hallo«, sagte Sissy, doch das war alles, denn es war keine Selbstverständlichkeit mehr, Nachbarn hereinzubitten. Heutzutage – außer sie wurde überrumpelt, wie es an jenem Abend passiert war, als sie alle auf ein Getränk hereingekommen waren – führte sie einen höflichen Plausch auf der Türschwelle und wartete, bis die andere Person aufgab und sich verabschiedete. Sie war froh, darauf bestanden zu haben, dass kein *Zum-Verkauf*-Schild aufgestellt wurde: Es würde Besuche von sämtlichen Nachbarn anlocken. Mehr Fragen, mehr Bedenken.

»Und, wie hältst du dich?«, fragte Em.

»Nicht gut«, erwiderte Sissy aufrichtig.

»Ant hat mir erzählt, dass du verkaufen willst.«

»Ja.« Komisch, dass Sissy nicht dasselbe Bauchgefühl hatte, sich Em anzuvertrauen, wie es bei Ant der Fall war. Es spielte allerdings keine Rolle: Er erzählte seiner Frau sowieso alles bis ins kleinste Detail. So war das bei verheirateten Menschen.

Wenn Colin jetzt hier bei ihr wäre, wäre das Überleben dann leichter? Die Antwort, so herzzerreißend, wie jede andere Erkenntnis der letzten paar Wochen, lautete eindeutig: ja. Selbst der jüngst entlarvte, kriminelle Graham wäre eine moralische Stütze.

»Es tut mir leid«, sagte Em. »Wirklich.« Ihre Stimme hatte etwas Unerwartetes an sich. In letzter Zeit sprachen die Menschen schrecklich sanft mit Sissy, trugen ihr blutendes Herz auf der Zunge, aber in Ems Worten hallte so viel Selbstmitleid mit, dass es alles andere übertünchte.

»Ist bei *dir* alles in Ordnung?«, fragte sie neugierig. »Wo ist Sam?«

»Bei einer Freundin. Ich wollte mit dir sprechen, ohne gestört zu werden. Kann ich reinkommen?«

Em trat so entschlossen über die Türschwelle, dass Sissy keine andere Wahl blieb, als sich zu fügen. Erst vor dem Küchentisch kamen sie zum Stehen, die halb ausgetrunkene Kaffeetasse der Maklerin immer noch dort, wo sie mitten in den Verhandlungen abgestellt worden war, und bevor Sissy ihrem Gast einen Platz anbieten konnte, saß Em bereits, leise in sich hineinmurmelnd.

Sissy ließ sich auf dem Stuhl ihr gegenüber nieder. »Worum geht es, Em? Du beunruhigst mich.«

Em hielt ein iPhone hoch, und das Display flammte auf, ein Standbild, schwarz-weiß und verschwommen, ein nächtliches Überwachungsvideo oder etwas in der Art, mit einer dunklen Gestalt oben in der linken Ecke. Der weiße Pfeil der Wiedergabefunktion blinkte genau in der Mitte, Ems Befehl erwartend. Da verstand Sissy die Ambivalenz der Entschuldigung an der Türschwelle: Es war ein »Es tut mir leid« für das, was kommen würde, nicht für das, was passiert war.

Im Grunde war es überhaupt kein »Es tut mir leid«.

Als Ems Fingerspitze den Pfeil berührte und das Video einsetzte, war sofort klar, dass es sich bei der Gestalt um Sissy handelte.

Die Zeitanzeige lautete: 11/08/2018, 02:10.

26

ANT

Die Situation wurde *viel* zu heftig: Die Polizei hatte es nicht nur auf sich genommen, mit seinen Kollegen zu reden, sondern konfrontierte ihn ausgerechnet, während er in einem überfüllten Zug zur Arbeit saß, mit den von ihnen gesammelten »Berichten«. Okay, die anderen Fahrgäste waren zwar in ihr eigenes Universum eingestöpselt, aber er fühlte sich gejagt, fühlte sich gedemütigt.

Er fühlte sich eingeschüchtert.

»Bei einem Meeting mit Ihrem Team am dreiundzwanzigsten Juli sollen Sie gesagt haben, Sie würden sich mit Ihren Nachbarn gegen Mr Booth verschwören?«, fragte DC Shah.

»Nun, ja, aber ich meinte das in Bezug auf unsere Beschwerden bei der Stadt wegen seines Gebrauchtwagenhandels und des Lärmproblems. Wenn einer meiner Kollegen besorgt war, ich hätte etwas Ernsteres im Sinn, tja, dann ist das seine Interpretation, aber ich kann Ihnen versichern, dass da nichts Kriminelles im Spiel war.«

Bei diesen Worten schossen mehrere Augenpaare in die Höhe, und Ant drehte das Gesicht zum Fenster, zu den vorbeigleitenden, beeindruckenden neuen Wohnblöcken entlang der Gleise, den schimmernden Balkonen, die bereits mit toten Pflanzen und vergessenen Fahrrädern geschmückt waren. Wie sehr wünschte er sich, in einem dieser Apartments zu wohnen statt dem »idyllischen« Vorort Lowland Gardens.

»Und am Siebenundzwanzigsten schickten Sie eine SMS an Ihre Frau, in der es hieß: ›Immer noch bei Ralph, diskutieren Booth-Strategie‹?«

»Was? Wie sind Sie an meine SMS gekommen? An die kann ich mich überhaupt nicht erinnern, aber Sie müssen den gesamten SMS-Verlauf lesen.«

»Ihre Frau antwortete: ›Ich will nichts damit zu tun haben.‹«

»Ja, sie war der Meinung, wir würden mit den Behörden unsere Zeit vergeuden.«

»Aber Sie verstehen, warum Nachrichten wie diese unser Interesse wecken«, sagte DC Shah.

Ant schwieg. Es fühlte sich an, als könnte alles, was er sagte, katastrophal missgedeutet werden. Als der Zug im Bahnhof Victoria Station ankam, seine Haltestelle und die Endstation, blieb er auf seinem Platz sitzen, während sich alle anderen Reisenden zum Ausgang drängelten.

In seinem Ohr setzte DC Shah erneut an: »Vielleicht könnten Sie uns doch behilflich sein und uns verraten, was Sie spät am Abend des Zehnten draußen getan haben? Warum Sie unter das Gerüst treten mussten?«

Zum ersten Mal in seiner Interaktion mit dem Detective war die Stimmung offen für Verhandlungen. Allein im Waggon traf Ant eine Entscheidung. »Na schön. Ich war bisher nicht ganz ehrlich zu Ihnen: Als ich in der Nacht rausgegangen bin, *gab* es einen Grund.« Er atmete ein und war sich schmerzlich bewusst, dass die Fakten kaum fantastischer klingen könnten, als hätte er sie sich gerade ausgedacht. »Ich habe dieses Instrument, es heißt Todespfeife, online gekauft. Sie gibt das grässlichste Geräusch von sich, wirklich unheimlich, da bekommt man Gänsehaut. Ich hatte mir gedacht, ich könnte damit durch ihren Briefschlitz blasen, ihnen ein bisschen Angst einjagen, aber dann habe ich gesehen, dass ihr Fenster einen Spalt offen stand, und stattdessen habe ich da durchgeblasen. Es war verrückt, sie hatten die Musik aufgedreht, und ich wusste, dass sie es wahrscheinlich überhaupt nicht hören würden. Ich erinnere mich, wie ich mir dachte, ich würde später noch mal zurückkommen, wenn die Musik aus ist. Dann würden sie es hören.«

Es folgte eine Pause. Kein Detective hätte *das* erwarten können. »Sind Sie immer noch im Besitz dieser Pfeife? Und des Kaufbelegs?«

»Ja, beides. Ich leite Ihnen den Kassenbeleg weiter, sobald ich in der Arbeit bin.«

Als Fahrgäste in den zur Abfahrt bereitstehenden Zug einstiegen, erhob sich Ant und verließ den Waggon. Er wusste bereits, dass er keinen seiner Kollegen zur Rede stellen würde. Es war nicht so, als hätten sie gelogen, und vielleicht glaubten sie sogar, ihm zu helfen.

»*Sind* Sie zurückgekommen, als die Musik aufgehört hat, Mr Kendall?«

»Nein, ich bin eingeschlafen.«

»Sind Sie sich da sicher?«

»Ja«, erwiderte Ant. »Ganz sicher.«

Hätte ihm jemand gesagt, es wäre er, ausgerechnet er von ihnen allen, der sich mit brutaler Gewalt an Booth rächen würde, hätte er sich gedacht, sie hätten den Verstand verloren. Insbesondere jetzt, wo zum ersten Mal Schwung in das behördliche Verfahren kam. Laut Ralph war Booth endlich der Mahnung der Stadt nachgekommen und hatte einen Gewerbeschein für eine Adresse in einem Wohnviertel beantragt, und das Gewerbeamt hatte die Anmeldung aufgrund der Anzahl an Beschwerden gegen ihn mit einem Sondervermerk versehen. Auf Ralphs Bitte hin war Ant einer derjenigen, die den Ausschuss per Mail ersucht hatten, ihm die Lizenz nicht zu erteilen. Er hatte Em nicht Bescheid gegeben. Derzeit war sie überraschend euphorisch, ein Zustand, so unerwartet, dass er es für angebracht hielt, die Sache dabei bewenden zu lassen. Ihre Freundschaft mit Tess schien etwas abgekühlt zu sein, doch sie verbrachte nun mehr Zeit mit Sissy, und, obwohl Ant es eigentlich besser wissen müsste, hoffte er inständig, dass der Anblick von Sissys Kummer helfen würde, Ems eigene Not zu relativieren.

»Auf die Stadt können wir uns nicht verlassen. Jemand muss dem Scheißkerl mal zeigen, wo der Hammer hängt«, sagte Ralph zu Ant. »Finn und ich überlegen uns was, wenn du verstehst, was ich meine.« In seiner Wortwahl steckte ein gewisses Maß an Angeberei; ihre Probleme mit Booth hatten etwas in ihm ausgelöst, das ihm wohl im Blut lag, und anstatt von Amy Popes Tod abgeschreckt zu sein, schien er vielmehr davon angestachelt zu werden.

»Sollen wir ein weiteres Treffen anberaumen?«, schlug Ant vor.

»Ne«, sagte Ralph. »Zu viele Spielverderber in der Gruppe.«

Eine SMS von Em war schließlich der Auslöser, der seinen Gewaltausbruch triggerte. Es war Sonntag, und sie war mit Sam zu ihrer alten Schulfreundin Gwen gefahren, die in Oxfordshire in ländlicher Idylle wohnte (sprich: in einem normalen Haus in einer normalen Straße mit normalen Nachbarn), damit Ant eine

Präsentation für die Arbeit beenden konnte. Kopfhörer dämpften Metallica, die nebenan als Hauptact auftraten, nur halbwegs. Die Nachricht lautete:

> Gwen meint, wir sollen uns eine Überweisung zu einem Kinder-HNO-Arzt besorgen, ASAP. Sam sollte mittlerweile viel mehr Laute machen, er hört wohl nicht richtig.

Augenblicklich verspürte er ein schmerzhaftes Hämmern in seiner Brust. Wäre dieser Ratschlag von jemand anderem gekommen, hätte er ihm keinerlei Beachtung geschenkt, aber Gwen war Hausärztin und dreifache Mutter. Die ganze Zeit über hatte er sich an der Überzeugung festgekrallt, dass es Sam gut ging, dass die Lärmbelästigung nicht *wirklich* schlimm genug war, um einen bleibenden körperlichen Schaden zu hinterlassen, und dennoch konnte es sein, dass es *tatsächlich* so schlimm war und ihnen die Zeit davonlief.

Erfüllt von einer transformativen Wut, die er noch nie zuvor erlebt hatte, knallte er seinen Laptop zu, riss sich die Ohrstöpsel aus den Ohren und holte eine Harke mit langem Stiel aus seinem Gartenschuppen. Im nächsten Moment schlich er an der Mauer entlang auf Booths Haustür zu, ohne sich zu kümmern, ob Booth vor ihm stand oder nicht – de facto tat er es nicht, was ein Glücksfall war, doch die Tür stand offen, und Musik dröhnte heraus. Ant trat einen einzigen Schritt vor und schwang die Harke über seinen Kopf, um die Kamera zu treffen. Nach zwei Schlägen fiel ein Teil von ihr zu Boden, und er kickte es wütend beiseite. Ohne zu zögern, hieb er mit dem Werkzeug auf Booths Wohnzimmerfenster ein. Als Glas zersplitterte und in dem Raum dahinter niederregnete, erscholl ein heftiges Rauschen in seinen Ohren, das ihn davon abhielt, die volle Auswirkung dessen zu verarbeiten, was er gerade getan hatte. Erst als er auf das Auto einschlug, das ihm am nächsten stand, kam Booth aus dem Haus, eine menschliche Kugel, die knapp außerhalb der Reichweite der Harke zum Stehen kam. »Was *verdammt noch mal* tun Sie da?«

Die Harke immer noch erhoben, wich Ant keinen Zentimeter zurück, in seinem Auftreten schwang Trotz, fast schon Stolz mit. »Nach was sieht es *verdammt noch mal* aus?«

Während Booth das Fenster begutachtete, wurde sein Gesicht rot vor Verwirrung und Entrüstung. Schwer atmend zog er mit den Fingern ein Stück Glas aus dem Fensterrahmen und betrachtete es mit übertriebenem Interesse. Als er den Blick wieder zu Ant hob und etwas sagte, war sein Tonfall leise und bedrohlich. »Sie sind also plötzlich ein ganz harter Mann, ja? Na klar. Wir wissen alle, dass Sie keine Eier in der Hose haben. Aber das ist Ihr Problem. Kein Grund, es an mir auszulassen.«

Ant starrte ihn unbewegt an, berauscht durch die erregende Energie seines puren Hasses. »Das ist die letzte Warnung«, sagte er und trat sehr langsam zurück in sein Haus.

Eine Minute später hörte er, wie Booth im Garten irgendein elektrisches Werkzeug anschaltete, und für einen kurzen, desorientierten Moment erwartete Ant, dass er seine Tür kleinhacken, *ihn* in Stücke hacken würde. Doch als er vom hinteren Fenster im ersten Stock nach draußen blickte, sah er, dass sein Nachbar mit einer Kreissäge Sperrholz zuschnitt. Nachdem er ihm wie ein Spion zur Vorderseite des Hauses gefolgt war, beobachtete er, wie Booth das Fenster ausmaß, höchstwahrscheinlich, um es mit den Brettern zu vernageln.

Von ihren Gartentoren aus spähten Sara Boulter und Sissy in unverhohlener Verzweiflung zu dem zersplitterten Glas, den

Scherben, die die Einfahrt ihres Nachbarn bedeckten. Ant vermutete, dass sie seinen kleinen Blutrausch mitangesehen hatten – wie etwas aus *Uhrwerk Orange*. In der Straße zwischen ihnen waren die Autos Stoßstange an Stoßstange geparkt, die Fahrbahn und der Gehweg frei von Kindern.

Er stellte sich vor, was ihnen vielleicht durch den Kopf gehen mochte: *Ist das, was aus dem* Play Out Sunday *geworden ist?*

27

RALPH

Kaum hatte er einen ungewöhnlich gereizten Anruf von einem langjährigen Kunden wegen eines Produkts erhalten, für das er nur schwerlich Interesse aufbringen konnte – der Dorn einer Gürtelschnalle hatte sich entschieden, sich zu lösen; mehrere Käufer hatten die Ware zurückgeschickt –, als DC Forrester schon wieder am Telefon war. Himmel noch mal, es war zehn Uhr morgens an einem Montag, sie konnte einfach nicht von ihm lassen!

»Mich interessiert eine SMS, die Sie an Jodie geschrieben haben bezüglich des Umparkens eines Wohnwagens, der vor Ihrem Haus steht. ›Sonst werden Sie es bereuen‹?«

»Sie haben meine SMS gelesen?«, fragte er gekränkt. »Auf welcher Rechtsgrundlage?«

»Das hört sich in meinen Ohren nach einer Drohung an, Mr Morgan.«

»Was, Sie zu fragen, auf welcher Grundlage Sie meine SMS lesen?«

»Nein, die SMS selbst.«

Er seufzte. »Natürlich war es keine Drohung. Es war ein Scherz.«

Im Gegensatz zu *dem* hier. »Und ich habe es für *seine* Nummer, nicht ihre gehalten. Sie hat sich nicht zu erkennen gegeben, als sie geantwortet hat, sie hat mich im Glauben gelassen, es wäre er. Ich würde das als eine Falle bezeichnen.«

Natürlich sah DC Forrester das anders. »Sie sollen auch gesagt haben, dass Sie ihr Haus niederbrennen wollen?«

»Nun, im Idealfall hätte es jemand anderer getan.« Ralph lachte über seinen eigenen Scherz, doch in dem vorwurfsvollen Schweigen, das folgte, bildete er sich ein, es heraushören zu können: die Idee, die Überlegung, ihn nun für ein formelleres Gespräch aufs Polizeirevier zu bitten. Ein Verhör. Im Internet hatte er polizeiliche Verfahrensweisen gegoogelt, und das wäre definitiv als Nächstes an der Reihe. Ein aufgezeichnetes Verhör. *Bitte geben Sie Ihren vollständigen Namen und Ihre Adresse an* oder wie auch immer sie anfingen. Normalerweise bevor oder nachdem der Tatvorwurf erhoben wurde.

»Würden Sie sagen, Ihre Frau war ungewöhnlich wütend auf Mr Booth, als ihr Kinder-Spiel-Projekt vorübergehend eingestellt wurde?«

»*Play Out Sunday?*« Ralph hatte Mühe, bei dem Gespräch nicht den Faden zu verlieren. »Sie war aufgebracht, ja. Sie hat viel Zeit investiert, um das hier zu einer tollen Wohngegend zu machen. Aber ›ungewöhnlich wütend‹? Nein, das kann man so sicherlich nicht sagen.«

Wie es der Zufall wollte, war wütend eine ziemlich treffende Beschreibung von Naomi am Frühstückstisch vor drei Stunden, als sie über den neuesten Artikel in den Medien über die Belagerung, unter der die Anwohner des Lowland Way litten, gestolpert war:

Preisgekröntes Spiel-Projekt für Kinder vor dem Aus

Die Gemeinschaftsinitiative, die einen Urban Spaces Award des Rathauses verliehen bekommen hat, ist aufgrund der fehlenden Zustimmung der Anwohner spektakulär gescheitert. »Ich würde sagen, wir sind jetzt wegen des Tods von Amy Pope berühmter«, vertraute uns ein enttäuschter Anwohner an, der bat, seinen Namen ungenannt zu lassen.

Ms Pope starb Mitte August in dieser Straße bei einem grauenvollen Gerüsteinsturz, und die Polizei, die diese Untersuchung als eine Mordermittlung einstuft, hat den Besitzer des Baugerüsts von jeglichem Fehlverhalten freigesprochen.

»Es ist sehr schwer, Spielaktionen auf Straßen Woche um Woche, Jahr um Jahr aufrechtzuerhalten«, sagte ein Sprecher der *National Free Play Group*, die landesweit Kampagnen durchführt, um das Spiel von Kindern wie früher vor ihrer eigenen Haustür zu fördern. »Ohne das uneingeschränkte Engagement der Eltern und Anwohner stehen sie schnell vor dem Aus.«

SOUTH OF THE RIVER ONLINE

»Was für eine Unverschämtheit«, hatte Naomi vor Wut gekocht. »Es hat nichts mit unserem ›Engagement‹ zu tun. Sondern mit einem Wahnsinnigen, der das Leben unserer Kinder in Gefahr bringt.«

»Du rennst offene Türen ein, Babe«, hatte Ralph ihr verbissen zugestimmt.

»Mr Morgan?«

»Entschuldigung, ja?« Er hatte Eithne Forrester in seinem Ohr vergessen.

»Ich sagte, wie ich gehört habe, gab es zwischen Ihrer Frau und Ihrer Schwägerin am Abend des Zehnten einen Streit?«

»Hat Tess Ihnen das erzählt?« Egal, wie sehr Finn auch das Gegenteil beteuerte, war diese Frau, die er geheiratet hatte, eine Last. Ralph wäre nicht überrascht, wenn sie diejenige wäre, die sich der Presse »anvertraut« hatte. Da erinnerte er sich an Daisy. Das Mädchen hatte nicht den blassesten Schimmer, dass sie hier als Verdächtige gehandelt wurden; es wäre durchaus möglich, dass sie den Streit erwähnt hatte. »An dem Abend gab es einen Wortwechsel, ja, aber nichts Wichtiges. Herrgott noch mal, er muss es lieben, dass Sie gegen uns statt gegen ihn ermitteln! Finanziert von unseren Steuergeldern, möchte ich hinzufügen, denn ich kann mir kaum vorstellen, dass *er* welche zahlt. Wie wäre es, wenn jemand mal in diese Richtung ermittelt, äh, anstatt irgendeinen Unsinn über meine Frau anzudeuten, die für diese Gemeinschaft nur Gutes getan hat!«

Er wurde emotional, und als die Detective ihn endlich vom Haken ließ, stand er mehrere Minuten am Fenster, um sich zu beruhigen. Ein Wohnmobil von demselben dreckigen Orange wie die monströse Rostlaube vor seinem Haus zog auf der Straße unter ihm seine Aufmerksamkeit auf sich und weckte in ihm eine Fantasie über eine hydraulische Autopresse, die jedes einzelne von Booths Fahrzeugen nacheinander plattdrückte, während die Nachbarn auf dem Gehweg frenetisch applaudierten. Zum tausendsten Mal fragte er sich, wie es passieren konnte, dass irgendein dahergelaufener Emporkömmling sich hatte erdreisten können, in ihre Straße zu ziehen und sie als seinen Privatparkplatz zu annektieren. Eine Frau zu töten und dennoch »von jeglichem Fehlverhalten freigesprochen« zu werden.

Das konnte man sich nicht ausdenken.

Das Wohnmobil versperrte die Zufahrt zu seiner Lagerhalle, was ihm die Demonstranten in Erinnerung rief, mit denen Ben sich herumgestritten hatte, während Ralph im Urlaub gewesen war. Hunderte von »Lesben gegen Banker« oder wie auch immer sie sich nannten, die sich genau hier versammelt hatten.

Und es war genau in diesem Moment, als er nicht einmal bewusst darüber nachdachte, in einem Augenblick, der leicht magisch anmutete, dass ihm schließlich die rettende Idee kam.

Er rief Naomi an, um sie ihr sofort mitzuteilen, oder besser gesagt, er versuchte, sie zu überzeugen, es ihr überhaupt mitteilen zu dürfen.

»Ich will nichts davon hören, Ralph«, erwiderte sie, und er konnte regelrecht vor sich sehen, wie ihr Mund sich zusammenzog, »insbesondere, wenn es auch nur im Entferntesten an Ants Lösung von gestern erinnert. Er hätte ein vorbeigehendes Kind oder Tier verletzen, sie sogar blenden können. Er hatte extrem großes Glück, nicht verhaftet worden zu sein.«

»Nein, meine Idee ist wirklich gut«, beharrte Ralph. Er persönlich war zugleich begeistert und überrascht von Ants Reaktion auf seinen Ruf zu den Waffen. *Jemand muss dem Scheißkerl mal zeigen, wo der Hammer hängt*, hatte er gesagt, aber er hätte sich niemals vorgestellt, dass Ant derjenige wäre, der die Initiative ergriff. *Gute Arbeit bei Booth*, hatte er ihm gesimst, sobald er davon gehört hatte (zweifellos würde ihm auch *das* wieder um die Ohren gehauen werden). Das Problem war natürlich, dass Booth sich *nicht* einschüchtern ließ. Als Ralph am Morgen zur Arbeit gefahren war, war der Kerl bereits wach und in seinem dreckigen Overall draußen. Immer noch an seinem Haus arbeitend, immer noch ganz offen seine Autos verkaufend, seine Musik immer noch auf voller Lautstärke.

»Das ist etwas, das wir schon ganz am Anfang hätten tun sollen«, fügte er hinzu.

Es folgte eine Pause, und er wusste, dass Naomi überlegte, ob sie sich erlauben sollte, neugierig zu sein. Ihm und seiner Booth-Obsession keine Aufmerksamkeit zu schenken, war für sie zu einer Frage der Disziplin geworden. Und dennoch hatte der Bericht über den *Play Out Sunday* sie tief getroffen, und das richtige Timing war alles.

»Ich könnte es dir natürlich auch heute Abend erzählen«, sagte er in einem vernünftigen Tonfall, »aber ich würde es lieber gleich in die Wege leiten. Bist du sicher, dass du es nicht hören willst?«

Er wartete ab. Ein Herzschlag. Zwei. Drei.

»Was in die Wege leiten?«, fragte sie.

28

SISSY

Der Indoorspielplatz *Daredevil* mit seinem Kletterlabyrinth und den Rutschen und dem riesigen Bällebad rief bei Sissy auf Anhieb Kopfschmerzen hervor. Das Psychedelische von Primärfarben unter Suchscheinwerfern aus Gefangenenlagern, das unaufhörliche Kreischen von Kleinkindern. Und die Hitze! Am liebsten hätte sie sofort Reißaus genommen. Es war schwer nachzuvollziehen, wie Em diesen Ort ihrem eigenen Zuhause vorziehen konnte, selbst mit Booths wiederaufgenommenem Repertoire an aufheulenden Motoren und lautem Hämmern und Bohren.

Ein Wochenende war vergangen, seit Sissy sich selbst auf Ems Handydisplay gesehen hatte, eingefangen um zehn nach zwei in den frühen Morgenstunden des 11. Augusts. Ihre Bewegungen waren winzig verkleinert und unscharf, aber es war unbestreitbar sie, während sie auf die Kamera zueilte – aufgestellt, wie Sissy erfahren hatte, im oberen Fenster der Kendalls, Sams Kinderzimmer, und fast am Ende ihrer Batterielaufzeit. Im nächsten Moment huschte sie zur rechten Seite des Bildschirms, in Richtung von Booths Haustür.

Die Zeitanzeige bewies, dass sie eine Minute und dreiundfünfzig Sekunden außer Sicht war – unter dem Baugerüst –, bevor sie wieder auftauchte. Schnell, aber nicht so schnell, dass ein Schwurgericht die Tat als unmöglich eingestuft hätte.

Kurz darauf fing das iPhone sie wieder ein, als sie sich neben Booths weißen Lieferwagen hockte; die Kamera erfasste die hastig wegwerfende Handbewegung, mit der sie etwas unter seinen Rädern entsorgte. Es war ihr sicherer vorgekommen, den Schraubenschlüssel und Seitenschneider im Chaos seines Grundstücks zu lassen, als sie mitzunehmen und zu versuchen, sie in ihrem eigenen Haus zu verstecken. Auf dem Bildmaterial trug sie Handschuhe, die längst mit dem Müll abgeholt worden waren.

»Warum treffen wir uns hier?«, fragte sie. Sie hockte am Rand eines riesigen Bällebads, in dem Em versunken war, Sam zwischen ihren Beinen eingekeilt. Seine kleinen, nackten Arme klatschten auf die Bälle, seine Augen waren trunken vor Freude.

»Weil es im Lowland Way zu gefährlich ist«, sagte Em.

»Gefährlich?«

»Zu viele Leute, die uns belauschen könnten. Kameras, die einen beobachten.«

Sissy hatte die neue Videosprechanlage gesehen, die bei Ralph und Naomi installiert worden war, und Tess' Jammern gelauscht, dass sie sich eine derart hochmoderne Sicherheitstechnik nicht leisten könnte. Vielleicht würden Sissys Käufer sich eine einbauen lassen; sie würden die Gründe für die Wertminderung kennen und sich gewiss wünschen, in Sicherheit zu leben. »Zumindest nicht die von Booth«, zeigte sie auf.

»Ich weiß«, erwiderte Em. »Ant hat mich damit wirklich beeindruckt, das muss ich sagen.«

Sissy hatte das Ende von Ants Angriff mitbekommen und war wie vom Donner gerührt gewesen. »Ja, das hat ihm überhaupt nicht ähnlich gesehen.«

»Nichts, was irgendjemand tut, sieht ihm noch ähnlich«, sagte Em.

Ein wahreres Wort wurde nie gesprochen, dachte Sissy, was es noch schwieriger gestaltete, sich ernsthaft auf die Aussage zu konzentrieren, die Em jetzt machte, nämlich dass sie einen Plan hatte, »ein für alle Mal« der tödlichen Bedrohung von Darren Booth »ein Ende zu setzen«, und Jodies Abreise die günstige Gelegenheit bot, auf die sie gewartet hatte. Sie beabsichtigte, einen Schritt weiter als Ants sinnloser Gewaltausbruch zu gehen, wobei sie mitten in der Nacht in Nummer eins einbrechen wollte. Für ein Alibi bräuchte sie Sissy, damit diese sich für sie verbürgte, indem sie die drei Kendalls überredete, bei ihr zu übernachten. »Du musst dafür sorgen, dass wir Donnerstagnacht bei dir schlafen. Ich werde dir natürlich helfen, sollte Ant sich weigern. Dann, wenn alle im Bett sind, gehe ich rüber.«

»Was genau willst du ihm antun, Em?«, fragte Sissy. Sie hatte das Gefühl, ein Kind mit überbordender Fantasie bei Laune zu halten.

»Es ist besser, wenn du das nicht weißt«, sagte Em.

Es war, als würde ein Film gedreht werden, bei dem ihrer Figur nur ihre eigenen Textzeilen gegeben wurden, nicht die der anderen. Und auch nicht, wie die Handlung sich entwickeln würde, obwohl es offensichtlich so weiterging, dass es für die direkten Nachbarn zu gefährlich wäre, in ihren eigenen Betten zu schlafen. Natürlich machten allein ihre Vermutungen sie zur Mitwisserin, da sie die Polizei nicht informieren würde.

Nicht wenn sie wollte, dass Em wegen des Videos den Mund hielt.

»Ist das lustig, Sam-Sam?«, gurrte Em. »Kannst du mich hören, mein Engelchen?«

Sam legte den Kopf in den Nacken und lachte zu ihr hoch. Er

wusste nicht, dass mit seiner Mutter etwas nicht stimmte, entschied Sissy, aber er behandelte sie genau so, wie er es sollte: als seine Sonne, den Mittelpunkt seines Lebens. Was ging in ihrem Kopf vor, dass sie eine solche Verschwörung anzettelte oder auch nur glaubte, Lowland Way wäre ein zu gefährlicher Ort, um ein einfaches Gespräch zu führen? Zugegeben, niemand könnte ihre Worte – absichtlich oder nicht – über den ohrenbetäubenden Lärm des *Daredevil* belauschen, aber es gab hier mehr Überwachungskameras als an jedem x-beliebigen öffentlichen Platz. Ein erfahrener Lippenleser könnte der Polizei wahrscheinlich durchaus behilflich sein, genau diese Unterhaltung zu entschlüsseln.

»Bevor du tust, was auch immer das ist, was du tun willst, wäre es nicht besser, dich vorher mit Ralph und Naomi zu besprechen?«, fragte Sissy.

»Was, so wie du das getan hast?«, erwiderte Em. »Ich werde mich auf keinen Fall mit ihnen besprechen – oder sonst jemandem. Du bist der einzige Mensch, der von meinem Plan weiß.«

Es war nicht nötig, den Grund zu erklären. Sissy hatte viele Fragen gehabt, als Em ihr das Video vorgespielt hatte, aber die erste war die einzige, die wirklich von Bedeutung war:

»Hast du das der Polizei gezeigt?«

Em hatte den Kopf geschüttelt: Nein.

»Warum bist du nicht schon früher zu mir gekommen? Warum jetzt?«

»Ich habe es selbst erst letzte Woche gesehen. Ich brauchte etwas Zeit zum Nachdenken.«

Ich, nicht *wir*.

»Ant hat es nicht gesehen?« Was für ein Paar versteckte derart brisantes Material voreinander? Ihre Annahme, die beiden stünden sich nah, erwies sich offenkundig als falsch.

»Nein. Ich habe es rausgeschnitten, bevor er es sehen konnte. Ich habe es mir selbst in einer WhatsApp-Nachricht geschickt. Ende-zu-Ende-verschlüsselt, das hat Finn beim Treffen erklärt. Ant hätte zur Polizei gehen wollen, und ich finde, du hast genug gelitten.« Em zögerte, ihre Augen wirkten ernst. »Anscheinend hast du mehr gelitten, als wir alle angenommen haben.«

Das war eine schamlose Untertreibung. Sissy hatte auf die brutalste Art, eine Art, die sie mehrmals am Tag schockierte, als würde ihr eine eiskalte Flüssigkeit in die Knochen gespritzt werden, eines gelernt: Das Einzige, was schlimmer als der Tod eines geliebten Menschen war, war der Umstand, für den Tod eines geliebten Menschen verantwortlich zu sein.

»Warum zeigst du es dann *mir?*«, fragte sie Em, einen Hauch von Trostlosigkeit in der Stimme. »Warum vernichtest du es nicht?«

Doch sie kannte die Antwort, hatte sie sofort gekannt: Sissy hatte keinen Gedanken darauf verwendet, Em zu verschonen, und jetzt würde Em sie nicht verschonen.

»Du weißt, ich wollte nur, dass er stürzt«, sagte Sissy, »sich vielleicht den Arm oder das Bein bricht. Ich wollte nur eine Auszeit von ihm, das ist alles.«

»Aber wie konntest du das tun, Sissy, wo du wusstest, dass wir nebenan wohnen? Wo du wusstest, dass wir dort stehen könnten, wenn das Ding zusammenbricht?« Ems Stimme erhob sich zu einem Kreischen: »Sam hätte in seinem Buggy unter dem Gerüst sein können. Wenn Booth nicht da ist, schiebe ich ihn oft ein Stück darunter, wenn ich aus der Tür trete.«

»Ohne Booth wäre es nicht eingestürzt. Es war sein Gewicht, das es verursacht hat.«

»Das kannst du nicht mit Sicherheit wissen. Mit all den Ziegeln und Sandsäcken hätte es auch zusammenbrechen können, ohne dass er darauf herumspaziert.«

»Ich hatte nicht nachgedacht«, sagte Sissy. »Ich war nicht ich selbst.«

Aber sie *hatte* nachgedacht, nicht wahr? Nur eine Seite, war ihr erklärt worden, und in diese Richtung würden dann die Bretter fallen. Sie hatte das Ende an Booths Haustür gewählt, was es relativ sicher für jeden auf der Kendall'schen Seite machte. Und dennoch, hätte sie die Seite der Kendalls genommen, hätte Amy vielleicht überlebt, und die Kendalls wären unversehrt geblieben, sicher in ihren vier Wänden.

Ein heftiges Aufwallen von Hass auf Em durchzuckte Sissy. *Bin ich für meinen Fehler nicht schon genug bestraft worden?*

Aber Em nickte, als könnte sie Sissys Gedanken lesen, aufs Neue den Anschein von Vernunft wahrend. »Wir können das jetzt nicht mehr ändern. Wichtig ist nur, was als Nächstes passiert. Und dieses Mal muss es durchgeführt werden, ohne dass jemand nebenan im Haus ist. Da gehe ich kein Risiko ein.«

Sissy erblasste. Dieses Mal. »Führen wir dieses Gespräch wirklich?«

»Ja«, sagte Em. »Das tun wir.«

Wie hatte sie zulassen können, dass diese kriminelle Energie derart Besitz von ihr ergriff? War sie ihr ganzes Leben schon da gewesen, nur nie wachgerüttelt worden? Warum hatte sie auf ihrer Türschwelle diese Unterhaltung mit Graham geführt? Eine Unterhaltung, die, als sie ihre Freundin Anthea in Wiltshire besuchte und den Eisenwarenladen neben dem Bahnhof von Salisbury erspähte (von der uralten, nicht renovierten Sorte ohne Kameras), zu einer direkten Anweisung, einem Auftrag geworden war.

»Was genau müsste man tun?«, hatte sie ihn gefragt, als sie gemeinsam zu Booths Gerüst sahen. »Wollte man es zum Einstürzen bringen?«

»Man müsste die Schrauben lockern, die die Rohrschellen zusammenhalten«, sagte Graham. »Ich würde nur das Paar in der Mitte und das am Ende aufschrauben. Zusammen also vier.«

»Was sind Rohrschellen?«, fragte Sissy.

»Siehst du, wo die Stangen aufeinandertreffen, unter den Brettern? Diese Metallklammern nennt man auch Bolzenkupplungen. Man würde sie einfach mit einem Schraubenschlüssel lockern, und beim nächsten Mal, wenn er aufs Brett tritt, bricht alles zusammen. Es ist bloß die untere Ebene, also wird er nicht gleich sterben.«

»Gleich beim nächsten Mal?«

»Ja, außer er ist eine Gazelle. Augenblick mal, es ist nicht alarmgesichert, oder? Da ist ein Draht, also wäre das schon möglich.«

»Na gut, dann war's das«, sagte Sissy mit übertriebener Bestürzung, aber Graham war unbeirrt.

»Wahrscheinlich fake, aber den würde man zuerst durchschneiden, bevor man irgendwas anfasst«, sagte er. »Nur für alle Fälle.«

»Womit durchschneiden?«

Er grinste. »Was glaubst du, einer Nagelschere? Nein, einem Seitenschneider.«

»Okay.« Sie zögerte. »Was für ein Schraubenschlüssel?«

»Ein ganz normaler. Wahrscheinlich hast du einen im Gartenschuppen. Wenn nicht, hol dir einen im Baumarkt. Vielleicht keine Kette, ein kleiner, ohne Kameras. Und bezahl bar. Im Ernst, es ist ganz einfach. Und keine Sorge, ich schweige wie ein Grab.«

»Wirklich?«

»Ja, wirklich. Manche Leute verdienen einfach, was sie bekommen.«

Merkwürdig, aber sie vertraute ihm. Es war ein Pakt, typisch für Fremde oder vielleicht Fast-Fremde, wie sie es waren.

Wie dem auch sei, es wäre sein Wort gegen ihres, wenn es jemals hart auf hart käme. Was Em besaß, waren hingegen ausreichend Beweise, um die glühendsten Sissy-Anhänger – einschließlich Pete – zu überzeugen, dass sie Amy auf dem Gewissen hatte. Und er würde es nie verstehen, nie verzeihen.

Als Sissy wieder zu Hause war, erschöpft und niedergeschlagen von ihrem Ausflug mit Em, spielte sie den Anrufbeantworter mit zwei verpassten Anrufen ab.

Der erste war von der Polizei, die Sissy nach Pete und Naomi nun als ihre treueste Gesprächspartnerin erachtete. Sie rief in der Hoffnung zurück, die Mailbox zu erwischen, und stellte bestürzt fest, dass gleich beim ersten Klingelton abgehoben wurde.

»Nur eine Kleinigkeit, Ms Watkins«, sagte DC Forrester.

Sie hatte sich an das »Ms« erinnert. Ein akribischer Verstand wie ihrer war eine wundervolle Sache, wenn er zu deinen Gunsten eingesetzt wurde.

»Wir haben eine SMS von Ralph Morgan an Sie gelesen. Ich zitiere: ›Ich glaube, wir haben ein gemeinsames Ziel.‹«

Das war's? *Das* nannten sie Verbrechensbekämpfung? »Wann war das?«, fragte Sissy höflich. »Hat es etwas mit dem *Play Out Sunday* zu tun?«

»Sie wurde am Samstag, den 14. Juli, um dreiundzwanzig Uhr einundzwanzig verschickt.«

»Oh.« Waren es nur Ralphs SMS, auf die sie Zugriff hatten, oder auch ihre? Doch Sissys Empörung rührte allein aus ihrem motorischen Gedächtnis her. Es kümmerte sie längst nicht mehr. »Dieses spezielle gemeinsame Ziel war, die Stadtverwaltung zu überzeugen, Booth davon abzuhalten, unsere Straße zu zerstören, aber im Laufe der Jahre hatten wir viele.«

»Sie arbeiten gern zusammen, wenn Sie ein Problem haben?«

»Ich schätze schon, ja.«

»Würden Sie sagen, dass Ralph Morgan wohlhabend ist?«

Der abrupte Themenwechsel erstaunte sie. »Ihm geht es nicht schlecht, ja. Ihm gehören sein Haus und eine Lagerhalle in Bermondsey. Die ist heutzutage wahrscheinlich ein paar Millionen wert.«

Als der Anruf beendet war, stand Sissy eine Minute im Garten und konzentrierte sich auf ihre Atmung, während die Geräusche der Portsmouth Avenue sie in eine nostalgische Stimmung versetzten und in eine Zeit zurückkatapultierten, als alles, worüber sie sich beklagen konnte, das Kreischen des Verkehrs war, der jenseits ihrer Mauer vor der Ampel scharf abbremste. Die Sirenen der Einsatzfahrzeuge, die zum Krankenhaus oder zur Rushmoor-Siedlung rasten, den Lowland Way umfahrend, da dort nie etwas Beängstigendes geschah.

Die zweite Mailboxnachricht bedurfte keiner Antwort ihrerseits, war aber auf ihre ganz eigene Art verstörender als die erste.

»Das ist eine Nachricht von Arrowby Legal. Angeblich sind Sie oder einer Ihrer Angehörigen kürzlich in einen Unfall verwickelt gewesen. Wenn Sie Ratschläge benötigen, wie Sie eine finanzielle Entschädigung einfordern können, zögern Sie nicht, einen unserer qualifizierten Berater unter der Nummer …«

»Es gibt keine Entschädigung«, murmelte Sissy, während eine jähe Schwäche ihre Beine packte und es ihr allein dank eiserner Willenskraft gelang, nicht zusammenzubrechen. »Die wird es nie geben.«

29

TESS

Allmählich drängte sich ihr der Gedanke auf, die Polizei habe es auf sie abgesehen.

Nein, das war irrational. Sie fühlte sich nur verletzlich, weil Dex in die Schule gekommen war.

»Ja, das stimmt«, sagte sie am Telefon zu DC Shah. »Ich habe ihm tatsächlich ›Ich hasse Sie‹ zugerufen.«

»Warum?«

»Weil er kurz zuvor Amy Pope getötet hat, eine zauberhafte junge Frau, die ihr ganzes Leben noch vor sich hatte, und er keinerlei Reue gezeigt hat!«

»Ich verstehe. Kommen wir zu dem Spaziergang zurück, den Sie mit Ihrem Hund spätabends …«

»Das schon wieder?« Sie atmete hörbar aus, erschöpft. »Na schön, ja, die Sache geht auf mein Konto. Ich habe ihnen in der Nacht vor dem Gerüsteinsturz den Hundekot auf die Türschwelle gelegt. Darauf bin ich nicht stolz, es war dumm und kleinkariert. Anscheinend war es wohl genau dann, als Jodie draußen war, um Zigaretten zu holen. Ich hatte Glück, dass sie nicht zurückgekommen und mich auf frischer Tat ertappt hat.«

»Und dennoch ist sie zu Ihnen nach Hause gekommen, um sich darüber zu beschweren, nicht wahr?«

»Ja. Das ist der Grund, warum ich weiß, dass sie diejenige ist, die das Schwanenjunge getötet hat. Es war genau danach. Sie wusste, wie sehr mir die Tiere am Herzen liegen. Darf ich *Sie* etwas fragen? Wenn ich ihr Geständnis aufnähme, würden Sie mich dann ernst nehmen? Es wäre keine Straftat, oder, es mit meinem Handy aufzuzeichnen?«

»Es könnte als Verletzung ihrer Privatsphäre erachtet werden«, gab DC Shah zu bedenken. »Es ist schon eine Weile her seit dem Vorfall mit dem Vogel, oder?«

»Ja. Aber einige von uns sind nicht so impulsiv wie andere. Wir warten ab, bis die anfängliche Wut verflogen ist, bevor wir einen Plan schmieden.«

»Wen würden Sie denn als impulsiv bezeichnen?«, fragte DC Shah.

Sie trat sich selbst in den Hintern, ohne eine Antwort zu geben.

»Stimmt es, dass Sie umziehen wollen, Mrs Morgan?«

»Wer hat Ihnen das erzählt? Okay, also, ja und nein. Ich wollte, wegen der Schule, verstehen Sie? Aber dann hatten wir all diese Probleme mit Booth und dachten, es würde keinen Sinn machen, weil wir nicht verkaufen können. Ich meine, ich weiß, dass Sissy verkauft, sie hat keine andere Wahl, aber sie muss ihr Haus weit unter Wert veräußern. Ich an ihrer Stelle wäre sehr enttäuscht.«

»Also ist der Wert Ihres Hauses ein wichtiges Thema für Sie?«

»Nicht wichtig, aber ein Thema, ja. Sicherlich kein Motiv, um einen unliebsamen Nachbarn um die Ecke zu bringen, wenn Sie das meinen. Menschen töten nicht wegen Immobilienpreisen, oder?«

»Ich würde sagen, das ist eine berechtigte Frage«, erwiderte er.

Sie war ihm direkt ins Messer gelaufen.

Sie war oben in Dex' Zimmer und wollte gerade in Erwartung von Booths nächtlicher Musik das Schiebefenster ihres Sohnes schließen, als sie Finn und Ralph auf der Terrasse unter ihr hörte. Ungewollt stieg die Erinnerung an ihr erstes Treffen mit Ralph in ihr auf. Die Brüder waren Mitte zwanzig gewesen, und dennoch hatte sie sofort an Artful Dodger denken müssen. Was Finn zu Oliver Twist machte, denjenigen, der geschnappt wurde. Am heutigen Abend, während ihre Finger sich in den Fensterrahmen bohrten, als wollte sie das Haus aus seiner Verankerung reißen, verwandelte sich ihre Erinnerung in eine Vorahnung.

»Hast du es getan?«, fragte Finn.

»Na klar«, sagte Ralph.

»Ich kann es nicht glauben. Wann wird es passieren?«

»Je früher, desto besser.«

»Nay ist einverstanden?«

»Hat mich ein bisschen Überzeugungsarbeit gekostet, das will ich gar nicht bestreiten.«

Tess versteifte sich. Um was auch immer es hier ging, Naomi wusste Bescheid. Allein sie, von den vier Erwachsenen, war außen vor gelassen worden. Unglaublich. Unverzeihlich.

»Es ist erstaunlich, wenn man bedenkt, dass alles bald vorüber sein könnte«, sagte Finn.

»Es ist erstaunlich, wenn man bedenkt, dass wir das schon ganz am Anfang hätten tun können«, sagte Ralph. »Hätte uns all diesen Scheiß erspart.«

»Lass uns die Sache heute Abend noch mal genau durchgehen«, sagte Finn. »Es gibt noch ein paar Dinge, die ich dich fragen muss.«

Ein weiterer Abend im *Fox*. Es hätte Tess nicht überrascht, wenn die beiden sie gebeten hätten, auf die Kinder aufzupassen, damit Naomi sie begleiten konnte.

Als Finn wieder ins Haus kam, wartete sie bereits auf ihn. Unverhohlene Wut brannte in ihr. »Wie wird alles bald vorbei sein?«, fragte sie in scharfem Tonfall, dann kam ihr jäh ein Gedanke: »Geht es um die Mauer? Ich dachte, das wäre Naomis Idee, nicht Ralphs?«

Finn ersetzte in seinem Gesicht Schuld durch Arglosigkeit. »Welche Mauer? Davon weiß ich gar nichts, erzähl mir mehr!«

Doch Tess durchschaute ein Ablenkungsmanöver, wenn sie eines hörte. »Was? Was ist hier los?«

Er bedachte sie mit einem zutiefst ärgerlichen, geheimnisvollen Lächeln. »Etwas Gutes. Etwas wirklich Gutes. Sieh mich nicht so an, ich habe Ralph versprochen, niemandem davon zu erzählen. Wir müssen es strikt geheim halten, ansonsten klappt es vielleicht nicht.«

In anderen Worten, Ralph hielt sie für ein Plappermaul. Er hatte eine weitere Gelegenheit ausgemacht, um sie herabzuwürdigen.

»Aber Naomi weiß Bescheid?«

»Das war unumgänglich.« Er zögerte, und ein Aufflackern von Verärgerung blitzte in seinen Augen auf. »Das hat nichts mit Konkurrenz zu tun, Tess.«

Tess schnaubte. »Wenn du wirklich glaubst, es ginge um Konkurrenz, wenn eine Frau ihren Ehemann um Informationen wegen seines Verhaltens bittet, die die Frau eines anderen bereits kennt, dann ist das sowieso alles sinnlos.«

»Was ist sinnlos?«, fragte Finn, und sein Tonfall war weder besorgt noch versöhnlich, wie sie erwartet hatte, sondern herausfordernd. Seine Augen bohrten sich in ihre, als wäre *sie* diejenige, die sich rechtfertigen müsste. »Und welches ›Verhalten‹? Bei dir klingt es, als wäre ich ein Kind.«

»Weil du Geheimnisse mit deinem Bruder hast? Klingt für mich ziemlich kindisch.« Da verspürte Tess eine große Schwere, nicht so sehr der Niederlage, sondern des Verlusts. Mit einem Mal fühlte sich ihre glückliche, widerstandsfähige Ehe wie eine unwiederbringliche Tragödie an. »Ich kann nicht mehr, Finn. Ich kann nicht mehr, mit euch zweien, die sich im stillen Kämmerlein verschwören. Wie, glaubst du, fühle ich mich, wenn ich weiß, dass du ihm helfen willst, mir aber nicht?«

Finn warf die Hände in die Höhe. »Dir bei was helfen? Du hast mich um überhaupt nichts gebeten!«

»Ich bitte dich jetzt. Ich will ein Geständnis wegen des Schwanenjungen aus Jodie herauskitzeln, und du könntest mich begleiten, um sie ein bisschen einzuschüchtern. Es wäre etwas, das die Polizei definitiv strafrechtlich verfolgen könnte. Ich habe deswegen schon mit ihnen gesprochen.« Den Verstoß gegen den Datenschutz ließ sie lieber unerwähnt.

Finn seufzte schwer. »Oh, das.«

»Ja, das. Für dich war es nur ein Vogel, nicht wahr? Sein Leben ist nicht von Bedeutung. Nun, für mich schon, und ich werde es morgen tun, mit oder ohne die Hilfe anderer. Ich gehe am Morgen rüber, nachdem ich die Kinder in die Schule gebracht habe.«

Finns Blick war streng. »Betritt dieses Haus nicht, Tess. Es ist nicht sicher.«

»Warum? Es gibt kein Baugerüst, das mich umbringen könnte. Amy Pope hat für uns den Kopf bereits hingehalten, schon vergessen?«

Es folgte ein schockiertes Schweigen. Während sie sich anstarrten, jeder gleichermaßen entsetzt, traf es Tess, was für ein Wunder es war, dass sie diesen Punkt nicht schon früher erreicht hatten, so riesig war der Stress. Die *Trauer*.

»Geh nicht«, wiederholte Finn.

»Ich werde hingehen, wohin ich will.« Tess wandte sich ab und schritt aus dem Zimmer. »Du hast deinen Plan, ich meinen. Mal sehen, welcher besser funktioniert.«

30

SISSY

War es wirklich eine Überraschung, dass ihre Instinkte jetzt so wild, so unzivilisiert waren? Schuldgefühle waren wie Finger an deiner Kehle, sie erstickten dich, raubten dir die Luft zum Atmen. Dein Ziel war nacktes Überleben, nichts weiter. Ehre war längst zum Luxus geworden. Sissy würde bei jedem Verbrechen mitmachen – jedes eigenhändig *begehen* –, solange Pete von dem ersten nichts erfuhr.

Im Grunde verlangte Em wenig von ihr. Am Donnerstagabend um elf, gekleidet in ihren Pyjama und Morgenmantel, verließ sie das Haus und eilte über die Straße zu Nummer drei. Die Nachtluft, obwohl durchaus warm, fühlte sich angenehm kühl auf ihrer brennenden Haut an. Der junge Fuchs, der vor ihr über den Weg huschte und ihr einen verängstigten Blick zuwarf, war ein engerer Verbündeter als die Menschen, die sie gleich treffen würde.

Das übliche Pulsieren der Musik drang aus Booths Haus, vielleicht einen Hauch leiser in Jodies Abwesenheit. Sissy hatte ihr Urteilsvermögen verloren. Gegen die Hauswand gelehnt, unter dem neuen Fenster, stapelten sich die Sperrholzbretter, mit denen es nach Ants Vandalismus zugenagelt gewesen war.

Als sie das Haus der Kendalls erreichte, hämmerte sie laut mit dem Türklopfer und rief mit eindringlicher Stimme ihre Namen.

Ant öffnete, erschrocken, arglos. »Sissy! Alles in Ordnung?« Er war noch dazu krank, seine Stimme von einer Erkältung angegriffen, in der Hand hielt er ein zerknittertes Taschentuch.

»Oh, ihr seid zu Hause«, rief sie. »Ich bin so froh!«

»Was ist los?«

»Ich glaube … ich habe geglaubt, dass schon wieder jemand in mein Haus einbrechen will.«

»O Gott, wie schrecklich! Komm rein, lass uns sofort die Polizei anrufen!«

Bei seinem Vorschlag musste sie ihre Erregung überhaupt nicht spielen. »Nein, bitte. Er ist jetzt weg, wer auch immer es war …«

Ants Kopf neigte sich nach rechts, um ihr stumm mitzuteilen, dass Booth im Moment zu Hause war. »Ich komme mit und schaue mich ein wenig um, nur für alle Fälle«, sagte er und griff nach etwas hinter der Tür. Ein Rechen, seine Lieblingswaffe.

Natürlich gab es in ihrem Haus keine Spur eines Eindringlings, aber während sie ihre Runde durch die Zimmer machten, spürte Sissy, dass Ant die unheimliche Atmosphäre bemerkte. Die Räume waren nicht nur dunkel, ihnen haftete der abgestandene Geruch der Vernachlässigung an, das Gefühl von Verlassenheit, das an einen Schauerroman erinnerte. *Kein Wunder, dass es sie hier gruselt*, dachte er sich wahrscheinlich. *Kein Wunder, dass sie glaubt, Schritte zu hören*. Er nieste ununterbrochen und entschuldigte sich für seine Erkältung, doch Sissy fürchtete, es könnte auch der Staub sein, der seine Nase kitzelte, und Scham und Besorgnis stiegen in ihr auf.

»Ich möchte hier heute Nacht nicht allein sein«, gestand sie ihm wahrheitsgemäß.

»Willst du über Nacht zu uns kommen?«, schlug Ant vor. »Wir können das Sofa im Gästezimmer ausklappen. Es steht zwar genau an der Wand zum Nachbarhaus, aber die Musik ist heute Abend gar nicht mal so schlimm. Allein bleibt er nicht allzu lang wach.«

»Bist du sicher? Lass uns lieber Em fragen, ob das in Ordnung ist.«

Em erwartete sie. Sam war wach, still und desorientiert. Sie hatte ihn geweckt, wie Sissy nicht entging. Während Ant sich ausführlich darüber ausließ, dass die Sofacouch schon etwas in die Jahre gekommen sei, unterbreitete Em nun den Gegenvorschlag, den die beiden Frauen im Voraus geplant hatten: »Warum kommen wir nicht zu dir und bleiben über Nacht, Sissy? Ich hätte nichts dagegen, ausnahmsweise mal der Musik zu entkommen.«

»Oh, würdet ihr das tun?«, rief Sissy. »Das wäre *wundervoll.*«

»Ich gehe allein«, sagte Ant zu Em. »Es ist nicht nötig, Sam mitzuschleppen.«

»Ihm macht das nichts aus«, erwiderte Em. »Wir nehmen das Reisebett mit. Bei dir ist es *viel* ruhiger, oder, Sissy?«

»Hinten raus kann man die Musik fast nicht hören«, stimmte Sissy ihr zu. »Und es wäre mir viel lieber, wenn ihr euch nicht trennen müsstet.«

»Nimm mit, was du morgen früh für die Arbeit brauchst«, instruierte Em ihren Mann. *Wie hätte sie die Sache gedeichselt,* fragte Sissy sich im Stillen, *wäre Booth ausgegangen oder bereits im Bett?* Sie war eine sehr gute Schauspielerin. Es half natürlich, dass Ants Grundcharakter von unterwürfiger Kooperation geprägt zu sein schien.

Sissy ging voraus und begann, ein Gästebett vorzubereiten. Sie hoffte, Ems Plan könnte noch irgendwie vereitelt werden, aber schon kurze Zeit später läutete es an der Tür, und ihr blieb keine andere Wahl, als wie besprochen mitzumachen. Die drei mit allem, was sie für Sam brauchten, auf ihrer Türschwelle zu sehen, erinnerte Sissy an eine Flüchtlingsfamilie, der sie beim Überqueren einer Grenze zusah, vertrieben und umgeben von einer Aura der Tragödie.

Während sie Tee zubereitete, brachte Ant seinen Sohn oben zu Bett. War er derjenige, der sich hauptsächlich um ihn kümmerte? Das wäre von Vorteil, bekäme Em Probleme mit der Polizei.

An ihrem Platz am Küchentisch wirkte Em aufgekratzt, ihre Augen huschten wirr durch den Raum, bevor sie schließlich auf Sissy landeten. »Gut gemacht«, gratulierte sie ihr. »Das hast du wirklich gut gemacht.«

»Hör mal, Em, *ich* tue es«, sagte Sissy abrupt. Sie hatte nicht gewusst, dass sie dieses Angebot machen würde, bis sie es tat, doch ihre Gedanken waren mit einem Mal klar und vernünftig.

»Was?« Em runzelte die Stirn, verstand nicht.

»Was auch immer du heute Nacht vorhast, ich werde es für dich tun. Ich bin diejenige, die bereits für einen Tod verantwortlich ist.« Sie brachte es nicht über sich, »jemanden getötet« zu sagen; die Unterscheidung war ihr wichtig. »Du meintest, du würdest dort einbrechen, aber du hast einen Schlüssel, nicht wahr? Wie bist du an den gekommen?«

Em zögerte, dann, als sie Ants Schritte über ihnen vernahm, antwortete sie mit einem leisen, überhasteten Wortschwall: »Es war am Tag des Unfalls, als ich rein bin, um Jodie zu suchen. Er steckte in der Küchentür, hing einfach da, also habe ich ihn mitgenommen.«

Sissy keuchte auf. Während Amy im Sterben lag, hatte diese egozentrische Frau bereits Pläne geschmiedet.

»Es war opportunistisch«, sagte Em, »eine Kurzschlussreaktion, eine Affekthandlung. Ich hatte nur das Gefühl, ich könnte ihn in Zukunft vielleicht irgendwann einmal gebrauchen. Und jetzt ist es so weit.«

Über ihnen stöhnten Rohre, ein Lüfter surrte. Sissy hörte, wie Ant hustete, sich die Nase putzte.

»Jodie hat sicherlich bemerkt, dass er fehlt, und längst die Schlösser ausgetauscht?«

»Nein, das Haus stand das ganze Wochenende offen, mit Polizei, Mitarbeitern vom Arbeitsschutz, Unmengen an Leuten, die ständig ein und aus gegangen sind. Ich wusste, in all dem Chaos würde sie es einfach hinnehmen, vielleicht sogar nicht mal bemerken. Und sie hätten sowieso noch andere Ersatzschlüssel, oder?«

»Clever«, sagte Sissy und dachte: *Verrückt*. Em wusste nicht einmal, ob die Schlösser ausgetauscht worden waren. Ihr Schlüssel könnte nutzlos sein. »Was ist nun der Plan für heute Nacht? Schnell, raus mit der Sprache, bevor Ant zurückkommt.«

Schließlich platzte es aus Em heraus. Sobald sie sicher war, dass Booth schlief, würde sie sich Zugang zu seinem Haus verschaffen und eine brennende Zigarette in den Spalt des Sofas stecken, wo sie glimmen und Feuer fangen würde. Zumindest wäre der Schaden für Booth so hoch, dass er ausziehen müsste. »Tess meinte, das Sofa ist wirklich alt. Nylon und Schaumstoff, schrecklich entflammbar.«

Also Brandstiftung. Sissy versuchte, sich nicht anmerken zu lassen, wie angewidert sie war. »Ein Feuer kann viel schneller außer Kontrolle geraten, als du glaubst.« Folglich das Auslagern der Familie, vermutete Sissy. Wenn das Sofa in Flammen aufginge, könnten beide Häuser, Nummer eins und drei, niederbrennen.

»Wir sind versichert«, sagte Em.

»Er hat die Überwachungskamera definitiv nicht ersetzt?«

»Nein. Das habe ich vorhin überprüft. Hinten gibt es auch keine.«

»Was ist mit einer Alarmanlage?«

»Glaube ich auch nicht.«

Das war die Stunde der Amateure. Sissy konnte nicht nur nicht erlauben, dass dieses geistig verwirrte Geschöpf seinen Plan am heutigen oder an irgendeinem anderen Abend durchführte, sondern es auch nicht, wie zuvor behauptet, an Ems Stelle tun. Ihr Verstand arbeitete schnell, konstruierte eine alternative Erzählung. Sie würde das Haus verlassen und sich ein paar Minuten verstecken, um dann zurückzukehren und Em weiszumachen, sie hätte die Tat vollbracht. Wenn das Haus dann nicht in Flammen aufginge, könnte sie es immer noch auf den Zigarettenstummel schieben, der abgebrannt war, bevor das Sofa Feuer fing, und Sissy bliebe ein Zeitfenster, in dem sie entscheiden könnte, was sie als Nächstes tun sollte. Mit Ant reden, so viel stand fest.

»Wo ist der Schlüssel?«

Em reichte ihn ihr, zusammen mit einem Päckchen Zigaretten. »Ich glaube, das ist seine Marke.« (Sie *glaubte?*) »Nicht vergessen, du musst warten, bis die Musik ausgeht, und ihm dann noch ein paar Minuten geben, um einzuschlafen. Willst du ein Messer oder etwas anderes mitnehmen, nur für den Fall, dass er ein Geräusch hört und nach unten kommt?«

»Ein Messer?« Ein Einbruch, bei dem sie auch noch bewaffnet war, würde allein schon eine Gefängnisstrafe nach sich ziehen, selbst ohne die Brandstiftung. Gottlob hatte Em eingewilligt, dass Sissy für sie einsprang.

Gottlob war sie in der Lage, dem ein Ende zu setzen. »Das Risiko nehme ich auf mich«, sagte sie. »Der Videomitschnitt, Em.

Bevor ich gehe, muss ich sehen, dass du ihn löschst. Ich habe bereits getan, was du ursprünglich von mir verlangt hast.«

Mit angehaltenem Atem beobachtete sie, wie Em das Handydisplay anschaltete, die Datei suchte und auf die »Video löschen«-Taste drückte.

»Abgemacht ist abgemacht«, sagte Em und gab sich den Anschein von aufrichtiger Integrität.

Wirklich, es war nicht zu sagen, ob sie zurechnungsfähig oder vollkommen verrückt war.

Es war zwei Uhr nachts, als Sissy ihr Haus zum zweiten Mal verließ und über die Straße schlich. Für einen desorientierenden Moment glaubte sie, einen Flashback zu erleben, eine Art PTBS-Episode, aber das hier war real, geschah genau in diesem Augenblick. Dieser Bewusstseinszustand, dieses Fragment der Zeit, war völlig losgelöst und gehörte dennoch ganz und gar zu ihr.

Für den Fall, dass Em sie vom Fenster aus beobachtete, lautete ihr Plan, so nah wie möglich an Booths Haustür zu gelangen, bevor sie hinter einem Auto oder Lieferwagen in Deckung ging. Sie mochte das heiße, verlockende Gefühl des Schlüssels in ihrer Hand nicht und entschied, ihn in ihre Tasche zu stecken, doch ihre Finger waren taub vor Nervosität, und in der Sekunde, als sie das Ende der Einfahrt erreichte, entglitt er ihr und fiel mit einem melodiösen Klappern zu Boden. Während Sissy sich bückte, um ihn in der Dunkelheit zu finden, nahm sie Tuppy wahr, der in Finns und Tess' Haus bellte, anfangs zaghaft, dann immer barscher, näher. Wenn sie sich nicht beeilte, würde er den gesamten Morgan-Clan aufwecken, und einer von ihnen würde neugierig über die Mauer spähen. O Gott, war das eben das Geräusch einer sich schließenden Tür gewesen? »Wenn dich jemand sieht, wie du die Straße überquerst, sagst du einfach, du wärst rübergegangen, um für mich ein Kuscheltier für Sam zu holen«, hatte Em ihr geraten. »Seine Giraffe, normalerweise schläft er mit der.« Sissy studierte die Lüge im Stillen ein, während sie hastig nach dem Schlüssel tastete. Na also, da war er!

Noch bevor sie sich aufrichten konnte, bevor sie das Schlurfen von Schritten, das raue Scheuern von Kleidung vernahm, das nicht zu ihr gehörte, wusste sie, dass sie nicht allein war. Em musste es sich anders überlegt, sich entschieden haben, Sissy doch nicht zu vertrauen.

»Em?«

Als eine Hand auf ihrer Schulter landete, hörte sie, wie sie selbst leise aufschrie.

31

TESS

Handys hatten sie alle zu Detektiven gemacht, dachte Tess, während sie ein letztes Mal prüfte, dass ihres vollständig geladen und bereit für den bevorstehenden Todesstoß war. *Jodie*, würde sie sagen, *ich weiß, dass Sie es waren, die das Schwanenjunge getötet hat. Es gibt eine Webcam im Park, und sie hat alles von Anfang bis Ende aufgezeichnet.*

Es gab keine Webcam, und höchstwahrscheinlich würde Jodie den Bluff durchschauen, aber sie würde die Befragung so lang hinauszögern, wie es dauerte, um ihr ein Schuldeingeständnis zu entlocken. Dann würde sie sofort die Polizei anrufen.

Zumindest hatte sie Finn am Morgen nicht gesehen und keine weiteren Warnungen oder kryptische Dementi zu seinem und Ralphs Komplott gehört. Sie war bereits eingeschlafen, als er aus dem Pub zurückgekommen war, und dann, am Morgen, hatte er noch geschlafen, während sie die Kinder für die Schule fertig machte. Nachdem sie die beiden zur Schule begleitet hatte, war er schon zur Arbeit gefahren, der Dampf seiner Dusche immer noch warm. Wie Schiffe, die stumm aneinander vorbeifuhren, was ihr gerade gut in den Kram passte. Wenn sie kein Team waren und sich Dinge anvertrauten, sondern Geheimnisse voreinander hatten, dann könnten sie genauso gut Schiffe sein.

Das Haus der Kendalls lag still da. Seit ihrer Unterhaltung, Beweismittel gegen Tess von einem alten iPhone zu löschen, hatte sie wenig von Em gesehen; ein einvernehmlicher Rückzug. Früher hatten sie sich häufig SMS geschrieben und Beschwerden ausgetauscht, aber die ganze Woche herrschte schon Funkstille. Eine weitere angeknackste Beziehung dank *ihnen.*

Auf Zehenspitzen schlich sie die Kendall'sche Seite der Einfahrt hinauf und kam mit einem nervösen, mulmigen Gefühl in der Magengrube vor Haus Nummer eins an. Obwohl Jodie eine allseits bekannte Langschläferin war, trat sie zu dieser Zeit für gewöhnlich in Erscheinung, und Booth war meist schon seit acht Uhr auf und arbeitete. Doch es gab keine Anzeichen, dass einer von ihnen bereits den Tag begonnen hatte. An der Mauer über der Tür befand sich die Halterung für die Überwachungskamera, die dem Vandalismus anheimgefallen war; ihre Zerstörung, genau wie die des Fensters, war Ants Werk, wollte man Sissy Glauben schenken. Das Fenster war ersetzt, der Einbau dank des Herbeirufens eines Fachmanns ohne Störung der Nachbarn vollzogen worden.

Die Audiofunktion auf ihrem Handy war vorbereitet, und sie drückte auf »Aufnehmen«, bevor sie scharf an der Tür klopfte. Keine Reaktion. Sie schlich zum Fenster. Zwischen den Vorhängen klaffte ein breiter Spalt, und sie spähte hinein. Nachdem sich ihre Augen an den Kontrast zwischen dem Licht im Freien und drinnen gewöhnt hatten, blieb ihr Blick auf einer ausgestreckten Gestalt auf dem Sofa hängen: Booth, vollständig angezogen und schlafend, der es abends zuvor offensichtlich nicht bis in sein Bett geschafft hatte. Er lag auf dem Rücken, mit dem rechten Arm über seinem Gesicht, genau in derselben Position wie damals im Bett, als sie sich die Treppe nach oben ins Obergeschoss geschlichen hatte. Da erinnerte sie sich an das Gefühl, das sie durchzuckt hatte, als sie das Heben und Senken seiner Brust beobachtet hatte: *Ich könnte ihn umbringen*. Es war natürlich nur ein Urreflex gewesen, sie hatte keine Waffe bei sich gehabt. Aber wenn doch oder wenn sie ihn erstickt hätte und irgendwie damit durchgekommen wäre, was hätte sie ihnen allen nur erspart?

Was hätte sie sich selbst erspart?

Fest entschlossen, ihn zu wecken und Jodie aus den Federn zu scheuchen, die Vogelmörderin genau wie geplant zu stellen und Finn zu beweisen, dass er im Unrecht war, kehrte sie zur Tür zurück und duckte sich vor den Briefschlitz, um ihre Namen zu rufen.

Augenblicklich sprang sie nach hinten und ließ die Klappe zuknallen. Gas. Sie roch Gas.

Zurück am Fenster hämmerte sie gegen die Scheibe. »Darren! Darren! Wachen Sie auf!«

Keine Reaktion, nicht einmal ein Zucken. Sie konnte nicht sehen, ob sich seine Brust bewegte.

Hastig fingerte sie an ihrem Handy, schaltete die Aufnahmefunktion ab und wählte den Notruf. »Ich stehe vor Lowland Way Nummer eins in Lowland Gardens, und es riecht stark nach Gas. Es befindet sich mindestens eine Person im Haus, ich kann ihn durchs Fenster sehen, und ich glaube, dass oben auch noch eine Frau ist. Soll ich ein Fenster einschlagen?« Lächerlich, aber ihr kam der Gedanke, wie schade es wäre, ein nagelneues Fenster zu zertrümmern.

Auf gar keinen Fall, wurde ihr geraten. Es könnte nicht sicher sein. »Ist nebenan jemand zu Hause?«

»Ich sehe nach.« Sie drückte auf die Türklingel der Kendalls, rief Ems Namen durch den Briefschlitz. »Es macht niemand auf, aber ich rieche auch kein Gas.« Ant wäre wahrscheinlich in der Arbeit, überlegte sie, und Em womöglich wieder bei ihren Eltern. Tess hatte den Überblick verloren.

Die Feuerwehr wäre jeden Moment da, wurde ihr erklärt, und sie solle auf der Stelle aus der unmittelbaren Umgebung verschwinden für den Fall einer Explosion. Aus ihrem eigenen Vorgarten wählte sie Ems Handynummer, wurde aber direkt auf die Mailbox umgeleitet. Naomi ging nicht ans Telefon, simste jedoch: *In einem Meeting, kann nicht sprechen*, was gleichzeitig bedeutete, dass sie in Sicherheit war und Tess ausnahmsweise einmal keine Befehle erteilen konnte. Schließlich erreichte sie jemanden: Ralph, der bestätigte, dass er ebenfalls in der Arbeit war und die Kinder sich sicher in der Schule befanden. Er gab ihr Jodies Nummer, die sie als Nächstes anrief, nur um wiederum bei der Mailbox zu landen.

Als ihr Sissy in den Sinn kam, sprintete sie zur Nummer zwei.

»Tess, was ist los?« Sissy, in ihrem langweiligen grauen Morgenmantel, sah schrecklich aus, mit einem Halbkreis aus dunklen Schatten unter den Augen.

»Komm nicht raus, Sissy, auf der anderen Straßenseite besteht Explosionsgefahr. Bleib drinnen, am besten auf der Rückseite zum Garten.«

»Was meinst du mit Explosionsgefahr? Wo?«

»In Haus Nummer eins. Es gibt ein Gasleck, und sie müssen uns evakuieren, solange sie nach der Quelle suchen. Booth ist im Haus. Er ist bewusstlos.«

Das bisschen Farbe, das in Sissys Wangen gewesen war, verschwand gänzlich. »Bewusstlos? Ist… Ist er am Leben?«

»Keine Ahnung. Ich konnte nicht sehen, ob er atmet oder nicht.

Ich kann Em nicht erreichen, ich schätze, sie ist mit Sam weggefahren, aber …«

»Em ist hier«, sagte Sissy. »Sie waren über Nacht hier. Ich hatte sie darum gebeten.«

»Ant ebenfalls? Hast du ihn heute Morgen gesehen?«

»Ja, er ist vor einer Stunde zur Arbeit gefahren.« Beim Jaulen einer Sirene in der Portsmouth Avenue wirkte Sissy auf einmal wie vom Blitz getroffen, als verstünde sie erst jetzt die Bedeutung von Tess' Worten. »Du hast das Gas von dir zu Hause aus gerochen, Tess?«

»Nein, ich stand vor ihrer Tür und habe ihn durchs Fenster gesehen. Ich bin ziemlich sicher, dass Jodie auch dort drinnen ist. Ich habe ihre Nummer angerufen, aber sie hat nicht abgenommen.«

»Jodie ist weggefahren. Sie besucht diese Woche ihre Schwester, hilft bei einem neuen Baby.«

»Oh!« Hätte Tess das gewusst, wäre sie nicht in die Nähe von Haus Nummer eins gegangen, und die Feuerwehr wäre vielleicht erst in mehreren Stunden alarmiert worden. »Die Polizei wird ihr erklären müssen, dass sie vorerst nicht zurückkommen kann.«

Was sonst müsste die Polizei ihr noch sagen? Von Sissys offener Haustür aus beobachteten sie, wie die Feuerwehr in die Straße einbog. Innerhalb weniger Sekunden folgte ein Streifenwagen.

»Was ist da los? Ist das die Polizei?« Es war Em, blass und vogelgleich, am Fuß der Treppe, mit Sam, der zu ihren Füßen krabbelte.

»Ich gehe besser raus und rede mit ihnen«, sagte Tess zu Sissy. »Kannst du erklären, was vorgefallen ist, Sissy? Und haltet Sam von den Fenstern fern, nur für den Fall einer Explosion.«

»Okay«, stimmte Sissy ihr zu.

»Oh, und könntest du die anderen anrufen?«, fügte Tess hinzu. »Vielleicht wollen sie nach Hause kommen.«

»Warum?«, wollte Em wissen, als Tess losstapfte. »Warum sollten sie nach Hause kommen?«

»Sag du's mir«, erwiderte Sissy, was sonderbar war, denn wie sollte Em das wissen? Doch Tess hatte keine Zeit, sich weiter darüber Gedanken zu machen, während sie über die Straße zu Haus Nummer eins marschierte, um sich dort vorzustellen.

Er war tot.

Darren Booth war tot.

Die Sanitäter teilten es der Polizei mit, und die Polizei teilte es Tess mit. Sein Tod war eine unbestreitbare Tatsache.

Zusammen mit den anderen Nachbarn versammelten Sissy, Em und sie sich am Absperrband der Polizei, um zuzusehen, wie der Leichnam abtransportiert wurde. In der Zwischenzeit war das gesamte Ende ihrer Straße evakuiert worden und die Menschenmenge mit Gaffern angeschwollen, die ihnen teilweise die Sicht versperrten. Doch die leblose Gestalt, die ausgestreckt im geöffneten Krankenwagen lag, war unverkennbar. Die Einsatzkräfte steckten in speziellen Ganzkörperanzügen, als müssten sie sich vor einer schrecklichen Seuche schützen.

Finn, Ralph, Naomi und Ant kamen gerade noch rechtzeitig, um einen Blick auf ihn zu ergattern.

»Ich gehe hin und finde raus, was los ist«, sagte Naomi und reckte den Hals, um einen Verantwortlichen auszumachen.

»Nicht nötig«, erwiderte Tess. »Sie haben meine Nummer und meinten, sie würden mir Bescheid geben, sobald es wieder sicher ist, in die Häuser zurückzukehren.«

»Tess hat die Leiche entdeckt«, erklärte Sissy Naomi. »Ohne sie hätte es womöglich eine Explosion gegeben. Mit viel gravierenderen Schäden.«

Ralph hingegen wirkte recht erfreut über den Schaden, der bisher angerichtet worden war. »Das ist unglaublich«, sagte er. »Ist Jodie auch da drin?«

»Sie war weg«, sagte Tess. »Die Polizei hat sie kontaktiert, und sie ist auf dem Weg zurück nach London.«

Ant begann, Em mit Fragen zu löchern: »Du hast Sam heute Morgen nicht zurück ins Haus gebracht, oder?«

»Natürlich nicht«, entgegnete Em.

»Gott sei Dank waren wir gestern Nacht nicht zu Hause.« Seine Stimme war die eines hundertjährigen Mannes, der den Großteil des Jahrhunderts damit verbracht hatte, Katastrophen zu entkommen. Tess wusste, wie er sich fühlte. Sie spürte Tuppy, der sich an ihre Schienbeine presste. Alle drei Hunde der Morgans waren draußen bei ihnen und wickelten ihre Leinen um Beine, beunruhigt durch die Evakuierung. Tess fragte sich, ob sie das verbliebene Gas riechen konnten. Sie fragte sich, ob sie die *Leiche* riechen konnten.

»Was meinst du mit weg?«, fragte Ralph, sein Interesse geweckt durch den Wortwechsel der Kendalls. »Wo seid ihr gewesen?«

»Wir haben gestern bei Sissy übernachtet. Als nichtzahlende Gäste«, klärte Em ihn fast ausgelassen auf. Seit Monaten hatte Tess sie nicht mehr in solcher Hochstimmung erlebt.

»Warum?«

Es war Sissy, die antwortete, mit einem kühlen Blick in Ems Richtung. »Ich dachte, ich hätte jemanden unten gehört, deshalb habe ich sie gebeten, bei mir zu schlafen. Wahrscheinlich habe ich mir das aber nur eingebildet.«

Naomi war mehr an Tess' Rolle in der Angelegenheit interessiert. »Was hast du heute Morgen bei Haus Nummer eins gewollt? Das verstehe ich nicht.«

»Das behalte ich lieber für mich.« Tess zögerte. Sie spürte einen Anflug von Provokation durch ihren Körper peitschen, eine sonderbare Enthemmung. »Vielleicht bist du nicht die Einzige, die etwas zu verheimlichen hat, Naomi«, fügte sie kühn hinzu.

»Tess«, warnte Finn, doch sie ignorierte ihn. Ein Mann mochte gestorben sein, aber den Verrat ihres Gatten hatte sie nicht vergessen. In diesem Augenblick fühlte sie sich Sissy und den Kendalls näher als jedem der Morgans.

»Was soll das heißen?«, wollte Naomi wissen. »Was habe ich verheimlicht?«

»Oh, Herrgott noch mal, Naomi, ich bin kein Dummkopf.«

»Kommt schon, Mädels«, sagte Ralph, und man konnte seine Gedanken fast lesen: *Hört auf, rumzuzicken! Wir haben gewonnen. Nichts sonst spielt eine Rolle.*

»›Mädels‹?«, wiederholte Naomi verstimmt.

Ausgerechnet *das* störte sie?

Die Türen des Krankenwagens knallten geräuschvoll zu, und an Tess' Seite begann Sissy sehr leise zu weinen. Dann folgte das abrupte Dieselgeknatter des Motors, und das Fahrzeug setzte sich in Bewegung.

»Es könnte sein, dass wir erst in mehreren Stunden zurück in unsere Häuser dürfen«, sagte Em. »Sollen wir irgendwo einen Kaffee trinken?«

»Lasst uns die Hunde zu einem langen Spaziergang ausführen«, schlug Ralph seinem Bruder vor. Er fand Em nervig, das wusste Tess, und würde nicht mit ihr in einem Café sitzen wollen.

»Ich begleite euch«, sagte Naomi zu Ralph. Während das Trio sich langsam entfernte, wobei sie Leinen und Geschirr überprüften, machte es auf Tess fast den Eindruck, als wollten sie andere subtil davon abhalten, sich ihnen anzuschließen.

»Vielleicht solltest du lieber hierbleiben«, schlug Finn ihr vor, für den Fall, sie könnte auf denselben Gedanken kommen. »Die Polizei will womöglich mit dir sprechen.«

Tess bedachte ihn mit einem unbeeindruckten Blick. Nur Tuppy, dem die Trennung missfiel, zerrte zurück in ihre Richtung. »Braver Junge«, sagte sie, bevor sie sich zu Sissy und den Kendalls umdrehte. »Es ist in Ordnung, wenn ich auch gehe, solange ich mein Handy dabeihabe. Sollen wir?«

Von der Brasserie auf der Hauptstraße postete sie einen Tweet in der Facebook-Gruppe der Nachbarschaft:

> Achtung: Es gab ein Gasleck in Haus Nummer eins, und das Portsmouth-Avenue-Ende der Straße wurde evakuiert. Mir wurde gesagt, dass es nicht allzu lang dauern wird, und ich gebe euch Bescheid, sobald ich mehr Informationen habe.

»Wie lang wird es wohl dauern, bis die Polizei wieder ihre Runde macht?«, fragte Sissy, die Augen auf Em gerichtet. Obwohl sie zu weinen aufgehört hatte, zitterte ihre Hand, als sie ihren Kaffee umrührte, ein Klappern von Metall gegen Porzellan.

»Sie meinten, sie hätten fürs Erste alles, was sie bräuchten«, versicherte Tess ihr. »Ich hatte den Eindruck, sie würden es mit seinem Heimwerken in Verbindung bringen, was Sinn ergibt.«

»Ich wusste nicht, dass man bei sich zu Hause so leicht durch Gas sterben kann«, sagte Sissy.

»Nun, offensichtlich ist es das«, sagte Em.

Ein eigenartiges Gefühl von Uneinigkeit herrschte zwischen

den beiden, dachte Tess, ein Hauch von Wachsamkeit, beigemischt in Sissys Schock, die gegen die unverhohlene Freude von Ems Erwiderung kratzte.

Ant war in die Bücherei gegangen, hatte seine Arbeits-E-Mails vorgeschoben, aber Tess spürte, dass ihm nicht nach einer ausgedehnten Befragung zumute war.

»Wenn ich mich recht erinnere, hat der Mann von der Zentralheizung mal gesagt, dass Gas nicht mehr giftig ist«, fuhr Sissy fort. »Nicht wie früher.«

»Die Feuerwehrleute haben es mir so erklärt, dass es den Sauerstoff im Zimmer verdrängt und man erstickt«, sagte Tess. Trotz ihres Entsetzens über den grauenvoll schleichenden Tod, den sie sich nun ausmalte, musste sie sich eingestehen, dass sie es genoss, die Kontaktperson des Rettungsdienstes zu sein, die Einzige, die über weitere Details verfügte.

»Es muss ein sehr großes Leck gewesen sein, damit das passiert«, sagte Sissy.

»Vielleicht hat er den Boiler oder den Herd abgeklemmt und den Haupthahn nicht richtig abgedreht, woraufhin es in großen Mengen ausgetreten ist? Wie dem auch sei, es wird eine Obduktion geben, sie werden es also herausfinden. Die arme Jodie! Ich meine, ich bin kein Fan von ihr, aber deinen Partner so zu verlieren, ist schrecklich.«

»Schrecklich«, sagte Em, und obwohl es Tess' Wort war, das sie wiederholte, war es Sissy, zu der sie sprach.

Irgendetwas war definitiv nicht in Ordnung zwischen den beiden.

Tess warf einen Blick auf die Uhr und kramte in ihrer Tasche nach ihrer Geldbörse. Noch fünfundvierzig Minuten, bis der Schultag endete. »Ich muss überlegen, wie ich den Kindern die neueste Katastrophe beibringe. Möchte jemand mit mir zur Schule spazieren, um ein bisschen frische Luft zu schnappen?«

»Mir geht's hier ganz gut«, sagte Em mit einer Geste auf Sam, der zufrieden mit Grissini und Saft auf ihrem Schoß saß. »Wir werden auf Ant warten.«

»Ich komme mit«, sagte Sissy. »Ein Spaziergang könnte genau das sein, was ich gerade brauche.«

Doch sie schien sich nur widerstrebend von Em zu trennen und sprach in leiser, eindringlicher Stimme auf sie ein, während Tess zum Bezahlen an die Theke ging. Abgelenkt, Kekse für die Kinder auszuwählen – *Euer Nachbar ist gerade durch eine Gasvergiftung ums Leben gekommen, aber ich habe euch Triple Chocolate Cookies gekauft!* –, kehrte Tess schließlich zurück und musste feststellen, dass die zwei Frauen ihre kleine Unstimmigkeit geklärt hatten. »Nichts, worüber man sich Sorgen machen müsste«, sagte Em zu Sissy. »Alles gut.«

Tess' Augen wurden groß. Wenn sie Booths Tod meinte, dann, *nun ja.* Selbst für ihre Begriffe waren diese Worte herzlos.

32

RALPH

Mann nach Gasleck in South London tot aufgefunden

Ein siebenundfünfzigjähriger Mann starb infolge eines mutmaßlichen Gaslecks in einem Haus im South Londoner Vorort Lowland Gardens. Eine Nachbarin rief den Rettungsdienst, als sie gestern gegen zehn Uhr vormittags Gas roch, und Feuerwehrleute betraten nach der Evakuierung der Nachbarn das Haus. Die Straße war während der Bergung des Leichnams mehrere Stunden gesperrt.

Der Vorfall ist die zweite Tragödie auf dem Grundstück innerhalb des vergangenen Monats nach dem Tod der neunundzwanzigjährigen Amy Pope am 11. August. Eine Mordermittlung ist im Gange.

Der Tod des Mannes wird als rätselhaft eingestuft, sagte ein Sprecher der Metropolitan Police und fügte hinzu, dass eine offizielle Obduktion mehr Informationen liefern werde.

»Ich war um sein Wohlergehen besorgt, als ich zur Haustür kam und Gas roch«, sagte Mrs Tess Morgan, die Alarm geschlagen hatte. »Anschließend wurde die Straße sehr schnell geräumt. Zum Glück waren sämtliche Kinder in der Schule und die meisten Nachbarn bei der Arbeit.« Mrs Morgan gab an, dass der Verstorbene ein fanatischer Heimwerker gewesen sei, der an seiner Küche gearbeitet hatte, wobei sie nicht wusste, ob er über fachliche Qualifikationen verfügte.

Es wird angenommen, dass Millionen Menschen in Großbritannien Gefahr laufen, durch Gaslecks zu Tode zu kommen oder ernsthaft verletzt zu werden, warnt das Gas Safe Register, das seine »Kein Pfusch«-Kampagne Anfang des Jahres in dem Bestreben lancierte, das öffentliche Bewusstsein zu schärfen. Bei einem von sechs Haushalten, die in den vergangenen fünf Jahren überprüft wurden, waren gefährliche Gasgeräte installiert gewesen, heißt es.

LONDON EVENING STANDARD

»Nun, zumindest wird sie diesmal nicht vorbeikommen und rumschnüffeln«, sagte Ralph zu Naomi am Freitagabend nach Booths Tod, als sie beide den Artikel gelesen hatten und er den Anflug von Abscheu in ihrem Gesicht bemerkte.

Er wusste, was sie dachte. *Diesmal.* Als wäre ein Menschenleben nichts wert. Amys Leben.

»Du weißt, was ich meine«, fügte er hinzu. Die Septembersonne brannte durch das Glasdach ihrer Küche, als wäre es immer noch Hochsommer, aber das war nur eine Täuschung: Draußen war die Lufttemperatur gefallen, ein plötzlicher, brutaler Kälteeinbruch.

»Mit ›sie‹ meinst du wohl DC Forrester?«, sagte Naomi, ihr bissiger Unterton zurzeit vertrauter, als ihm lieb war.

»Genau die. Sie ist mein Nummer-eins-rotes-Tuch. Meine *bête noire.*«

»Sie ist eine Detective, Ralph, und wird wohl kaum deine beste Freundin werden.«

»Okay, du hast recht. Aber du musst zugeben, es ist eine Erleichterung, dass endlich alles vorbei ist. Und sie *ist* ein kleines Miststück.«

Mit einem Blick zur Tür und dem TV-Zimmer dahinter, vermutlich um sicherzustellen, dass Libby und Charlie immer noch genauso versunken in ihre jeweiligen Bildschirme waren wie noch vor zehn Minuten, schien Naomi abzuwägen, ob sie die Sache sofort zur Sprache bringen oder bis später warten sollte, wenn die Kinder im Bett waren. Als sie sich mit Zeigefinger und Daumen in die Oberlippe kniff, kam Ralph in den Sinn, dass er womöglich der einzige Mensch auf der Welt war, der wusste, dass diese Geste Nervosität bedeutete.

Sie ließ die Hand sinken und begann: »Versteh mich nicht falsch …«

Ralph hasste diese Formulierung. Es bedeutete immer, dass dein Gegenüber im Begriff war, etwas Beleidigendes zu sagen – und indem man sich beleidigt fühlte, hatte man es natürlich falsch verstanden. Eine klassische Zwickmühle. »Was?«

»Ich weiß nicht, ob es neu ist oder ich es früher nicht bemerkt habe, aber du bist sehr, sehr kritisch, was Frauen anbelangt.« Sie beeilte sich, das Gesagte näher zu erklären, da sie zu Recht wusste, dass Ralph bei »Frauen« hauptsächlich an sie dachte: »Nicht bei mir, das meine ich nicht. Vielleicht habe ich mich falsch ausgedrückt.«

Ralph legte die Handteller flach auf die marmorne Arbeitsplatte. Sie war angenehm kühl. »Wovon redest du?«

Sie musterte ihn, als wäre ihre Sehkraft korrigiert worden, die Augen weit aufgerissen und schockiert, eine durch und durch zermürbende Erfahrung für Ralph. »Ich meine Frauen wie Tess und Em und diese Detective. Du hast nicht das kleinste freundliche Wort für eine von ihnen übrig. Ich finde das … bestürzend.«

Eigentlich hatte er angenommen, sie würde »respektlos« sagen, was an und für sich schlimm genug war, aber »bestürzend«? Das war das Wort, das Lehrer und Sozialpädagogen benutzten, wenn sie »total nervig« meinten.

»Ich will nicht bestreiten, dass auch ich meine Höhen und Tiefen mit Menschen habe, aber das …« Die Arme ausgestreckt, drehte Naomi die Handflächen nach oben, als wollte sie das unsägliche Ausmaß von Ralphs Problem beschreiben.

Er seufzte. Er war kein Idiot, er war sich der politischen Bewegung durchaus bewusst, die derzeit durch Medien und Gesellschaft fegte. Frauen, die ihre Stimme gegen Männer erhoben, Macht ergriffen. Aber dies hatte nichts damit zu tun. Bei Naomi war es eine Erkenntnis zutiefst persönlicher Natur. Dies betraf ihre Lebensweise, das Ansehen ihres Haushalts in der Straße, in der Familie.

»Hör mal, Babe, wenn du damit sagen willst, ich wäre eine Art Frauenhasser, der den Lowland Way nach Nachbarinnen durchforstet, die er verachten kann, dann muss ich aufs Heftigste widersprechen. Es gibt nur einen Menschen, den ich hier in der Nähe hasse, und das ist Darren Booth. *Gehasst habe.*«

Naomi neigte den Kopf zur Seite, als sähe sie regelrecht zu, wie ein weiterer Groschen fiel. »An Jodie hast du dich nie gestört, oder? Es ist, als wäre sie deiner Aufmerksamkeit nicht würdig. Selbst als dir gesagt wurde, dass du ihr gesimst hattest, nicht ihm, hast du sie einfach nicht ernst genommen.«

Das sollte ich schnellstmöglich korrigieren, dachte Ralph. Sobald die Obduktion abgeschlossen und die Beerdigung vorüber war, wäre Jodie diejenige, die das Sagen hätte, was mit dem Haus und dem Geschäft und den Autos passieren würde. Er sah zu seiner Frau, darauf bedacht, ein ausgewogenes Gleichgewicht zwischen Abwehr und Angriff zu finden. »Lass mich eins klarstellen. Du darfst andere Frauen kritisieren, aber ich nicht. Gilt das auch andersherum für Männer?«

»Wir dürfen beide jeden kritisieren, den wir wollen, ihn allerdings nicht allein aufgrund seines Geschlechts verachten oder verurteilen.«

Verachten, verurteilen, verwerfen. All diese »ver«-Wörter. Er erkannte einen aussichtslosen Ehestreit, wenn er in einem steckte, und hier war er, auf den Knien, die Hände und Füße im Rücken zusammengebunden. Es war ein Fehler, über Frauen zu sprechen, und es war ein Fehler, *nicht* über sie zu sprechen. Er konnte es einfach nicht richtig machen. »Es tut mir leid, wenn es bei dir so ankam, aber das stimmt nicht. Ich habe nämlich Respekt für die Frauen, von denen du gesprochen hast. Vielleicht nicht wirklich für Jodie, für Eithne F allerdings ganz gewiss.«

»Warum nennst du sie so?«, stürzte Naomi sich auf sein neues Verbrechen. »Ich kenne nicht einmal DC Shahs Vornamen.«

»Jason. In der dritten Generation, schätze ich. Was? Ich bin gut mit Namen. Das weißt du. Das ist mein Ding.«

Doch Naomi ließ sich nicht beschwichtigen. »Ich finde, es wäre besser, wenn du Frauen gut behandelst. Immerhin hast du eine Tochter. Noch wichtiger, du hast einen Sohn.«

Ralph starrte sie an. Es stand außer Zweifel, wie ernst ihr die Sache war, das war in ihrem herrlich tintenschwarzen Blick abzulesen, aber war das wirklich, worüber sie sich den Kopf zerbrach? Soweit es ihn betraf, gab es nichts mehr, was ihm Sorgen bereitete.

»Es reicht«, sagte er schließlich. »Du hast deinen Standpunkt deutlich gemacht, aber jetzt reicht's.«

Naomi nickte bloß, und Ralph fragte sich, ob Naomi in Wirklichkeit nicht etwas anderes bedrückte, und diese kleine Schimpftirade ein Ventil für Gefühle war, so sperrig, dass sie nicht wusste, wie sie sie ausdrücken sollte. Männer hingegen wussten es natürlich besser und hätten nicht einmal den Versuch gewagt.

So musste die Hölle sein. Nicht Feuer und Schwefel, sondern der flüchtige Blick auf das kristallklare Meer, bevor eine Armada am Horizont aufzog. Licht am Ende des Tunnels, bevor er einstürzte und dich lebendig begrub.

Okay, vielleicht nicht der beste Vergleich.

Die Sache war die, Eithne – DC – Forrester war zurück. Sie *war* vorbeigekommen und schnüffelte herum. Gleich am Montagmorgen. Sie hatte einen völlig neuen Haarschnitt und die Miene eines Menschen, dessen Arbeitspensum sich gerade verdoppelt hatte. Sie wollte wissen, was Ralph in der Nacht des Gaslecks getan hatte.

»Warum?«, wollte er wissen. »In der Zeitung stand, es hätte etwas mit der neuen Küche zu tun, die er eingebaut hat? Er hat ein Gerät abmontiert, ohne genau zu wissen, was er da tut. Stimmt das etwa nicht?«

»Uns liegen neue Beweise vor, die nahelegen, dass es womöglich einen anderen Grund für das Leck geben könnte.«

»Irgendetwas, das Sie uns mitteilen wollen?«

Natürlich nicht. »Bald wissen wir mehr.« Sie rutschte auf ihrem Platz hin und her, als würde ihre Kleidung zwicken. »Jemand aus Ihrem nahen Umfeld scheint zu glauben, Sie hätten in letzter Zeit etwas geplant, das mit Darren Booth zu tun hat?«

»Jemand glaubt also irgendetwas«, wiederholte Ralph. »Okay.« Das konnte nur Tess sein. Die herzallerliebste Tess, wie er wohl von ihr sprechen sollte. »Sie zitieren wohl meine Schwägerin, nehme ich an? Die Heldin der Stunde. Nun, seien Sie versichert, sie ist nur sauer, weil sie nicht eingeweiht war.«

»Wie wäre es, wenn Sie mich einweihen?«, schlug DC Forrester vor.

In Bezug auf Naomis Kritik musste er feststellen, dass er diese Frau ironischerweise so *wenig* wie jemals zuvor verachtete, die weibliche Tonhöhe ihrer Stimme, der winzige Funken Mitgefühl in ihren Augen, der ihm zuvor nicht aufgefallen war, als wäre jede Frage eine Chance, keine Herausforderung.

»Na schön«, sagte er. »Es ist nichts Illegales, und sie wäre die Erste, der wir die Neuigkeit erzählt hätten, hätte sie einfach mal die Luft angehalten. Ein paar Tage vor Booths Tod habe ich einen Kredit aufgenommen, um sein Haus zu kaufen. Der Plan war, es einem Käufer meiner Wahl weiterzuverkaufen, jemandem, der etwas geeigneter wäre. Ich habe einen Immobilienmakler hier vor Ort gebeten, ihm ein Angebot zu unterbreiten, ein äußerst lukratives Angebot, wenn man den Zustand des Hauses bedenkt. Durch eine Tochtergesellschaft meiner Firma, damit er nicht weiß, dass ich dahinterstecke. Am Abend vor dem Gasleck hatte ich gerade eine Antwort vom Makler erhalten. Ich konnte Tess nichts verraten, weil die Sache anonym bleiben musste. Sie ist den lieben, langen Tag zu Hause, quatscht mit den Nachbarn auf der Straße, führt Schwätzchen über die Mauer, und er hätte es zufällig mitkriegen können und mir aus Prinzip eine Absage erteilt. Nebenbei bemerkt, ich habe Ihre ursprüngliche Frage nicht vergessen und antworte nur allzu gern: Ich war Donnerstagabend mit Finn aus. Wir sind zu unserem Stammlokal gegangen, dem *Fox* in der Hauptstraße. Wie gesagt, wir hatten etwas zu besprechen.«

Die Detective nickte, während sie sich Notizen machte, und

schob ihre Brille hoch, die immer wieder nach unten rutschte. »Um wie viel Uhr sind Sie nach Hause gekommen?«

»Ziemlich spät, vielleicht halb eins. Ich hatte ganz schön einen sitzen, ich kann mich wirklich nicht erinnern.«

»Hat einer von Ihnen bei Haus Nummer eins vorbeigeschaut?«

Bei ihr klang es so natürlich, als würden sie dort ständig auf einen Absacker und eine kleine Hörprobe von Anthrax' größten Hits vorbeikommen. »Vorbeigeschaut? Warum sollten wir auch nur einen Fuß dort in die Nähe setzen? Die Sache mit Booth war durch. Völlig durch. Wir wollten ihn nur auszahlen und vergessen, dass er jemals unsere Nachbarschaft gestört hat.«

Seine Worte blieben unkommentiert, und da wusste er, dass sie nichts mehr in Händen hatte, um ihn zu belasten. Vielleicht war das hier nichts weiter als ein neuer Einstieg in die Amy-Ermittlung. Dieselben alten Fragen aus einem anderen Blickwinkel. Wie langweilig und zäh Polizeiarbeit nur war, wie viele Steine hochgehoben werden mussten, um das kleinste bisschen Blut zu finden.

»Irgendeine Idee, wann all die Fahrzeuge fortgeschafft werden?«, fragte er. »Das ist jetzt Jodies Angelegenheit, oder?«

»Das kommt darauf an, ob sie auf den Verstorbenen gemeldet sind oder auf andere Halter«, erwiderte DC Forrester, »aber es wäre einleuchtend, Ihre Nachforschungen bei ihr zu beginnen, ja.« Es verschlug ihm regelrecht die Sprache, als sie ihn anlächelte. »Darf ich fragen, was der Immobilienmakler gesagt hat? Sie meinten, er hätte mit einer Antwort angerufen.«

Er erkannte, dass es ihr peinlich war, weil diese Information nicht im Zusammenhang mit ihrer Ermittlung stand, sondern sie einfach neugierig war, und er grinste süffisant. »Er hat ja gesagt. Booth hatte das Angebot angenommen. Nach allem, was wir durchgemacht haben, hat er ja gesagt.«

Ralph hatte dem Makler deutlich zu verstehen gegeben, dass sein Angebot für das Haus immer noch stand, sollte Jodie mit dem Verkauf fortfahren wollen, doch der Makler hatte erklärt, der Tod eines Ehepartners zöge normalerweise Verzögerungen nach sich, wenn nicht gar die Rücknahme einer früheren Entscheidung. Aber andererseits, warum sollte Jodie ohne Booth bleiben wollen? Ohne ihn, ohne den Gebrauchtwagenhandel, war die Größe und Lage des Grundstücks unerheblich. Es war nie ein Zuhause gewesen, nicht auf die Art, was die anderen Anwohner ein Zuhause nannten.

Aus einer seltenen Überlegenheit heraus hielt Ralph dem Blick der Detective stand. »Sie sehen also, es gab wirklich keinen Grund für mich, auf dem Heimweg vom Pub heimlich in sein Haus zu schleichen und mich an seinen Gasleitungen zu schaffen zu machen.«

DC Forrester wurde schlagartig wieder ernst, wirkte fast beleidigt. »Ich glaube kaum, dass ich Ihnen das unterstellt habe, Mr Morgan.«

»Ach so«, sagte Ralph, mehr eine Aussage als eine Frage. Mittlerweile hatte er gelernt, wie er bei ihr das letzte Wort behielt.

33

TESS

Na klar. Es war unausweichlich, überlegte sie, dass die Detectives, die Nachforschungen zu Amys Tod anstellten, nach einer Verbindung suchen würden. Immerhin gab es keine Zufälle (außer wenn es tatsächlich ein Zufall war). Die Polizei war im Lowland Way nun ebenso häufig zu sehen wie der Postbote und der Paketservice. Die Müllabfuhr und der Recyclingwagen oder der Transporter, der zweimal die Woche kam, um die Putzkräfte der Boulters abzuladen.

»Wie ich höre, haben Sie unseren Kollegen hilfreich zur Seite gestanden«, sagte DC Shah zu Tess, und sie setzte das Unbescholtene-Bürger-Gesicht auf, das sie bei ihren unzähligen Begegnungen mit Nachbarn perfektioniert hatte, die ihr unbedingt Details über den Gasvorfall aus der Nase ziehen wollten. Irgendwie war ihr Handeln zur Vereitelung einer Explosion aufgebauscht worden, die die ganze Straße in Schutt und Asche hätte legen können. Sie war die heroische Retterin unzähliger Seelen.

»*Und* Sie haben mit der Presse gesprochen«, fügte er hinzu.

»Genau wie Sie«, erwiderte Tess. Tuppy hatte es sich neben den Beinen des Detectives gemütlich gemacht, ein Zeichen der Zeit, wenn es jemals eines gab: Er hielt DC Shah längst für einen festen Bestandteil des Haushalts und erwartete wahrscheinlich, ihn an Weihnachten zu begrüßen. »Von meinem Schwager habe ich gehört, dass Sie glauben, es könnte womöglich kein normales Gasleck gewesen sein?«

»Die Buschtrommeln funktionieren gut.«

»Nicht vergessen, wir sind direkte Nachbarn? Haben Sie schon die Obduktionsresultate?«

»Noch nicht. Aber wir wissen, dass ein Brenner am Gasherd angelassen wurde und die Flamme sich entweder nicht entzündet hat oder ausgeblasen wurde.«

Nun, *das* hatten sie Ralph nicht erzählt. Es war gewiss ein positives Zeichen, dass sie es ihr verrieten, dachte sie. Sie würde der Gruppe per WhatsApp schreiben, um jeden vorzuwarnen, der noch nicht befragt worden war. »Dann sind Sie hier an der richtigen Adresse«, sagte sie, »denn das einzige Mal, als ich einen Fuß in ihr Haus gesetzt habe, brannte einer der Gasringe unbeaufsichtigt. Was nahelegt, dass das vielleicht häufiger vorgekommen ist. Ich hatte den Eindruck, sie könnten an der Flamme ihre Zigaretten anzünden, womöglich hat er ihn aus diesem Grund angeschaltet und ist dann abgelenkt worden.«

»Das ist möglich. Außer dass Mr Booth ein Feuerzeug in der Zigarettenschachtel hatte.«

»Ein funktionierendes Feuerzeug?«

»Ja.«

Tess unterdrückte ein Seufzen. Das war das Problem mit Beamten der Strafverfolgung: Sie hatten keinen Sinn für ausgleichende Gerechtigkeit. Sie erinnerte sich, was Sissy über die relative Harmlosigkeit von Gas in privaten Haushalten gesagt hatte. »Würde ein eingeschalteter Brenner denn überhaupt ausreichen, um jemanden zu töten? Es war ja nicht so, als wäre er in einem luftdicht abgeriegelten Raum.«

»Wie gesagt, das werden wir sehr bald wissen.« DC Shah kaute auf dem Endstück seines Kugelschreibers, eine neue Marotte oder zumindest eine, die ihr bisher noch nicht aufgefallen war. »Im Moment versuchen wir uns ein Bild davon zu verschaffen, wo sich die Nachbarn Donnerstagnacht aufgehalten haben.«

»In Ordnung. Nun, bei mir war es sehr langweilig. Ich war mit den Kindern zu Hause, und Finn ist mit Ralph ins Pub gezogen.« Ihr Tonfall war unangenehm gehässig, und mit einem Mal blitzte das Bild von ihr als einer vernachlässigten Vorstadtehefrau auf, die in Tränen ausbrach, ohne den Grund genau zu kennen, und Handwerker als Therapeuten ausnutzte. Sie musste aufpassen, nicht zu emotional zu werden.

»Um wie viel Uhr ist Ihr Mann weggegangen und zurückgekehrt?«

»Gegen halb acht. Er ist spät nach Hause gekommen. Ich weiß nicht genau, wann, aber er war am Morgen hier, lag neben mir, und ich bin ziemlich sicher, dass es kein Hochstapler war.«

Ihr Sarkasmus entlockte ihm keine Reaktion. »Und am Vormittag sind Sie zu Mr Booths Haus gegangen, um mit Jodie zu reden. Wie ich gehört habe, haben Sie Ersatzschlüssel von einigen der Nachbarn? Für den Notfall.«

»Das ist richtig. Von Ralph und Naomi, Sissy und den Kendalls. Sissy und ich sind normalerweise diejenigen, die von den Nachbarn gefragt werden, weil wir mehr zu Hause sind.«

»Wie sieht es mit dem Ersatzschlüssel für Haus Nummer eins aus, wer hatte den?«

»Da müssten Sie Jodie fragen, aber sicherlich nicht ich. Wir haben uns gehasst.« Tess spürte, wie Wut in ihr aufstieg. »Diese

Frau hat ein wehrloses Tier getötet und es auf meinem Gartenweg abgeladen, schon vergessen? Deshalb war ich auch dort!«

Sie konnte sehen, was DC Shah dachte: *Es ist der wehrlose Mensch, an dem* ich *hier interessiert bin,* aber Booth ist niemals wehrlos gewesen, nicht wahr? Eine milde Rüge wegen ihres unbeherrschten Zornausbruchs erwartend, überraschte sie seine nächste Bemerkung: »Uns wurden Informationen über den Schwan weitergeleitet, und wie es aussieht, waren es nicht Ihre Nachbarn, die ihn vor Ihrer Tür abgelegt haben.«

»Was?« Ungläubig schüttelte Tess den Kopf und errötete. »Sie meinen, sie war es nicht? Keiner von beiden? Wer dann?«

Er blätterte eine oder zwei Seiten in seinem Notizbuch zurück. »Es war eine Mrs Becky Wallace. Sie hat sich auf den *Swan-Rescue*-Aushang hin gemeldet, bei dem nach Zeugen gesucht wurde, und eine Aussage gemacht. Sie hat den Vogel im Park gefunden, kurz bevor die Tore geschlossen wurden. Sie nimmt an, er wäre von seinen Eltern getrennt worden und einer Gruppe von Jungen mit einem Luftgewehr zum Opfer gefallen. Die Jugendlichen sind schon einmal verwarnt worden, es nicht zu benutzen. Mrs Wallace hilft uns dabei, die jeweiligen Personen zu identifizieren.«

Tess presste sich die Finger auf ihre heißen Wangen. »Oh! Das kann ich kaum glauben! Das ist sehr erschütternd. Ich kenne sie nicht, haben Sie ein Foto von ihr?«

Er hatte keins. »Als Beruf hat sie Tagesmutter angegeben. Sie ist von hier, geht ein- oder zweimal am Tag zum Park.«

»Ich glaube, ich weiß, wen Sie meinen. Sie hat eine Menge Kinder dabei. Ich habe sie auch im Laden neben dem *Star* gesehen, als ich dort war, um mich darüber zu beschweren, dass sie altbackenes Brot zum Verfüttern an die Vögel verkaufen. Also hat sie das arme Ding gefunden? Warum hat sie es zu mir gebracht?«

»Sie meinte, sie hätte mitbekommen, dass Sie sich aktiv um das Wohl der Schwäne kümmern, und sie wusste, wo Sie wohnen. Sie nahm an, Sie wüssten, was mit dem Tier zu tun sei. *Swan Rescue* war ihr nicht bekannt, bis sie den Aufruf nach dem Vorfall gesehen hat.«

»Warum hat sie nicht bei mir geklingelt und mich persönlich gefragt?«

»Vielleicht war sie dazu nicht selbstbewusst genug. Die Häuser hier wirken auf die meisten Menschen ziemlich imposant, Mrs Morgan.«

Wiederum spürte Tess den Schmerz drohender Tränen. »Oh, das ist so traurig. Dass sie mich auf diese Art sieht. Dass sie das Schwanenjunge herbringt, aber zu schüchtern ist, an der Haustür zu klingeln. Das ist so traurig.«

»Es war eine aufwühlende Zeit«, stimmte DC Shah ihr zu.

Sie setzte sich mit Daisy wegen des Babysittens in Verbindung und reservierte einen Tisch im *Fox*.

Finn war ein wenig verwirrt wegen der Vorgehensweise, das spürte sie. Wahrscheinlich dachte er: *Das ist mein Stammlokal mit Ralph*, und aus schierer Sturheit versuchte sie, das zu meiden, was Ralph von der Karte bestellen würde – etwas nachweislich Männliches, eine Pastete vielleicht.

»Ich nehme die Makrele und den Rote-Bete-Salat«, sagte sie.

»Oh, genau das bestellt Ralph auch immer«, sagte Finn.

»Wirklich? Das überrascht mich. Er hat wohl Angst vor einem Altersbäuchlein.«

»Oder Naomi. Ich nehme das Roastbeef.«

Überraschenderweise hatte Ralph sich bei Tess entschuldigt, sie von seinem Plan, Haus Nummer eins kaufen zu wollen, ausgeschlossen zu haben. Er hatte sie als Risiko für seine Anonymität eingestuft, erklärte er, da sie sich höchstwahrscheinlich Em anvertraut hätte, in Hörweite des Feindes. »Ich hätte mich nicht zwischen dich und Finn drängeln dürfen«, sagte er. »Du hast mein Wort, so etwas wird nie wieder passieren.«

Es geschahen noch Zeichen und Wunder, aber andererseits war er jetzt in Hochstimmung versetzt, wo Booth nun fort war (tot oder lebendig, es war nur das Verschwinden, das für Ralph zählte).

Finn hatte sich natürlich ebenfalls entschuldigt. Hätte er es nicht getan, würden sie jetzt die Scheidung besprechen.

»Worum geht es hier?« Finn zögerte. »Augenblick mal, ist die Tatsache, dass ich überhaupt fragen muss, das Problem? Wir gehen nicht genug allein aus?«

Tess lächelte. »Wie ich sehe, ist dir dein passiv-aggressives Verhalten zur zweiten Natur geworden. Aber ich will tatsächlich mit dir reden.« Sie nahm ein paar stärkende Schlucke ihres Sauvignon Blanc. »Wegen des Umzugs.«

»Okay.« Finn rollte ein Stück Brot zwischen Zeigefinger und Daumen, formte einen murmelgroßen Teigball. »Eigentlich gibt es etwas Großes, das ich mit dir besprechen wollte. Eine Art Angebot, einen Deal.«

Er meinte es ernst. Früher hatte etwas Großes Champagner und Diamanten beinhaltet, aber das war, was eine Ehe in dieser Phase war. Deals und Verhandlungen. Denn Menschen neigten dazu, sich weniger einig zu sein, je länger sie den gleichen Weg beschritten, nicht mehr. Im Lauf der Zeit vertrauten sie ihrem eigenen Urteil mehr als dem des anderen, hatten das Gefühl, das Recht erworben zu haben, das zu tun, was *sie* wollten, nicht der andere.

»Ich bringe das Haus gern auf den Markt, wann immer du glaubst, es könnte funktionieren«, sagte Finn. »Aber vergiss nicht, dass in der Straße eine Mordermittlung in vollem Gange ist.«

»Zwei … sollten sie wirklich glauben, jemand ist in Haus Nummer eins eingebrochen und hat das Gas aufgedreht.«

»Das wird zu nichts führen«, sagte Finn und legte den Teigball zurück in den Brotkorb, als könnte einer von ihnen ihn noch essen wollen. »Er muss es selbst gewesen sein. Hat völlig besoffen das Bewusstsein verloren, ohne das Gas zu riechen. Ralph glaubt, sie befragen uns nur in der Hoffnung, dass wir aus Angst irgendwelche Informationen über Amy und das Baugerüst preisgeben. Eine Art Überrumpelungsstrategie.«

»Das würde mich nicht überraschen. Obwohl sie den Fall immer noch nicht gelöst haben, würde ich sagen, dass diese Detectives ziemlich clever sind.« Tess füllte ihre Weingläser auf. Eiswasser von der Flasche tropfte an ihrem Handgelenk herab. »Was ist der andere Teil des Deals?«, fragte sie.

»Ich kündige und arbeite für Ralph.«

Nicht imstande, sagen zu können, ob sie diesen Teil erwartet hatte, und falls ja, wann sie aufgehört hatte, ihn zu befürchten, bedachte sie seine Worte mit einem unverbindlichen »Hmm«.

Finn fuhr fort: »Bevor du es sagst, ich werde es nicht tun, bis wir ein Angebot für unser Haus bekommen und die Entscheidung getroffen haben, wohin wir ziehen wollen. Andernfalls …«

Andernfalls würde Ralph in dem Moment, wenn Finn bei ihm arbeitete, alles daransetzen, ihn zu überreden, sich den Umzug noch einmal aus dem Kopf zu schlagen. Sie stellte sich ihre Schreibtische vor, Seite an Seite aufgestellt, ihre zufriedenen Gesichter, die sich gleichzeitig umdrehten, wenn ein Angestellter ihnen ihre Kaffees aus dem Kaffeevollautomaten brachte.

»An dem Tag, an dem wir den Verkauf abschließen«, sagte sie, »kannst du deine Kündigung einreichen. Keinen Tag früher. Und ich werde ebenfalls arbeiten, sobald sich die Kinder in den neuen Schulen eingewöhnt haben.«

Offensichtlich erleichtert, wie mühelos die Verhandlung über die Bühne gegangen war, mühte Finn sich vergeblich ab, seine Euphorie zu verbergen. »Vielleicht finden wir etwas für dich in der Firma?«

Tess hob ihr tropfendes Weinglas in Richtung ihres Mannes. »Lass es uns mal nicht übertreiben.«

34

ANT

Obwohl Ant es zu sich selbst sagte, gelang es ihm großartig, so zu tun, als wäre ein Polizeibesuch um acht Uhr abends bei ihm zu Hause kein bisschen befremdlich oder löste nicht zumindest das dringende Bedürfnis aus, sich leise aus dem Staub zu machen. Es half, dass er bereits zwei große Gläser Rotwein hinuntergekippt hatte, als es an der Tür läutete. Seit Em fort war – mal wieder –, hatte er es sich angewöhnt, auf dem Weg von der Arbeit Wein zu kaufen, normalerweise bei Tesco neben der Tankstelle und nie mehr als zwei Flaschen. »Wenn es im Haus ist, trinke ich es«, hatte er just an diesem Tag zu seinen Kollegen gesagt, und sie hatten ihm verständnisvoll zugestimmt, als hätten auch sie ein Suchtproblem. »Der einzige Weg«, pflichteten sie ihm bei.

DC Shah erklärte, er hätte im Lauf des Tages schon zweimal erfolglos geklingelt, und dies sei nun der letzte Versuch auf seinem Heimweg gewesen.

Also keine Verhaftung, verkniff Ant sich den Witz. Er war, wie er erfahren hatte, der dritte in der neuen Runde an Polizeibefragungen, nach Ralph und Tess, die erklärten, dass Naomi und Finn es nicht an die Spitze der Verdächtigen geschafft hatten. Bei Em sähe es jedoch gewiss anders aus. Die Kendalls waren Booths nächste Nachbarn, und ihr Verhalten Donnerstagnacht war in jeder Hinsicht ungewöhnlich gewesen. Vielleicht war die Polizei an diesem Abend auch nach Gloucestershire gefahren und befragte ihn und Em gleichzeitig, damit sie sich nicht absprechen konnten.

»Ich habe gehört, ein Gasring war aufgedreht, und Sie wollen wissen, wo wir alle Donnerstagnacht waren?«, sagte er und ging in die Offensive.

Es war das erste Mal bei all den Unterhaltungen mit der Polizei, dass er seine Worte zuvor einstudiert hatte. Em und er waren alles durchgegangen, während sie am späten Nachmittag von Booths Tod durch den Park spaziert waren, Sam festgeschnallt in dem Kinderauto mit Schiebestange, das sie kurz zuvor im Spielwarenladen neben der Brasserie gekauft hatten. (Wirkte das verdächtig? Zu gefühllos? Spielzeug kaufen, wenige Stunden nachdem ein Nachbar erstickt war?) Obwohl sie ganz normal mit ihrem Sohn kommunizierten, mussten sie, wenn sie miteinander redeten, wie Spione ausgesehen haben, die Worte seitlich murmelnd, während sie geradeaus den Pfad hinabstarrten.

»Ich schlage vor, wir sagen nichts, außer dass wir rüber zu Sissy gegangen sind«, erklärte Em. »Wir waren dort, haben Sam ins Bett gebracht, dann selbst geschlafen. Punkt. Wenn jemand behauptet, einen von uns später auf der Straße gesehen zu haben, sind wir einfach schnell zurückgeflitzt, um Sams Giraffe zu holen. Sissy habe ich dasselbe gesagt.«

Sie wirkte zuversichtlich, Sissy alles, was sie der Polizei sagen oder nicht sagen sollte, vorschreiben zu können, aber Ant war skeptischer. Sissy war nicht mehr die Frau, die sie vor sechs Monaten gewesen war, überkorrekt, unverwundbar. Sie war jetzt verletzlich, wenn nicht gar gebrochen.

»Lassen Sie uns ein wenig weiter zurückgehen, wenn das in Ordnung ist«, sagte DC Shah. Sie saßen im Wohnzimmer, Becher mit Tee auf dem Couchtisch – schwarz, weil Ant in Ems Abwesenheit die Milch ausgegangen war. Halb im Scherz hatte er Wein angeboten, der natürlich ausgeschlagen worden war, und Ant hatte sein eigenes Glas in der Küche gelassen. Sein Wiedersehen mit ihm konnte nicht früh genug kommen.

»Wir interessieren uns für eine SMS, die Ralph Morgan Ihnen am Montag vor Darren Booths Tod geschickt hat. ›Gut gemacht mit Booth‹? Was hat er damit gemeint?«

Ant blinzelte. »Oh, okay. Nun, das war, weil ich nebenan ein Fenster eingeschlagen habe.« Klang das zu arrogant? Er veränderte seinen Tonfall. »Das wissen Sie wahrscheinlich schon von Jodie. Ich hätte das nicht tun dürfen, es tut mir sehr leid.«

Das Notizbuch lag offen da, der Kugelschreiber glitt von links nach rechts. In einem müßigen Moment hatte Ant nach »Polizeiausrüstung« gegoogelt und das Modell gefunden. Es hieß Ermittlungskladde, auch wenn Zivilisten sie bestellen durften. »Sie geben eine Sachbeschädigung auf dem Grundstück von Mr Booth zu?«

»Ja, und zweifellos werden Sie mich deshalb rechtlich belangen, aber bevor Sie es tun, lassen Sie mich eine Frage stellen: Ist das, was ich getan habe, wirklich schlimmer, als die Gesundheit eines kleinen Kindes zu zerstören?« Der Alkohol bewirkte, dass seine Zunge schneller als sein Gehirn arbeitete. »Wissen Sie, was meine Frau und ich nächste Woche tun werden? Unseren Sohn in ein Zentrum für pädiatrische Audiologie bringen. Wissen Sie, was das is'? Das is' 'ne Klinik, die Kinder mit Hörproblemen behandelt. An dem Tag, als ich das Fenster zertrümmert habe, hatte sie mir gerade 'ne SMS geschickt, in der stand, wir müssen uns 'ne

Überweisung holen. Bis dahin habe ich mich so zurückgehalten, und dann ist es einfach mit mir durchgegangen. Ich habe auch seine Überwachungskamera und eine Windschutzscheibe demoliert. Ich hätte noch mehr kurz und klein geschlagen, wäre er nich' rausgekommen.«

DC Shah hob den Blick von seinen Aufzeichnungen. »Wegen dieses Vorfalls ist keine Anzeige erstattet worden, aber das bedeutet nicht, dass wir nicht trotzdem Ermittlungen einleiten können.« Nachdenklich neigte er den Kopf zur Seite, als würde er darüber nachdenken, ob er es auf der Stelle tun sollte.

Ant nickte und fühlte sich erbärmlich. »Das ist nett von Jodie, es nicht gemeldet zu haben.« *Und* von Booth: Zwischen der Sachbeschädigung und seinem Tod lagen vier Tage.

»Wie wir gehört haben, haben Sie und Ihre Familie in der Nacht zu Donnerstag, dem Sechsten, bei Ms Watkins geschlafen?«

Ant griff nach seinem Tee, um sich ein paar Sekunden Zeit zu verschaffen, fragte sich jedoch augenblicklich, ob dies ein untrügliches Zeichen für einsetzende Unehrlichkeit war, und stellte die Tasse wieder ab, ohne einen Schluck zu trinken. »Das stimmt, sie is' spätabends bei uns vorbeigekommen, so gegen elf? Sie war ganz aufgelöst, weil sich vor ein paar Wochen jemand Zutritt zu ihrem Haus verschafft hatte und sie dachte, wieder was gehört zu haben. Es war offensichtlich, dass sie nich' allein im Haus bleiben konnte, weshalb wir vorgeschlagen haben, die Nacht bei ihr zu verbringen.«

»Haben Sie das früher schon mal getan?«

»Nein, aber wie gesagt, bei ihr ist erst kürzlich eingebrochen worden, und davor hatte sie keine Angst, allein zu sein. Außerdem hatte sie bis kürzlich viele B&B-Gäste, aber das hat sich alles verändert. Ich glaube, sie ist einsam.«

Selbst wenn es Sinn ergeben hätte, dass Ant das Thema in eine andere Richtung lenkte, ließ DC Shah sich nicht beirren. »Die Nerven von Ihnen und Ihrer Frau lagen nach einer lauten Party wohl ziemlich blank. Sie haben am frühen Abend wohl nicht bei Ihren Nachbarn vorbeigeschaut?«

»Nein. Definitiv nicht. Und es is' Nach*bar*, nicht Nach*barn*. Jodie war nich' zu Hause, nur Booth.« Er nahm seinen Tee jetzt selbstbewusster hoch und trank, spürte, wie die heiße Flüssigkeit durch seine Speiseröhre rauschte.

»Was für ein Zufall, dass Sie in der Nacht eines lebensbedrohlichen Gaslecks nicht zu Hause waren«, bemerkte DC Shah.

»Das können Sie laut sagen«, stimmte Ant ihm zu. »Ich persönlich nenne es meinen Sechser im Lotto. Ich würde sagen, es war an der Zeit, dass sich das Blatt endlich zu unseren Gunsten wendet. Sie wissen, dass sie das schon mal getan haben? Die Flamme unbeaufsichtigt anzulassen, solches Zeug. Wie dem auch sei, Tess meinte, die Leute von der Feuerwehr hätten ihr gesagt, wir wären in unserem Haus höchstwahrscheinlich sicher gewesen, wenn wir hier geschlafen hätten – solange er das Gas nicht entzündet hätte.«

»Haben Sie Ihr Haus am Morgen aus irgendeinem Grund noch einmal betreten?«

»Nein, ich hatte meine Arbeitskleidung und den Laptop mitgenommen, deshalb konnte ich direkt zur Arbeit fahren. Ich nehme die Bahn zur Victoria Station, falls Sie das nachprüfen wollen. Dann rief meine Frau mich am Vormittag an und meinte, sie wären alle evakuiert worden.«

»Wie war Ihre Reaktion auf diese Nachricht?« Nervenzermürbend langsam legte der Detective seinen Kugelschreiber auf den offenen Notizblock, als wollte er Ants Antwort mit besonderer Aufmerksamkeit lauschen.

»Nun, sobald ich sicher war, dass es ihr und meinem Sohn gut ging, war ich traurig«, sagte Ant, und der Wein ließ seine Worte übertrieben klingen, machte daraus eine Kindergeschichte. »Ich mochte Booth nich', aber es ist trotzdem schrecklich. Außerdem habe ich mir gedacht, es hätte schlimmer ausgehen können.«

»Wie denn?«

»Es hätten beide sein können. Aber wie gesagt, Jodie war nich' da.«

»Ja, das sagten Sie bereits«, erwiderte DC Shah.

Em war bei ihren Eltern. Es war nur eine Auszeit, hatte sie gegen Ende dieses Spaziergangs im Park gesagt, während Sam in seinem kleinen grünen Auto kreischte. Nichts so Formelles wie eine Trennung, und eher zu ihrer beider Wohl.

Ant war der Meinung, dass eine Auszeit und eine Trennung auf dasselbe hinausliefen.

»Ich mache mir Sorgen um mich, wegen der Art, wie ich gestern Abend mit dir gesprochen habe«, sagte sie. »Wie ich mit Sissy geredet habe. Dieser ganze lächerliche Plan. Was, wenn sie *wirklich* ins Haus geschlichen wäre? Ohne das Gas zu riechen und dann, wie ich von ihr verlangt habe, eine Zigarette angezündet hätte? Sie hätte sie beide in die Luft gesprengt!«

»Sie hätte es gerochen«, versicherte Ant ihr. »Ebenso wie Booth, wäre er nicht so sturzbesoffen gewesen. Er war eine Gefahr für sich selbst, erst mit dem Baugerüst und dann mit dem Gas.« Er zögerte. »Wie lang wirst du diesmal wegbleiben?«

»Keine Ahnung«, sagte Em.

Er versuchte, die abgrundtiefe Verzweiflung zu ignorieren, die ihn befallen hatte, und dennoch *musste* er fragen: »Ist … ist bei uns beiden alles in Ordnung?«

»Oh, Ant.« Ihr Gesichtsausdruck war eine Mischung aus Mitleid und Entschlossenheit. Das Mitleid galt ihm, die Entschlossenheit ihr und vielleicht auch Sam. Sie, Mutter und Sohn, waren unzertrennlich, so wie es früher einmal Ehemann und Ehefrau gewesen waren. »Wie kann ich mir da sicher sein? Wie kannst du es? Das Einzige, was ich sagen kann, ist, dass ich es hoffe. Ich hoffe es wirklich.«

Nie zuvor hatte das Wort »hoffen« in seinen Ohren so hoffnungslos geklungen.

»Wir sehen uns auf jeden Fall beim Termin im Krankenhaus«, rief sie ihm ins Gedächtnis. »Dafür kommen wir nächste Woche zurück.«

Ja, er würde sie im Krankenhaus und bei jeder weiteren Behandlung sehen. Dann würde er mit Em sprechen und sich einen Weg überlegen, um die Familie zu retten, die Booth zerstört hatte.

Ironischerweise war es genau dieser Moment, als sie sich umarmten, dass er es wirklich spürte: ihre Abkehr von ihm. Er spürte die Geister aller Leichen, die Booth zurückließ, nicht nur die von Amy, sondern auch diejenigen, die noch am Leben waren.

35

SISSY

Auf dem Polizeirevier stellte sie sich im Vollbesitz ihrer geistigen Kräfte vor – oder zumindest so klar, wie sie war, seit sie den Tod der Freundin ihres Sohnes verursacht und sich zwei Tyrannen ausgeliefert hatte, der Schuld und Em Kendall.

»Sag nichts«, hatte Em ihr an dem Tag eingebläut, als Booths Leichnam gefunden worden war. »Wenn wir alle dichthalten, können sie uns nichts nachweisen.«

»Was auch immer ich sage, ich werde dich in keiner Weise belasten«, hatte Sissy ihr versprochen. »Ich gebe dir mein Wort.«

Was nicht wirklich dasselbe war, wie nichts zu sagen. Bei der Neuigkeit, dass sein Tod durch Gas aus einem nicht entzündeten Kochfeld herbeigeführt worden war, hatte ihr Verstand stattdessen die Gunst der Stunde genutzt. Eine Bestrafung, passend für ihr Verbrechen, eine karmische Lösung für ihre Bosheit. Der Verkauf ihrer Seele zu einem Preis, den sie ihrer Meinung nach ertragen könnte.

»Ich bin gekommen, um ein Geständnis abzulegen: Ich habe jemanden getötet«, sagte sie zu dem Beamten am Schalter. Keine übertrieben dramatische Ankündigung, wie es ein Zeitverschwender tun würde, aber, der fehlenden Besorgnis nach zu urteilen, mit der ihre Worte aufgenommen wurden, auch nicht gänzlich ungewöhnlich.

Sie wurde in einen Raum geführt, der nichts mit den Verhörzimmern gemein hatte, die sie aus dem Fernsehen kannte, sondern einfach ein abgetrennter Bereich war, wie ein kleiner Konferenzraum, der auf zwei Seiten verglast war. Sie durfte sich den Stuhl aussuchen – sie entschied, sich mit dem Rücken zu dem von Neonröhren beleuchteten Gewusel aus Polizeibeamten, die durch das Glas zu sehen waren, zu setzen –, und ihr wurde ein heißes Getränk angeboten. Es dauerte eine Weile, bis die Detectives so weit waren; Sissy konnte nicht sagen, wie viel Zeit verstrichen war, bevor DC Forrester schließlich auftauchte, aber das Knurren in ihrem Magen verriet ihr, dass sie eine Mahlzeit ausgelassen hatte.

Die Detective hatte natürlich ihr übliches blaues Notizbuch und den schwarzen Kugelschreiber dabei. Das Datum stand bereits ganz oben auf der Seite, gefolgt von Sissys Initialen. »Ms Watkins, Sie sind gekommen, um uns …«

»Zu sagen, dass ich es war«, fiel Sissy ihr ins Wort. »Ich habe das Gas in Haus Nummer eins aufgedreht.«

Die Augen von DC Forrester weiteten sich nur ganz leicht, als wäre die Verblüffung minimal. »Das ist wirklich eine Überraschung. Wie haben Sie sich Zutritt verschafft?«

»Ich hatte einen Schlüssel.«

»Und wie sind Sie in den Besitz dieses Schlüssels gelangt?«

»Booth hat mir einen Ersatzschlüssel gegeben, ganz am Anfang, bevor wir uns alle zerstritten haben.« Eine Lüge, aber durchaus plausibel. Jodie würde es natürlich abstreiten.

»Sie hatten also einen Schlüssel und haben aufgesperrt. Welche Tür?«

»Vorne, die Haustür.«

»Um wie viel Uhr?«

»Es war ungefähr zwei Uhr morgens.« Fast genau die Zeit, als sie vier Wochen zuvor ihr Verbrechen gegen Amy begangen hatte. »Er war auf dem Sofa eingeschlafen, also hat er mich nicht bemerkt.«

»Welchen Gasring haben Sie eingeschaltet?«

»Wie bitte?«

»Es gibt mehrere Ringe auf dem Kochfeld. Welcher war es?«

»Der vordere.«

»Links oder rechts?«

Sissy schluckte schwer. »Rechts.«

Während des Wortwechsels wirkte der Gesichtsausdruck der Detective analytisch, fast wissenschaftlich, mit einer Pause nach jeder von Sissys Antworten, als wartete sie auf eine Simultanübersetzung, um sie richtig zu verstehen. »Warum haben Sie das getan?«

»Das würden Sie nicht verstehen«, erwiderte Sissy wahrheitsgemäß.

»Okay. Nun, ich weiß, die vergangenen paar Wochen haben Sie stark mitgenommen, erklären Sie mir bitte, wie Sie sich fühlen. Helfen Sie mir, nachvollziehen zu können, was Ihnen in jener Nacht durch den Kopf gegangen ist.«

Sissy sah sie an, unvermutet erpicht darauf, ihrer Bitte nachzukommen, die Worte wohlüberlegt. »Stellen Sie sich eine junge Frau vor, die Sie lieben, die so gut wie Familie ist, und die Ihnen entrissen wird. Sie sinken und sinken immer tiefer in eine schmale Grube hinab, können gerade einmal atmen, aber jedes Mal, wenn Sie versuchen, sich zu bewegen, rutschen Sie nur weiter nach unten. Sie kommen nach Hause, und Ihre Tür lässt sich nicht öffnen, weil die Kette vorgelegt ist. Jemand ist bei Ihnen eingebrochen, und er ist immer noch da drinnen, während Sie an der Tür rütteln und am Handy um Hilfe rufen. *Er* ist es. Und dann können Sie keine einzige Nacht schlafen, weil Sie beim kleinsten Geräusch glauben, es sei er. Sie haben die Augen geschlossen und stellen sich vor, wie Sie sie aufschlagen und er da ist, über Sie gebeugt, während er sich überlegt, ob er sie umbringen soll.«

DC Forrester schien von der Rede wie hypnotisiert zu sein. Sie kreiste die Schultern, erst vorwärts, dann rückwärts, als wollte sie sich von dem Bann befreien. »Das klingt sehr beängstigend.«

»Es *war* beängstigend. Ich wollte, dass es aufhört. Ich habe es nicht mehr ertragen.«

Die Detective wirkte besorgt. »Ich bin allerdings nicht sicher, ob ich es vollkommen verstehe. Sie haben Ihr Haus verkauft, Sie haben einen Ausweg für sich gefunden. Sie hätten nur ein paar Monate warten müssen und wären ihn dann los gewesen, warum haben Sie das alles aufs Spiel gesetzt, indem Sie in sein Haus einbrechen? Ihnen muss klar gewesen sein, wie groß die Wahrscheinlichkeit ist, dass er aufwacht und sich wehrt.«

»Das war mir egal«, sagte Sissy, und dann, um ihren Standpunkt zu verdeutlichen: »Mein Leben war mir egal.«

DC Forrester presste die Lippen zu einer schmalen Linie zusammen. »Warum habe ich nur das Gefühl, dass Sie heute nicht ehrlich zu mir sind, Sissy?«

Sissy warf ihr einen flehentlichen Blick zu. »Ich *bin* ehrlich, das ist auch der Grund, warum ich hier bin. Um der Ungewissheit ein Ende zu setzen, damit alle anderen wieder zur Normalität zurückkehren können.«

»Das ist sehr ehrenhaft.« Doch DC Forresters Mitgefühl haftete ein neuer, ungeduldiger Unterton an, und sie erhob sich unvermittelt, wobei sie mit der Hüfte gegen den Tisch stieß. »Denken Sie an diese Nacht zurück, Sissy, an jede einzelne Minute. Dann gehen wir alles noch mal durch. Nehmen Sie sich so viel Zeit wie nötig. Ich hole uns solange eine neue Tasse Tee.«

Sissy sank der Mut. Sie wollte nicht an jene Nacht zurückdenken, aber die Detective verließ den Raum und schloss die Tür, wie eine Therapeutin, die ihrer Klientin gestattete, sich nach einer Sitzung zu sammeln. Oder vor einer.

Zunächst war da diese Fremdheit, die man mitten in der Nacht verspürte, als wäre die Straße unbekannt. Als wäre nicht gesehen zu werden dasselbe, wie nicht zu existieren.

Sie erinnerte sich, wie ihr auf der Einfahrt der Schlüssel aus den Fingern entglitten und sie bei der plötzlichen Berührung einer Hand auf ihrer Schulter herumgewirbelt war. Ihr erstickter Schrei, ein Urgeräusch in der Stille der Nacht, und dann Ant vor ihr, sein Gesicht angespannt vor Besorgnis.

»Was tust du da, Sissy? Was hat Em von dir verlangt?«

Sissy hielt seinem Blick in der Düsternis stand, während sie versuchte, ihr Gleichgewicht wiederzufinden. »Ich hätte es nicht getan, ich wollte nur so tun als ob.«

»Was tun?«

Als hätte sie sich von einer Schlange befreit, die ihr die Brust zuschnürte, erzählte sie ihm von Ems Plan. In ihren Worten, mit ihrem von der eiskalten Stille verstärkten Flüstern klang es irgendwie weniger lächerlich, weniger kindisch. Es klang wie böswillige Absicht.

»Woher zum Teufel hat sie den Schlüssel?«, fragte Ant. Sein Atem kam zäh und schwerfällig; wegen seiner Erkältung musste er durch den Mund atmen.

»Sie meinte, sie hätte ihn am Tag von Amys Tod gefunden.«

»Gib ihn mir und geh wieder rein. Sollte sie dich löchern, sag ihr einfach, ich hätte dich gezwungen, ihn mir zu geben.«

Genau in diesem Moment entriss er ihn ihr mit sanfter Gewalt, um es ihr leichter zu machen. »Geh wieder rein.«

Sie gehorchte. In ihren Ohren klingelte es, als sie die Straße überquerte, ihre Schritte lautlos auf dem Asphalt. Sie machte sich keine Hoffnungen, dass Em wieder zu Bett gegangen war; sie wartete am Fuß der Treppe, ihr Gesicht im Halbdunkel teuflisch, unerbittlich.

»Warum bist du schon wieder zurück?«, zischte sie. »Wohin ist Ant gegangen?«

»Er ist mir gefolgt«, sagte Sissy. »Ich musste zurückkommen.«

»Warum?«

»Wie könnte ich es tun, wenn er genau danebensteht?«

»Oh, verdammt noch mal«, rief Em, »warum hast du gesagt, du würdest es tun, wenn du es doch nicht tust! Ich gehe selbst.«

»Ant hat den Schlüssel«, gestand Sissy ein.

»Du hast ihn *ihm* gegeben?« Ems Zorn ließ ihre Schultern beben. »Das hatten wir nicht vereinbart!«

Sissy beobachtete, wie Em aus der Tür stürmte. Sie überlegte, ob sie ihr nachlaufen sollte, doch dann kam ihr Sam in den Sinn. Er war allein mit ihr im Haus, sie musste bleiben. Weder Ant noch Em hatten einen Schlüssel für Sissys Haus, weshalb sie die Tür angelehnt ließ, bevor sie sich auf ihr Zimmer zurückzog (wie ironisch, das Haus unversperrt zu lassen, wo die abgeschlossene Tür ihr normalerweise half, sich *sicherer* zu fühlen, doch das war die geringste ihrer Sorgen). Sie kam sich schwach und wertlos vor, da sie Ant mit der Aufgabe alleingelassen hatte, Em von ihrer schlecht durchdachten Mission abzubringen, aber andererseits war *er* ihr Ehemann. Vielleicht gelang ihm, was Sissy nicht geglückt war.

Allerdings kehrten sie nicht gemeinsam zurück. Zuerst glaubte sie, es wären beide: Sie hörte das Öffnen und Schließen der Haustür, Schritte auf der mit Teppich ausgelegten Treppe, die Tür des Nachbarschlafzimmers, die bedächtig aufging und zugezogen wurde, und sie gestattete sich, in den Schlaf zu gleiten. Dann, irgendwann später, erwachte sie zu genau derselben Abfolge: dem Öffnen und Schließen der Haustür. Schritte auf der mit Teppich ausgelegten Treppe, diesmal so vorsichtig, dass Sissy sie kaum vernahm. Als Nächstes die Tür des Gästeschlafzimmers, die aufging. Das Wimmern eines Babys, das Murmeln eines Erwachsenen.

Es bestand kein Zweifel, dass Ant sich gegen Em nicht hatte durchsetzen können. Er hatte ihr den Schlüssel übergeben und war allein zurückgekommen. Em hatte ihren Plan ausgeführt und die brennende Zigarette ins Sofa gesteckt. Unfähig, wieder in den Schlaf zu finden, hielt Sissy am Fenster, das zur Straße zeigte, Wache. In dem Moment, in dem sie Rauch sähe, würde sie den Notruf wählen.

Doch es gab keinen Rauch, nur das sanfte Licht der aufgehenden Sonne, die über die Dächer kroch.

Nach dem Frühstück, als Tess mit ihrer erstaunlichen Nachricht auftauchte, konnte Sissy nur vermuten, dass Em ihr Verbrechen mit entsetzlichem Erfolg abgeändert hatte. Den ganzen Tag über betrachtete sie ihre Nachbarin und dachte sich im Stillen: *Was hast du getan?*

Em war zumindest geistesgegenwärtig genug, um die Sache einen wundersamen Zufall zu nennen. »Ich kann nicht glauben, dass er tot ist«, wiederholte sie andauernd, und selbst als sie mit Sissy allein war, hielt sie an dieser Version der Dinge fest, ein so überzeugendes Method Acting, dass es Sissy vorkam, als würde Em es tatsächlich selbst glauben. Ihr einziger Verweis auf das, was in den frühen Morgenstunden geschehen war, war der kurze Moment, in dem sie Sissy auf ihren Umgang mit jeglichen anschließenden Polizeiermittlungen vorbereitete. »Wir sind alle zur selben Zeit ins Bett gegangen. Niemand hat noch einmal das Haus verlassen. Außer jemand behauptet steif und fest, er hätte dich gesehen, dann sagst du, du hättest für mich Sams Stoffgiraffe geholt. Aber nur dann.«

»In Ordnung«, sagte Sissy.

Was hast du getan?, dachte sie.

DC Forrester kam mit frischen Teetassen zurück ins Zimmer und knüpfte mühelos an das Verhör an, eine fallen gelassene Masche, die wieder aufgenommen wurde.

»Sagen Sie mir die Wahrheit, Sissy, ja oder nein: Haben Sie in jener Nacht Haus Nummer eins betreten?«

»Nein«, flüsterte Sissy.

»Warum haben Sie behauptet, ein Verbrechen begangen zu haben, wenn Sie es nicht gewesen sind?«

Sissy gab keine Antwort.

»Wollten Sie jemanden schützen?« Wie schmeichelnd der Tonfall der Detective jetzt war, fast süßlich. »Haben Sie gesehen oder gehört, wie Em Kendall in jener Nacht nach draußen gegangen ist?«

»Nein«, sagte Sissy. Doch zu ihrer eigenen Bestürzung gewannen ihre Emotionen die Oberhand über die gebotene Vorsicht, und ihre Stimme färbte sich vor frischer, hektischer Energie: »Sie müssen verstehen, diese Situation hat sie in den Wahnsinn getrieben. Sie hat ein Baby, das nicht schlafen kann, um das sie sich schrecklich sorgt. Falls sie irgendetwas falsch gemacht haben sollte, verdient sie es nicht, bestraft zu werden. Ich … Ich bin älter.«

Ich habe einen Grund, Buße zu tun.

Die Detective hob ihren Becher an die Lippen, ihr Gesichtsausdruck zuvorkommend, fast freundlich. Doch zweifellos musste sie sich denken, wie frustrierend es war, Zeugen erklären zu müssen, dass Strafe nicht übertragbar war. Man konnte die Schuld eines Übeltäters nicht auf sich nehmen, weil seine eigenen, noch verbleibenden Jahre weniger als die des anderen waren – oder weniger wert. »Sissy, war Ihnen bewusst, dass einer Ihrer Nachbarn das Internet über Informationen zu Todesfällen durch häusliche Gaslecks durchsucht hat?«

»Nein«, erwiderte Sissy. »Auf gar keinen Fall.« Gewiss hätte Em nicht online auf einem ihrer eigenen Geräte recherchiert?

Sie war wieder fort, bei ihren Eltern, hatte Ant berichtet, ohne seine Niedergeschlagenheit darüber verhehlen zu können. Doch jetzt kam Sissy in den Sinn, ob Em sich in Wirklichkeit vielleicht Sam geschnappt und abgehauen war. Weggelaufen vor der Polizei. Und dass Ant dies intuitiv gespürt hatte.

Da erkannte sie, dass es ein Riesenfehler gewesen war, hierherzukommen und das zu sagen, was sie gesagt hatte. Sie hatte nicht nur genau die Person in die Sache hineingezogen, die sie vor allem Übel bewahren wollte, sondern sich auch selbst in Gefahr gebracht. Wenn DC Forrester genügend Beweise fand, um Anklage gegen Em zu erheben, dann hätte Em keine andere Wahl, als zu versuchen, etwas mit ihnen auszuhandeln, ihnen ein Angebot zu unterbreiten. Einen Deal. Das Video von Sissy und dem Gerüst hatte sie von ihrem Handy gelöscht, aber nicht aus ihrem Gedächtnis.

»Der Grund, weshalb ich Sie vorhin warten lassen musste, war der, dass wir uns die Ergebnisse von Mr Booths Obduktion angesehen haben«, sagte DC Forrester und wechselte unvermittelt, fast leichthin das Thema. Sie zögerte, als müsste sie entscheiden, wie viele Informationen sie Sissy preisgeben sollte für das Wenige, das sie ihr anvertraut hatte. »Seine nächsten Angehörigen haben wir bereits in Kenntnis gesetzt, deshalb kann ich Ihnen jetzt wohl auch erzählen, dass die Todesursache nicht Gas war.«

Sissy, die spürte, wie ihr Herz aussetzte und sich ihre Kehle zusammenschnürte, keuchte überrascht auf.

»Er starb an einer Krankheit, die *Sudden Unexplained Death in Alcohol Misuse* heißt, also plötzlicher Tod durch Alkoholmissbrauch.«

»Ich weiß nicht, was das ist«, sagte Sissy. Sie hatte nie zuvor davon gehört.

»Das können Sie zu Hause nachrecherchieren«, sagte DC Forrester, »aber wie ich es verstehe, erleidet das Herz, ausgelöst durch dauerhaftes Komatrinken, eine Art elektrische Störung, die dafür sorgt, dass es aus dem Rhythmus kommt. Das Syndrom ist erst kürzlich so benannt worden. Die Abkürzung lautet SUDAM, nur für den Fall, dass Sie Ihre WhatsApp-Gruppe in Kenntnis setzen wollen.«

Ihre Blicke trafen sich. Woher wusste sie davon? War es ein Zufallstreffer? Wohl eher eine begründete Vermutung.

»Natürlich bedeutet das nicht, dass wir nicht weiterhin nach der Person suchen, die das Gas aufgedreht und *versucht* hat, Mr Booth zu töten.«

Sissy spürte, wie ihr Puls sich beschleunigte. »Sie meinen, es könnte immer noch als versuchter Mord gewertet werden?«

DC Forrester nickte. »Sie sehen erschöpft aus. Lassen Sie mich kurz nachfragen, ob jemand Zeit hat, Sie nach Hause zu bringen.« Dann, als sie aufgesprungen war: »Und nur zu Ihrer Beruhigung, Sissy, die Ermittlung, die Ihnen am meisten am Herzen liegt, steht immer noch ganz oben auf unserer Agenda.«

Sissy starrte sie an, unfähig, die Worte der Detective zu erfassen.

»Amy«, sagte DC Forrester behutsam.

Sissy erhob sich, ihr Herz eine vertrocknete Frucht in ihrer Brust. »Amy. Natürlich.«

36

TESS

Sie waren etwas spät dran für die Schule, was bedeutete, dass sie ihren üblichen Umweg durch den Park nicht schafften. Die Zwänge des Schulalltags waren neu für Dex, nicht zuletzt die Notwendigkeit, sich dafür anzuziehen. Obwohl er ihr zwar mit einem verkehrt herum getragenen Pullover und einer Socke mit dem Namensetikett eines anderen Kindes übergeben wurde, wurde es nur ungern gesehen, wenn die Schüler bereits in diesem Zustand ankamen.

Stattdessen sah Tess auf dem Heimweg nach den Schwanenjungen. Es waren immer noch fünf, was in diesen unsicheren Zeiten eine echte Leistung war. Sie fragte sich, wer zuerst weggehen würde, deren Familie oder ihre eigene? Wenn ein Abschied für Menschen doch ebenso leicht wäre, nur ein paar Übungsflüge übers Wasser und dann, eines Tages, ging es richtig los. Abheben. Man erspähte sein neues Heim aus der Höhe, setzte zum Landeanflug an und vertraute auf eine glückliche Eingewöhnung.

Ihr eigener Umzug müsste noch warten, bis sich herausstellte, was genau Jodie mit Haus Nummer eins vorhatte. Sie stand immer noch in Kontakt mit der Polizei – erst gestern hatte Tess DC Forrester bei ihr gesehen –, aber alle waren sich einig, dass die Entfernung der Autos schon einmal ein ausgezeichnetes Zeichen war. Realistisch gesehen würden sie Dex für ein gesamtes Schuljahr in der Lowland Primary lassen, bevor sie im anschließenden Sommer umzogen und Islas Bewerbung für die weiterführende Schule von ihrer neuen Adresse aus in Angriff nahmen, die gleichzeitig eine günstige Anbindung nach London Bridge bräuchte, der nächstgelegenen U-Bahn-Station zu Ralphs Firma und Finns neuem Büro.

Ihr Blick fiel auf eine Frau mit einem Doppelbuggy, deren drittes Kind Körner auf das Wasser warf. Tess spähte auf ihre Fitbit-Smartwatch – immer noch eine halbe Stunde, bis sie sich zum Abholen langsam wieder auf den Weg zur Schule machen müsste – und spazierte hinüber.

»Hallo, ich hoffe, ich trete Ihnen jetzt nicht zu nahe, aber sind Sie Becky Wallace? Die das tote Schwanenjunge gefunden hat?«

Kurzzeitig erschrocken, sammelte sich die Frau rasch. »Ich wusste nicht, was ich tun sollte. Ich hatte eine Schachtel unten im Einkaufskorb und habe das Tier dort reingelegt. Ich wollte nicht, dass sie …« Wen sie mit »sie« meinte und was genau »sie« hätten anstellen können, blieb ungesagt.

Tess lächelte. »Ich bin froh, dass Sie eingeschritten sind. Wäre es länger hier gelegen, hätten sich die Ratten und Krähen auf es gestürzt. Allerdings war es auch sehr mutig von Ihnen. Sie hätten von den Schwaneneltern angegriffen werden können. Sind die drei Ihre?«

»Sean ja. Auf die Zwillinge passe ich nur auf.«

»Mein Junge ist ungefähr in deinem Alter«, sagte Tess zu Sean. »Er hat dieses Jahr gerade mit der Schule angefangen. Wann geht's für dich los? Nächstes Jahr?«

»Nein«, sagte der Junge, der Tess mit tiefem Misstrauen beäugte.

»Doch«, korrigierte ihn seine Mutter.

»Dann solltest du Dex treffen, und er kann dir alles davon erzählen. Hast du vom *Play Out Sunday* im Lowland Way gehört? Da riegeln wir die Straße ab, und jeder kann auf der Fahrbahn spielen. Über den Sommer haben wir eine Pause eingelegt, aber diesen Sonntag fangen wir wieder an. Du solltest auch mal kommen.« Tess wandte ihre Aufmerksamkeit zurück auf Becky. »Haben Sie Lust auf einen schnellen Kaffee am Kiosk? Der geht auf mich. Wir könnten die Mädels fragen, ob sie einen dauerhaften Aushang mit der Nummer von *Swan Rescue* aufhängen?«

Sie kam sich wie Naomi vor, die ihr Gegenüber mit einem unwiderstehlichen Schwall an Angeboten und Ideen überhäufte, doch der kleine Junge war ihr Kontrahent, unbeeindruckt und jammernd, sie solle ihn direkt zur Affenschaukel bringen, während seine Mutter unsicher zwischen ihnen stand.

»Oder vielleicht ein andermal«, sagte Tess leichtfertig. In ihrer Tasche summte ihr Handy, und sie warf einen Blick aufs Display: eine neue WhatsApp-Nachricht von Sissy. *Ich habe gestern mit der Polizei gesprochen …*

Herrgott noch mal, würde das denn nie aufhören?

Sie wollte sich schon verabschieden, als Becky Wallace sie überraschte. »Nein, jetzt passt gut«, sagte sie mit einem Lächeln. »Sean kann sich noch ein kleines bisschen gedulden. Ein Kaffee wäre prima.«

37

SISSY

Pete war bei ihr, als die Polizei ein letztes Mal kam. Es war der Montagmorgen nach ihrem schlecht durchdachten Besuch auf dem Revier, und er hatte sich einen Tag von der Arbeit freigenommen, um ihr zu helfen, mit dem Packen anzufangen. Dem Verkaufspreis war erst kürzlich zugestimmt und der Notar informiert worden, doch es würde Wochen dauern, ein knapp 300 Quadratmeter großes Haus mit Habseligkeiten auszuräumen, die sich in den vergangenen dreißig Jahren angesammelt hatten.

Sie erinnerte sich, wie sie und Colin in die Straße gezogen waren, da war sie mit Pete schwanger gewesen. Jean hatte ihnen einen Kirschkuchen vorbeigebracht, warm aus dem Ofen. Sissy erinnerte sich immer noch an seine weiche Süße im Mund, die köstliche Säure der eingelegten Früchte. Auf sie hatte Jean mit ihren fünfundfünfzig Jahren steinalt gewirkt, eine potentielle Babysitterin ohne ein eigenes Leben. »Nicht gerade eine Partymeile«, hatte Colin gesagt. Damals hatte sich der Lowland Way gewöhnlicher angefühlt. Der Wahn, Häuser grundzusanieren, hatte die Gesellschaft noch nicht erfasst, und Häuser besaßen einen Wert, der angemessen und erschwinglich war, ganz im Gegensatz zu den hanebüchenen Preisen von heute. Sobald jeder ausbezahlt war, wäre sie über den Berg. Über den Berg oder im Gefängnis, eins von beidem.

Zumindest hatte sie die Zigaretten weggeworfen, die Em ihr gegeben und die sie zu ihrem Entsetzen in der Tasche der Jacke gefunden hatte, die sie auf dem Polizeirevier getragen hatte. War das der Grund, weshalb Em Gas anstelle von Feuer benutzt hatte? Plötzlich ohne ihre Mordwaffe, hatte sie da improvisieren müssen?

Pete kam am Sonntag pünktlich zum Mittagessen vorbei. Lammbraten, die erste anständige Mahlzeit, die Sissy seit Amys Tod gekocht hatte. Beim Packen zu helfen war sein Vorschlag gewesen, nicht ihrer. Sie hätte ihm niemals etwas so emotional Auslaugendes zugemutet, doch sein Therapeut hatte erklärt, es könnte sich positiv auf sein Bemühen auswirken, ein neues Kapitel aufzuschlagen, eine Art Generalprobe für den Prozess, Amys Sachen wegzuräumen, die immer noch unberührt in seiner Wohnung lagen.

»Das ist jetzt ein Testlauf«, erklärte er ihr beim Arbeiten. »Zur Probe«, und sie widersprach ihm nicht.

Den ganzen Nachmittag und bis spät in die Nacht füllten sie Umzugskartons, einen für jeden Müllbeutel an weggeworfenen Dingen. Sissy hielt Petes Therapeuten für einen sehr klugen Menschen, als sie immer wieder flüchtige Blicke von dem Mann erhaschte, der ihr Sohn in einem Jahr sein würde. Seine Seele war erstarrt, aber nicht zerstört. Er würde sich erholen, er würde von vorn anfangen.

»Ist das die Post?«, fragte er am nächsten Morgen, als es an der Tür klingelte. Es war kurz vor acht und, inspiriert von der Erinnerung an Jean, hatte Sissy Kirschmuffins zum Frühstück gebacken.

»Oder ein Reporter«, erwiderte sie trostlos. »Ich wimmle ihn rasch ab.«

Doch auf der Türschwelle fand sie DC Forrester vor. Ein kleiner weißer Fleck klebte in ihrem Mundwinkel, höchstwahrscheinlich Zahnpasta, dachte Sissy. Ein Kollege, den sie nie zuvor gesehen hatte, wartete auf dem Gartenweg hinter der Detective.

»Das ist mein Kollege, DC Nardini«, sagte DC Forrester ohne jede einleitende Floskel einer engen Freundin. »Mit Ihrer Erlaubnis würde ich gern das Zimmer oben, das zur Straße zeigt, durchsuchen. Wäre das okay?«

Pete trat vor, um sich neben Sissy aufzustellen. »Was ist hier los? Wonach genau suchen Sie?«

»Das erkläre ich, während er arbeitet, wenn das in Ordnung ist?« Gespannt Sissys Nicken abwartend, schickte DC Forrester ihren Kollegen nun die Treppe hinauf und nahm Sissys Angebot von Kaffee und einem Muffin an.

Das war's, dachte Sissy. Der andere Detective suchte nach Kleidung, Fasern, die mit denen am Baugerüst übereinstimmten. Oder vielleicht nach dem Werkzeug, das sie benutzt hatte. Es war erstaunlich, wie wenig Angst sie dort am Küchentisch, mit Pete an ihrer Seite, verspürte. Da überrumpelte DC Forrester sie völlig, indem sie Sissy für ihre Backkünste lobte, bevor sie lächelnd die Bombe platzen ließ: »Wir können Ihnen jetzt verraten, dass es tatsächlich Darren Booth war, der am 23. August bei Ihnen eingebrochen ist.«

Sissys Herz hämmerte wie verrückt. »Ich wusste, dass er es war! Das habe ich auch den Beamten gesagt, die damals gekommen sind, und sie haben mit ihm gesprochen, aber sie waren felsenfest überzeugt, er hätte nichts mit der Sache zu tun.«

»Höchstwahrscheinlich haben sie nach Beweisen für einen

Diebstahl gesucht, aber Darren Booth hat Ihr Haus in der Absicht betreten, etwas zu *hinterlassen*, nicht, um etwas mitzunehmen. Er hat eine Kamera installiert.«

»Was? Sie meinen …« Entsetzt kam Sissy ins Stocken. »Er hat mich beobachtet?«

»Nicht Sie. Sein eigenes Haus. Dem Bildmaterial nach zu urteilen, das wir haben, befindet sich die Kamera in einem Ihrer Fenster im ersten Stock.«

»Dem Bildmaterial, das Sie haben?«, wiederholte Sissy über dem heftigen Trommeln ihres eigenen Herzschlags.

»Gespeichert auf einem seiner Handys«, erklärte DC Forrester. »Unsere IT-Leute haben jetzt sämtliche Videos zusammengesammelt – er hatte die Kamera so eingestellt, dass er sie aus der Ferne bedienen konnte.«

»Wie kann jemand so etwas tun?« Sissys technologische Kenntnisse waren rudimentär; sie wusste gerade einmal genug, um nachprüfen zu können, dass ihre Rechnungen richtig waren, und um das Internetpasswort an ihre Gäste weiterzugeben. »Bräuchte er dazu nicht meine Interneteinstellungen?«

Die Detective nickte. »Glücklicherweise konnten wir herausfinden, dass er das Passwort benutzt hat, das er auf einem Aufkleber an Ihrem Router gefunden hat.«

Pete übernahm die weitere Erklärung: »Du weißt doch, wenn du ins Internet gehst, Mum, werden verschiedene Netzwerke aufgelistet? Das sind die Netzwerke in Reichweite, die Anbieter der Nachbarn. Sobald er dein Passwort hatte, konnte der Kerl sich in deins einloggen, wann immer er wollte.«

»Vielen Dank«, sagte DC Forrester, die ihren Muffin, einschließlich sämtlicher Krümel, aufgegessen hatte.

Sie hatten »glücklicherweise herausfinden können«, was Jodie ihnen erzählt hatte, vermutete Sissy. »Hat Jodie Ihnen gesagt, warum er das Bedürfnis hatte, das zu tun? Er hatte bereits eine eigene Kamera installiert, um sein Grundstück zu schützen.«

»Nach dem Gerüsteinsturz wollte er für mehr Sicherheit sorgen. Er wollte jeden weiteren Mordanschlag auf ihn aufzeichnen. Er hat erwartet, dass seine eigene Kamera Ziel von Vandalismus werden könnte, und sollte damit Recht behalten. Wie Sie vielleicht wissen, wurde sie am Wochenende vor seinem Tod von einem Ihrer Nachbarn zertrümmert.«

»Ja.« Sissy spürte, wie Übelkeit ihr die Atemwege verstopfte. Ein Gedanke beherrschte alle anderen: Egal, ob die Kamera nun gefunden wurde oder nicht, die Polizei hatte ein Video von der Nacht, in der Booth gestorben war.

DC Forrester wartete, bis ihre Blicke sich trafen, und sprach erst dann: »Wie es aussieht, haben Sie Ihr Haus in jener Nacht *doch* ein zweites Mal verlassen.«

»Welcher Nacht? Mum?« Pete verstand nichts, und Sissy wünschte von ganzem Herzen, er wäre bei der Unterhaltung, von der sie nicht wusste, wohin sie führen würde, nicht anwesend. Sie hatte das bedrückende Gefühl, hypnotisiert worden zu sein, obwohl sie wusste, dass das unmöglich war. Es war wichtig, dass sie ihre Gedanken ordnete und ihr weiteres Vorgehen mit sämtlichen möglichen Hindernissen plante.

»Ja. Ich war drüben bei den Kendalls – oder zumindest fast. Em hatte mich gebeten, Sams Kuscheltier zu holen, eine Giraffe, die er zum Einschlafen braucht. Sie hatten viele Probleme, was seinen Schlaf angeht.«

»Davon kann ich auch ein Liedchen singen«, sagte DC Forrester mit einem matten Lächeln.

»Sie haben ein Baby?«

»Sie ist jetzt drei. Aber im ersten Jahr war sie eine furchtbare Schläferin.«

Sagte sie das, um sich menschlicher zu geben, um Sissy fälschlich in Sicherheit zu wiegen? Verunsichert gab Sissy keinen Ton von sich, weshalb DC Forrester mit ihrer Befragung fortfuhr: »Warum hat Em das Kuscheltier nicht selbst geholt? Oder ihren Ehemann gebeten?«

»Ich schätze, weil ich immer noch wach war. Ich hatte es angeboten. Aber Ant kam mir hinterher und hat es selbst geholt, und ich bin zurück nach Hause gegangen.«

Genau wie es auf dem Video festgehalten war.

»Ihnen war etwas runtergefallen, glaube ich?«

Sissy dachte zurück, dankbar, dass ihr Herz jetzt weniger heftig hämmerte. »Ja, das stimmt. Nur Ems Schlüssel. Ich habe sie Ant gegeben.« Wäre die Polizei in der Lage, das Gespräch von ihren Lippen abzulesen? Sicherlich nicht, das Video hätte wohl kaum das nötige MI5-Maß an Schärfe.

Da kam ein Rufen vom oberen Treppenabsatz – »Eithne!« –, und DC Forrester führte das kleine Grüppchen zum großen Elternschlafzimmer, wo Sissy und Pete ein Blick auf die winzige, flache Kamera erlaubt war, die an der Rückwand der Kommode geklebt hatte und jetzt als Beweismittel eingetütet wurde.

»Wie schade, dass sie nicht schon in der Nacht vor Amys Tod installiert gewesen war«, bemerkte Pete.

»Nicht von jedem Verbrechen gibt es praktischerweise eine Videoaufnahme«, sagte DC Forrester zu ihm.

O Em, dachte Sissy.

Sie und Pete blieben im Zimmer zurück, nachdem die Detectives gegangen waren, er am Fenster und sie im Sessel neben dem Bett, erschöpft von der Kombination aus Schock und Aufatmen.

Das Bettzeug war zerwühlt, die Kissen plattgedrückt. Als Pete am Vortag erklärt hatte, er würde über Nacht bleiben, hatte Sissy sich gefragt, ob er das Zimmer aussuchen würde, in dem Amy ihre letzte Nacht verbracht hatte, doch stattdessen hatte er dieses hier genommen. Als sie ihn nun dort am Fenster sah, verstand sie, dass er es gewählt hatte, um den Tatort von Amys Tod im Blick zu haben. Um ihn sich vorzustellen und dann alles aus seinem Gedächtnis zu tilgen, was er sich ausgemalt hatte.

»Sie überqueren jetzt die Straße«, erklärte er. »Die Frau, die gerade hier war und der Kerl, der damals mit mir gesprochen hat. DC Shah. Er muss draußen im Wagen gewartet haben.«

»Wirklich? Ich wusste gar nicht, dass Em zu Hause ist.« Sie hatte sich also doch nicht aus dem Staub gemacht – der Gedanke erschien ihr im Nachhinein auch völlig absurd. Viel wahrscheinlicher war, dass die Polizei ihre Rückkehr angeordnet, ihr mit einer Verhaftung im Haus ihrer Eltern, vor deren ganzer Nachbarschaft, gedroht hatte. Sollte Sissy ihr auf WhatsApp Bescheid geben? Wo war ihr Handy? In der Küche, beim Aufladen. Sie hatte der Gruppe von Booths Obduktionsresultaten gleich am nächsten Morgen berichtet, nachdem sie selbst davon erfahren hatte, aber das hier war etwas anderes. Das hier könnte als Beihilfe, als Vereitlung einer Festnahme oder was auch immer gedeutet werden.

»O mein Gott, sie holen ihre Handschellen raus!«, rief Pete, und Sissy erhob sich, als hätte man ihr höchstpersönlich ihre Rechte vorgelesen. Sie wäre die Nächste, so viel stand fest, denn Em und sie waren verbunden, ihre zwei Schicksale miteinander verwoben, entweder würden sie gemeinsam untergehen oder beide davonkommen. Sie verspürte jetzt keine Angst, nur Trauer, die größtmögliche Trauer. Um Em, um Sam, um sie alle.

»Die arme Em, das ist schrecklich. Wirklich schrecklich.«

»Nein, das ist nicht sie, die sie verhaften«, sagte Pete. »Sondern einen Mann.«

»Lass mich sehen!« Als Sissy schließlich das Fenster erreichte, saß Ant Kendall bereits auf der Rückbank des Streifenwagens, den Kopf wie im Gebet geneigt, während das Fahrzeug langsam anfuhr.

38

ANT

Anthony Kendall, Lowland Way drei, Lowland Gardens. Ja, mir ist bewusst, dass dieses Gespräch aufgezeichnet wird.

Was ich über Erdgas weiß? Das ist Ihre erste Frage? Ich weiß, dass es Darren Booth nicht getötet hat, auch wenn das so in den Zeitungen stand.

Nein, damit meine ich nicht, dass ich geglaubt habe, es könnte *töten, ich meine, ich bin durch die Presse davon ausgegangen, dass es ihn umgebracht hat, aber dann habe ich von einer Nachbarin erfahren, dass es in Wirklichkeit dieses Komatrinken-Syndrom war. Nun, den starken Alkoholkonsum kann ich bestätigen, falls das hilft?*

Ich habe »Gasherd« gegoogelt, ja. Unserer war kaputt, und ich wollte herausfinden, wie man ihn repariert, und ob es gefährlich ist, ihn weiterhin zu benutzen.

Wenn Sie das sagen, ja, dann war ich wohl fünfundvierzig Minuten online – es waren viele Fragen offen.

Nein, ich hatte mich entschieden, einen Elektriker anzurufen. Ich wollte das Risiko nicht eingehen, selbst dran herumzuschrauben, nicht mit einem Baby im Haus.

Nein, den Anruf habe ich noch nicht getätigt. Dazu bin ich bisher nicht gekommen.

Was? Ich habe Ihnen doch schon gesagt, warum ich seine Kamera zertrümmert habe. Ich war aufgebracht wegen Sams Hörproblemen. Es hatte nichts mit dem hier zu tun.

Nein, ich habe nicht versucht, sie vorsätzlich außer Betrieb zu setzen. Ich hatte nicht mal geplant, was ich treffen wollte, ich habe einfach rotgesehen und angefangen, auf Sachen einzudreschen. Es war ein einmaliger Ausrutscher.

Was zum Teufel …? Auf diesem Video bin ich, ja. O mein Gott! Woher haben Sie das? Wer hat das aufgenommen?

Ja, das bin ich. O Gott!

Ich überquere die Straße vom Haus meiner Nachbarin Sissy Watkins in Richtung meines eigenen, und ich lege ihr eine Hand auf die Schulter.

Datum und Zeitpunkt sind der 7. September, neun nach zwei.

Ich habe sie gefragt, was sie da tut, und sie meinte, sie würde Sams Kuscheltier für Em holen. Ich sagte, ich würde selbst reingehen und es holen, sie solle zurück ins Haus gehen. Was sie auch getan hat.

Ich würde es keine lange Diskussion nennen, nein.

Ich nehme die Schlüssel zu meinem Haus, das ist alles. Den Bund, den Em Sissy gegeben hat. Ich bin ins Haus und dann nach oben, um die Giraffe zu holen.

Nein, ich bin nicht sofort wieder raus. Ich schätze, das ist auch auf Ihrem Video. Ich habe im Wohnzimmer gesessen, keine Ahnung, wollte nur nachdenken.

Nicht besonders ungewöhnlich, nein. Wir sind häufig nachts wach, wegen des Lärmpegels von nebenan.

Ja, das ist meine Frau. Sie überquert die Straße und klopft ans Fenster. Ich bin zur Tür und habe sie reingelassen.

Auf der Zeitanzeige steht zwanzig nach zwei.

Wir haben uns ein paar Minuten unterhalten, ja. Sie wollte nur wissen, warum ich Sissy gefolgt bin. Sie meinte, Sam wäre eingeschlafen.

Das ist sie, wie sie zu Sissy zurückgeht. Hören Sie, bevor wir hier weitermachen, will ich nur unmissverständlich klarstellen, dass weder Sissy noch Em wussten, was ich als Nächstes vorhatte. Sie haben nichts gewusst. Ich meine, ich wusste es doch selbst nicht!

Ja, das bin ich. Ich nähere mich der Haustür von Nummer eins. Auf der Zeitanzeige steht zwei Uhr sechsundvierzig.

Ich hatte die Schlüssel seit dem Tag des Gerüsteinsturzes. Ich habe sie auf dem Boden gesehen und eingesteckt.

Nein, niemand sonst wusste, dass ich sie habe.

Nein, ich schwöre, es war nicht geplant. Ich weiß nicht, was ich mir dabei gedacht habe. Ich war nur versucht, dort reinzugehen und mich umzusehen. Ich schätze, meine Gefühle haben verrücktgespielt, ich meine, ich hätte Angst haben müssen, oder? In der Vergangenheit hat er sich uns gegenüber aggressiv verhalten, und wenn er mich gehört hätte, hätte ich angegriffen werden können. Alles, was ich sagen kann, ist, dass es war, als wäre ich nicht ich. Es hat sich angefühlt, als würde ich mir selbst zusehen, wie eine sonderbare außerkörperliche Erfahrung.

Ich habe hinter mir die Tür geschlossen und im Flur gewartet. Ich habe nichts gehört und angenommen, er läge oben im Bett. Ich wusste, dass Jodie weggefahren war und die ganze Woche fortbleiben würde. Ich bin ein paar Schritte in Richtung Wohnzimmertür geschlichen und habe den Schock mei-

nes Lebens bekommen, denn er war genau da! Eingeschlafen auf dem Sofa.

Nein, er hat weder geschnarcht noch irgendein Geräusch von sich gegeben, er ist einfach dort gelegen, mit dem rechten Arm über dem Gesicht. Sie glauben doch nicht … Sie glauben doch nicht, dass er bereits tot war?

Nun, ich bin einfach dort gestanden, wie angewurzelt, und habe mir gedacht, dass er gleich aufwachen und mich sehen wird, aber dann habe ich bemerkt, dass überall Bierdosen lagen, er hatte offensichtlich heftig gebechert und war völlig ausgeknockt.

Ich wusste, dass ich verschwinden sollte, dass ich dort nicht sein durfte. Ich habe versucht, das Haus zu verlassen, aber ich bekam die Tür nicht wieder auf, sie hatte einen komischen Mechanismus, den ich im Dunkeln nicht aufbekommen habe, und ich wollte das Risiko nicht eingehen, das Licht einzuschalten. Mir blieb keine andere Wahl, als zurück durchs Wohnzimmer in die Küche zu schleichen und die Hintertür zu benutzen.

Da war kein Gasgeruch, nein, nicht dass ich wüsste, aber ich hatte eine schlimme Erkältung, weshalb ich ihn vielleicht nicht gerochen habe. Em und Sissy können das bestätigen, oder die Leute in meiner Arbeit.

Das Kochfeld habe ich mir nicht angeschaut, nein, ich konnte also nicht sehen, ob der Herd eingeschaltet war.

Ich habe die Hintertür geöffnet, und als ich sie zugezogen habe, hat sie sich automatisch verriegelt. Die Schlüssel habe ich neben den Zaun auf den Boden geworfen und mit dem Fuß ein bisschen Erde drübergeschoben. Dann bin ich außen ums Haus – an der Seite gibt es ein Tor mit einem Riegel, der leicht zu öffnen war.

Ja, das bin ich. Auf der Zeitanzeige steht zwei Uhr fünfzig. Ich war vier Minuten auf dem Grundstück. Augenblick mal, auf dem Drehknopf hätten Sie Fingerabdrücke gefunden, nicht wahr, wenn ich ihn angeschaltet hätte? Und das haben Sie nicht, oder? Abgesehen von diesem Video, was sind Ihre Beweise?

Natürlich ist mir klar, dass es schlimm aussieht, weil ich mitten in der Nacht in sein Haus spaziert bin. Aber er war auch in Sissys, oder? Deshalb hat ihn niemand verhaftet. Menschen tun sonderbare, illegale Dinge, aber das ist nicht dasselbe wie ein Mordversuch.

Nein, ich habe nicht angenommen, dass er am Morgen tot wäre, warum auch? Ich habe das Gas nicht angerührt! Sie müssen mir glauben! Als ich die Nachricht gehört habe, war ich so schockiert wie alle anderen. Na ja, wenn das Gas ihn nicht umgebracht hat, was spielt das dann für eine Rolle? Ich weiß nicht, warum ich hier bin, warum wir das überhaupt besprechen müssen.

Na schön. Ja, ich bin zurück in Sissys Haus und dann ins Bett gegangen. Em hat die Tür für mich angelehnt gelassen. Sie und Sam waren beide eingeschlafen und haben immer noch geschlafen, als ich aufgestanden und zur Arbeit gefahren bin. Reden Sie mit meinen Kollegen – fragen Sie sie, ob sie glauben, ein Mörder wäre an jenem Morgen in die Arbeit gekommen!

Nein, das stimmt nicht. Ich war der letzte Mensch, der ihn lebend gesehen hat, das mag stimmen, aber ich habe ihm nichts angetan, das schwöre ich.

Da bin ich anderer Meinung. Sie zählen zwei und zwei zusammen und kommen auf fünf. Wissen Sie was? Die ganze Zeit über waren Sie auf der Suche nach irgendeinem ausgefeil-

ten Plan, aber vielleicht ist die Realität, dass die beiden die Bösen waren, nicht wir? Sie waren die ganze Zeit über die Bösen.

Nein, von jetzt an kein Kommentar mehr. Das ist echte Schikane. Wie geht es jetzt weiter? Ich will unter vier Augen mit meinem Anwalt sprechen. Ich will meine Frau anrufen. Wann darf ich meinen Sohn sehen?

Aufgezeichnete Vernehmung von
Mr Anthony Kendall, Lowland Way 3,
durch DC Shah und DC Forrester
im Milkwood Lane Polizeirevier,
17. September 2018

Sie hatten ihn um halb neun abgeholt, als er sich gerade auf den Weg zur U-Bahn machen wollte, und erreichten das Polizeirevier ungefähr zu dem Zeitpunkt, zu dem er normalerweise die Hälfte des Weges zum Bahnhof Victoria hinter sich gebracht hätte, irgendeine Episode auf seinem Handy anschauend oder die Schlagzeilen auf der *Guardian*-Website lesend. Er wurde durch den Hintereingang und einen Metalldetektor geführt und dann in Untersuchungshaft genommen. Es kam ihm vor, als passierte es direkt vor seinen Augen einem anderen, und erst später konnte er sich an sämtliche Versatzstücke erinnern: Er war durchsucht worden und hatte alle persönlichen Gegenstände, abgesehen von seinem Ehering, abgeben müssen; ihm war angeboten worden, eine Krankenschwester zu sehen (er hatte abgelehnt; er war vollkommen gesund, abgesehen von einem Kater, und der zuständige Beamte hatte bei seiner Antwort gekichert). Er war gefragt worden, ob er einen eigenen Anwalt hätte oder einen Pflichtverteidiger bräuchte (er hatte dankbar auf das Letztere zurückgegriffen).

Von ihm waren Lichtbilder gemacht, Fingerabdrücke und DNS genommen worden.

Alles in allem hatte es fast fünf Stunden gedauert.

Dann die Vernehmung, im Beisein seiner ihm zugewiesenen Verteidigerin, einer Frau namens Harriet, von deren Existenz er bis zu diesem Tag nichts gewusst hatte, die nun allerdings der einzige Mensch an Deck zu sein schien, der ihn im Wasser, ertrinkend, bemerkte.

Nach der Vernehmung wurde er in eine Zelle gebracht, während die Detectives versuchten, die Staatsanwaltschaft zu überreden, vorauszupreschen und Anklage zu erheben. In der Zelle gab es eine schmale Pritsche samt Matratze, ein Milchglasfenster hoch oben, außer Reichweite, außerdem eine metallene Toilettenschüssel. Die Temperatur war in Ordnung, die Atmosphäre weit weniger trostlos, als er erwartet hätte, doch ohne sein Handy fühlte er sich nackt und hilflos. Welch merkwürdiger Gedanke, dass er an diesem Morgen geplant hatte, zur Arbeit zu fahren, dass die Kleidung, die er trug, für einen Tag im *White Willow Foods & Drinks*, nicht fürs Gefängnis ausgewählt worden war.

Sie strebten eine Anklage wegen versuchten Mordes an, erklärte Harriet, was »ein bisschen weit hergeholt« sei, selbst nach Polizeimaßstäben.

»Sie haben den Falschen«, versicherte Ant ihr. Es war sonderbar, wie Menschen nach Klischees griffen, wenn sie sich in höchster Gefahr befanden. Vielleicht war es eine Überlebensstrategie, dieser begrenzte Wortschatz, um Gehirnkapazität für lebensentscheidende Gedanken aufzusparen.

Harriet hatte Einsicht in den Obduktionsbericht bekommen und bestätigt, dass keine gesundheitsschädliche Menge an Gas von der Herdplatte in Booths Lungengewebe oder Blutkreislauf gefunden worden war.

»Wenn Booth also tatsächlich an diesem alkoholinduzierten Dings gestorben ist, warum interessiert sie dann überhaupt das Gas?«, fragte Ant.

»Versuchter Mord beinhaltet die Absicht zu töten, selbst wenn der Versuch misslingt«, erklärte sie. »Die Polizei wird beweisen müssen, dass Sie angenommen haben, das Gas könnte tödlich sein, und dass Sie geplant haben, ihn zu töten. Sie werden außerdem versuchen, einen ärztlichen Sachverständigen zu finden, der behauptet, das Gas könnte womöglich zum Tod beigetragen haben. Selbst der Hauch eines Verdachts, wenn er glaubwürdig klingt, ist schlecht für uns.«

Das Problem, das Ant hatte – nun ja, es gab mehrere Probleme, aber die erdrückendsten waren: das Video seines Einbruchs, aufgenommen von einer Kamera, die in Sissys Schlafzimmer versteckt worden war; seine Google-Recherche über Gasherde; und seine (bezeugte) Zerstörung von Booths Überwachungskamera, der einzigen, von der er und die anderen Nachbarn gewusst hatten.

Aber es gab berechtigte Zweifel, sagte Harriet. Da war Tess' Aussage über den unbeaufsichtigten Gasring und mehrere andere Berichte über die Unachtsamkeit des Verstorbenen. Von entscheidender Bedeutung war, dass Em und Sissy Ants schwere Erkältung bestätigen konnten, was bedeutete, dass bei seinem Betreten des Hauses bereits Gas ausgeströmt gewesen sein könnte.

»Die Anklage hat Substanz, aber sie steht definitiv auf wackeligen Beinen«, erklärte sie abschließend.

»Sie haben den Falschen«, wiederholte Ant.

»Wer ist der Richtige, was glauben Sie?«, fragte Harriet, doch er spürte, dass sie nicht wirklich eine Antwort erwartete.

39

RALPH

Er war in der Rushmoor-Siedlung schon so lang im Kreis gefahren, dass er sich allmählich sorgte, als Freier auf dem Straßenstrich verhaftet zu werden. Nicht dass es hier Prostituierte gäbe, in der Hinsicht ging es, soweit er wusste, gesittet her. Drogen, ja. Die Löffel, die überall in der Gegend verstreut lagen, wurden nicht benutzt, um Zucker in Tassen mit Earl Grey zu rühren, o nein! Und das Pärchen mit den riesigen Pupillen, das sich auf dem Bürgersteig in Richtung des Ladens neben dem *Star* schleppte, war natürlich vollkommen clean, ja klar!

Autos – zum Teil ziemlich teure Modelle – waren Stoßstange an Stoßstange geparkt; er hätte nicht halten können, selbst wenn er gewollt hätte.

Am gestrigen Morgen war Jodie draußen vor ihrer Einfahrt im Lowland Way gestanden und hatte zwei Kerlen in Arbeitsoveralls, die Booths Wagen systematisch von der Straße räumten, Anweisungen gegeben. Anscheinend verschacherte sie den Fuhrpark wie Restposten an einen anderen Gebrauchtwagenhändler oder verkaufte alles als Schrott. Der Wohnwagen müsste gesondert abtransportiert werden, hatte sie Tess erklärt, weil seine Batterie, welch Überraschung, jetzt leer war. Sie schien Tess, die den Leichnam ihres Mannes entdeckt hatte, als die einzige Nachbarin zu erachten, die über jeden Verdacht erhaben war. Trotzdem hatte Tess bei ihr das Thema von Darrens Obduktion nicht zur Sprache gebracht (*so* gut verstanden sie sich nun auch wieder nicht) und dass die erstaunliche neue Information bezüglich seiner Todesursache von Sissy stammte.

Endlich erspähte Ralph das Mädchen, nach dem er gesucht hatte. Sie hing mit ihrem Baby und ein paar Kumpeln, plus einem Haufen Vorschulkindern, auf einem erbärmlich kleinen Platz mit Schaukeln und einem Klettergerüst ab. Ganz abgesehen von dem Umstand, dass es nach sieben war und Kinder in diesem Alter ins Bett gehörten – was taten sie hier, wenn keine zehn Minuten entfernt ein wunderschöner Park mit einem hübsch gestalteten Kinderspielplatz und Hunderten von Bäumen lag?

Er hielt am Straßenrand in der »Parken verboten«-Zone neben einem Tor und ließ das Fenster nach unten gleiten. »Hey, du in der silbernen Jacke? Kann ich kurz mit dir sprechen?«

Die Gruppe ignorierte ihn.

Ralph schaltete den Motor aus, schnallte sich los und öffnete die Autotür. Kein einziges Mal bei all seinen früheren Fahrten durch die Siedlung hatte er tatsächlich den Wagen verlassen. Zu Fuß war er noch nie so tief vorgedrungen, hatte es nur bis zum *Star* geschafft, ein Katzensprung von Lowland Gardens entfernt. Der Himmel war kalt, die Luft zäh und körnig: Es war, als tauchte man nach der hermetisch abgedichteten Neutralität eines BMWs in die Atmosphäre eines anderen Planeten ein.

Nachdem er den Wagen verriegelt hatte, schlenderte er zu dem Grüppchen und stellte sich vor das Mädchen in der silbernen Jacke. Die anderen warfen ihrer Freundin, die das Kinn trotzig herausstreckte und den Fremden anfunkelte, unverhohlen Seitenblicke zu. »Wahrscheinlich erinnerst du dich nicht mehr an mich«, sagte er. »Du bist mir ein paar Straßen weiter fast vors Auto gelaufen, damals im Juli.« In seiner Erinnerung an ihren Streit hatte sie auf ihn teuflisch gewirkt, aber in Wirklichkeit sah sie ganz süß aus. Mit glatter Haut und fast schon grotesk dürr, im Grunde noch ein Kind.

»Oh, ja. Das is' der Kerl, der mich fast überfahren hätte«, erklärte sie ihren Freunden.

»Ich hätte abbremsen müssen, das gebe ich zu, aber du hättest nicht einfach mitten auf der Straße spazieren dürfen. Das ist wohl kaum im Interesse deines Kindes, oder?«

Sie verzog das Gesicht, als würde er Kantonesisch mit ihr reden.

»Außerdem ist es nicht gut, vor deinem Kind diese Art von Wut auszuleben.« Er zeigte auf den Buggy, als hätte sie womöglich vergessen, welches Kind ihres war. »Du willst doch gewiss kein Aggro-Verhalten an die nächste Generation weitergeben, oder?«

Die Gruppe kicherte über das Wort »Aggro-Verhalten«. In den Augen der Jugendlichen musste er steinalt und lächerlich sein, und genau so kam er sich auch vor.

»Was woll'n Sie?«, fragte ihn das Mädchen, und ihre Freunde sahen ihn in einem stummen Echo an. Was woll'n Sie? *Was woll'n Sie?*

Was *wollte* er? Es war, als fragte man ihn nach dem Sinn des Lebens.

Während er aus den Augenwinkeln Gestalten wahrnahm, die wie Zombies auf ihn zusteuerten, vielleicht das einzige funktionierende Gehirn in Reichweite witternd, hielt er den Blick des Mädchens gefangen. »Ich wollte mich nur entschuldigen.« Er reichte ihr eine Visitenkarte, ohne zu wissen, ob sie und ihre

Freunde überhaupt ahnten, dass es Informationen auch in gedruckter Form gab. »Solltest du jemals etwas brauchen, vielleicht ein Praktikum oder einen Job, dann ruf mich an. Ich würde dir gern helfen.«

Ihre Kumpel gackerten spöttisch. »Ruf ihn an, Leesha, er würde dir gern helfen!«

»Der will dir an die Wäsche, Leesh, was wird dein neuer Freund dazu sagen?«

Das Mädchen richtete sich wütend auf. »Verratet nich' meinen Namen, ihr Idioten!«

»Halt die Klappe!«

»Halt du die Klappe!«

Völlig unerwartet ließ sie ihre Kumpel links liegen und sah Ralph an, als gäbe es nur sie zwei. War es zu viel verlangt, auf einen Funken Verbindung in all dem hier zu hoffen, seinem allerersten Versuch, sich außerhalb seiner Straße zu engagieren? Auf etwas Tiefgründiges, das einen nachhaltigen Effekt auf sie beide hätte? Ihm kam es vor, als würde sie schwanken, bis sie ihre Freunde höhnisch angrinste und mit einem Tritt in seine Richtung zielte. »Verpiss dich, Perversling!«

Doch sie nahm seine Visitenkarte entgegen. Stopfte sie mit abgewandtem Blick in ihre Tasche.

Ralph grinste und spazierte, nun das Objekt der Aufmerksamkeit dreier Teenager, zu seinem Wagen zurück. »Verzieht euch!«, herrschte er sie in seinem besten elterlichen Tonfall an, und sie beschimpften ihn im Gegenzug mit einem Wortschwall, den er früher vielleicht einmal verstanden hätte, jetzt aber nicht mehr.

Er bog gerade in den Lowland Way ein, als Naomi anrief. Ihre Stimme dröhnte durch die Freisprechanlage und erfüllte den Leder-und-Chrom-Innenraum mit ihrem tiefen, samtigen Klang:

»Ich bin gerade aus der Arbeit nach Hause gekommen und habe von Tess die unglaublichsten Neuigkeiten erfahren. Gegen Ant Kendall ist Anklage wegen versuchten Mordes erhoben worden!«

Ralphs rechter Fuß stellte ungewollt Kontakt mit dem Bremspedal her, sodass er leicht nach vorne geschleudert wurde. »Ist das dein Ernst? Bei Booth oder Amy?«

»Booth.«

Natürlich. Der Versuch bei Amy war erfolgreich gewesen.

»Ich schätze, die Sache mit Amy haben sie abgeschrieben«, sagte Naomi. »Vor Sissy würde ich das natürlich niemals sagen, aber es ist jetzt schon über einen Monat her. Sofern nicht jemand gesteht, kann ich mir nicht vorstellen, was sie noch mehr tun könnten.«

Ralph war geneigt, ihr zuzustimmen. »Aber Ant? Armer Kerl, das kann ich wirklich kaum glauben.« In einem Sommer voller Schockmomente erstaunte ihn keiner mehr als dieser. »Hör mal, Babe, ich parke gerade ein, wir sehen uns also gleich.«

Trotz der entsetzlichen Neuigkeiten und qualvollen Gespräche, die noch auf ihn warteten, nicht nur mit Naomi, sondern auch mit den anderen Nachbarn, verzog sich sein Mund beim Anblick der freien Parkbucht vor seinem Haus zu einem Lächeln. Endlich war der Wohnwagen verschwunden, und Ralph konnte den BMW vor seinem eigenen Grundstück parken, genau dort, wo er hingehörte.

40

ANT

Er war angeklagt worden. Er war angeklagt und bis zu einem späteren, nicht näher bestimmten Datum, an dem seine Gerichtsverhandlung stattfinden sollte, in Untersuchungshaft gekommen. Obwohl die Einrichtung, in der er untergebracht war, modern und gut geführt war, glich seine Zukunft einem Abgrund: lichtlos und unerschlossen.

Ihm war zumindest gestattet worden, Em anzurufen, und sie hatte versprochen, Sam bei ihren Eltern zu lassen und nach London zurückzueilen. »Sag einfach immer die Wahrheit«, hatte sie ihm geraten. »Du hast nichts getan.«

Ant stellte sich einen Gerichtssaal vor, mit Em und Sissy und den Morgans, die in einer Reihe saßen und ihn beobachteten. Keiner von ihnen war religiös, doch sie würden für ihn beten und einander raten, die Hoffnung nicht zu verlieren. Sie würden übereinkommen, welch ein Segen es war, dass Sam zu jung war, um zu verstehen, was mit seinem Vater geschah. Er wird als nicht schuldig befunden werden, das würden sie Em beteuern, aber selbst wenn das Schlimmste einträte, hätte Sam dich und das wäre genug.

Ant stimmte dieser abgedroschenen Plattitüde zu. Egal, wie oft die Polizei ihn befragen würde, egal, wie gewieft der Staatsanwalt auch sein mochte, Em würde er niemals belasten. Sam brauchte seine Mutter, nichts anderes war von Bedeutung.

Doch allmählich, während ein öder Tag mit dem nächsten verschwamm, spitzte sich die Ironie seiner Zwickmühle zu, und es war dieser innere Konflikt und nicht die vielen Entbehrungen, die ihn dazu verleiteten, mit den Fäusten gegen die Zellentür zu hämmern, wie er es schon bei anderen Insassen gehört hatte. Hätte das Gas Booth umgebracht, entweder durch Ersticken oder eine tödliche Explosion, wäre es das Risiko womöglich wert gewesen. Aber das hatte es nicht, und jetzt könnte er allein für den Vorsatz verurteilt werden.

Auch wenn er selbst nicht genau wusste, was sein Vorsatz gewesen war.

Die nächtlichen Schatten ihres Wohnzimmers waren ihm von den unzähligen durchwachten Nächten mit Sam herzzerreißend vertraut gewesen. Das Licht von der Straßenlaterne an der Kreuzung der Portsmouth Avenue verwandelte den Lehnstuhl in der Ecke in ein Monster, die Schatten am Saum der Vorhänge bildeten schwarze Blutlachen. Ems wütendes Gesicht am Fenster gehörte nicht zu seiner Frau, sondern zu einem Rachegeist, der Besitz von ihr ergriffen hatte.

Er öffnete die Tür, und ihr Zorn eilte ihr voraus, drängte ihn zurück in den Flur, kesselte ihn ein.

»Ich weiß, dass Sissy es dir erzählt hat. Ich weiß, dass sie dir den Schlüssel gegeben hat. Ich will ihn zurück. *Sie* hast du vielleicht aufgehalten, bei mir wird das nicht klappen.«

Verständnislos starrte er sie an. »Warum hilft Sissy dir? Ich weiß, du hast es irgendwie eingefädelt, dass sie zu uns rüberkommt und uns überredet, bei ihr zu übernachten. Warum macht sie bei so einem gefährlichen Spiel mit?«

Em zögerte, und da war der trügerische Schein von Nachdenklichkeit in ihren Zügen, bevor sie die Worte ausspuckte: »Was glaubst du? Weil sie kein so verdammter Feigling ist wie du! Niemand verlangt von *dir*, irgendwas zu tun, Ant, gib mir einfach den Schlüssel und verschwinde.«

»Nein.«

»Gib ihn mir oder ich suche mir morgen einen Anwalt und reiche die Scheidung ein.«

Obwohl Ant spürte, wie ihm die Hitze ins Gesicht schoss, hatte er keine Angst vor ihr. Sie war nicht wiederzuerkennen, aber sie war immer noch Em, die Mutter seines Sohnes. Sie war eine gute Mutter. »Ich gebe dir den Schlüssel nicht, Em. Geh zurück, vergiss diesen Unsinn.«

»Na schön. Dann sind wir nicht länger verheiratet.«

»Das ist lächerlich!«

Auch wenn ihre Augen wie verhext glühten, waren ihre Worte auf grausame Weise menschlicher Natur: »Du hast die Wahl. Gib mir den Schlüssel und bleib verheiratet, oder bleib hier und tu nichts, dann werden Sam und ich am Morgen fort sein. Für immer. Deine Entscheidung.«

»Ich werde dir den Schlüssel nicht geben«, erklärte Ant.

»Dann war's das. Das war's.« Sie trat aus, traf die Wand und boxte mit ihrer kleinen, geballten Faust gegen seine Schulter. Nur unter Aufbietung seiner gesamten Kraft schaffte er es, ihren wutentbrannten Körper in Richtung Tür zu schieben.

Als sie fort war, saß er einige Minuten schwer atmend da, Booths Schlüssel fest in den schmerzenden Fingern, mit Ems quälenden Worten im Ohr:

Niemand verlangt von dir, *irgendwas zu tun.*

Verdammter Feigling.

Unvermittelt war nichts mehr so, wie es einmal gewesen war, nichts fühlte sich real an. Wilde Gedanken loderten auf, skrupellose Impulse, die seine Oberschenkelmuskeln zum Zucken brachten. Er antwortete Em lautlos, wütend, und seine Lippen bewegten sich:

Ich bin kein Feigling.

Habe ich sein Haus denn nicht auseinandergenommen?

Vielleicht hätte ich ihn *auseinandernehmen sollen?*

Angetrieben durch Instinkte, nicht Vorsätze, verließ er Haus Nummer drei und näherte sich Nummer eins. Die Nacht war so still, dass er bei einem Geräusch von der Portsmouth Avenue zusammenzuckte – das Poltern des Nachtbusses –, dann allerdings nur einen Moment zögerte, fest überzeugt, dass kein Nachbar um die Ecke auftauchen würde. Sämtliche Bewohner des Lowland Way, die zu so später Stunde draußen wären, würden in einem Taxi oder im eigenen Auto nach Hause fahren.

Als er den Schlüssel drehte und eintrat, fühlte er sich schrecklich mächtig – Em die Stirn zu bieten und gleichzeitig Booth herauszufordern! Er stand kurz davor, im Erdgeschoss herumzuschnüffeln, während der Feind wenige Meter entfernt in einem Zimmer über ihm lag, allein und verletzlich.

Doch dann sah er ihn: Booth, genau vor ihm, wie ein Toter auf seiner Sofalandschaft in einem Meer aus Dosen und Junkfood-Verpackungen. Ant wartete, vollkommen reglos, als wäre er unter Wasser, seine Lungenfunktion außer Kraft gesetzt. Erst als er sicher war, dass Booth nicht so schnell aufwachen würde, erlaubte er sich einen Atemzug. Er dachte über Ems Plan nach. Es war offensichtlich, dass er zum Scheitern verurteilt gewesen wäre.

Vielleicht hätte es anders ausgesehen, wenn Booth oben im Bett gelegen hätte, aber nicht hier, wo Rauch und Hitze so nah gewesen waren – und das auch nur, wenn eine brennende Zigarette überhaupt den Sofastoff entzündet hätte.

Er drehte sich zur Haustür zurück, in der Absicht zu gehen, doch er konnte das Schloss nicht öffnen und spürte, wie sein Körper erneut von einer Woge Adrenalin geflutet wurde. War er gefangen?

Keine Panik, dachte er sich. Er würde das Haus durch die Küchentür verlassen.

Es war in dem Moment, als er auf leisen Sohlen an Booths schlafendem Körper durch die Küche schlich, dass ihm die Erinnerung wie eine göttliche Offenbarung kam: Tess, die ihm erzählte, wie sie die unbeaufsichtigte Flamme bemerkt hatte. *Sie hätte ausgehen und das Gas die beiden töten können*, hatte sie gesagt. Genau wie sein eigenes defektes Modell nebenan. Er blieb stehen. Eine Küchenrolle lag umgekippt auf der Seite, und er riss ein Blatt ab. Dann, die Finger mit dem Stoff umwickelt, drehte er den Knopf für den Gasring links vorne auf. Ließ das Gas herausströmen. Er wusste nicht, wie lang es austreten würde, er wusste nicht, ob es irgendeine Sicherheitsvorrichtung gäbe, die sich, wenn das Gas nicht entzündet wurde, nach einer gewissen Zeit automatisch abschaltete. Es war derselbe Herd, den Jean jahrelang benutzt hatte, weshalb er wahrscheinlich kein Sicherheitsventil hatte.

Er stellte sich Booth vor, der am Morgen erwachte und nach seinen Zigaretten griff. Sobald das Feuerzeug Funken sprühte, würde sich das Gas im Zimmer entzünden, und Booth wäre Vergangenheit.

Er mochte diese Formulierung: *Er wäre Vergangenheit*. In ihr klang etwas Abstraktes mit, ein Gefühl von Ruhe.

Das Küchenpapier behielt er in der Faust. Er würde es zerreißen und im Klo hinunterspülen. Es würde keine Beweise geben.

Zurück in Sissys Haus, in ihrem Schlafzimmer, das zum Garten zeigte, war Em eingeschlafen, ihr Gesicht zur Wand gedreht. Welcher Dämon auch immer von ihr Besitz ergriffen hatte, hatte ihr jetzt Frieden geschenkt.

Sam wimmerte, und Ant legte beruhigend eine Hand auf seinen Bauch. »Schsch, schlaf wieder ein.«

Das Jammern verhallte, und ausnahmsweise herrschte in Ants Welt Stille.

Das Gefängnispersonal war sehr zuvorkommend, was sein Recht betraf, Anwälte zu sehen, und der Raum, in dem seine Treffen mit Harriet stattfanden, war privat und gut belüftet. Als sie mit ihm den vor ihnen liegenden Prozess besprach und das hoch angesehene Team beschrieb, das für ihn in den Kampf ziehen würde, konnte Ant sich regelrecht als Held der Verhandlung sehen – ein Opfer, jawohl! Nicht schuldig und zurück in seinem Haus im Lowland Way, als wäre nichts passiert. Ein Glas Wein in der einen und das Handy in der anderen Hand, der Musik von nebenan ausgesetzt.

Wie viel Zeit läge zwischen jetzt und dieser Zukunft? Würde Jodie dann immer noch dort wohnen? Hoffentlich. Nach seiner Gesellschaft im Gefängnis wäre sie eine willkommene Nachbarin, eine tröstliche Präsenz auf der anderen Seite der Wand.

Er dachte häufig an den Abend vor seiner Verhaftung zurück. Er war von der Weinhandlung nach Hause zurückgekehrt und hatte in dem Moment, als sich die Tür hinter ihm schloss, einen Cabernet Sauvignon geöffnet, das Glas zum Einschenken leicht geneigt, keine Sekunde verlierend. Das Gluck-Gluck der Flüssigkeit war tröstlich, doch der Abend, der vor ihm lag, fühlte sich endlos und mit nichts zu füllen an. Booth war fort, aber Em auch. Und Sam.

Er hatte keine Lust, die Fernsehprogramme nach etwas zu durchsuchen, das seine zersplitterte Aufmerksamkeit fesseln könnte, doch als er Jodie hörte, die nebenan ihren Fernseher anschaltete, lauschte er den Dialogen wie bei einem Radiohörspiel und spitzte die Ohren, sobald die Stimmen sich senkten. Es war eine Soap, etwas über ein Zerwürfnis zwischen der Braut und der Brautjungfer. Er mühte sich ab, damit die erste Flasche Wein länger als eine Stunde hielt.

Als er bemerkte, dass Jodie ihre Haustür öffnete und ins Freie trat, ertappte er sich dabei, wie er es ihr nachmachte. Sie stand neben ihrem Wohnzimmerfenster und rauchte, die Einfahrt und der Garten jetzt von sämtlichen Autos, abgesehen von Darrens weißem Lieferwagen und einem alten Toyota, befreit. Die Abendluft war angenehm kühl.

Ant rief ihr zu: »Ich habe Ihnen noch gar nicht mein Beileid ausgesprochen. Wie geht es Ihnen?«

Nur widerwillig stellte sie Blickkontakt her. »Was glauben *Sie*, wie's mir geht?«

Er trat näher. »Sie haben verdammt viel mitgemacht. Wenn es etwas gibt, was ich tun kann …« Die Arme weit ausgestreckt, zuckte er mit den Schultern, als kenne seine Hilfsbereitschaft keine Grenzen. Er lächelte. In seiner Fantasie bot sie ihm eine Zigarette an, und sie rauchten gemeinsam, sprachlos und erschöpft, Überlebende der Apokalypse, zurückgekehrt in die Zivilisation.

Doch als er ihren Blick auffing, sah sie ihn mit tiefster Verachtung an. »Vergessen Sie's, *jetzt* ist es zu spät, auf einmal freundlich zu sein.«

41

JODIE

Nein, da sind Sie auf dem Holzweg. Das Haus hat Darren gehört, nicht mir. Wir sind nicht verheiratet oder so was. Es war saukomisch, als die Nachbarn mich Mrs Booth genannt haben. Das zeigt, wie erbärmlich die sind, haben's nicht mal für nötig erachtet, herauszufinden, wie ich heiße!

Hundert Prozent sicher. Ihm hat es sowieso erst seit ein paar Monaten gehört, ich habe keinerlei Anspruch drauf. In Großbritannien gibt's wohl nicht so was wie ein ungeschriebenes Gewohnheitsrecht, oder? Das Einzige, was auf meinen Namen läuft, ist das Auto, mit dem ich hergefahren bin. Und noch schlimmer? Er hatte kein Testament. Der Notar meinte, er sollte sich drum kümmern, als er das Haus geerbt hat, aber das hat er nicht auf die Reihe bekommen.

Er hatte einen Bruder, aber der ist schon vor Jahren gestorben. Es wird der Neffe sein, der es kriegt. Der heißt Liam. Wohnt in der Rushmoor-Siedlung, nicht weit weg von uns. Von mir. Er ist Darrens nächster Angehöriger. Ich habe gestern mit ihm gesprochen, habe ihn gefragt, ob er wüsste, dass Darren ein Kaufangebot angenommen hat, aber er meinte, der Anwalt hat ihm geraten, es wäre steuerlich besser, wenn er eine Weile drin wohnen würde. Steuerlich besser! Als hätte er in seinem Leben auch nur einen einzigen Penny Steuern gezahlt! Wahrscheinlich kennen Sie ihn sogar, er ist schon mehrmals mit dem Gesetz in Konflikt gekommen. Hat vor ein paar Jahren sechs Monate gesessen. Körperverletzung. Mit Liam will man es sich lieber nicht verscherzen, das ist alles, was ich sage. Seine neue Freundin ist vom gleichen Kaliber, herrje. Die ist echt 'ne Nummer, diese Leesha, mit 'ner Riesenklappe. Hat auch noch ein Baby, keine Ahnung, wie Liam damit klarkommen will.

Warum ich lache? Ich lache, weil mir gerade ein Gedanke gekommen ist: Wenn die Leute in der Straße uns nicht gemocht haben, dann werden sie die beiden definitiv nicht mögen. Auf gar keinen Fall.

Ms Jodie Raynor, Lowland Way 1,
Befragt von DC Shah und DC Forrester im
Milkwood Lane Polizeirevier, 19. September 2018

Sie hätte Ant Kendall gern selbst gesehen, bevor sie die Polizeistation verließ. Ihm in die Augen geblickt und ihn gefragt, warum in Teufels Namen er ihren Schlüssel gestohlen und sich Zutritt zu ihrem Haus verschafft hatte. Einen unschuldigen Mann zu töten, seinen direkten Nachbarn! Was für ein Psycho hatte ein solches Maß an Hass in sich? Aber er war in ein Untersuchungsgefängnis verlegt worden, erklärte DC Shah, irgendwo drüben in Woolwich.

»Danke für Ihr Kommen«, sagte er zu ihr, als sie das Vernehmungszimmer verließen. »Ich kann Ihnen versichern, dass keinerlei Tatverdacht gegen Sie im Raum steht, und wir hier sind, um Sie zu unterstützen.«

Das war der Witz des Tages – er konnte sie nicht schnell genug abwimmeln, sobald er erfahren hatte, dass sie nichts erbte und kein Motiv hatte, Darren zu schaden. Es hatte eine Weile gedauert, bis sie kapierte, dass die Polizisten sie wegen des Baugerüsts befragten – anscheinend hatten sie *das* Ant Kendall nicht anhängen können. Was für eine Frechheit, sich aufzuspielen, als hätte *sie* das gewesen sein können!

»Sie werden also weitermachen?«, fragte sie den Beamten, während er sie durch die Korridore zum Ausgang führte. »Bei dem, was dem Mädchen zugestoßen ist? Die Familie wird sicherlich einen Schlussstrich ziehen wollen, oder?« Sie sorgte sich um Sissy Watkins, wenn auch um sonst niemand anderen. Sosehr diese Frau Jodie auch nervte, respektierte sie ihre Trauer. Saßen sie jetzt nicht im selben Boot? Sissy hatte dasselbe Recht wie Jodie zu erfahren, wer *ihren* geliebten Angehörigen auf dem Gewissen hatte.

Sie hatte Amy Pope nicht lebendig gesehen, nur tot (es klang komisch, das so zu sagen: *nur* tot). Darren war der Letzte, der sie lebend gesehen hatte, und jetzt war er ebenfalls fort.

»Wir werden weitermachen, bis wir die Person gefunden haben, die für die Tat verantwortlich ist«, sagte DC Shah. »Tatsächlich werde ich jetzt gleich im Anschluss mit einem weiteren möglichen Zeugen sprechen.«

Genau vor dem Ausgang befand sich ein fensterloser Wartesaal, und der Detective blieb dort stehen, um einem anderen Beamten etwas zu sagen. Jodie sprang ein Mann auf einem Stuhl ins Auge, dessen Körpersprache genau denselben argwöhnischen Widerwillen seiner Umgebung gegenüber ausdrückte, den auch Jodie verspürte. Jetzt, wo sie darüber nachdachte, kam ihr sein Gesicht irgendwie bekannt vor. Sie konnte ihn nicht einordnen, aber in der Millisekunde, in der sich ihre Blicke trafen, beschlich sie das Gefühl, dass er sie ebenfalls wiedererkannte.

»Sind Sie DC Shah?«, fragte er, und seine Aufmerksamkeit glitt wieder zum Detective zurück. Seine Stimme kam ihr nicht vertraut vor, ein Akzent aus den Midlands. »Ich habe Ihnen schon am Telefon erklärt, dass das hier totale Zeitverschwendung ist. Ich habe Ihnen nichts zu sagen.«

»Bin gleich bei Ihnen«, sagte DC Shah und schob Jodie weiter.

»Wer war das?«, fragte sie, aber natürlich würde er es ihr nicht verraten. Er war nur daran interessiert, Fragen zu stellen, nicht, sie zu beantworten.

Erst als sie sich in dem alten Toyota anschnallte – dem letzten ihrer Autos, selbst der Wohnwagen, den Darren so sehr geliebt hatte, war nun fort –, fiel es ihr wie Schuppen von den Augen. Sie hatte ihn einmal im Lowland Way gesehen.

Darren hatte eines Nachts aus ihrem Schlafzimmerfenster raus geraucht, etwa eine Woche bevor das Gerüst eingestürzt war. »Jodes, komm her und sieh dir das an!« Er war betrunken, ein bisschen wacklig auf den Beinen, und beugte sich kichernd aus dem Fenster. »Ich hab dir doch gesagt, es müsste ihr nur mal richtig besorgt werden?«

»Wem?«

»Sissy Spacek. Drüben auf der anderen Straßenseite.«

Jodie gesellte sich zu ihm und genehmigte sich ebenfalls eine Zigarette. Der Rauch überdeckte den grässlichen Gestank des Baugerüsts, das sie selbst unter gar keinen Umständen anfasste, um sich ja nichts einzufangen. Oben in Haus Nummer zwei stand ein alter Kerl am Schlafzimmerfenster. Nackt, allem Anschein nach. »Wovon redest du? Er wird einfach einer ihrer Gäste sein. Wahrscheinlich schläft sie hinten«, sagte sie zu Darren.

»Nein, nein, sie ist auch da drin. Ich hab sie grade gesehen. Warte kurz!«

Er behielt recht, der Kerl drehte sich um und redete mit jemandem im Zimmer, und auf einmal tauchte Sissy lächelnd neben ihm auf. Es war komisch, sie mit 'nem Kerl zu sehen.

»Ich finde es schön«, erwiderte sie. »Jeder ist manchmal ein bisschen einsam, nicht wahr?«

Und da legte Darren den Arm um sie und ließ ihn dort, während sie ihre Zigaretten fertig rauchten.

Als sie nun in ihrem Toyota saß, spürte sie, wie Tränen in ihr hochstiegen, so wie immer, wenn sie an Darren und all seine Widersprüche dachte. Er sagte etwas Gemeines wie das mit Sissy, dass sie es richtig besorgt bräuchte, und dann *tat* er etwas Nettes. Blinzelnd schaltete sie den Motor an und dachte wieder an das Gesicht des Mannes, den sie eben im Polizeirevier gesehen hatte. Ja, Sissys Freund. Das war er definitiv gewesen. Es wunderte Jodie, warum er wegen Darrens Baugerüst zur Vernehmung herbeizitiert worden war, aber was auch immer er getan, was auch immer er gesehen haben mochte, sie hatte das Gefühl, dass DC Shah es aus ihm herausbekäme.

Mit einem stärkeren Gefühl von Entschlossenheit, als sie seit geraumer Zeit verspürt hatte, schaltete sie den rechten Blinker ein und machte sich auf den Weg in Richtung Lowland Way.

DANKSAGUNG

Zuallererst möchte ich Jo Dickinson von Simon & Schuster und Danielle Perez von Berkley danken, denen dieses Buch gewidmet ist. Eure Anmerkungen waren spektakulär und höchst willkommen, selbst – oder vielleicht besonders – als sie mich zwangen, »fünfzig Seiten in der Mitte« zu kürzen.

Die Teams bei Simon & Schuster und Berkley sind beide unglaublich, und ich hoffe, ich vergesse niemanden, wenn ich bei Berkley: Fareeda Bullert, Loren Jaggers, Jenn Snyder, Ivan Held, Christine Ball, Jeanne Marie Hudson, Craig Burke und Claire Zion und bei S&S: Sara-Jade Virtue, Jess Barratt, Hayley McMullan, Laura Hough, Dom Brendon, Joe Roche, Maddie Allan, Gill Richardson, Emma Capron, Alice Rodgers, Susan Opie, Saxon Bullock danke.

Den Grafikdesignerinnen Katie Anderson (USA) und Pip Watkins (UK) gilt mein Dank für ihre außergewöhnlichen Cover.

Mein unschätzbarer Dank geht ebenfalls und wie immer an Sheila Crowley, Deborah Schneider, Luke Speed, Abbie Greaves, Ciara Finan, Sophia Macaskill, Claire Nozieres, Katie McGowan, Callum Mollison und Alice Lutyens – was für ein Team!

Ich stehe tief in Lisa Cutts Schuld für ihre unschätzbare Polizeiexpertise – und ihre Großzügigkeit, sie mit mir zu teilen. Sämtliche Fehler gehen natürlich auf mein Konto und wären in Lisas eigenen brillanten Romanen niemals zu finden.

Es gibt eine Armee an Buchhändler*innen, Journalist*innen, Bibliothekar*innen und Autor*innen auf beiden Seiten des Atlantiks, die meine Arbeit im Lauf der vergangenen ein oder zwei Jahre unterstützt haben und es auch weiterhin tun. Ich danke euch von ganzem Herzen, euch allen! Ohne euch wäre ich meine einzige Leserin.

Ich erhebe mein Glas erneut auf meine Familie und Freunde, einschließlich Nips, Greta, Mats & Jo.

Zum Schluss möchte ich mich bei Metallica, Motörhead et al. entschuldigen. Während ich eure Musik liebend gern durch die Wände von nebenan hören würde, habe ich mit der Annahme gearbeitet, dass es Menschen in unseren ruhigeren Vierteln gibt, denen es nicht so geht.